1부

몸의 신호를 감각하다

유지영 엮고 쓰다

우울증을 앓고 있는 제 몸은
건강한 몸보다 허약해요

작가
백세희의 몸

<말하는 몸>은 내 침대에서 시작한 이야기다. 적어도 내게는 그렇다. 오랫동안 꿈꿨던 기자란 직업으로 일하기 시작하고 1년이 좀 넘은 봄날 아침이었다. 나는 잠에서 깨어났지만 침대에서 일어나지 못했다. 프란츠 카프카의 소설 『변신』의 그레고르처럼 벌레가 된 건 아니었고, 누워서 울고 있었다. 한 시간 넘게 스스로를 달래면서 겨우 회사에 출근했다. 그런데 출근할 때만 되면 일어나지 못하는 날이 늘었다. 다음날도, 그다음날도 마찬가지였다. 눈을 뜨면 어김없이 눈물이 났다.

일을 잘하고 싶었다. 잘한다고 인정받고 싶었다. 하지만 순식간에 회사생활은 엉망이 됐다. 제자리에서 깜박대면서 오른쪽으로 조금도 나아가지 못하는 마우스 커서를 하루종일 바라보는 일은 고통스러웠다. 차라리 회사 건물이 무너졌으면, 그래서 내가 기사를 쓰지 못하겠다고 보고하지 않아도 된다면 얼마나 좋을까. 그러나 마감 시간은 한 치의 오차도 없이 돌아왔고, 기사를 한 줄도 쓰지 못한 나는 선배에게 '오늘은 못 쓰겠다'고 보고해야 했다.

더이상 이렇게 일할 순 없겠다는 생각에 휴가를 내고 찾아간 병원에서 우울증 진단을 받았다. 밥벌이를 시작하고 고작 1년 만이었다. '사실은 우울증이 아니라 의지력이 부족했던 게 아닐까. 어쩌면 신선한 과일과 채소를 많이 먹지 않아서 그럴지도 몰라. 잠을 규칙적으로 자지 않은 게 문제였던 걸까.' 우울증 진단을 내린 정신과 의사 앞에서 나는 실례가 되는 일임을 알면서도 내가 왜 우울증을 앓고 있다는 건지 끊임없이 물었고, 그 사실을 전혀 받아들이지 못했고, 의심했다. 그리 오래 지나지 않아 내 태도가 많은 우울증 환자들의 전형적인 반응이라는 걸 알게 됐다.

『죽고 싶지만 떡볶이는 먹고 싶어』(흔)를 쓴 작가 백세희를 만난 건 그 무렵이다. 기분부전장애를 가진 백세희가 정신과 의사와 상담한 일지를 정리한 이 책은 오랫동안 베스트셀러였다. 인터뷰를 핑계로 백세희를 만나기로 했다. 벌건 대낮에, 초면이었음에도 그는 맥주를 시켰다. 에라, 모르겠다. 인터뷰이가 그렇게 나오니 나도 맥주를 시키기로 했다. 두 시간이 넘도록 우리는 서로가 겪고 있는 정신질환에 대해 묻고 들었다.

그날 백세희는 인터뷰를 마치고 내게 록산 게이의 『헝거』를 주었다. 본인이 좋아하는 책이고 나도 분명 좋아할 거라며. 곧 그는 몸에 '헝거'를 타투로 새길 거라는 소식을 전했다. 대체 책이 얼마나 좋길래 타투로 새긴다는 거지. 그리고 책을 펼쳤다. 그렇게 나는 록산 게이를 처음 만났다.

우울증을 앓고 있는 제 몸은 건강한 몸보다 허약해요. 침대에서 한 발자국도 움직일 수 없을 때가 있는데, 마치 무거운 돌이 몸을 짓누르는 듯해요. 도저히 일어날 수가 없어서 회사에 연차를 낸 적도 많고요. 우울증을 앓고 있는 제 몸은 의지대로 움직이지 않거든요. 하지만 제 몸을 혹사시키면서 꾸역꾸역 회사에 다니다가 몸과 마음이 모두

무너져내렸어요. 대부분 '나도 힘들고 회사 다니기 싫다'고 말하겠지만요. 물론 맞는 말이고요.

제게 가장 두려운 건 약속이나 일정을 미리 잡는 거예요. 좀 공포스럽기까지 해요. 약속한 날짜에 제발 컨디션이 좋기를, 침대에서 일어날 수 있기를 간절히 바라요. 언제 제 상태가 바뀔지 모르니까요. 네, 오늘 약속도 만약 상태가 좋지 않았다면 취소했겠지요. 엄청나게 자책하면서요. 그런 경우가 꽤 많았어요. 어느 날 친구가 약속을 잡을 땐 '미안하지만, 당일에 내 컨디션이 어떻게 될 줄 몰라서 취소할 수도 있다'고 미리 말하면 어떠냐고 하더라고요. 실제로 그렇게 했고, 대부분 이해해줬어요. 당연히 이해받지 못할 거라고 생각했는데 저만의 생각이었어요.

기분부전장애라는 병은요, 경도의 우울증이 만성적으로 지속되는 질환인데요. 감정의 포물선이 심해요. 어떤 날엔 아무렇지도 않은데, 어떤 날은 죽고 싶다는 생각을 하루종일 해요. 밖에 나가지도 못할 때가 있지만, 행복하게 보낼 때도 있어요. 내가 정말 우울증인 건지, 아니면 그저 예민한 사람인 건지 헷갈리게 하는 병이죠. 실제로 기분부전장애 환자들은 병원을 잘 찾지 않는다고들 해요. 그저 자신의 성향이라고 생각하는 거죠. 그래서 중증우울증으로 나아가 극단적인 선택을 하는 분들도 있기 때문에 위험한 거고요.

제게 병원에 가야 하느냐고 물어보시는 분들이 많아요. "네, 병원에 가세요!"라고 함부로 말하기 어려워요. 용기를 내야 하는 일이고,

정신병에 관한 편견이 아직 짙잖아요. "쟤 정신병원 다닌대" 같은 말이요. 주변인이 떠밀어 병원에 와서도 "저 괜찮아요"라는 말만 하고 돌아가는 분들도 있고, 용기를 내서 찾아갔는데도 말 한마디 못 하고 돌아가는 분들도 있대요. 그런데 의사 선생님이 그러시더라고요. 침묵도 치료의 일환이고 과정이라고요. 용기가 날 때까지 기다려주시는 거죠. 억지로 끄집어낼 수는 없으니까요.

사람들이 우울증을 자주 감기에 비유하는데, 저는 아토피 피부염 같은 난치병이라고 생각해요. 제가 유전성 아토피 피부염을 앓고 있기에 하는 말이기도 한데요. 완치가 힘들어요. 지속적인 관리가 필요한 병이고요. 단순히 약을 먹는다고 해서 해결되진 않아요. 밖에 나가서 햇볕 쬐면서 걷고, 집에 돌아와서 샤워하고, 나 자신과 대화하는 등 자신만의 방법을 찾는 과정이 필요하다고 생각해요.

우울증에 관한 책을 내고 나서 '내 일기장인 줄 알았다'는 메시지를 가장 많이 받았어요. 놀랐어요. 이렇게 많은 사람이 나랑 비슷한 증상을 겪고 있구나. 다들 도대체 어디에 있었던 거지? 위안이 됐어요. 그전까지는 '나랑 비슷한 사람이 조금은 있겠지?' 정도로 생각했거든요. '나만 이상한 게 아니다'라는 생각은 큰 위안을 주는 것 같아요. 외로움이 덜어졌어요. 혼자가 아니라는 생각 때문에요. 그 반응들은 제 치료에도 긍정적인 영향을 미쳤어요. 아, 그리고 저는 타인을 좀 두려워하는 편이었어요. 세상에 나쁜 사람들이 많을 거라는 생각을 많이 했어요. 그런데 책을 내고 '좋은 사람들이 많구나'라고 생각했어요. 좋은 사람들에게 메시지를 많이 받았거든요. 단지 나쁜 사람들이 눈에 더 띌 뿐이지 좋은 사람들도 많다는 걸 알았어요. 그러다가 시간이 지날수록 마음이 아팠어요. 제가 힘들었던 만큼 그분들도 힘들었을 거 아녜요. '내가 나약한 거야, 예민한 거야'라고 아픔을 감추면서 곪았을 상처를 생각하니까 마음이 아프더라고요.

자살충동이 강할 땐 집 옥상으로 뛰어올라가서 밑을 내려다봐요. 발을 헛디디면 죽을 수도 있는 상황을 만들죠. 진짜로 죽을 것 같은데, 뭐라도 해야겠는데, 그렇다고 죽을 수는 없을 때 그렇게 했어요. 그러다가 몸에 상처를 내기 시작했어요. 마치 게임 스테이지를 깨듯이 한 단계를 넘어섰다는 생각이 들었어요. 내 몸에 상처를 내면서 자살충동을 해소했던 거죠. 처음 자해했을 때는 '어떻게 내 몸에 칼을 댈 수 있지'라고 생각했어요. 다음날 아침에 그 상처를 보면서 '이게 뭐 하는 짓이지? 너 그렇게 죽고 싶으면 그냥 죽어, 깔끔하게. 남들에게 보여주고 싶어서 그래?'라고 생각했어요. 그러다가 문득 '아, 내가 살고 싶어서 이러는 거 아닐까?' 싶더라고요. 사랑하는 사람들 때문에 진짜 죽을 수는 없으니까, 이렇게라도 해서 살고 싶은 거 아닐까 하는 생각이요.

제게 몸은 큰 우울감을 가져다주는 요소예요. 이상적인 몸매의 기준이 정해져 있고, 거기에 가까워질수록 높은 가치를 부여하는 문화가 있잖아요. 그 문화가 제 몸을 혐오하게 만들어요. 어릴 때는 단순히 날씬한 몸을 원했다면 지금은 훨씬 구체적이에요. 승모근이 없으면서도 적당히 넓은 직각 어깨, 크고 예쁜 가슴, 긴 팔과 다리, 넓은 골반, 매끈한 일자 다리, 그런 조건에 저를 끼워맞추려고 했어요. 그런데 노력만으로는 바꿀 수 없는 부분이 많잖아요. 바꿀 수 없다는 사실에 과하게 절망하고 분노했어요. 그게 또 우울증으로 이어졌고요. 우울증이 제 몸에 영향을 미치는 날도 있었지만, 내 몸이 우울증에 영향을 준 적도 많았어요.

저는 외모강박이 병이라고 생각해요. 실제로 '신체이형장애'라는 질환이 있대요. 남들이 볼 때는 날씬한데 거울로 나를 보면 뚱뚱해 보이는 거예요. 그래서 계속 성형하거나 살을 빼는 거죠. 이해하지 못하는 사람들도 있겠지만, 저는 외모강박을 개인의 탓으로 돌리는 건 너무하다는 생각이 들어요. 당장 TV만 틀어도 '이게 멋진 몸매다' 광고하고, 온라인에서도 '배우 같은 몸매를 갖는 법' '다이어트 자극 사진' 등 몸매 가꾸기를 권하는 콘텐츠가 많아요. 어떻게 이런 콘텐츠에 영향받지 않을 수 있는지가 더 의문이거든요. 그런 것들을 보면서 '난 내가 좋아'라거나 '난 내 몸이 만족스러워'라고 말할 수 있는 사람은 강한 사람이라고 생각해요. 아니면 그런 척하는 사람이거나. 있는 그대로의 나를 받아들일 수 있으면 좋겠죠. 하지만 '너는 왜 그렇게 만족을 못 해?'라고 이야기하는 것도 가혹하다고 생각해요. 지금의 저는 '나도 예쁘다'라고 최면을 거는 게 아니라 '이게 내 얼굴이다, 받아들이자'라고 생각하는 쪽으로 바뀌었어요. 그간 바꿀 수 없는 부분에 대해 집착했던 것 같아요.

록산 게이의 『헝거』를 처음 읽었을 때 충격을 받았어요. 엉엉 울었거든요. 있는 그대로 다 끄집어내는 느낌, 내면을 탈탈 털어서 보여주는 그 느낌이 저한테 강렬하게 다가왔어요. 마음이 아팠고요. 그의 이야기에 누구나 공감할 수 있지 않을까, 전부는 아닐지라도 부분적으로 공감할 지점이 있지 않을까 싶었어요. 다이어트나 몸에 관한 상처 같은 것들, 자기를 가두는 모습들이 저와 비슷하다는 생각도 들었고요.

누군가가 자신의 아픔을 담담하게 이야기하면 그걸 듣는 저도 제 이야기를 좀 편하게 털어놓는 거 같아요. 작가가 너무 솔직하게 자기 이야기를 하니까 제 안에 묻어뒀던, 애써 기억하지 않으려던 상처들이 떠올랐어요. '드러내기'의 힘을 크게 느꼈고, 저도 그 상처를 드러내려고 글을 적어봤거든요. 생각보다 심플하게 정리가 되더라고요. 그래서 극복할 수 있었어요. 만나는 사람마다 이 책을 자주 선물했어요.

재밌는 건, 마침 제가 내일 타투를 하러 가거든요. 'hunger'를 레터링으로 새기려고 해요. '헝거'가 '굶주림' '갈구', 그런 의미잖아요. 저는 항상 뭘 갈구하는 느낌이에요. 사실 우울증도 잘살고 싶기 때문에 걸리지 않았을까요? 그냥저냥 흘러가는 대로 살려면 살 수 있잖아요. 그런데 저는 원하는 것도 많고 갖고 싶은 것도 많고, 뭔가를 계속 갈구하는 거죠. 애정에 굶주려 있고, 감정에 굶주려 있고요. 이런 제 모습을 몸에 새기고 싶어요. 타투를 보며 이 마음을 되새기고 충만한 저를 만들어가기 위해서요.

백세희_ 지은 책으로 정신과 상담 에세이 『죽고 싶지만 떡볶이는 먹고 싶어』가 있고, 참여한 책으로 『다름 아닌 사랑과 자유』 『몸의 말들』이 있다. 나의 마음을 돌보는 일만큼 몸과 동물권에 대해서도 관심이 많다.

씹는 동안에
괴로워진다

피디
정혜윤의 몸

한동안 돼지고기를 먹지 못하던 시기가 있었다. 이렇다 할 계기는 없었는데 그저 어느 날, 먹고 있던 돼지고기에서 도살장으로 끌려가는 돼지의 냄새가 난 것이다. 손에 꼽을 만큼 드문 일이지만 나는 중간에 식사를 그만두었다.

당시 내가 일하던 대학교 방송국에서 모든 방송원들을 제주도로 엠티를 보내줬는데 비슷한 상황이 반복됐다. 제주 흑돼지를 판다는 식당에서 식사를 하다가 그만 보라색 도장이 찍힌, 굽기 전 차가운 삼겹살을 본 것이 화근이었다. 다들 이 보라색 도장이 있는 게 맛있다는 뜻이라면서 뜨거운 불판 위에 바삐 삼겹살을 올려놓기 시작했다. 나는 다시 다른 사람들 눈에 띄지 않게 최대한 조용히 젓가락을 내려놓았다. 그럼에도 돼지고기를 먹지 않는 행동은 눈에 띄기 마련이었는데, 변명이랍시고 "내가 사실 이슬람교를 믿어서 돼지를 못 먹는다" 같은 싱거운 소리를 하고 말았다. 돼지고기를 먹는 사람들 앞에서 도살장으로 끌려가는 돼지의 냄새가 난다느니, 그런 소리를 하고 싶진 않았다. 하지만 이슬람교도라는 말은 더 주의를 끌었고 몇몇 방송원들은 내가 이슬람교도라는 걸 진심으로 믿어서 난처한 일이 일어나기도 했다.

도살장으로 끌려가는 돼지의 냄새를 생각했지만, 사실 나는 도살장에는 가본 적이 없다. 내가 당황한 건, 한 번도 보지 못한 살아 있는 생명으로서의 돼지를 상상해버렸기 때문이다. 20년 넘게 살아온 내가 본 돼지란 불판 위에서 토막난 채로 구워지던 살덩이와 꼬마 돼지 베이브뿐이었다. 그뒤로 나는 자연스럽게 돼지고기를 멀리하게 됐는데, 예상외로 주변 사람들의 비난이 상당했다. 비싼 소고기밖에 먹지 않는 것이냐, 그래도 이렇게 멀리까지 왔으니 한 점이라도 먹어보라, 닭고기나 해산물도 (심지어 간혹 채소도) 생명인데 그건 왜 먹느냐는 말을 들었다. 정말이지 몰랐으므로 나는 어느 말에도 제대로 답할 수가 없었다.

돼지고기를 다시 먹게 된 건 어느 날 집어든 탕수육에서 더이상 '그 냄새'가 나지 않았기 때문이었다. 그건 참으로 이상한 일이었는데, 흔쾌하게 즐기지는 않았지만 어쨌든 다시 몇 년 동안 돼지고기를 먹을 수는 있게 됐다. 무엇보다 식사 때마다 겪어야 했던 갈등을 피할 수 있다는 사실은 반가웠다. 주변인들과 갈등을 일으키지 않고 쓸데없는 질문 세례를 받지 않는 일은 내게 중요했다.

다시 간헐적으로 고기를 먹지 않기로 결심한 건 정혜윤과 인터뷰를 진행한 후의 일이다. 정혜윤이 우연히 봤다는 살아 있는 소의 눈빛을 나도 본 것 같았기 때문이다. 나는 간혹 고기를 먹지만, 스스로 나의 메뉴를 정할 수 있을 때는 고기를 주문하지 않겠다는 원칙도 세웠다. 그리고 고기를 왜 선택하지 않는지 물어보는 주변인 앞에서 더 용기 있게 나서기로 마음먹었다. 물론 이 원칙 아래서 얼마나 살아갈 수 있을지 알 수 없다. 다만 누군가도 나처럼 정혜윤의 이야기에 설득당하기를 바라는 마음을 담아 글을 쓴다.

채식을 왜 하느냐고 누군가 제게 묻는다면, '씹으면서 괴로워진다'라고 말하고 싶어요. 씹는 동안에 괴로워진다. 사람이 어떤 일을 할 때 한 가지 생각만 하지는 않아요. 한 가지 생각과 '동시에' 다른 생각을 한단 말이에요. 예를 들면, 우리 엄마가 귤을 굉장히 좋아해요. 그런데 엄마가 아프다거나 해서 귤을 먹을 수가 없는 상황을 상상해보면요, 귤을 먹을 때는 귤 맛있다고 생각하면 되잖아요. 그런데 '엄마가 귤 좋아하는데……' 이런 생각이 들어요. 그러면 괴로워지죠. '귤 맛있다'와 동시에 '나는 귤을 먹는데, 귤을 좋아하는 우리 엄마는 귤을 먹을 수 없다'는 생각이 들고 그 사실 때문에 슬퍼져요. 그런 현상이 제게 발생한 거예요.

저는 원래 구박덩어리였어요. 늘 가려 먹고 깨작거리면서 먹었어요. 삐쩍 마르고 병약한, 그런 이미지들이 초등학교 때 저를 따라다녔어요. 한번은 제가 김치찌개를 먹는데 김치 밑에 돼지고기가 있었어요. 검사를 마쳤다는 보라색 도장이 찍힌 돼지가 김치 밑에 있었어요. 그때 살덩어리가 확대되면서 마치 살아 있는 돼지의 등판처럼 보인 거죠. 그뒤로 고기를 씹으면 괴로워졌죠. 또 한번은 누군가 제게 닭 잡는 걸 보여줬어요. 푸드덕거리던 닭의 목을 딱 부러뜨렸는데 바로 죽더라고요. 그뒤로는 닭을 먹지 못한 것 같아요. 닭고기를 보면 그 생각이 나서 마음이 불편해졌어요. 고기가 살아 있던 생명으로 보이는 거죠. 점점 더 씹다가 불편해졌다, 씹다가 괴로워졌다, 씹다가 슬퍼졌다……

살다보면 떳떳하지 않아도, 내 마음이 좀 불편해져도 그냥 '에라, 모르겠다' 하게 되는 일들이 있어요. 괴롭죠. 저는 어딘가에서 그 무게를 줄이고 싶었어요. 에잇! 나 안 할래. 그런 게 필요했어요. 저는 먹는 것에서 그랬어요. 마음이 불편해지는 일을 하지 않으면서 마음이 편해지는 어떤 장소를 찾은 것이죠. 그게 형태로는 편식이었죠. 요즘처럼 '비건'이라는 말로 확장될 줄 모르고 언제부터인가 그저 내 마음이 편한 식성을 유지하고 있었던 거예요.

사실 저는 좋은 동료와 가족들 사이에 있어서 "너 왜 채식한답시고 다른 사람 불편하게 하느냐"는 소리를 안 들었어요. "너 때문에 다른 사람이 뭘 못 먹잖아" 그런 소리를 못 듣고 살았어요. 이게 대단한 배려라는 걸 알거든요. 채식하는 많은 사람들이 그런 이야기를 듣게 된다고 해요. 〈말하는 몸〉을 연출한 제 후배 박선영 피디하고도 즐거운 일이 있었어요. 보통 떡볶이에 순대를 넣기도 하잖아요. 그런데 선영이가 제가 안 보는 틈을 타서 순대를 떡 밑에 깔아둔 거예요. 저는 오랫동안 순대를 먹지 않았기 때문에 순식간에 냄새를 맡았거든요. 딱 알고 "어디서 순대 냄새 나지 않니"라고 물었어요. 선영이가 "선배…… 딱 하나 넣었어요. 빨리 먹을게요"라고 떨면서 말하는 거예요. 정말 딱 하나 넣은 것 같더라고요.

선량하게 채식을 배려하는 사람이 참 많아요. "우리도 비타민 먹지, 뭐. 건강해지지, 뭐"라고 하면서요. 제가 없을 때면 "혜윤이 없으니까 제육 먹자!"라고도 하고요. 그 때문에 재미있는 에피소드들이 얼마나 많았는지 몰라요. 그런데 정말 소중한 사람은요. "왜 고기 안 먹어?"라고 물어보는 사람이에요. "나도 한번 안 먹어볼까" 하는 사람이에요. 어떤 사람이 다른 사람의 선택과 행동을 진지하게 받아들이고 질문해서 그 이유가 좋다면 "나도 한번 바꿔볼까"라고 말하는 건 놀라운 일이에요.

채식하는 사람들은 "너 그러면 채소도 먹지 말지. 채소는 안 아픈가"라는 말을 듣는다고 해요. 그것도 중요한 질문이에요. 식물은 뭘 느낄까. 알면 너무 좋겠어요. 그런데 더 중요한 건, 무엇을 바꾸지 않기 위한 근거로 어떤 말을 사용하면 안 된다는 거예요. 어떤 말을 할 때 그것이 변화를 막는 도구로 이용되면 안 된다는 거예요. "너 고기 안 먹어? 나도 안 먹어볼까" "사실 우리 고기 좀 많이 먹지?" 이렇게 말한다는 건 대단히 훌륭한 일이에요.

밀란 쿤데라의 『참을 수 없는 존재의 가벼움』(민음사)이라는 책이 있어요. 제목은 많이들 아실 것 같아요. 저는 이 제목을 이렇게 이해해요. 자신의 문제는 자기에게 너무 무거워요. 너무 압도적이에요. 그런데 세상으로 나가면 나에게 너무나 중요한 이 문제가 다른 사람에게는 아무것도 아니에요. 내 문제는 나에게만 무거워요. 내가 어떻게 되든 내일의 태양은 뜨고 내가 뭐라고 주장해도 세상이 바뀌는 일은 잘 일어나지 않는다는 말이죠. 나는 이렇게 무거운데 세상은 너무 무관심하다, 이것이 '참을 수 없는 존재의 가벼움'이고 저는 이걸 동물의 입장에서 생각해보게 됐어요.

얼마 전에 어떤 소가 도살장에서 도망친 사건이 있었어요. 소가 어디로 가겠어요. 갈 데가 없지 않을까요? 그 소가 도망친 직후 야산에서 고개를 숙이고 풀을 먹고 있는 사진을 봤어요. 그 온순한 동물의 부드러운 분위기가 사진을 꽉 채우고 있었어요. 그 부드러움이 제 가슴에 들어왔어요. 그렇지만 소는 갈 데가 없어요. 출구가 없어요. 운명은 정해져 있어요. 잡히는 즉시 도살되는 거죠. 저는 그게 저를 슬프게 하지 않는다고 말하기 어려워요. 이 소의, '참을 수 없는 존재의 가벼움'이요. 채식은 저에게는 단순히 고기가 입맛에 안 맞는 문제 이상인 게 맞아요. 나 스스로 슬픔을 느끼는 일을 덜 하고 싶어요.

평범한 사람들이 일상에서 뭐라도 해보려고 하는 걸 높이 평가해줄 수 있어야 해요. "쓰레기 분리수거해봤자 미국이랑 중국 때문에 아무것도 안 변한다"라고 말하면 안 돼요. 할 수 있는 모든 걸 시작해야 해요. 그런 말 있잖아요. 내일이 마지막날인 것처럼 살아라. 진부한 말 같지만 진실은 그것 외에 살 방법이 달리 없다는 거예요. 다른 방법이 없어요. 소중하게 할일을 하면서 살 수밖에 없어요. 남의 실천을 깎아내리면 어떤 좋은 변화도 안 생겨요.

'몸' 하면 떠오르는 이미지가 정말 많아요. 제가 지난 몇 달 동안 일을 많이 했어요. '이것만 끝나면 난 쉴 거야, 아무것도 안 할 거야'라는 상상을 하면 기분이 참 좋아서 그 생각으로 버텼는데, 막상 일이 끝나니 병원에 가야 해요. 수술하고 병원에 누워 있었어요. 오늘처럼 햇살이 좋은 날이었어요. 병실에 누워 있는데 창문으로 햇살이 들어오는 거예요. 기분이 좋아지더라고요. 그때 처음 들었던 생각이 '아,

몸이 빛을 참 좋아하는구나'. 내가 누워 있던 침대 머리맡에는 불빛이 있었어요. 그때 또 생각했어요. 몸은 빛을 참 좋아하는구나. 우리 몸은 낮에도 빛을 좋아하고 밤에도 빛을 좋아하고.

제가 보통은 TV를 보지 않아요. 방송을 위해 필요한 뉴스 외에는 보지 않는데 병원에 있으니까 식사 시간에 보게 된단 말이에요. 그때 TV를 봤는데 태안화력발전소에서 김용균이라는 스물네 살 노동자가 신체가 훼손된 채 죽었다는 뉴스가 나왔어요. 제 몸이 빨리 회복되기를 기다리면서 그 뉴스를 보는데 울컥했어요. 저는 회복되어도 김용균의 몸은 안 되겠지요. 그렇게 울컥한 마음으로 채널을 하나만 돌리면요, 지금도 잊히지가 않아요. "자, ○○화장품! 얼굴을 쫙쫙 펴드립니다"라는 홈쇼핑 광고가 나와요. 뉴스에서는 김용균의 목 없는 시신 이야기를 하고요. 다음 채널로 돌리면 '여성들이 원하는 애플힙을 만들어준다'는 운동기구를 팔고요. 또 채널을 돌리면 몸에 좋은 음식을 판대요.

그때 몸에 대한 생각을 많이 했어요. 우리 노동환경이 분명 사람 몸을 수단시한단 말이에요. 우리는 그냥 수단이에요. 아침에 정성껏 로션 바르고 영양크림 바르고 머리 곱게 말리고 온 내 몸은 그냥 수단이에요. 그게 엄연한 현실이지만 우리는 마치 영원히 살 것처럼, 영원히 젊을 것처럼 화장품도 바르고 근육도 유지하려 하죠. 어떻게 해야 일하는 몸이 마치 사랑받은 사람의 몸처럼 존중받을 수가 있을까요?

인생에서 정말 좋았던 기억은 다 몸에 관한 기억이에요. 누군가 잡아줬던 손, 부드러운 목소리, 내가 기댔던 어깨, 내가 안아줬던 혹은 안겼던 품, 횡단보도에서 얼른 가라고 손을 막 흔드는 팔동작이요. 좋았던 기억은 몸과 관련이 있는데, 우리는 그런 몸이 아무렇지도 않게 훼손될 수 있는 세상에 살고 있다는 것. 그런 걸 병원에서 많이 생각했어요.

세월호 유가족과 방송을 하다가 늦게 끝난 적이 있어요. 돌아가다가 문득 뒤돌아봤는데, 그분도 동시에 뒤돌아보면서 얼른 가라고 막 손을 흔드시더라고요. 이상하게 사람 마음이, 그런 걸 왜 그렇게 크게 받아들이는지 모르겠어요. 서로 상대방이 잘 가나 한 번 더 뒤돌아보고, 얼른 먼저 가라고 하고, 상대방이 잘 가야지 안심되고요. 이렇게 몸에 관한 좋았던 기억을 몇 개씩은 안고 있는 우리가, 사실은 몸이 너무 수단시되는 세상에 살고 있어요. 그리고 우리도 타인의 몸을 수단시하고요.

밀란 쿤데라의 『만남』(민음사)에서 어떤 깔끔한 아가씨가 경찰 조사를 받고 공포에 질려 계속 화장실을 들락거리는 장면이 나와요. 그는 결국 화장실 물 내리는 소리로 기억에 남아요. 우리는 어떤 순간 자신과 자신의 몸, 둘이 남게 돼요. 자기 몸과 딱 조우하는 순간이 생기는 거예요. 보통때 몸은 그런 방식으로는 잘 드러나지 않아요. 우리는 어딘가에 소속돼 있기 때문에, 꿈을 말하고 종교를 말하고 욕망을 말하고 이데올로기를 말하고 격정을 말하고 공포를 말하고 열정을 말하느라고 몸에 대해서는 사실 잘 몰라요. 하지만 베일이 벗겨지면 인생의 어느 시점에는 나의 몸과 나, 둘이 남아요. 이게 진실이죠.

제 관심 주제는 그거예요. 우리 몸 안에 뭐가 있을까? 세잔이 사과를 들여다보면서 "사과야, 네 안에 뭐가 있니"라고 질문했다고 하죠. 그것과 비슷해요. 이렇게 꿈을 말하고, 열심히 하겠다고 말하고, 이게 중요하다고 말하고, 온갖 것을 말하고, 하고, 하고, 하는. 그러나 베일을 싹 벗기면 그 안에 뭐가 있을까? 나와 내 몸 둘이 있을 때 내가 보는 내 몸 안에는 무엇이 있을까? 어떤 미운 것이 있을까? 그런 생각을 많이 하는 편이에요. 헛되기 싫으니까요. 공허하기 싫으니까요.

쿤데라의 같은 책에 '얼굴에 시선을 고정한 채 의미를 찾으려고 살아간다'는 내용의 글이 있어요. 나라는 이 우연성의 산물이, 이 몸을 가진 우연성의 산물인 우리는 어떻게 살아가야 할까요? '너의 얼굴에 시선을 고정한 채 의미를 찾으려고 살아간다.' 우리에게 삶의 의미를 부여하는 어떤 얼굴들을 기억하며 살 수 있기만을 바랍니다.

정혜윤_ CBS 피디. 〈말하는 몸〉을 만든 박선영 피디의 선배이기도 하다. 이 기획을 처음부터 끝까지 열렬히 지지했다. 말과 몸이 하는 일이 좋은 일이기를 바라면서, 삶도 좋은 것이기를 바라면서 함께했다.

혜경이에게 날개가 달리면
얼마나 좋을까요

삼성 LCD 공장 산업재해 피해자
한혜경의 몸,
김시녀의 몸

"(삼성 반도체 산업재해 피해자인) 고 황유미 아버지 황상기씨, 그분은 아무도 이 문제를 모를 때 이야기를 시작했어요. 매번 처음 만나는 사람에게 처음부터 설명해야 해요. 그러다보니 토씨까지 똑같아졌어요. 너무나 많은 사람들에게 처음부터 다시 말해요. 그걸 다 견딘 거예요. 만일 누군가가 뭔가를 이루었다면 그 숱한 다시, 다시, 다시를 이룬 거예요. 굉장히 지치죠. 그런데 그렇게 하지 않으면 아무것도 변하지 않아요."

앞서 진행한 인터뷰에서 정혜윤 피디가 말했다. 그 말이 끝나자마자 강남역 앞 반올림 농성장이 선명하게 그려졌다. 황상기씨는 화려한 삼성 사옥이 잘 보이는 강남역 앞 농성장에서 1023일간 천막 농성을 했다. 황상기씨는 딸이 사망하고 11년 만인 2018년 11월, 삼성측으로부터 사과를 받았다.

강남역에 기자를 포함한 방문객이 찾아올 때마다 황상기씨는 처음부터 다시, 다시 설명했을 것이다. 나도 그중 한 명이었을 것이다. 딸이 왜 죽었는지. 본인은 왜 싸우고 있는지. 삼성은 왜 사과를 안 하는지. 왜, 왜, 왜. 그는 1023일 동안 수많은 '왜'를 견뎠다. 그 자리에는 한혜경과 김시녀도 함께 있었다.

한혜경은 또다른 삼성 산재 피해자다. 그는 1995년 경기도 기흥에 있는 삼성 LCD 공장에 입사해 5년 10개월을 일하고 큰 병을 얻었다. 두 다리로 걷지 못했고, 찾아다니지 않은 병원이 없었다. 그럼에도 산재로 인정받지 못해 삼성을 상대로 긴 싸움을 계속하다가 2019년 5월, 10년 만에 결국 산재로 인정받았다.

나는 춘천에 가서 한혜경과 엄마 김시녀를 처음으로 만났다. 그리고 기사에 이렇게 썼다. "결국 그는 골리앗을 이긴 다윗이 됐다." 골리앗을 이긴 다윗이 되기 위해 이들이 얼마나 수많은 다시, 다시를 견뎠을지 상상해본다. 포기하고 싶었던 순간, 삼성측의 회유도 있었다. 회유는 달콤했지만 이들은 응하지 않았다.

　이제 삼성 반도체 피해자 가족의 강남역 투쟁은 끝났다. 하지만 오늘도 수많은 농성장에서 수많은 피해자들이 다시, 다시 반복해서 설명하고 끝없는 말을 하고 있을 것이다. 그 수많은 '반복들'을 생각한다. 그리고 정혜윤 피디가 말한 '변화'를 생각한다. 그렇게 하지 않으면 꿈쩍도 않는 사회가 원망스럽다. 그럼에도 변화를 만들어낸 사람들의 얼굴을 차례대로 그려본다. 내가 존경하는 얼굴들이 순간 눈앞에 스친다.

　인터뷰어인 나의 목표는 다시, 다시 말하는 사람이 새로운 말을 하게 만드는 것이다. 그들이 몸속에 지니고 다니지만 한 번도 꺼내놓지 못한 이야기를 하도록 만드는 것이다. 본인이 말해놓고 놀라고 마는 그런 이야기를. 두 번에 걸쳐 진행한 한혜경, 김시녀와의 인터뷰에서 나는 그들이 새로운 말을 하면서 즐겁기를 바랐다. 그들이 앞으로 그간 해보지 못한 새로운 말을 많이 하면서 살기를 고대한다.

한혜경 : 저는 한혜경입니다. 삼성 LCD 공장에서 근무했습니다.

김시녀 : 저는 한혜경 엄마 김시녀입니다. 혜경이는 1995년도에 삼성 LCD 공장에 취업했어요. 입사하고 3개월 정도 지나니까 생리주기가 들쑥날쑥하는 거예요. 한 번 들어갔으니 끝까지 견뎌보겠다고 해서 5년 8개월 정도 일했어요. 생리 때문에 호르몬치료를 많이 받았어요. 산부인과에 다니면서 몸에 부작용이 생겨 몸이 붓고, 결국 퇴사하게 됐어요. 퇴사하고 동네 조그만 마트에 아르바이트를 다녔는데 일하면서 혜경이가 계속 넘어지는 거예요. 똑바로 걷는다고 걸어보는데 옆으로 걷게 되고, 이런 현상이 일어나니까 안 되겠다 싶어서 MRI를 찍었어요. 뇌종양이었어요.

마른하늘에 날벼락 같았죠. 내 새끼가 뇌종양이 걸리리라고는 상상하지 못했어요. 종양 제거만 하면 괜찮을 줄 알았어요. 그런데 종양 제거를 하니 후유증이 많이 남았고 지금은 언어장애를 비롯해 여러 장애를 갖고 있어요.

재활치료를 하면서 '반올림'이라는 단체를 처음 알았어요. 우리보다 앞서 삼성에서 일하다가 병에 걸린 사람이 몇 명 더 있더라고요. 근로복지공단에 가서 산재 신청을 했는데, 2년 정도 걸려서 최종적으로 불승인을 받았고 대법원까지 가서 패소했죠. 다 합해서 6~7년 정도 걸린 것 같아요. 반올림의 한 변호사가 "어머니, 혹시 재심 한

번 안 해보실래요?"라고 권유했어요. 나는 하고 싶은데, 또다시 떨어지면 마음의 상처를 어떻게 감당할 수 있을까 싶어서 망설였어요. 그런데 혜경이에게 물어보니까 "엄마, 밑져야 본전이니까 한번 해보자"라고 말하더라고요. 그래서 했죠. 그리고 저희가 이겼어요. 일곱 번 지고 나서 여덟번째에 이긴 거예요.

한혜경 : 당연한 거잖아요. 재심을 한다는 것 자체도 웃겼어요. 산재 승인이 안 난다고 제 병이 없어지는 게 아니잖아요. 이제 와서야 뒤늦게 인정하니 잘못된 거죠.

김시녀 : 혜경이는 항상 그렇게 말했어요. 싸우는 과정에서 인터뷰할 때도 "저 삼성에서 일한 거 맞아요"라고 가슴을 치면서 말했어요. 내가 삼성에서 일했는데 왜 안 믿어주냐고요. 내가 산재 신청을 했는데 왜 불승인이냐고요.

한혜경 : 난 당연히 산재 맞아요. 내가 불쌍해요. 너무해요, 그 사람들. 또 저 같은 사람 있으면 어떡하나 싶어요.

김시녀 : 혜경이가 햇수로는 10년을 싸웠어요. 2014년 영화 〈또 하나의 약속〉이 개봉되고 혜경이에게 회유가 들어왔어요. 저는 회유를 당하려고 했거든요. 내 새끼에게도 부끄러운 일이지만. 10억이라는 큰 금액을 뿌리치고 여태까지 싸워온 공을 다들 고맙게 여겨주시

더라고요.

산재를 인정받지 못하는 사람이 많거든요. 노동자들이 산재 인정을 받으려면 회사에서 잘못했다는 자료를 노동자들 스스로 입증해야 해요. 또 소송까지 한다는 게 굉장히 힘들어요. 벌어먹고 살아야 하니까요. 그런데 혜경이가 대법원까지 가서 패소했는데 재심에서 인정받았다는 건 노동자들에게 큰 희망인 것 같아요.

얼마 전 반올림에서 혜경이를 위해 음악회를 열어줬어요. 그렇게 사람들이 많이 올 줄 몰랐어요. 꽃다발도 많이 받고, 사람들이 자기 일처럼 축하해줬어요. 초창기에 저희가 강남역 8번 출구 앞에서 농성을 시작했거든요. 1023일 만에 마무리지었지만, 삼성 직원들이 저희들을 호시탐탐 감시했어요. 그래서 그 자리를 비우지 못했어요. 혼자 있을 때는 화장실도 못 갔어요. 물도 안 마셨거든요. 삼성과의 싸움이 알려지면서 많은 사람들이 연대해주셨어요. 그래도 한계가 있더라고요. 농성장에서 자야 하는데, 허허벌판에 박스 하나 깔고 천막도 없는 곳에서 잠을 자야 했으니까요. 그렇게 초기에 고생하셨던 분들이 다 와주셨어요. 보고 싶은 사람들도 다 봤고, 서로 고생했다고 한목소리를 냈죠.

한혜경 : 정말 고맙습니다. 오신 분들 고맙습니다. 우리를 걱정해주시는 분들도 고맙습니다.

김시녀 : 혜경이는 어떻게 생각할지 몰라도, 저는 우리가 떨어진다

는 생각은 안 해봤어요. 혜경이가 아프기 전에도 우리는 좀 특별한 모녀였어요. 친구 같기도 했고요. 그렇게 살아서인지 몰라도 아프고 나서 혜경이 남동생도 나 몰라라 하고 혜경이에게 올인했거든요. 혜경이를 살려야겠다는 생각만 있었죠.

악으로 버텼던 것 같아요. 저희 집이 2층인데 계단으로 업고 올라가서 업고 내려왔어요. 그러고 다녔어요. 흔히들 골병든다고 하잖아요. 그 이야기가 맞더라고요. 손가락도 아프고 어깨도 아파서 저녁에는 항상 꼭 눌러줘요. 그리고 업고 다니다보니까 무릎이…… 1년에 주사를 두 번 맞아요. 10년이 지나면서 눈에 띄게 몸이 망가진 것 같아요. 나이에 비해서 많이 망가졌다고 해야 할까요. 그래, 나이는 못 속이겠다, 그런 생각을 많이 해요.

긴 세월이 지나면 혜경이가 때로는 엄마랑도 떨어져 있고 싶은 생각이 들 수도 있겠죠. 바람이 있다면 기적이 일어나서 혜경이가 걸을 수 있다면 가장 좋겠지만, 그래도 제가 혜경이보다 하루만 더 살았으면 좋겠어요.

한혜경 : 제가 이렇게 돼서 엄마한테 많이 미안해요. 그런데 엄마하고 저를 떼놓으면…… 저는 아무것도 아니에요. 진짜예요. 엄마한테 다 감사해요. 앞으로 살면서 안마 마사지를 배우고 싶어요. 배워서 할머니 할아버지들 안마해드리고 싶어요. 안마를 해드리고 "시원하다" 말 들으면 기분이 좋아져요.

김시녀 : 사실 재활병원에는 거의 어르신밖에 없어요. 젊은이가 없어요. 어르신들이 '부처님, 용왕님, 하느님, 우리는 다 늙었으니까 죽어도 되니 저 젊은 애 좀 걷게 해달라'고 그래요. 병실을 여섯 명이서 쓰는데, 대부분 어르신이다보니 혜경이가 한번은 어르신의 어깨를 주물러드렸어요. 그러면 "아이고, 시원하다"라고 말씀하시는데 그때 그 감정이 참 좋았나봐요. 혜경이가 손아귀 힘이 세거든요. 힘 조절이 잘 안 되니까 뭐든 세게 잡혀요. "엄마 잔다" 하고 손 내밀면 혜경이가 손을 주물러주는데 엄청 시원해요. 혜경이에게 항상 "너 뭐 하고 싶니"라고 물으면 그 마사지 배우겠다는 꿈을 못 버려요.

개인적으로 하고 싶은 일이요? 친구들과 여행도 가고 싶고 그렇죠. 그런데 생각뿐이죠. 저로 말할 것 같으면 십몇 년을 너무 바쁘게 살았던 것 같아요. 오로지 분노만 차고요. 내 새끼가 두 발로 걸어들어가서 이렇게 장애인이 돼서 나왔는데 삼성은 직업병이 아니래요. 사회도 우리를 너무 매몰차게 대하는 것 같고요. 그런데 거기에서 좀 더 깨어나보니 정부가 기업의 울타리 역할을 해주면 국민은 누굴 믿고 사느냐는 분노가 쌓이더라고요.

'금수저' 가정 말고는 다 노동자라는 타이틀을 갖고 살아갈 텐데, 어느 현장에서 일하든 병들고 다치면 누구나 치료받아야 하는 게 대한민국 국민이잖아요. 산재를 신청했다가도 불승인 받을 수도 있어요. 하지만 우리 혜경이 같은 사례도 있으니까요. 희망을 갖고 나 혼자가 아니라 함께 목소리를 낸다면 그렇게 비관적인 것만은 아닐 거라고 생각해요.

우리 딸 머리를 감길 때마다 흰머리를 보는데 가슴이 철렁철렁하거든요. 애가 제대로 살아보지도 못하고 늙어가면 어쩌나, 그런 마음이에요. 우리 혜경이에게 자유롭게 날 수 있는 날개가 달리면 얼마나 좋을까. 기적이 일어나서 혜경이가 다시 걸을 수 있으면 얼마나 좋을까. 이런 바람이, 아쉬움이 드네요.

한혜경_ 삼성 LCD 공장 산업재해 피해자. 안마하기를 좋아한다.
김시녀_ 한혜경의 엄마. 지금은 한혜경과 함께 강원도 춘천에 살고 있다. 산행을 좋아한다.

장애 남성과 결혼할 일은
없다고 생각했어요

장애여성공감 전 대표
배복주의 몸

1년 반 넘게 혜화동에 있는 노들장애인야학에서 국어 교사로
일했다. 노들장애인야학은 대학로 마로니에공원 옆 유리빌딩 2층
에 있는데, 그 건물에는 장애인차별철폐연대와 같은 장애인 단체
들이 세 들어 있다. 나는 국어를 가르치는 일 외에 특별히 기여한
건 없지만 그 건물을 왔다갔다하면서 고개를 조금만 기웃대면, 장
애운동과 여성운동을 같이하는 배복주에 대해 모르기가 어렵다.

그를 대면한 건 취재 현장에서였다. 2017년 미투 운동이 한창
한국 사회를 뜨겁게 달구던 시기였다. 그는 시민단체인 장애여성
공감 대표였고, 그날은 전국성폭력상담소협의회 상임대표로서 기
자회견에 참석해 미투 운동을 설명했다. 취재 현장에서 지켜본 배
복주는 미투 운동이 가지는 의의를 일상의 언어로 간명하게 설명
할 수 있는 사람이었다. 어쩐지 연예인을 대하는 심정이 된 나는
쑥스러운 나머지 명함만 내밀고 도망치다시피 했다.

나는 <말하는 몸>을 기획할 때부터 배복주는 반드시 섭외해
야겠다고 마음먹었다. 마침 그는 섭외 시점 무렵에 『어쩌면 이상한
몸』(오월의봄)이라는 책을 낸 상태였다. 책이 출간되자마자 사서
읽었고, 책을 핑계로 그에게 만남을 청했다. "어떨지 모르겠다"
면서 망설이는 그를 설득하고 또 설득해서 녹음실까지 오게 만들
었다.

그는 녹음실에 앉아 주저함 없이 말을 이어나갔다. 심각한 일도
유쾌하게 말하는 재주가 있었다. 그건 많은 걸 이미 겪어본 사람
만이 가질 수 있는 태도였다. 힘든 시간을 거치면서 생각을 거듭

정리하고 정리한 끝에 나온 말이리라. 그의 입 끝에서 정확하고 쉬운 단어들이 술술 나왔다.

녹음이 거의 끝나갈 무렵 그에게 책에 나오지 않은 몸 이야기를 들려달라고 졸랐다. 그는 곰곰이 생각하다가 "연애, 섹스, 가족에 대해 이 책에 쓰지 않기로 한 데에는 많은 고민이 있었기 때문"이라면서 "첫째로는 용기가 나지 않았고, 둘째로는 글솜씨가 없었다"라고 고백했다. 그러더니 잠시 숨을 고른 그는 내게 개괄적으로 쭉 연애, 섹스, 가족 이야기를 압축해서 들려주었다. 그리고 "선생님이 더 듣고 싶은 이야기는 뭐예요? 어떤 게 좋으세요? 그래도 꽂히는 게 있을 거 아니에요?"라며 오히려 내게 되묻는 것이었다.

갑작스러운 질문에 난감해하던 찰나, 그는 웃음 섞인 얼굴로 "물론 그 이야기를 꼭 한다는 건 아니에요"라고 또다시 농담을 던졌다. 내공이 부족했던 탓인지 그가 압축해서 들려준 이야기마저도 난 도저히 웃으면서 들을 수가 없었다. 아마도 심각해졌을 얼굴로 내가 선택한 단어는 '연애'였다. 그는 웃었고, 입을 열었다. 그리고 자신의 연애사를 털어놓았다. 나는 숨죽여서 들었다. 그의 연애 이야기는 이런 과정을 통해 나올 수 있었다.

저는 장애가 있고 다른 사람하고 속도가 달라요. 걷는 속도도 다르고 다른 사람들보다 차지하는 공간도 커요. 급하게 걸어가야 하는 사람에게 "나는 지금 천천히 가도 돼, 넌 먼저 가" 이런 말을 많이 하죠. 사실 저도 급한데 그 속도에 맞춰서 뛸 수는 없으니까. 그 사람을 편하게 해주려고 스스로 "난 여유가 있어"라고 변명하기도 하고. 대학에서 지리산 정상으로 MT를 가자고 하면 "나는 아프다"라는 변명을 많이 했죠. 그들과 함께하고 싶지만 산 정상에 가는 것이 제게 쉽지 않기 때문에 아프다고 핑계를 대거나 다른 일이 있다면서 빠져요. 그들에게 불편함을 주지 않기 위해 만드는 변명이 많죠.

그때는 왜 그랬나 싶어요. 나는 산에 못 가니까 바다에 가자, 라고 제안했으면 좋았을 텐데. 그 제안을 하는 게 미안했고 그들에게 내 몸이 부담될까봐, 불편할까봐 그들의 마음이 편하도록 변명을 만들어내는 경우가 있었죠. 일상에서 누군가와 보폭을 맞춰 걸어야 할 때도 그렇고 집단으로 여행을 갈 때도요. 제가 편한 대로 제안하고 싶지만 소위 '정상적인' 보폭을 갖고 있고 비장애인 중심으로 세팅된 걸 즐기려는 사람에게 제가 불편함을 제공하는 사람이 될까봐 변명을 많이 했던 것 같아요.

일단 기본적으로 장애가 있는 사람이든 장애가 없는 사람이든 남성과 여성은 연애관계에서 자원의 구성이 좀 달라요. 지금도 여전히 유효한 문제인데, 여성의 경우 몸이 자원인 경우가 많죠. 남성은 사회적 능력과 재원이에요. 연애할 때는 이 자원이 서로 중요하게 여겨지잖아요. 그런 상황에서 장애가 있는 여성인 저의 몸은 하자가 있는 몸이죠. 도저히 남성에게 채택될 수 있는 몸은 아닌 거죠. 그러면 남성과 연애하기 위해 어떤 전략을 세워야 할 것인가. 저 같은 경우는 가부장제 사회에서 소위 착한 여자나 순종적인 여자로서 여성성을 극대화시키기 위해 노력했어요. 여러분, 이건 1990년대 이야기입니다. 비장애인과 연애할 때 그게 잘 통했어요. 몸은 하자가 있지만 착하고 순종적인 여자라는 것이요. 나름대로 다른 전략을 가져야 했죠. 이를테면 얼굴이 좀 순하게 생겼다든지. 실제로 비장애 남성들이 자기에게 착하고 순종하는 장애 여성을 연애 상대로 많이 채택해요.

저도 그런 케이스였어요. 비장애 남성과 연애할 때 동등해지고 싶은 욕구가 있었는데 그걸 참아내는 게 힘들었어요. 그 남자가 가진 가부장성과 폭력성이 있었고 그의 일방적인 요구를 맞춰나가야 했어요. 그래야 여성으로서 인정받는다고 생각했거든요. 굉장히 가학적인 연애를 했던 것 같아요. 그때는 그게 연애에 필요한 과정이라고 생각했어요. 지금의 저는 용감하게 이런 말을 하지만 당시에는 남자가 원하는 연애를 했죠. 이 남자를 잡아서 결혼을 꼭 해야겠다고 생각했어요. 제가 장애가 있기 때문에 가족을 구성했을 때 둘 다 장애가 있는 것보다는 낫다고 생각했거든요. 가부장제 사회에서는 남성이 가정을 대표하잖아요. 그렇기에 제가 구성한 가정이 사회에서 정상적으로 보이려면 비장애 남성과 결혼해야겠다고 생각했죠. 절대로 장애 남성과 결혼할 일은 없다면서요.

그렇게 그 사람의 일방적인 연애를 감당해야 했어요. 저는 장애가 있는 여성이지만 비장애 남성이 대표하는 정상가족을 이루고 싶은 욕구가 상당히 있었어요. 그래서 꿈을 꾸었죠. 나는 다리를 절어 잘 못 걷지만 내가 힘들 때 나를 두 팔로 번쩍 안고 걸어갈 수 있는 남자를 요. 아이를 내가 업을 수는 없지만 그 남자가 업어줄 수 있고, 그 아이에게도 정상가족을 구성해줄 수 있다고 생각했어요. 내 가족의 정상성을 위해서라면 내 연애가 일방적이더라도 견뎌야 했죠. 그래서 그 남자와의 연애가 잘됐어요. 제가 많이 참고 많이 노력했으니까. 그렇게 참으면서 연애했지만 '결혼'이라는 말이 그 남자 입에서 나왔을 때 행복했어요.

그런데 결혼하려고 그 남자 부모님을 만났을 때 다 깨진 거죠. 저는 4인 가족의 정상성을 꿈꿨는데, 그 남자의 어머님이 '꿈 깨라'는 말을 많이 했던 것 같아요. 아이는 낳을 수 있냐, 남편 밥을 차려줄 수 있냐, 네가 뭘 할 수 있냐, 병신의 몸으로. 이렇게 이야기했어요. 그때 자각했던 것 같아요. 처음부터 이 연애는 나에게 불리했다고. 사회가 요구하는 정상성을 갖추기 위해 나 스스로를 누르면서 연애했구나. 그래서 많이 울었어요. 여러분도 연애하면서 많이 우셨겠지만요. 남자의 어머님에게 그 이야기를 듣고 처음으로 용기내서 먼저 말했어요. 이 관계는 아닌 것 같다고요. 넌 나쁜 놈이고, 너와의 연애는 끝이라고 선언했죠.

연애 기간이 2년 정도 됐는데, 길지도 않은 시간에 제 많은 걸 투여했던 것 같아요. 그렇게 선언하고 그 사람과 헤어진 다음에 정말 행복하다, 속이 시원하다고 생각했어요. '이제 내 인생에 결혼은 없어, 끝이야'라면서 사회가 요구하는 정상성에서 벗어나 다른 생각을 할 수 있을 만한 곳을 찾아다녔던 것 같아요. 그게 1990년대 중반이었고,

페미니즘이 뭔지도 모를 때였어요.

저는 많은 사람과 연애를 했어요. 그런데 특히 비장애 남성과 연애하면서 그 사람의 가족을 만날 때는 여성이 아닌 장애인으로 무성화되는 경험을 많이 했던 것 같아요. 그런 경험은 아픔이죠. 누구에게나 연애의 각본이 있고, 장애인이든 비장애인이든 그 연애의 각본 안에서 움직이지만 장애 여성의 각본은 조금 더 복잡하게 꼬여 있지 않나, 이런 생각을 해봅니다. 앞서 말씀드렸던 연애가 제 가장 슬픈 연애였어요. 그후로 장애가 있는 남편을 만나서 결혼했어요. 지금은 저보다 중증장애인인 남편과 살고 있죠.

책에 가족과 결혼과 섹스에 대해 쓰지 않기로 결정한 데에는 고민이 있었어요. 일단 용기가 나지 않았고, 그런 이야기를 잘 쓸 수 있는 글솜씨가 없거든요. 가족 이야기를 하지 않은 이유는 제가 태어난 원가족의 아버지가 어머니에게 가정폭력을 많이 저질렀기 때문이에요. 사람들에게 말은 하는데, 글은 어떻게 결말을 낼 수 있을지 몰라서 용기가 나지 않았어요.

또 저보다 중증장애인인 남편과 살고 있는데, 결혼과 관련된 여러 에피소드를 어떻게 결론 낼까 싶었어요. 장애 부부가 살아가는 방식에 대해 사람들이 궁금한 게 많을 텐데 그 궁금함을 해소하는 수준으로 쓸까. 아니면 "아임 오케이, 잘살고 있어"라고 말하는 방식으로 쓸까. 정리가 안 됐어요.

그리고 섹스를 통해서 오르가슴을 그다지 만족스럽게 느낀 적이 별로 없어서요. 오르가슴을 잘 못 느낀 섹스를 뭐하러 이야기하나 싶었어요. 기쁜 섹스만 이야기할 필요는 없지만 제 섹스는 거의 슬펐던 것 같아요. 그런데 또 우울하게 쓰자니 섹스에 대한 예의가 아닌 것 같고. 용기가 없었어요. 슬픈 섹스를 쓰고 싶었는데 사람들이 읽고 우울해질까봐 쓰지 않았어요. 결론을 내지 못했는데 언젠가 용기가 생겨 이 이야기를 사람들에게 들려주고 공감을 얻고 싶다는 생각이 들면 한번 정리해 써보도록 하겠습니다.

배복주_ 장애 여성의 몸으로 49년을 살았고 장애여성공감에서 20년간 활동했다. 지금은 정의당에서 정치를 하고 있다.

글쓰기도 결국 몸으로
하는 일이더라고요

작가
이슬아의 몸

'글은 엉덩이가 쓴다'는 관용어가 있다. 글도 결국 앉아서 꾸준하게 버텨야 쓸 수 있다는 뜻일 텐데 저 말을 사용하는 이의 취향과 기호에 따라 '엉덩이'의 자리에는 무슨 단어가 오든 좋을 것이다. 다양한 단어들이 '엉덩이' 자리를 거쳐간다. 글은 손이 쓴다거나, 마음이 쓴다거나 혹은 발로 뛰어다니면서 쓴다거나.

직업이 기자인 이들은 '글(기사)은 발로 쓴다'는 말을 좋아한다. 현장까지 발로 뛰어가서 직접 눈으로 확인하고 써야 한다나. 작가 이슬아는 자신의 글쓰기 선생님이 글쓰기는 몸 중에서도 손으로 하는 일이라 말씀하셨다고 했다. 이는 글의 함량이 어떻든 일단 마감에 맞춰 손이 해낸다는 뜻이다. 이슬아는 여기에 더해 글쓰는 행위를 물위에 몸을 띄우는 일에 비유했다. "중요한 순간에 힘을 빼고 물을 믿고 내 몸을 맡기는 감각"이 소중하다고 했다.

대개 글쓰기는 머리로 하는 지능적인 행위라고 생각하는데 결국 모든 글쓰기 행위는 몸에 귀결된다. 발부터 머리까지 결국 몸에 귀속되니까 글은 몸이 쓴다고 볼 수 있다. 이슬아가 쓰는 글은 그 중에서도 눈에서 온다고 나는 생각했다. 한 시간 동안 인터뷰하면서 같이 이야기를 나눈 것을 빼고는 전혀 모르는 쪽에 가깝지만 그가 쓰는 글을 즐겨 읽던 터였다. 그는 자신과 주변인을 관찰한 결과물을 글로 많이 내놓았는데, 그 관찰의 과정이 내게는 참 경이롭게 느껴졌다. 그의 시선을 경유해 나온 글은 아주 따뜻하고도 자세했다.

이슬아는 과거 누드모델로 일했다. 누드모델이라는 건 보통 누군가에 의해 샅샅이 관찰당하는 직업이다. 그는 역으로 자신의 몸을 그리는 이들을 관찰하면서 '그림이 모두 그린 사람 자신을 닮아 있었다'는 걸 발견했노라 말한다. 관찰당하는 것에 멈추지 않고 다시 자기만의 시선으로 대상을 관찰하는 일. 훗날 이슬아의 작가론을 쓴다면 나는 이 대목이 아주 중요하게 들어갈 것이라 생각한다.

자신이 관찰한 것들의 이야기를 조심스럽게 풀어놓고 있는 그에게 "관찰하는 데 엄청난 재능을 지닌 것 같다"고 말했다. 이러한 반응을 보이고서 나 스스로도 놀랐다. 나 역시 글을 쓰는 사람으로서 동세대 작가에게 어떤 질투심도 없이 온전히 찬사를 내보이기는 어렵다고 생각했기 때문이다. 이슬아는 이를 가능하게 만들어주는 사람이었다.

연재 노동자가 되기 전에 여러 직업을 거쳐왔어요. 20대 초반의 많은 사람들처럼 저도 카페 아르바이트생이었고, 그다음에는 누드모델로 3년 동안 일했습니다. 카페 아르바이트가 시급이 너무 적어서 시간 대비 고수익 아르바이트를 생각하다가 당시에 시급이 비교적 셌던 누드모델이라는 직업을 알게 됐어요. 한국누드모델협회에 전화해서 모델을 하고 싶다고 말했고, 약간의 교육을 받은 뒤에 데뷔했습니다. 누드모델로서 전국 방방곡곡을 돌면서 일했습니다. 그 말은 전국을 돌며 옷을 벗으면서 일했다는 것이에요.

이전에는 몸에 대한 콤플렉스가 아주 많았던 것 같아요. 늘 통통한 아이였고, 한국 사회가 특히 마른 몸에 대한 기준이 가혹하다고 느꼈어요. 깡마른 여자 연예인을 보면서 청소년기를 지냈고, 조금만 허벅지가 굵고 엉덩이가 커도 스트레스를 받았죠. 몸을 자주 수치스러워했던 것 같아요. 항상 몸을 가리는 방식으로 박스티와 바지를 입고 다니다가 갑자기 누드모델이 됐어요.

엄청 홀가분한 경험이었어요. 누드모델을 하면서 많은 사람들의 알몸을 보게 됐어요. 몸이라는 게 각각 다른 느낌과 에너지와 힘을 갖고 있더라고요. 모두가 조금씩 초라하다는 걸 알게 됐어요. 예쁘다고 이야기되는 몸이나 뚱뚱한 몸이나 깡마른 몸이나 문신이 있는 몸이나, 체형이 어떻든 몸이라는 건 다 각각 다르게 예쁘고 각각 다르게 초라하다는 걸 느꼈던 것 같아요. 몸에 대해 생각을 너무너무 많이 하면서 자라다가 누드모델이 되면서 생각이 없어졌어요. 무던해진 느낌이 들었고 그 경험이 제겐 소중했습니다.

그림을 그리는 사람들에게 둘러싸여 한가운데 알몸으로 서 있는데, 다들 그림을 잘 그리니까 저를 실제 모습과 비슷하게 그려놓거든요. 근데 그 그림이 모두 그린 사람 자신을 닮아 있다는 게 놀라웠어요. 그린 화가의 체형이나 화가의 신체적인 특성을 미묘하게 닮은 제가 스케치북에 있는 것이죠. 저와 닮긴 닮았는데 그린 사람도 닮아 있다는 게 흥미로웠어요. 그래서 다른 사람을 인지할 때 자기 몸이 가진 특징과 한계로밖에 인지하지 못한다고 느꼈습니다. 몸으로 여과되니까요. 재밌다고 생각했습니다.

박스티를 입고 다니던 고등학교 시절에서 약간 입고 싶은 옷을 입고 누드모델로 데뷔하기까지 결심한 그 사이에는 연애와 첫 섹스가 있었는데요. 옷을 벗고 누군가에게 몸을 보이는 게 사실 별거 아니라는 느낌을 받았어요. 누군가가 나를 예쁘다고 혹은 괜찮다고 말해줘야만 진짜 그렇다고 믿게 되는 일은 너무 위태로워요. 그렇지만 지금껏 그런 말에 아주 의지했던 것 같아요.

엄마의 조언은 무력할 때가 있잖아요. 엄마가 예쁘다고 말해주는 것 말고 내가 잘 보이고 싶은 낯선 사람들, 내가 좋아하는 애인이 내 몸을 보고 예쁘다고 말해주는 것에 매달렸던 시기가 있었던 것 같습니다. 그런 말들이 주는 용기가 있었어요. 그즈음에 제가 입고 싶던 옷을 찾아 입게 됐고, 알몸으로 거울을 보기도 했죠.

저의 엄마는 다정하고 말을 예쁘게 하시는 분인데요. 항상 네가 뭘 더 하지 않아도 너무 훌륭하고 예쁘고, 너 그대로도 너무 좋다는 말을 평생에 걸쳐 해주셨어요. 엄마에게 그런 말을 들어도 학교에 가면 놀림을 받으니 엄마의 안목을 전혀 믿지 않고 청소년기를 보냈던 것 같아요. 하지만 그런 말들이 어디 가는 건 아니어서 항상 마음 한편으로는 엄마의 말이 맞기를 바라면서 자랐어요. 엄마가 저를 사랑해주고 혹은 제 몸이 참 좋다고 이야기해주고, 이런 말이 당장 효과가 없을지는 몰라도 살아갈 때 두고두고 용기가 되는 느낌이 들어요. 엄마에게 그런 이야기를 날마다 들으면서 자란다는 것이 흔치 않은 일이라는 걸 알아요. 운이 좋았다고 생각해요.

그녀가 평소에 하는 말들이 다 웃기고 좋아서 잘 받아 적었다가 제 연재에 쓰곤 해요. 엄마를 객관화하는 것에 저도 계속 실패하는 것 같아요. 그나마 엄마를 주어로 삼지 않고 '복희'라고 쓰거든요. 이름으로 호명하는 것이 도움이 됐어요. 나와 마주한 엄마 말고 다른 사람이 엄마와 마주한 경험과 증언을 들을 기회가 많았어요. 다른 가족 구성원들이 엄마를 어떻게 이야기하는지에 대해서요. 저희 엄마는 구제 옷가게를 하셨거든요. 그 옷가게 사람들이 엄마를 어떻게 대했는지, 혹은 엄마가 없을 때 엄마를 어떻게 이야기했는지, 그런 사람들의 증언 때문에 엄마가 저절로 입체적으로 보였던 것 같아요.

사람마다 호기심의 양이 다르잖아요. 좋아하는 사람이랑 좋은 기분으로 있을 때는 관찰력이 잘 발동하는 것 같아요. 그것도 다 몸으로 하는 일이라 정보를 습득하다보면 피곤해지잖아요. 저는 많은 정보와 아예 차단되는 시간이 꼭 확보돼야 누군가를 만날 힘이 생기는 것 같아요. 누굴 만나려면 발휘해야 하는 친절이랑 예의도 있고요. 그렇기 때문에 오롯이 혼자인 시간이 꼭 확보돼야 한다고 느껴요. 그래서 그런 시간이 확보되지 않은 채로 누군가를 만났을 때 굉장히 불친절하고 나쁜 사람이 됩니다. 친구들은 저의 이런 예민함과 까칠함을 잘 알고 있어요. 그들에게도 약간의 미안함을 갖고 우정을 맺고 있습니다.

저는 일간 연재를 하면서 매일매일 저에 대한 흑역사를 추가하고 있는 것 같아요. 안 해본 걸 해보고 싶어서 무리하다가 여러 가지 실수를 하고, 대체로 많은 일에 조급하다고 느껴요. 그러면서 과장된 표정을 짓는다든지, 웃기지 않은데 웃는다든지, 지나치게 예의바르거나 겸손한 척한다든지, 이런 태도의 실패를 많이 하는 것 같아요. 저에게 어떤 태도가 가장 편안한지 탐구하는 편이어서 어떤 자리가 끝나고 집에 오는 길에는 늘 후회를 많이 하곤 합니다. 저는 그게 20대라 그렇다고 생각했는데…… 아, 아니라고요. 아닌가봅니다. 어떡하죠. 여기 있는 30대 언니들이 30대에도 계속된대요.

부담이 몸으로 찾아오더라고요. 일간 연재 때는 특히 심했어요. 목 뒤랑 어깨가 너무 아파서 매일 힘들었어요. 그래서 살려고 운동을 열심히 했어요. 어깨가 안 아프려면 근육이 받쳐줘야 한다는 생각이 들더라고요. 실제로 약간의 근육운동을 하니까 많이 나아졌어요. 글도 등근육과 척추기립근으로 쓰는구나 하는 생각이 들었어요. 제 글쓰기 선생님이 글쓰기는 마음으로 하는 것도 아니고 머리로 하는 것도 아니고 몸으로 하는 건데, 그중에서도 손으로 하는 거라고 말씀하셨어요. 손이라는 건 단련된 손을 말하는 것 같아요. 아주 반복적인 마감을 통해서만 가능하고 죽이 되든 밥이 되든 문장을 완성하는 것이 익숙한 타자 치는 손을 말하는 것 같고요.

한번은 일간 연재를 하다가 아파서 입원한 적이 있었어요. 난소 쪽에 문제가 생긴 거예요. 그때도 마감해야 해서 입원한 채로 몸을 겨우 일으켜서 마감을 했어요. 생각해보면 글쓰기라는 게 손가락만 움직이면 되는 건데 왜 이렇게 아프지. 손가락만 움직이는 건 전혀 무리가 없는 일이거든요. 가장 중요한 힘이 없다는 느낌이 들더라고요. 그랬더니 선생님이 사실 글쓰기는 뱃심으로 한대요. 그러니까 모든 부분이 중요하다는 말이겠죠. 그래서 건강하기 위해 노력을 많이 하는데요. 일간 연재 때는 잘 못 먹어요. 지금 일간 연재는 쉬고 있는 상태고 다른 운동을 열심히 해서 식욕도 늘었어요. 그만큼 많이 먹고 있는데 그게 그렇게 뿌듯하더라고요. 저는 제가 밥 한 공기를 다 먹는 게 너무 좋아요. 그리고 간식으로 빵을 먹는 것도 좋고요.

　다른 것에 대한 허기도 많죠. 넉넉한 생활비와 전세자금 모으기에 대한 욕망이 많아서 열심히 일하는 것 같습니다. 모든 면에서 욕망덩어리라고 생각해요. 인스타그램도 많이 하고, 운동도 많이 하고, 연애도 왕성하게 해요. 여러 가지 욕망을 따라가다가 어쩔 수 없이 부지런히 살게 된 케이스인 것 같아요. 그 욕망이 계속될 것 같기 때문에 필사적으로 건강하고 싶은 사람이고요. 크게 상처받지 않는 몸과 부서지지 않는 몸에 대해서 생각하고 있습니다.
　실시간으로 뭔가 회자되는 시대잖아요. SNS를 보면 나에 대한 평가를 아주 많이 볼 수 있는데 그건 사실 창작자에게 독이라고 생각해요. 그걸 다 보다보면 겁이 나서 아무것도 못 쓸 것이라고 생각해서 의식적으로 좀 둔해지려고 노력해요. 그런데 예민하게 찾아볼 때는 밥도 잘 못 먹겠더라고요. 일간 연재를 할 때는 밥을 먹으면 조금씩 토하는 일상이 반복됐어요. 그게 거식증이겠죠. 연재가 끝나고 나니까 토하지 않았어요. 너무 마음의 장난 같은 일이고 수많은 사람들의 평가 속에 내 이야기를, 몸을 해치지 않고 신중하게 한다는 게 어렵구나 싶어요. 그게 요즘 저의 고민이에요.

다음 연재는 안 해봤던 시도들을 해보려고 해요. 다른 장르를 써보기도 하고 더 많은 사람을 등장시키기도 해보고요. 저는 좋은 필터가 되고 싶거든요. 제가 좋아하고 아름답다고 생각하는 사람들의 이야기를 최대한 잘 듣고 잘 본 다음에 전하는 일을 하고 싶어요. 그런데 내가 나만 귀하게 여기는 동안에는 그런 글이 잘 안 써지는 것 같아요. 이야기를 잘 통과시키는 투명하고 건강한 좋은 필터가 되고 싶어서 준비하고 있습니다.

이슬아_ 〈일간 이슬아〉 발행인. 헤엄 출판사 대표. 비건 지향인. 생활체육인. 지은 책으로 『부지런한 사랑』 『심신 단련』 『깨끗한 존경』 『나는 울 때마다 엄마 얼굴이 된다』 『일간 이슬아 수필집』 등이 있다.

털이란 게 사소하지만
저에게는 크거든요

피디
줄라이의 몸

성인이 되고 나서야 '털'이라는 콤플렉스를 극복했다. 극복했다고 말하기 민망한 것이, 스무 살이 되자마자 현대기술의 힘을 이용해 털을 죄다 밀어버렸기 때문이다. 레이저로 피부를 지지는 약간의 고통, 그리고 단백질 타는 냄새와 함께 내 눈앞에서 털을 대부분 없애버렸다. 지금은 시간이 꽤나 흘러 다시 듬성듬성 털이 자라나고 있지만 그와 동시에 나의 시력도 가파르게 나빠졌기 때문에 나름대로 만족하면서 살고 있다.

간격이 좁은 고등학교의 책상은 털이 많던 내게 스트레스로 다가왔다. 나는 대체로 전교에서 하복을 가장 늦게 입는 학생이었고 동복을 가장 빨리 입는 학생이었다. 하복을 입기 시작하는 날이면 화장실에서 털을 제거하느라 등교 시간에 제대로 맞춰서 나오지 못했다. 털이 미웠다. 제모를 위해 사용해보지 않은 제품이 없었다. 붙였다가 한 번에 뗄 수 있는 다소 고전적인 청테이프, 뽑고 나서 털이 자라기까지 꽤 긴 시간이 걸린다는 장점이 있는 핀셋, 간단하지만 매일 사용해야 한다는 단점이 있는 일회용 면도기, 냄새가 묘하지만 힘들이지 않고 털을 제거할 수 있는 제모크림까지. 브랜드도 다양하게 바꿔가면서 매해 여름을 보냈다. 한여름을 지나 약간 경계가 느슨해지면 가장 간편한 면도기를 사용하기 시작했다. 그러던 어느 날이었다.

"지영아, 왜 이렇게 팔이 따끔해?"

아침에 늦게 일어나서 털 깎는 걸 잊어버리고 온 날이었을 것이다. 친구와 팔이 스쳤는데 그새를 못 참고 삐죽 나온 내 뻣뻣한 털이 그의 팔을 스치고 만 것이다. 친구는 영문을 모르겠다는 듯 내 팔을 쳐다봤다. 아마 평소에 제모를 하지 않아도 될 정도로 팔에 털이 많지 않은 친구였을 것이다. 나는 팔을 등뒤로 재빠르게 숨겼다. 하지만 붉어진 얼굴은 숨길 수 없었다. 10년이 지난 지금도 그날의 기억이 생생하다.

나는 털에 대해서라면 할말이 아주 많았다. <말하는 몸>의 시범 녹음차 처음으로 녹음실을 방문한 출연자는 공교롭게도 검은 털이 많아 고민인 줄라이다. 우리는 서로 털에 대한 꽤 재밌는 에피소드를 주고받으면서 한 시간가량을 쉴새없이 떠들었다. 인터뷰할 때는 되도록 질문만 하려는 나조차 털에 대해서는 쌓인 말이 많았는지 입이 간지럽기까지 했다.

'아, 이건 정말 털이 많지 않은 사람은 못 할 경험들이지.' 녹음을 마치고 집에 가는 동안에 그런 생각이 들었다. 두꺼운 옷에 꽁꽁 감춰진 내 팔을 보기 위해 소매를 힘차게 젖혔다. 레이저로 지진 탓에 이제는 뻣뻣한 힘을 잃어버린 털이 옷에 쓸리면서 가지런하게 줄을 섰다. 그 모습을 내려다보았다. 그날은 털을 보면서도 좀 웃었던 것 같다.

저는 겨울이 좋아요. 너무 좋아요. 어릴 때부터 저는 계절이 바뀌는 걸 털을 드러내야 하는 계절과 그렇지 않은 계절로 구분했어요. 날이 더워지고 여름이 다가오면 애들이 하나둘씩 재킷을 벗고 반팔 차림으로 교실을 돌아다니기 시작하잖아요. 저는 반 친구들 서른 명 중에 가장 끝까지 긴팔을 입는 애였어요. 너무 더워서 반팔을 입기 시작한 날에는 남자애들이 어김없이 놀렸어요. 넌 여자인데 팔에 왜 이렇게 털이 많냐고요. 그 말을 매년 들어야만 했어요. 저는 그래서 반팔을 입은 날이면 그 말을 들을까봐 두려워하면서 아침 등교를 했어요. 여름이 지나가고 가을이 되어 긴팔을 입는 날을 기다리곤 했어요.

제모라는 게 쉽지만은 않은 선택인 것 같아요. 특히 다모多毛인들이라면 다 아시겠지만 '털을 깎으면 털 하나가 나야 할 구멍에서 세 가닥이 자란다'는 말이 있잖아요. 털이 더 억세진다고요. 그래서 학생 때는 감히 제 팔과 다리에 칼을 들이밀 용기가 없었어요. 또 저는 제주에서 태어났거든요. 지금은 많지만, 제가 자랄 때는 제주도에 드러그스토어 같은 게 없었어요. 서울로 대학을 와서야 여성용 면도기 등 제모할 수 있는 여러 가지 선택지가 있다는 걸 알게 됐어요.

타인과 제 팔이 스친다는 건 정말 상상하기도 싫은 상황이에요. 만약 제 털의 역사를 정리할 수만 있다면 누군가와 팔이 스치는 상황이 아주 큰 챕터로 들어갈 거예요. 여름이면 늘 신경쓰죠. 누군가와 피부가 닿는 게 신경쓰여서 제모하기 위해 아침에 한 번, 저녁에 한 번 화장실을 가야 했던 경우도 있어요. 털을 밀어도 하루를 못 가거든요. 아침에 털을 밀었다고 해서 그게 24시간 유지된다는 보장이 없어요. 생리대도 그렇고 면도기도 그렇고, 여성스러움의 평균을 맞추기 위해서 쓰는 돈이 생각보다 많아요. 학생 때는 면도기를 사는 것도 큰 부담이었죠.

저는 여름에 털을 깎지 않고서 반팔을 입을 수 있다는 생각을 해본 적이 없어요. 저 같은 사람이 많이 나와서 이야기했으면 좋겠어요. 지금 털에 대해 말하고 있지만 사실 용기가 별로 없어요. 저처럼 이렇게 작정하고 말하는 것보다 일상생활에서 이 주제에 대해 가볍게 떠들 수 있는 사람들이 더 용기 있다고 생각해요.

예를 들어 남자인 친구가 "나 요즘 털이 너무 많이 자라. 여자들은 이해 못 하겠지만"이라고 말했을 때 "아냐. 우리도 그래"라면서 일반 여성들이 가진 손가락 마디 털 이상의 이야기를 할 용기가 없어요. 얼마 전에도 오랜만에 만난 남자 동기가 "나 수염이 빨리 자라는 것 같아. 출근하기 전에 밀면 퇴근 후에 자라 있어"라고 했어요. 그 말에 저도 공감했어요. 사실 그 자리에서 "아, 맞아. 내 팔 털도 그래"라고 말하고 싶었어요. 하지만 말할 수가 없었어요. 마치 한 번도 겪어보지 못한 경험을 듣는다는 듯이 "너네는 그렇구나" 하고 말았죠. 수영장에 갈 때 제모를 안 하고 간다는 건 상상하기 힘들어요. 그냥 쪽팔려요. 솜털이 아닌 검은 털을 남들이 보지 않았으면 좋겠어요. 그런 털을 볼 때면 내 몸이 좀 혐오스럽기도 하죠.

애인을 만나는 경우에는 이 콤플렉스가 더 심해져요. 팔을 스치는 사이가 생긴 거잖아요. 언제든 팔을 스칠 수 있는 사람이 생긴 거니까 제 예민함은 정말 다모인들만 이해할 수 있지 않을까요. 애인에게 털이 많다는 이야기를 듣지 않기 위해 무던히 애를 쓴 것 같아요. 사실 손가락 마디의 털은 많은 여성들이 갖고 있는 거잖아요. 그런데 그런 부분도 남자들은 아무렇지 않게 지적하거든요.

회사에 면도기를 들고 다니기도 했어요. 사람들과 몸을 부대낄 것 같은 상황이 올 때 면도기가 제일 먼저 생각나요. 다급하게 화장실에 다녀오기도 했고요. 어제도 애인이랑 만나기로 해놓고 '제모 언제 했지'부터 떠올렸어요. 만나기로 약속을 잡자마자 딱 그 생각이 먼저 떠올라요. 혹시라도 지금 제가 만나고 있는 분이 이 이야기를 알게 될 수도 있는데, 저는 절대 이 말을 대면으로 허심탄회하게 하지는 못할 것 같아요. 혹시 알게 된다면, 털에 대해 아무렇지 않다면 '아무렇지 않다'고 제게 말해주면 좋겠어요.

제모 시술은 아직 안 해봤어요. 의외로 많은 분들이 겨드랑이털 제모 시술을 하잖아요. 그런데 저는 해본 적이 없어요. 그 이유에 대해서는 정확히 설명하기 어려운데요. 감당하기 힘들지만 이 수치심을 내가 그대로 안고 가는 게 미완성인 나를 극복할 수 있는 계기처럼 느껴져서요. 이상한 반항심인 것 같아요.

저는 등에도 털이 많아요. 보통 여성들은 솜털처럼 난 경우가 많잖아요. 그런데 저는 까만 털이 있어서 등이 파인 옷도 못 입어요. 그래서 학생 때는 전신 제모를 하는 게 인생의 목표 중 하나였어요. 삶이 너무 빡세서 아직 실천하지 못하고 있어요. 그런데 페미니즘을 접하면서, 적어도 영구 제모가 삶의 0순위는 아니게 됐어요.

극복은 못 했는데 페미니즘을 접하면서 '털이 부끄럽다'는 마음과 '이걸 왜 부끄러워해야 하지'라는 마음 중에 그래도 두번째 마음이 몸안에서 힘을 받고 있어요. 부끄럽지만 부끄러워할 필요가 없다, 극복할 필요도 없다, 이게 지금 제 안에서 응원받고 있는 문장입니다. 적어도 저의 페미니즘은 털에서 시작됐거든요. 제 몸에는 너무 많은 불완전한 요소가 있어요. 세상 사람들의 시선이 만들어낸 부분이 있고 그것에 제가 의식하는 부분이 더해져서 더 큰 콤플렉스가 됐어요. 그런데 둘 중 무엇이 먼저인가를 말하자면, 사회적 시선이 먼저인 것 같아요. 같이 바꾸어나갔으면 좋겠어요. 그래서 이렇게라도 말하고 있습니다.

줄라이_ 글을 쓰고 영상을 만든다. 언젠가 페미니즘이 기본값이 되는 세상이 오길 바라며 한 사람의 몫을 다하려 노력하고 있다.

폴댄스를 하면 할수록
몸에서 자유로워졌어요

작가
곽민지의 몸

본래의 내 성격과 기자라는 직업이 맞지 않는다는 건 일찍이 알고 있었다. 소심하고 내성적인 나는 취재원에게 전화를 하려면 몇 번 마른침을 삼켜야 한다. 회사에는 좀 미안한 고백이지만, 가끔 취재원이 전화를 받지 않기를 바랄 때도 있다. 거절당하는 일은 익숙해졌으나 그렇다고 아프지 않은 건 아니다. 내 쪽에서 먼저 별다른 이유 없이 만나자는 약속을 잡는 일도 거의 없다. 곽민지는 내게 이 드문 경우에 속하는 귀한 사람이다.

그는 '나는 내 뜻대로 살겠다'라는 의미를 담은 한 편의 멋진 글을 기고했다. 그는 당시 방송작가로 일하고 있었다. 나는 그 글을 보고 그에게 전화를 걸어 먼저 만나자고 말했다. 물론 이유를 만들자면 아주 없는 것도 아니었다. 당시 나는 방송작가의 노동 조건과 처우에 대한 기사를 써볼까 고민중이었다. 그렇지만 그런 이유를 대지 않았는데도 곽민지는 만나자는 나의 제안을 선뜻 수락했다.

그는 글도 잘 쓰지만 입담이 좋은 사람이었다. 그가 그날 방송작가에 대해 해주었던 이야기는 훗날 내 기사에 담겼다. 몇 달 뒤 그 이야기의 일부를 기사로 쓰겠다고 다시 한번 작가를 찾았는데, 그때도 흔쾌히 한 시간이 넘는 취재에 응해주었다. 그와 직접적으로 관련된 기사도 아니었다.

기자는 남의 말 없이는 기사를 쓸 수 없다. 남의 말을 빌려 먹고 사는 직업이다. 물론 어떤 직업이든 그렇겠지만 특히 기자는 남의 친절과 호의에 기대 사는 직업임에 분명하다. 곽민지는 내가 내 소심함을 이기고 괜히라도 연락해 자주 그 친절과 호의에 기대고픈 사람이었다.

몇 년 뒤 그의 SNS를 보고 다시 연락했다. 그는 그사이 책을 한 권 낸 상태였고, 또다른 책의 출간을 준비중이었다. 그가 낸 책은 부모님과의 여행기를 유쾌하게 적은 에세이 『걸어서 환장 속으로』(달)였다. 한 번 제목을 들으면 도저히 잊어버리기 힘든 그 책의 존재를 나는 일찍이 알고 있었지만, '곽민지 지음'이라고 적힌 표지를 보고서도 내가 아는 그 사람일 것이라고는 도저히 상상하지 못했다. 그러다가 SNS에서 그의 계정을 우연히 보고 나서야 '이 곽민지가 그 곽민지'라는 걸 알게 되었다.

나는 연락한 지 1년이 넘은 그에게 안부를 묻기도 전에 질문 먼저 던졌다. "『걸어서 환장 속으로』 쓴 게 작가님이었어요?" 그는 그렇다고 했고 최근 폴댄스를 배우고 있으며 폴댄스에 대해서 쓴 에세이가 곧 나온다고 알려주었다. 그 책은 『난 슬플 땐 봉춤을 춰』였다. 제목에서 느껴지는 저자의 지독한 연속성 때문에 나는 한참을 웃었다. 제목처럼 신나는 그의 폴댄스 도전기를 보아주시기를.

저는 평생 근력운동을 해본 적이 없었어요. 다이어트를 하고 싶어서 유산소운동을 한 적은 있는데, 근력운동을 해야겠다는 생각이 들어서 폴댄스를 시작했어요. 폴댄스 체험수업을 갔는데 선생님이 양 팔을 쭉 뻗어서 폴을 잡고 매달려보라고 했어요. 매달리자마자 바로 툭 떨어졌어요. 생각해보니까 어릴 때 빼고 철봉에 매달린 적이 없더라고요. 만일 재난상황에서 어디 매달리게 되면 나는 가느다란 팔 때문에 죽겠구나, 싶었어요. 이전까지 저는 제 가느다란 팔이 제일 자랑스러웠거든요.

사람들이 폴댄스를 야한 춤이라고 생각하는 경우가 많은데, 그렇지 않아요. 근력과 피부마찰로 버티는 운동이에요. 버스에서 쇠봉을 잡을 때 손에 미끄러운 오일 같은 게 발려 있다면 잡을 수 없잖아요. 마찰이 필요하기 때문에 미끄러짐을 방지해주는 제품을 손에 바르고 시작해요. 온몸을 마치 손처럼 써요. 다리가 접히는 부분으로 폴을 잡아서 버틴다든지 몸의 일부를 밀고 당기면서 버티기 때문에 섬유로 덮여 있는 몸의 일부는 아예 못 써요.

쉽게 생각하면 자전거 타는 분들이 공기저항 때문에 몸에 딱 붙는 옷을 입잖아요. 폴댄스는 천으로 덮여 있으면 그 부분은 아예 못 쓰고 폴에서 떨어져서 난이도가 올라갈수록 옷이 점점 더 작아져요. 고난도 동작일수록 몸을 많이 쓰거든요. 우리가 흔히 '엉밑살'이라고 부르는 엉덩이 아랫부분으로 버티기도 해요. 경기복 같은 거라고 생각하시면 편할 것 같아요.

동작을 해내면 이를 기념해서 영상을 찍어요. 그 영상을 제 SNS에 올리는데 어느 날 모르는 사람이 제게 메시지로 '스트리퍼가 되고 싶냐'고 물어보더라고요. 굉장히 불쾌했죠. 여성의 몸이 드러났다는 이유만으로 그 몸이 무슨 일을 하는지는 지워버리는 거죠. 그저 벗은 여성의 몸이라는 이미지밖에 남지 않고, 더 나아가 '벗은 여자'는 품평해도 되는 여자로 취급해도 된다는 생각이 있었던 거예요.

실제로 어느 폴댄스 강사분은 '폴댄스를 앞에서 보여주시면 좋겠다, 혼자 앉아서 구경할 거고 돈은 넉넉히 드리겠다'라는 메시지를 받았다고 해요. 이분은 선수이자 강사인데 '구매할 수 있는 여자' 취급을 하는 거죠. 일부 남성들이 여성의 활동이나 실력에 집중하지 않고 이 사람이 어떻게 생겼는지, 어떤 걸 입는지, 또 그게 본인에게 어떻게 다가오는지를 두고 무례하게 굴어요.

폴댄스는 대상화되기 쉬운 운동이에요. 그런데 폴댄스를 하는 사람들은 오히려 대상화에서 자유로워지는 경험을 많이 해요. 전에는 보들보들하고 가느다란 몸이 예쁘다고 생각했다가 이제는 피부도 하는 일이 있다는 생각을 하거든요. 피부 표면으로 폴에서 버티고 내 몸의 모든 부위가 폴 위에서 기능하기 때문에 대상화에서 굉장히 자유로워져요.

전에는 그런 생각을 했어요. '내 몸이 하는 일이 별로 없다는 생각이요. 물론 직장도 가고 일을 하니까 하는 일이 아예 없진 않죠. 그런데 각 부위의 기능이 없는 것 같은 거예요. 그런데 또 부위별로 품평은 당하는 거죠. 종아리 알이 너무 크다든지, 승모근에 보톡스를 맞아야 한다든지, 브래지어 했을 때 삐져나오는 살에 대해 이야기를 한다든지. 제 몸이 충분하지 않고 표준적인 몸에서 벗어나 있다는 생각을 많이 했어요.

그런데 폴댄스는 온몸을 손처럼 쓰잖아요. 엉밑살 덕분에 폴에서 버틸 때도 있고요. 각 부위가 실제로 기능을 하는 거예요. 어떤 동작을 완성시키려면 내 허벅지가 도와줘야 가능한 거죠. 지난주에는 오금에 힘이 부족해서 폴에서 떨어졌는데 이번주에는 되는 거예요. 이러면 남이 내 몸을 봤을 때 어떻게 생겼다는 게 중요하지 않고 내 몸의 부위가 나와 같은 팀이 됐다는 느낌을 받아요. 어깨가 좀더 커지니까 몸을 지탱할 수 있는 시간도 늘어났어요.

그동안 사용하지 않았던 부위를 폴하고 마찰시켜서 체중을 실어 버티다보니 멍도 자주 들어요. 예전엔 어른들이 여자 다리에 멍들면 큰일난다고들 하셨잖아요. 목욕탕에 가도 세신사가 "젊은 아가씨가 멍이 왜 이렇게 들었냐"고 하는데, 폴댄스는 마찰이 필요한 운동이고 힘을 주다보니까 당연히 멍이 들어요. 폴댄스 하는 사람들은 멍드는 걸 자랑스럽게 생각해요. 멍자국을 '폴키스'라고 부르거든요. 폴과 교감할 때 폴이 남긴 영광의 흔적이라고도 이야기하고요. 상체가 약하고 매달리는 운동을 해본 적이 없다보니 무리해서 올라갔다가 목이나 어깨를 다치기도 했어요. 점점 다치지 않고 운동하는 방법을 알게 돼요. 그것도 내가 몸을 많이 써봐야 알아요.

내 몸을 있는 그대로 사랑해야 해, 이런 말들 많이 하죠. 어떻게 보면 공허하잖아요. 저는 항상 저를 하체비만이라고 생각했어요. 친구들끼리 농담으로 "나는 하비야"라는 말을 달고 살았는데, 저는 허벅지가 굵은 편이기 때문에 허벅지로 버티는 자세를 다른 사람보다 좀 더 빨리 배웠어요. 실제로 온몸이 하는 일이 있고 기능이 있으니까 마음에서 우러나서 믿어지는 거예요.

그렇게 허벅지도 하는 일이 있는데 누가 제게 "네 허벅지 못생겼어"라고 하면 '넌 이게 어떤 일을 하는지 아무것도 모르면서'라는 생각이 들 것 같거든요. 편해지더라고요. 식사량 조절도 하지 않게 됐어요. 폴댄스가 절식하면서 할 수 있는 운동도 아니에요. 지금은 잘 먹어요. 몸무게가 68킬로그램 나가거든요. 많이 나가는 게 아닌데도 부끄러워서 말하지 못했던 것 같아요. 그런데 지금은 내가 68킬로그램의 몸으로 하는 일이 있기 때문에 편해졌어요. 그 숫자는 내 것이니까 사람들이 거기에 대해서 말할 자격이 없다는 생각이 들어요.

제가 방송국에서 일을 하거든요. 방송국 엘리베이터 안에서 '얼마 전 연예인 누구를 봤는데 걘 어디가 뚱뚱하더라' 이런 이야기가 들려요. 그러면 작아지다가도 그날 저녁에 폴댄스를 하러 가면 '아니지, 사람의 외모를 평가하면 안 되지'라면서 털어낼 수 있는 거예요. 일 특성상 여자 연예인을 만나는데, 엄청 말랐음에도 끊임없이 몸에 대해 고민하는 모습을 자주 봐요. 힘들겠다고 느끼면서도 이런 모순을 담아내는 업계에서 일을 하고 있어요.

최근 여성 연예인들이 자신의 세계를 바꾸자면서 용기가 되는 말을 많이 해주잖아요. 댓글이 달리더라고요. 이제 와서 '페미팔이'를 한다고요. 남 일 같지가 않더라고요. 저 역시 제 몸을 떳떳하지 않게 보던 시절이 있었고, 나쁘다는 걸 인식하면서도 외모지상주의에 부역했던 적도 있고요. 내가 내 외모를 비하하는 일도 상대방에게 외모 스트레스를 부추기는 것이 되는데, 이를 몰랐던 시절도 있었어요. 여성으로서 내 몸이 얼마나 대상화되었는지 인식할수록, 폴댄스를 할수록 과거의 나를 수치스러워하게 되는 거예요. '예전에 나는 왜 그런 생각을 했지'라면서요.

이 말을 하는 동안에도 나는 실시간으로 계속 과거의 내가 돼요. 불안해지는 순간이 자주 와요. 여기서 한 말 중에 2년이 지나도 떳떳한 말은 몇 마디나 될까. 그래서 저는 오히려 저를 보는 마음으로 앞으로 여성 연예인에게 더 관대해야겠다는 생각을 많이 하거든요. 결국 우리가 느끼는 수치심이나 반성, 피로감도 약자이기 때문에 느낀다는 생각이 들어요.

저는 공저로 다이어트 책을 써본 적도 있거든요. 뷰티 프로그램을 제작한 적도 있고요. 나름대로 보람 있는 작업이었지만 마음 한구석에는 어딘가 외로웠어요. 그래도 누군가 나와 비슷한 입장에 있는 사람이 미래에 대한 이야기를 들어줬으면 좋겠다는 마음이 컸던 것 같아요. 그간 남들이 내 몸을 보는 것과 같은 방식으로 내 몸을 봐왔다고 해서 그런 자신을 폄하하거나 미워하지 않았으면 좋겠어요. 애초에 여성의 몸을 있는 그대로 보는 세상에서 살지 못해 내 몸을 아껴주지 못했던 우리에게도 좀 따뜻하고 관대하면 좋겠다는 생각이 들어요. 특히 사회가 여성들에게 더 그런 것 같아요. 뭔가 못하는 것, 우수하지 않은 것, 실수하는 것에 대해 수치심을 느끼도록 해요. 여자애가 왜 이렇게 칠칠치 못하느냐고 하거나 넘어지는 것도 좀처럼 허용하지 않고요.

폴댄스는 좋은 게 뭐냐면요. 선생님들이 그런 여자들을 너무 많이 만나봤거든요. 브래지어랑 팬티 차림으로 부끄러워하는 여성들을 상대로 레슨을 해보신 분들이잖아요. 실패했을 때도 걸음마하는 아기를 다루듯 "되게 잘했어요"라고 말하고요, 못했어도 "잘했어요"라고 말해주세요. 운동을 처음 하는 여성으로서 느끼는 수치심을 잘 알아준다는 걸 느꼈어요. 성인이 되어서 운동할 때 좋은 점은 실패하더라도 칭찬받을 수 있는 유일한 기회이기 때문이에요. 정말 못했더라도 거기까지 온 나를 칭찬해주면 돼요.

친구들 만나보면 '폴댄스가 재미는 있는데 늘지 않아서 그만뒀다'는 이야기를 많이 들어요. 어느 정도 하지 못하면 '난 이걸 할 자격이 없구나'라고 스스로를 탈락시키는 느낌이 많이 들거든요. 그런데 남자들은 무릎이 깨지면서도 축구를 배우고 못해도 동네 친구들끼리 서로 배우잖아요. 여성들은 실수하는 걸 사회에서 관용해주지 않았기 때문이 아닐까 싶더라고요.

그러나 운동을 안 하고 내 몸의 기능을 깨치지 않아도 내 몸을 있는 그대로 받아들일 수 있는 환경에서 살았다면 이런 여정 없이도 진작 행복하지 않았을까요. 운동이라는 게 사실 평등하지 않잖아요. 신체적인 한계나 여건 때문에 운동할 수 없는 분들을 좌절시키고 싶지 않거든요. 누구든지 타인을 경유하지 않은 눈으로 내 몸을 바라볼 수 있으면 좋겠다는 생각을 갖고 있는데, 그 방법은 각자에게 맞는 방식이었으면 좋겠어요. 저에게는 그게 폴댄스였고 다른 사람은 사랑하는 사람이 해준 좋은 말일 수도 있고요. 어떤 분은 강인해서 처음부터 그런 걸 신경쓰지 않고 살 수도 있죠. 어떤 경위로든 다른 사람의 시선에 의해 나 자신을 학대하지 않았으면 좋겠어요.

그래서 여러분, 폴댄스는 제가 너무 사랑하지만 해도 좋고 안 해도 좋아요. 애초에 폴댄스로 깨치지 않고 방바닥에 누워서 귤을 까먹으면서 내 몸을 온전히 사랑할 수 있으면 얼마나 좋았을까 싶기도 해요. 다들 그러셨으면 좋겠고요. 우리 모두에게 좀더 관대하고, 특히 미래에 대해 하는 이야기는 무조건 들어주셨으면 좋겠습니다. 저는 제 이야기를 들어줬으면 하니 저도 여러분의 이야기를 들어줄게요.

곽민지_ 작가 겸 콘텐츠 제작자로 일하고 있다. 지은 책으로 폴댄스로 재발견한 몸 이야기를 담은 『난 슬플 땐 봉춤을 춰』가 있고, 비혼라이프 팟캐스트 〈비혼세〉를 진행하고 있다.

'귀여운 몸'이라는 사회적 자원을
놓치기 싫었어요

〈비마이너〉 편집장
강혜민의 몸

한동안 택시 타는 일을 꽤나 좋아했다. 대학교를 졸업하기 전까지만 해도 자진해서 조수석에 타고 목적지까지 가는 동안 기사님과 함께 신나게 떠들었다. 택시기사님들은 의아해하다가도 이내 본인들의 세상 사는 이야기를 해주었다. 나와 다른 삶의 이야기를 들어보는 건 언제나 반갑고 고마운 일이었다. 설령 나와 맞지 않고 불편한 생각이더라도 말이다.

한번은 취미로 시를 쓰는 기사님을 만났는데, 그 기사님은 택시에서 내리려는 내게 '만나게 돼 고맙다'면서 자신이 쓴 시를 주었다. 나는 투박하게 A4용지에 출력된 시를 한동안 지갑에 넣어 다녔다. 이제는 목적지를 말하는 일도 힘이 들어 콜택시 앱을 이용해 목적지를 휴대폰으로 찍고 뒷좌석에 타서 한마디 없이 내내 졸면서 가는 어른이 됐지만, 그런 따뜻한 기억은 다행히도 오래간다.

스스로 '어린 학생'이 아니라 '20대 여성'으로 정체화하기 시작하면서 택시를 타는 일이 불편해졌다. 친근함으로 느껴졌던 기사님들의 반말도 점점 불편해졌다. 존중의 언어를 사용하는 고마운 기사님들도 있었지만, 일단 차림새를 보고 반말부터 꺼내는 기사님들도 있었다. 더이상 웃음도 나오지 않았다.

화장하지 않은 얼굴에 주로 청바지를 입고 택시에 타는 내게 나이를 물어보고는 "동안이네요"라면서 놀라는 일도 이제 반갑지 않다. 하지만 기사님이 이 말을 칭찬으로 사용하셨을 것이라 믿으면서 "감사합니다"라고 대답한다. 어떤 이들의 세상에서는 그 말이 분명히 선의일 거라고 믿고 싶다. 더 정확히 말하면, 나는 평생 타인과 불화하면서 사는 게 두려웠다.

내게 자연스럽게 반말을 하는 취재원을 종종 만난다. 일로 만난 사이에 초면부터 반말을 한다는 건 그리 유쾌한 일은 아니다. 여기서 나는 선택해야 한다. 왜 반말을 하시냐고 지적하거나 아니면 그냥 모른 척 넘어가는 것이다. 두 가지 이유로, 내겐 후자가 유리했다. 내게는 뭔가를 바로 지적할 수 있는 빠르고 유려한 말이 갖춰지지 않았고, 주관 없는 여성을 가장하는 일이 취재하기에도 더 편했다. 내게 '한 수 가르쳐주려는' '남성 어른'들을 보면서 내 심정은 복잡해졌다.

강혜민이 '귀엽다는 걸 놓기 쉽지 않다'라는 어려운 고백을 들려줬을 때, 처음으로 이 양가감정을 설명할 수 있는 언어가 생긴 기분이 들었다. 그제야 나는 필사적으로 스스로를 방어하고 있었다는 걸 알게 됐다. '어린 여성'이란 정체성은 사회적으로 결코 유리할 리가 없었다. 내 행동은 어떻게든 그 불리함을 유리함으로 바꾸고 싶다는 일종의 생존 본능이었다.

하루는 기자로서 라디오 생방송에 나가 내가 취재했던 사안 중 무척 중요한 주제에 대해 말했다. 돌아오는 댓글은 '귀엽다'는 말이었다. 나는 이런 말을 들으려고 방송에 나간 게 아니었다. 내가 취재중인 사안이 얼마나 중요한지, 얼마나 많은 사람들의 삶에 직접적으로 연결되는지를 설명하고 싶었다. 이제는 "감사합니다" 대신 "그 말은 잘못됐습니다"라 말하고 설명하는 사람이 되려 한다.

저의 외양을 먼저 설명할게요. 153센티미터 45킬로그램 정도 돼요. 30대인데 나이에 비해서 어려 보인다는 이야기를 많이 들어요. 20대에는 지금보다 좀더 마른 체형이었어요. 체구는 작고 말랐다고 생각할 수 있고, 피부는 하얀 편이에요. 그렇지만 저는 제가 말랐다고 생각해본 적이 없어요. 저는 늘 제가 약간 통통하다고 생각해요. 이 생각이 어디서 왔는지를 묻는다면 아주 어릴 때로 거슬러올라가요.

저에게는 두 살 터울의 오빠가 있어요. 어릴 때부터 오빠와 비교당하면서 자랐어요. 오빠는 늘씬하고 잘생기고 성격도 활달하고 공부도 잘해서 인기가 많았죠. 친구들 사이에서도 그랬고 가족 내에서도 인기가 많았어요. 저는 늘 조명에서 비켜난 사람이었어요. 오빠가 저를 뚱뚱하고 못생겼다고 되게 많이 놀렸거든요. 일화가 있어요. 가장 깊이 각인돼 있는 건, 어느 날 오빠가 제 팔목을 딱 잡은 거예요. 그러더니 굵다고 놀리는 거죠. 자기 팔목보다도 굵다고요. 정말 오빠 팔목보다 내 팔목이 굵네. 충격을 받고 역시 난 뚱뚱하고 못생겼어, 라는 생각을 체화한 것 같아요. 친척들도 늘 오빠랑 저를 비교했어요. 못생겼다는 이야기를 들어왔기 때문에 저는 늘 뚱뚱하고 못생긴 사람이라고 스스로 생각했어요.

대학에 들어오고 외부에서 저를 보는 시선이 좀 달라졌다는 걸 자각했어요. 새내기들이 오면 선배들이 의례적으로 예쁘다거나 귀엽다고 하잖아요. 그 말이 제게는 충격이었던 거예요. 내가 예쁘다고? 저에게는 너무나 생경한 경험이어서 놀랐던 거죠. 어떤 선배가 그때 제게 좋아한다고 했는데 누군가에게 내가 그렇게 보고 싶은 사람이고, 아침에 눈뜨면 생각나고 사랑스러워 보인다는 게 너무나 낯선 경험이었어요. 누군가 나를 예뻐해주고 사랑해준다는 게 신기해서 첫 연애를 시작하게 됐어요. 내가 그를 좋아하지 않음에도 불구하고요. 제가 그 사람을 많이 괴롭혔어요. '내가 이런 식으로 행동해도 날 좋아할 수 있을까?'라면서 연애 상대를 시험했던 게 제 연애 방식이었던 것 같아요.

그런데 지금은 저 같은 외양을 가진 사람이 사회에서 잘 수용되더라고요. 어려 보이는 여성이요. 저도 이런 제 외양을 이용하기 시작했어요. 엄청난 걸 한 건 아니고 일상적인 행위들에서요. 무거운 걸 들어야 하는데 잘 못하겠다는 소리를 내면 옆에서 들어주는 거죠. 내가 어떻게 하면 일상적으로 편하게 살 수 있는지를 의식적으로든 무의식적으로든 깨달았던 것 같아요. 그 이후로는 어려운 것들을 잘 하지 않고 살아왔죠.

한편으로는 만만하게 보이기 싫었어요. 이용당하고 싶진 않았거든요. 적당히 귀여워 보이면서도 만만하지 않은 사람으로 받아들여지기를 원했어요. 무시당하고 싶지 않다는 생각에 공부도 열심히 했어요. 그런데 내 신체와 외모가 사회적 자원이기도 하잖아요. 30대가 되면서 찔리는 거예요.

저는 이제 어린 여성이 아니에요. 눈가에 주름이 생기기 시작했어요. 그리고 저의 가장 큰 스트레스 중에 하나는, 배가 나오기 시작한 거예요. 20대 때는 똥배라는 걸 이해하지 못했어요. 저는 아무리 먹어도 살이 잘 찌지 않는 체질이었거든요. 식사량도 적어서 배가 늘 납작한 상태였다면 30대가 넘어서는 늘 고정적인 똥배가 생겼어요. 나이가 들어가는 저의 신체를 전혀 수용하지 못하고 있는 상태인 거예요. 제가 20대 중반쯤에 '서른 살이 되면 누드사진을 찍고 싶다'는 글을 썼어요. 우리를 감싸고 있는 살이라는 것이 내 세계의 내부와 외부가 만나는 경계잖아요. 그 삶의 모든 경계가 살과 주름에 세세히 기록되고 남는다고 생각하거든요. 사람들도 나이들어가는 걸 보면 표정이나 주름에 얼굴 근육을 어떻게 썼는지 기록돼 있잖아요. 그래서 누드사진을 찍고 싶었던 거예요.

저의 얼굴뿐만 아니라 허리와 등, 근육을 사진으로 기록해서 제 장례식에 그 사진을 전시하는 게 목표 중 하나였어요. 그렇게 자연스럽게 늙어가길 소망했는데 막상 신체적인 변형이 오니까 여기에 대한 저항감이 굉장히 거세요. 그 이유가 뭘까. 그 글을 쓸 당시의 저는 젊은 신체를 자원으로 활발히 활용했고, 지금의 저는 그 자원을 놓은 상태인 거예요.

저의 심리 상태를 좀더 정확히 반영한다면, 빼앗기는 느낌이에요. 빼앗는 주체는 누군지 모르겠는데, 빼앗기는 당사자로서 뱃살이 나오고 나의 피부가 중력의 이끌림에 의해 아래로 당겨지는 걸 수용하기가 힘들어요. 이런 몸을 누가 좋아하지, 성적 매력을 잃는 게 아닐까, 이런 생각들이 큰 거죠. 성적 매력을 잃을 때 이 세상이 여성을 얼마나 하찮게 대하는지를 알잖아요. 남성만이 아니라 같은 여성들 사이에서도요. 그런 시선을 알죠. 단지 몸집이 크고 뚱뚱하고 못생겼다는 이유로 어떤 존재들은 되게 하찮게 대해지기도 하죠. 내가 그런 취급을 당할까봐 무서운 거죠. 이런 두려움이 저한테는 생각보다 크더라고요.

귀엽다는 말을 많이 들으면서 살았어요. 외부에서 들리는 저에 대한 평가 중 하나죠. 귀엽다, 이 말이 제게 어떤 의미인지를 생각했는데, 어릴 때 하대받던 존재가 처음으로 타인에게 예쁨받고 사랑받는 존재 증명과도 같은 목소리였던 거예요. 그렇기 때문에 이 목소리를 놓기 싫은 거죠. 물론 저는 알아요. 예전보다는 자존감이 높아졌고 전문적인 일을 하면서 인정받고 있고 타자들과 관계 맺는 법을 알고 있어요. 그럼에도 불구하고 귀여운 존재로 있을 때의 따뜻한 관계 맺음이 제게 너무 강렬해서 이걸 놓기가 쉽지 않다는 생각을 했어요.
그런데 제가 일하는 곳이 장애인 언론사거든요. 굉장히 다양한 신체에 대한 사회적 담론을 만들어내는 곳이에요. 그런 점에서 제게 분열적이기도 하죠. 신체적 다양함을 주장하고 옹호하면서도 나는 여전히 이 사회가 선호하는, 미적 아름다움의 기준에 부합하는 신체에서 벗어나는 것을 견디기 힘들어해요. 이 세상에는 신체적 다양함이 있고 사회적으로 인정해야 한다고 주장하면서도 그게 경험으로 다가오는 순간, 힘든 거죠.
장애인 언론사에서 일한다고 하면 "좋은 일 하시네요"라고들 말하는데, 단순히 그런 게 아니에요. 일상을 사는 감각이 달라지는 경험을 해요. 저는 장애운동을 인권운동의 틀로만 규정짓는 것에 대한 불편함을 느껴요. 저 역시 비장애인 중심의, 여성보다 남성이 더 강한 힘을 갖고 있는 사회에서 살다보니까 자연스럽게 이런 감각을 익히게 된 거잖아요. 내가 어떻게 보여야 혹은 내가 어떤 행동을 해야 잘 수용되는지를 안다고요. 이건 누가 가르쳐주지 않아도 아는 반사적인 행위인 거죠. 그런데 제가 있는 공간에 여러 장애인 단체들이 함께 있다보니 밥을 먹고 이동하면서 여러 사람들과 함께 있는 거예요. 그러니 일상의 감각이 새롭게 구성되는 거죠. 장애인은 비장애인들에게 이미지화된 존재들이잖아요. 그런데 저는 한 명 한 명 그저 존재하는 사람으로서 관계를 맺고 있어요. 저는 이름을 가진 존재로서 그 사람들을 부르면서 지내는 거죠. 내 곁에 있는 사람들과 어떻게 더 잘 지내지, 고민하게 돼요.

사무실에 들어올 때 휠체어를 탄 사람들이 같이 있잖아요. 이 사람들이랑 같이 들어오려면 지하철을 타거나 저상버스를 기다려야 해요. 무진장 오래 걸리죠. 이 사회가 장애인의 시간과 비장애인의 시간은 달리 쓰게 만들었으니까요. 어떤 분이 교통상황을 보면서 '우리가 함께 있는 걸 방해한다'고 하시더라고요. 저는 좀 덜 방해받았으면 좋겠어요. 그런 바람이 있습니다.

강혜민_ 장애인 인터넷 언론사 〈비마이너〉 편집장. 참여한 책으로 장기투쟁 농성장의 이야기를 담은 『섬과 섬을 잇다 2』, 선감학원 피해생존자 구술기록집 『아무도 내게 꿈을 묻지 않았다』가 있다.

내 몸을 다 잘라버리고
싶다고 생각했어요

유튜버
배리나의 몸

내가 기억하는 한 나는 대체로 과체중이거나 비만이었다. 음식을 좋아하고 음식으로 스트레스를 풀려는 좋지 않은 습관 때문에 과체중과 비만의 경계를 위태롭게 넘나들었다. 살이 찐 사람들은 가장 가까운 사람들에게 오로지 나의 몸 때문에 자주 상처 입곤 한다.

엄마와 함께 옷을 사러 가는 날이면, 나는 세상에서 가장 작은 사람이 돼 있다. 이미 굳을 대로 굳은 내 어깨는 옷가게에 들어서면 더욱 움츠러든다. 내게 딱 맞는 옷을 발견할 수 없으면 엄마는 직원들에게 미안한 기색을 보인다.

옷가게는 그래서 내게 옷을 사러 가는 곳만은 아니었다. 그곳은 다이어트에 대한 전의를 불태우게끔 만들어주는 장소였다. "살을 빼라"는 엄마의 말 없이도 '살을 빼야겠다'고 다짐하게 만들어주었다. 그 효과는 때로 너무나 강력해서 헬스장에 다녀왔을 때보다 옷가게에 다녀왔을 때 나는 더 기진맥진했다.

'나는 예쁘지 않습니다'라는 제목의 영상으로 900만 이상의 조회수를 기록한 유튜버 배리나에게도 비슷한 경험이 있다. 옷가게에 가서 오로지 몸 때문에 미안해진 경험 말이다. 나는 그를 '우리'로 묶고 싶어진다. 아마 어떤 평행우주에는 엄마와 함께 옷가게에 들어가는 것만으로 송구해진 딸들의 자조 모임 같은 게 존재할지 모른다. 이 평행우주에서 우리 딸들은 신세한탄을 하다가 급기야 작디작은 천 쪼가리로 만든 옷을 더이상 입을 수 없다면서 옷가게를 접거는 지경에 이르렀을 것이다.

옷가게에 가면 우리는 왜 이렇게 작아지는 걸까. 왜 가장 가까운 사람들은 우리의 몸을 두고 다른 사람들에게 미안해하고, 우리에게 "건강을 위해서 살을 빼라"는 말을 아무렇지도 않게 그토록 자주 할까. 평생을 다이어트에 시달린 내게 이 말은 "건강을 위해서 일을 조금만 하라"는 것만큼이나 불가항력적이다. 이 사회에서 살을 빼지 않으면 인생이 고달파진다는 건 살이 찐 당사자가 가장 잘 알기 때문이다.

준비하지 않은 채로 돌발적으로 나오는 질문이라는 건 어느 정도 내 삶을 경유해야 가능하다는 걸 안다. 뭔가를 궁금해한다는 건 그것에 대해 관심을 갖지 않으면 불가능하고, 관심을 가지려면 직간접적인 경험이 조금이라도 필요하다.

배리나에게 주변인과의 관계를 물어본 건 만나기 전에는 전혀 예측하지 못했던 돌발 질문이었지만, 내 안에서는 어느 정도 품고 있었던 질문에 가깝다. 그 질문을 통해서 잠깐이지만 그와 같은 경험을 공유하고 있다는 느낌이 들었다. 나 혼자만의 경험이 아니라는 명백한 사실은 우리가 사는 세상을 조금은 더 낫게 만들어줄 것이라 믿는다.

제 몸이 혐오스럽더라고요. 벌거벗은 모습을 화장실 거울로 보잖아요. 튼살도 있고 착색된 부분도 있어요. 늘어진 살들도 있고요. 너무 싫은 거예요. 너무 싫어서 다 잘라버리고 싶다고 생각했어요. 아무도 내 몸을 보지 않았으면 좋겠고, 그래서 밖에 나가지 않았어요. 여름에 밖에 나갈 일이 있으면 긴팔을 입고 나갔어요. 이 세상에서 내가 사라져버렸으면 좋겠다는 생각이 들 정도로 저와 제 몸을 혐오했어요.

저에게는 상처가 있어요. 몸이 너무 싫어서, 몸을 찢고 싶어서 제게 상처들을 냈어요. 그 상처를 볼 때마다 '내가 너무 가혹했구나. 왜 나를 조금 더 사랑해주지 못했을까'라는 생각이 많이 들어요.

어렸을 때는 지방흡입수술을 간절히 원했거든요. 다른 친구들은 다 예쁘게 꾸미고 다니니까 친구들이랑 어울리려면 나도 예뻐져야 하지 않을까 싶었어요. 당시 폭식증이 있었는데 먹고 토하면서도 거식증에 걸려 몸에 뼈만 남았으면 좋겠다고 생각했어요. 엄마에게 "지방흡입수술이랑 성형을 하고 싶다"고 말했어요. 그때마다 엄마는 "수술까지 하는 건 위험할 것 같다, 적당히 먹고 움직이면 된다"고 말해줬어요.

그때는 그 말이 하나도 귀에 안 들렸어요. 내가 돈을 모아서 해버릴까, 라는 일종의 반항심이 있었죠. 그런데 생각보다 수술 비용이 많이 들더라고요. 엄마가 옆에서 계속 "너 자체로도 충분하다"고 말해주니까 크면서 그 말을 받아들이게 된 것 같아요. 그럼에도 살을 빼려고 헬스장에 가거나 다이어트 제품을 먹는 일은 계속됐어요.

부모님과 사이가 그렇게 좋진 않았어요. 소중한 딸이라고 말씀하시면서도 살에 대해서 뭐라고 하시더라고요. 그런 거 있잖아요. 먹을 때는 살쪘다고 뭐라 하다가 막상 안 먹으니까 먹으라고 하는 말이요. 스트레스를 받아서 하루종일 굶다가 뭘 하나라도 먹으려고 하면 "또 먹냐"고 말씀하셨고요.

같이 옷을 사러 가면 엄마는 "너는 살을 좀 빼지 그랬어. 맞는 옷이 없잖아"라며 직원들 앞에서 의도치 않게 창피를 줬어요. 직원들에게 미안해하면서요. 제게 맞지 않는 옷들이 대부분이었거든요. 그런데 제 몸이 큰 게 직원들에게 미안할 일은 아니잖아요. "아이고, 우리 애가 맞는 옷이 없네요. 죄송해요"라면서 넘어갔던 게 제게는 상처가 됐던 것 같아요.

아빠는 저를 맨날 '돼지'라고 놀렸어요. 괜히 '못생긴 게'라는 식으로 이야기하시기도 했고요. "넌 살 빼면 남자들이 줄을 설 거다"라는 말은 칭찬으로 한 말이었겠지만, 저는 받아들이기가 거북했어요.

처음 유튜브를 시작했을 때는 별생각이 없었어요. '누가 봐줄까'라는 생각으로 영상을 올렸거든요. 잠시 잊고 살다가 어느 날 다시 유튜브에 들어가보니 영상 조회수가 1만 회가 넘었더라고요. 알고 보니 누가 제 영상을 다른 사이트에 퍼가서 조롱하고 있었어요. 처음에는 무서웠어요. 잘 알지도 못하는 사람들이 내 얼굴을 가져가서 욕하고 조롱하니까요. 그런데 세상에는 다양한 사람들이 살고 있고 숨을 이유가 없다는 생각이 들더라고요. 이왕 관심받은 거 더 해보자는 생각이 들어서 추가로 메이크업 영상을 올렸어요.

'탈코르셋'이라는 게 있다는 걸 알고 있었고 실천하고 싶다는 생각도 있었어요. 제가 과거에 남긴 글을 보면 "평생 탈코르셋을 하지 못할 것 같다"고 쓴 것도 나와요. 이중적인 부분이 있었어요. 용기가 없어서 탈코르셋을 실천하지 못할 것 같았거든요. 생각이 많이 바뀌었죠. 구독자들 생각이 났어요. 10대 20대 여성들이 많은데, 외모에 자신감이 없다고 고민하시더라고요. 그분들에게 탈코르셋이라는 선택지가 있다는 걸 알려주고 싶었어요. 외모에 대한 걱정을 좀 내려놓자고요. 세상에는 다양한 여성들이 있다는 걸 알려드리고 싶어서 탈코르셋 영상을 올렸죠.

보통 유튜브에 메이크업 영상을 올리기 전에는 부모님에게 "이거 어때?"라고 확인받고 올렸어요. 그런데 '나는 예쁘지 않습니다'라는 탈코르셋 영상을 올릴 때는 확인받지 않고 바로 올려야겠다는 생각이 들었어요. 실제로도 엄마 모르게 올렸어요. 나중에 엄마가 보고 우셨다고 하더라고요. 전화가 와서 "우리 딸이 이렇게 고생했구나. 스트레스를 많이 받았구나"라고 말하셨어요. 아빠는 아무런 말씀도 하지 않으셨지만, 그걸 본 이후에는 외적인 부분에 대해 가급적 말을 안 하려고 하세요. 그러니까, 태클을 걸지 않아요. 친구들은 저에게 멋지고 용기 있다고 해주었어요. 친구네 어머니가 유튜브를 보시는데, 제 영상으로 인해 페미니즘에 관심을 갖게 됐다며 고맙다고 하시더라고요.

악성 댓글은 계속 있었어요. 그런데 탈코르셋을 하고 페미니스트라는 타이틀이 붙자마자 가해지는 공격은 어마어마하더라고요. 외모

만이 아니라 조롱할 거리가 하나 더 생기니까 공격이 많이 심해졌어요. 거의 테러 수준으로요. 분명 저를 응원해주시는 분들도 많이 있었지만, 그게 묻힐 만큼 악성 댓글이 많아졌어요.

탈코르셋을 권유하는 이유요? 외모에 대한 강박을 한시름 덜어놓게 해주거든요. 그리고 '여성성'이라는 걸 제3자의 눈으로 바라보면 미디어가 얼마나 여성들에게 고통을 주고 있는지 한눈에 보여요. 물론 강요는 아니에요. 하지만 사회적으로 여자들에게 주어지는 외적인 코르셋이 얼마나 많은지를 한 번만 생각해보셨으면 좋겠어요.

일단 탈코르셋을 하면 시간을 정말 많이 아낄 수 있어요. 항상 내일은 어떤 콘셉트로 화장을 할지, 이런 고민들만 했거든요. 전날 밤부터 준비하는 거예요. '기가 세 보이니까 눈꼬리를 내려서 그려볼까' 하는 생각들을 항상 머리에 갖고 다녔어요. 화장을 하고 외출하면 피부가 뜰까봐 매일 거울을 보고요. 또 피부가 뜨면 수정 화장을 해요. 24시간 외모에 대한 생각을 하다보니 다른 걸 멀리하게 돼요. 제가 책 읽는 걸 좋아했는데 책도 멀리하게 되고 그림도 안 그리게 되더라고요. 탈코르셋을 한 이후에는 이런 걱정이 없어지니 시간이 엄청 남잖아요. 그 시간에 공부하고 책도 다시 읽게 됐어요. 예전에는 외출 준비하는 데 두 시간이 걸렸다면 지금은 30분이면 돼요. 제 꿈에 대해서도 다시 생각해보게 됐어요. 한 달에 화장품 구입비만 해도 50만 원이 넘었는데 이제는 저축을 해요. 그렇게 잘사는 집이 아님에도 그만큼 화장품에 돈을 들였거든요. 돈이 없으면 빌려서라도 화장품을 샀어요.

원래 화장을 처음 할 때는 얼굴에 뭔가를 얹는 느낌이 별로고, 화장이 망가질까봐 얼굴을 만지는 것도 불편해요. 그런데 익숙해지면 점차 편해지는 거예요. 저는 여성들이 화장이 편하다고 말할 때 그 편함이 있기까지 얼마나 많은 시간과 노력이 들어갔을까를 생각해봐요. 처음부터 편한 건 아니었거든요.

운동할 때도 컬러렌즈를 끼고 화장을 했어요. 화장한 채 땀을 흘리면 피부가 뒤집어지는데도요. 컬러렌즈를 낀 이후로는 눈이 많이 건조해지고 알레르기 반응으로 눈에서 실 같은 게 나와요. 알레르기를 없애려고 약까지 먹으면서도 왜 컬러렌즈를 놓지 못했을까요. 렌즈를 빼고 나니 더이상 알레르기 반응도 나오지 않고 눈이 건조하지도 않아요. 왜 내 눈을 혹사시키면서 렌즈를 꼈을까요.

탈코르셋을 한 다른 여성들을 보면서 원동력을 얻어요. 내가 혼자가 아니라는 걸 알아서 힘을 낼 수 있어요. 나 혼자라고 느꼈다면 절대 해낼 수 없었을 거예요. 주위의 압박으로 또다시 자신에게 코르셋을 씌웠을지도 몰라요. 주위에 목소리를 내고 행동하는 분들이 있기에 저도 힘을 내서 계속 참여할 수 있는 거라고 생각해요.

탈코르셋 이후 몸에 대한 생각이 긍정적으로 바뀌었어요. 그뒤부터는 제 몸이 다 좋아지더라고요. 그중에서도 저는 제 손을 가장 좋아해요. 예전에는 손을 보면 주름이 많고 손톱도 못생겼다고 느꼈는데, 손으로 하는 일이 생각보다 많더라고요. 요즘 제 손을 보면 '대견스럽네'라는 생각을 많이 해요.

제 영상으로 인해서 탈코르셋을 한 분들을 가끔 봬요. 그러면 기분이 이상해요. 감사하고요. 저에게서 용기를 얻었다고 말씀하시는데, 저도 그분들이 있기에 용기를 얻거든요. 연대라는 게 이런 거구나, 요즘 많이 느껴요. 지금은 제 몸에 대해 별생각이 없어요. 그냥 몸이구나 싶어요. 그러다가 가끔 악성 댓글을 보면 우울해지기도 하는데요. 나에 대해 잘 알지도 못하면서 무의미하게 던지는 말이라고 생각하면, 제 몸이 그렇게 싫진 않아요.

탈코르셋을 했더라도 주위에서 "너 왜 화장 안 해?"라고 물으면 '나도 화장해야 하나'라고 생각할 수밖에 없어요. 주위의 시선 때문에 립스틱을 다시 바를 수도 있는 거예요. 여성이라면 누구나 그런 모순을 겪는 것 같아요. 그럴 때 내가 왜 립스틱을 바르는지를 다시 한번 자각하면 돼요. 살면서 나를 제일 우선시하면 그런 말들을 넘길 수 있어요. 저는 요즘 그렇게 살고 있습니다.

배리나_ 한국에 사는 평범한 여성. 유튜브에 '나는 예쁘지 않습니다'란 영상을 올리며 탈코르셋을 선언했다. 모든 여성이 보다 더 나은 세상에서 자유로워지기를 꿈꾸며 살아가고 있다.

콜센터 노동이 감정노동이라는
말은 절반만 맞아요

콜센터 노동자
오희진의 몸

학창시절 나는 수학을 좋아했고 곧잘 했지만, 사회적인 의미의 숫자에는 크게 관심이 없었다. 기자가 된 지금도 이를테면 코로나19 확진 환자가 오늘 몇 명이 더 나왔고 몇 명이 더 치료됐다는 정보에는 크게 관심이 가지 않았다. 다른 언론에서는 코로나19 확진자가 1000명이 넘어가자 의미를 부여했지만, 나는 900명과 1000명 사이에 큰 차이가 있다는 사실에 공감하지 못했다. 기사를 쓰기 위해 숫자를 외웠다가도 기사가 발행되고 나면 곧 잊어버리곤 했다. 내가 관심 있는 건 기사로 도저히 쓸 수 없는 물음이었다. 이 재난과도 같은 상황 속에서 '나'로 대변되는 '우리'는 대체 어떤 얼굴로 살고 있는 걸까.

하루는 종일 외부 취재를 하고 집에 와서 마스크를 벗었더니 얼굴에 마스크 자국이 선명하게 새겨져 있었다. 나처럼 마스크를 쓴 다른 사람들도 매일같이 이런 마스크 자국을 견디면서 살아가고 있겠지. 얼굴형이나 마스크 모양에 따라서 그 자국은 모두 달라질 것이었다. 사는 곳에 따라서, 계급에 따라서 이 재난 또한 전혀 다른 얼굴을 하고 있을 것이었다. 나는 그런 것이 못 견디게 궁금했다.

<말하는 몸>은 그런 내 궁금증이 결합된 것이었다. 오늘 녹음실에서 나와 마주친 사람은 어떤 하루를 살았는지 궁금했다. 제한된 시간 안에 이 사람의 인생을 온전히 담을 수는 없겠지만, 인생의 단편적이고 인상적인 순간은 담아볼 수 있지 않을까. 아니, 그것도 벅차다면 어떤 하루, 어떤 순간을 담을 수 있진 않을까. 이

사람이 어떤 단체나 집단을 대표하느냐는 그리 중요한 고려사항이 아니었다. 당신의 인생에서 깊이 각인된 어떤 순간에 대해서 이야기해줄 수 있는지가 내게는 더 중요했다. 내가 관심 있고 가장 오래 자신 있게 기억할 수 있는 '정보'라는 건 이런 종류의 이야기였다. 숫자는 끼어들 틈이 없었다.

구로의 한 콜센터가 '코로나19 집단 감염의 온상'이라는 말을 듣고, 콜센터 노동자 오희진의 얼굴과 목소리가 먼저 생각났다. 텔레비전 뉴스에서는 확진자 숫자가 팍팍 올라가고 있었다. '닭장'과도 같은 좁은 콜센터 안에서 직원들이 '비말'을 뿌린다는, 그래서 감염 위험도가 높다는, 마치 모범답안과 같은 분석도 등장했다. 말을 많이 해야 하는 콜센터 노동의 특성상 마스크를 쓸 수 없지만, 집단 감염이 나온 이후로 일부 콜센터 노동자들은 하는 수 없이 마스크를 쓰고 일했다. 이것은 정말 콜센터 노동자들을 위한 대책인가. 수학을 좋아하던 나는 자꾸 딱 떨어진 답이 없다는 생각이 들었다.

콜센터 노동자 오희진은 오늘 어떤 하루를 살았을까. 그는 어떤 생각을 하면서 오늘 하루를 살아냈을까. 〈말하는 몸〉 녹음을 마치고 몇 달 뒤의 일이었다. 나는 그에게 전화를 걸었다. 많은 말을 나누지는 못했다. 그는 "각자도생해야 하는 상황"이라고 짧게 답했다. 오희진의 목소리는 여전히 잔잔했다. 하지만 그의 말은 녹음할 때처럼 나를 찔렀다.

"

저에게는 읽고 쓰는 저녁 시간을 확보하는 게 중요한데요. 다른 회사들은 변수가 많잖아요. 야근하는 일도 생기고요. 이런저런 노동을 경험하면서 깨달았어요. 콜센터는 업무 시간 외에 야근하는 경우가 없거든요. 전화가 꺼지면 퇴근을 하는 거고요. 집까지 일을 가져가서 하는 게 아니기 때문에 해볼 만하겠다 싶어서 일을 시작했어요. 노동하면서도 글쓰는 시간을 확보하는 것이 제게 중요한 구직 조건이었어요.

콜센터 업무에는 인바운드 업무가 있고 아웃바운드 업무가 있어요. 업무 특성에 따라서 어떤 사람에게 먼저 전화를 걸어 안내하는 상담사도 있어요. 저는 아침 일곱시에 일어나 도시락을 싸면서 출근을 준비해요. 여덟시가 넘어서 집에서 나와요. 30~40분 거리에 회사가 있어서요. 아홉시부터 업무를 시작합니다. 콜센터는 다른 회사보다 근태를 더 엄격하게 따지는 편이에요. 아홉시가 되면 전화가 막 들어와요. 그렇기 때문에 가급적이면 아홉시에 앉아 있어야 해요. 저는 주로 전화를 먼저 거는 아웃바운드 업무를 하거든요. 하루에 적게는 100콜에서 많게는 150~200콜까지 전화를 돌려요.

점심 시간이면 다른 상담원 대신 교대로 인바운드 업무를 하기도 해요. 퇴근할 때까지 그렇게 계속 전화를 돌리는 거예요. 업무는 단순해요. 그런데 어떤 사람이 전화를 받아서 어떻게 반응할지 모르기 때문에 긴장하며 일하죠. 퇴근하면 컴퓨터 앞에 앉아서 자기 전까지 글을 쓰거나 읽는 시간을 보내요.

처우가 좀 개선된 센터도 있다는 것 같아요. 제가 일하는 센터는 화장실에 갈 때도 전화할 때도 그 시간이 전광판에 다 뜨거든요. 관리자가 확인할 수 있어요. 콜이 길어지면 문제가 발생했다고 간주해서 관리자가 확인하기도 해요. 그게 실적이거든요. 전화를 얼마나 많이 받는지요. 다른 회사에서는 상품을 얼마나 많이 팔았는지가 실적인 것처럼, 여긴 전화 통화 수가 곧 실적이라서 콜 하나가 줄어들면 체크를 해요.

제가 일하는 센터는 눈치를 주거나 잔소리하는 분위기는 아니에요. 그래도 스스로 의식이 되죠. 볼일 보는 시간이 길어질 때도 있고 개인적인 용무로 급한 전화를 받을 때도 있는데, 아무래도 10분 정도 넘어가면 너무 오래 자리를 비워서 눈치가 보여요. 아무도 뭐라고 하지 않아도 동료들에게 괜히 미안하고요.

제 전화를 받는 열 명 중 아홉 명은 괜찮은 사람들이에요. 친절한 분들도 많아요. 그런데 열 명 중 한 명 꼴로 '진상'이 있죠. 가끔 잘못된 번호로 전화를 걸 때가 있어요. 그러면 엉뚱한 사람이 받는 거죠. 보통은 "아닙니다" 하면서 끊는데, 어떤 사람이 전화를 받더니 욕을 하더라고요. "아니라고, 씨발년아!"라며 전화를 뚝 끊어버렸어요. 길지 않은 통화였거든요. 3초 정도였어요. '잘못 걸었다'고 말해도 되는데 욕을 덧붙이더라고요. 아마 제가 여자고 콜센터 노동자라는 걸 3초 안에 인식하지 않았을까요. 저는 그런 욕설을 처음 들어봤거든요. 그 남성의 육성이 바로 제 귀에 꽂혔어요. 그 순간에는 감정적으로 충격을 받았어요. 3초 만에 정말 그 사람이 말하는 '년'이 되어버린 것 같은 느낌이었어요. 그럴 때면 '내가 콜센터에서 일하는 여성이구나' 의식하게 돼요.

그럴 땐 주변 동료들과 같이 욕을 해요. 다들 알아요. 비록 짧은 통화라고 하더라도. 저희끼리는 서로 '선생님'이라는 호칭을 사용하는데, '저 쌤 진상 받았구나' 대번에 알아요. 전화를 끊으면 옆에서 수고했어요, 어떤 사람이야, 물어보기도 하고요. 격려해주면서 좀 쉬었다 오라고 해요. 먼저 당했던 선생님들이 이야기를 꺼내기도 하고요. 진짜 이상한 사람이라고, 별꼴이라고. 동료들이 제일 잘 알아요. 그런 전화를 경험해본 사람들이니까요. 이런 이야기는 친구들이나 가족들에게도 잘 안 하고 회사에서 푸는 것 같아요. 콜센터 밖까지 가져가서 이야기하는 게 피곤한 일이기도 하고요. 들어서 좋은 이야기는 아니니까요. 일하는 동료들은 맥락을 설명하지 않아도 딱 알아들으니까 기분전환이 되긴 하죠.

처음 콜센터에서 일하기 시작했을 때, 사실 나는 하고 싶은 일이 따로 있는데 여기 와서 다른 일을 하고 있다는 자괴감이 들었어요. 그래서 더 오래 버티지 못했던 것 같아요. 그런데 제가 다시 이 일을 하게 되면서부터는 하고 싶은 일을 하기 위해서 이 일을 하고 있다는 생각이 들었어요. 그 연장선상에서 제 노동을 생각하게 되니 자괴감이 덜하고 이 노동을 좀 덜 미워하게 되더라고요.

사실 제가 하고 싶은 글쓰기보다 더 많은 시간을 기울이는 일이잖아요. 그만큼 이 노동이 저에게 주는 것이 있다고 생각해요. 경제적으로든 정서적으로든 안정감을 확보해줘요. 내가 자립해서 나를 먹여 살리고 내가 하고 싶은 일을 하는 동력을 만들고 있다는 자존감이요. 노동을 통해 자존감을 만들어간다는 것을 이 일을 하면서 많이 실감하고 있어요. 그러다보니 그 불일치감이 지금은 많이 없어졌어요.

지금은 만족하면서 하는데, 그 대신 이 일을 내가 원하는 만큼 지속할 수 있을까, 하는 불안감이 있죠. 금전적인 보상도 중요하잖아요. 그 부분에 있어서는 너무 변화가 없어요. 주는 대로 받고 있고 시급 인상에 따라 봉급이 오르기도 하지만, 화장실을 참아가면서까지 온몸으로 일할 때는 조금 더 받아도 되는 게 아닌가, 그런 생각도 들어요. 콜센터 업무는 제가 아니어도 누구나 할 수 있는 일처럼 여겨져요. 전문성이나 경력은 인정되지 않고 누구나 교육받고 투입되어 할 수 있다는 인식이 있지 않나 싶습니다. 사실 콜센터 업무는 굉장한 순발력과 정보력을 요하는 일인데 '전화받는 일이 뭐가 어려워'라는 사람도 있죠. 존중받지 못할 때는 좀 작아지죠.

사실 일하고 나서 집에 돌아오면 몸이 정말 많이 고된데요. 콜센터 노동은 보통 감정노동이라고들 하잖아요. 맞는 말이긴 한데 절반만 반영하는 말인 것 같아요. 분명 육체노동의 측면이 있거든요. 귀는 계속 불특정 다수의 목소리를 들어야 하고 입은 말해야 하고 손은 바쁘고 허리는 아프고 계속 앉아서 오랫동안 일하니까 가끔 화장실 문제가 있을 때는 방광이 터질 것 같고요. 강성 민원을 응대할 때는 심장이 벌렁거리기도 해요. 2년을 했는데도 수화기 너머에서 화내거나 짜증내거나 욕설하는 사람들이 있으면 정말 놀라요. 저는 아직 그렇더라고요. 감정만 상하는 게 아니라 몸이 상하기도 하는 직업이에요. 그런데 왜 감정노동으로 부르게 됐을까요. 많은 서비스직을 감정노동이라고 부르잖아요. 주로 여성이 종사하는 직업이기 때문에 그렇게 부르는 게 아닐까 싶어요. 콜센터의 육체노동적인 측면은 어쩌면 그보다 덜 말해지는 게 아닐까요.

일단 월급이 인상되면 좋겠어요. 저는 서울에서 월세를 내고 살고 있거든요. 월세 빼고 200만 원 정도가 확보됐으면 좋겠어요. 그럼 저축도 하고 필요한 것도 사고 좀더 여유로울 것 같아요. 그런데 지금 말하면서도 마음 한편에서는 '내가 너무 많이 바라나'라는 생각도 드는 것 같아요. 제 노동을 스스로 저평가하는 마음이 없진 않겠죠.

그리고 점심시간이 온전하게 확보됐으면 좋겠습니다. 점심시간에는 누구나 다 점심을 먹고 있으면 좋겠어요. 동료들이랑 한번 다 같이 점심을 먹어보고 싶어요. 전화가 울리지 않는 평온한 시간을 가져보고 싶어요. 그리고 여섯시에 업무 마감이라면 전화는 다섯시 오십분까지만 들어와야 한다고 생각해요. 오십분 이후에 들어오는 전화를 처리하느라 퇴근 시간이 늦어지는 선생님들도 많거든요. 그렇게 거창한 변화를 바라는 건 아닌 것 같아요. 그런데 그게 우리의 요구로만 가능할까, 그런 생각을 해요. 이 서비스를 사용하는 이용자들도 같이 요구해주면 좋겠어요. 콜센터와 연계된 회사들은 이용자들의 말에 민감하거든요. 이용자들의 말에는 빠르게 움직여요. 자기들의 수익과 직결돼 있으니까요. 그런데 노동자에 대해서는 그렇지 않죠.

저는 소설을 쓰고 싶거든요. 저에게 가장 솔직해지고 자유로워지는 시간은 소설을 쓰는 시간이에요. 아, 소설 속 주인공이요? 소설에 대한 질문이 제일 어려운 것 같아요. 제 모습이 투영되어 있죠. 제 소설에는 좀 실망하는 사람들이 나오거든요. 자기 자신에게 실망할 수도 있고 사회에 실망할 수도 있고 관계에 실망할 수도 있고요. 현실의 저는 그걸 잘 소화하지 못하고 자학하기도 하고 자기연민에 빠지기도 해요. 저는 저 자신을 그렇게 느껴요. 그런데 제 소설 속 인물들은 똑같이 실망하더라도 좀더 마주하고 받아들여요. 그렇게 되게끔 이야기를 만들려고 해요. 소설 속 인물들은 저보다 더 나은 사람이면 좋겠어요.

오희진_ 콜센터 상담원 3년 차. 일하면서 소설을 쓰고 있다.

이 사회는 임신한 여성의
몸에는 관심이 없어요

작가
송해나의 몸

예민하다는 말을 간혹 듣는다. 내게 호의적인 사람들은 섬세하다는 표현으로 돌려서 말하곤 하는데, 그리 다른 표현은 아니라고 생각한다. 사실 마음에 든다. 무딘 사람이고 싶지 않아서 그렇다. 굳이 기자라는 이름표가 아니더라도 계속 더 많은 고통의 목소리에 접촉하고 공감하는 일을 업으로 삼고 싶다. 상상력이 부족해 기자라는 직업 외에 어떤 식으로 이런 일을 업으로 삼을 수 있을지를 잘 모르겠다. 그래서 아직 기자로 일한다.

잘 모르면 무딘 질문을 하기 쉬워서 되도록 질문을 던지기 이전에 잘 알려고 한다. 많이 아는 사람이 되려고 한다. "잘 몰라서 그랬다"는 말이 나오지 않게끔 여러 방법을 동원해 알려고 하는데 나는 주로 경험을 사용한다. 몸을 통해 비슷하게나마 겪어본 일이라면 그 앎이 수월해지기 때문이다.

여기에도 함정이 있다. 우리의 경험은 저마다 조금씩 다르기에 그 앎에도 한계가 있고, 공허할 때도 있다. 남의 경험 앞에서 내 경험을 말하는 일은 어쩌면 쉬운 방법일 수도 있다. 어떤 고통을 얕보지 않고 또 과장하지도 않고 정확하게 접속해서 듣는 일의 어려움을 생각한다. 언제나 있는 그대로의 말을 들어주는 사람이고 싶어서 애쓴다.

경험만으로 충분하지 않다면 어떤 수단을 통해 예민함의 접점을 넓혀야 할까. 그 경험을 겪은 사람을 자주 보는 수밖에 없다고 생각한다. 트위터 계정 '임신일기'를 운영하는 송해나는 '임신'과 '출산'에 대해 꾸준히 경험을 전하는 여성이다. 간혹 임신을 겪지 않은 내 입장에서는 도저히 상상할 수 없는 경험을 올리기도 한다. 나는 당황한다. 하지만 들여다본다. 어떻게든 알고 싶으니까.

그의 트위터 계정을 구독하면서 처음으로 임신 이후 몸의 상태에 대해 알게 됐다. 심지어 나를 낳은 엄마를 통해서도 이에 관해 들어본 적이 없다. 아마도 내가 묻지 않아서 그랬을 것이다. 아예 모르면 물을 수도 없다. 나는 들으려 한 적이 없고, 엄마도 질문받은 적이 없으니 말하려 한 적도 없었다.

변하고 있다고 믿고 싶지만 한국 사회는 아직 '모성애 신화'에서 자유롭지 않다. 임신을 하면 어떤 고통이 수반되는지보다 얼마나 큰 축복을 갖게 되는지를 더 열심히 말하곤 한다. 그 목소리가 너무 커서 임신의 고통을 전하는 목소리가 잘 들리지 않았던 것이다. 나는 여성의 몸에 대해 이야기하는 자리라면 임신의 다른 면을 짚고 넘어가야 한다고 생각했다.

그 목소리가 송해나를 통해서 들렸으면 좋겠다. 임신은 물론 축복일 수 있지만 단순히 축복을 넘어서는 부분까지 담아내는 목소리가 필요했다. 작은 스마트폰을 통로로 건너다본 게 전부지만 글에서 느껴지는 그 예민함을 신뢰했다. 그는 〈말하는 몸〉의 다른 에피소드를 들어보고 자신의 이야기도 하고 싶다는 생각이 들었다면서 출연에 흔쾌히 동의했다. 그의 이야기가 임신을 경험하지 않은 이들에게는 경험의 폭을 넓히는 계기가 되기를 바란다.

저는 아기를 낳고서 완전히 다른 몸이 됐어요. 돌아갈 수 없다고 생각해요. 저는 사회에서 어느 정도 괜찮다고 용인되는 작고 마른 체형을 갖고 있었어요. 아기를 낳고 나서는 흉부가 많이 넓어졌어요. 배속에서 아이가 커지면서 가슴뼈가 많이 넓어지더라고요. 허벅지 골반이 넓어지고 살결이 다 바뀌었어요. 단지 임신을 하고 출산을 경험했을 뿐인데 살결이 바뀐다는 게 이상해요. 내 몸을 만지면 이전과 같은 몸이 아니에요. 목욕탕에 가서 보면 젊은 여성들은 가슴이 봉긋한데 엄마가 된 여성들은 가슴이 납작하면서 밑이 처지거든요. 제 몸이 딱 그렇더라고요.

사회는 임신하고 아기를 낳은 여성들이 이전의 몸으로 회복해야 한다고 이야기해요. 조금만 노력하면 돌아갈 수 있어, 회복할 수 있어, 라고요. 여성들을 북돋는 말 같지만, 그러지 않아도 되거든요. 그런 말을 하지 않는 방식으로 나아가야 해요. 살결이 거칠어지고 가슴과 골반이 처지고 넓어져도 그게 뭐 어때서요.

사실 저랑 남편은 결혼하고서 둘이서 완벽한 관계를 이루고 있었어요. 많이 사랑했고, 함께 여행했고, 많은 것들을 누렸어요. 그런데 어느 순간이 되니까 둘이서만 누리기는 아깝더라고요. 생식의 욕구가 아니었을까 싶은데, 그때부터 임신을 고민하기 시작했어요. 그런데 태어날 아이를 생각하니까 임신하지 말아야 할 이유만 엄청 많지,

아이를 낳아야 할 이유가 없더라고요. 그래서 아이에게 닥칠 상황들을 고려했고, 우리가 어떻게 살아갈지를 다짐하니까 이미 좋은 세상을 만드는 데 기여하는 것 같았어요. 사랑하는 남편과 아기와 함께 누릴 세상에 신이 났어요. 그런 마음으로 아이를 낳기로 결정했습니다.

임신을 계획하고 바로 아이가 생겼는데 설레거나 그러지는 않았어요. 임신테스트기에 두 줄이 떴다고 해서 인생이 갑자기 달라지진 않거든요. 저는 여전히 회사를 다니고 있었고 갑자기 배가 나온다거나 하진 않으니까요. 임신에 대해서 아는 게 너무 없었기 때문이라고 생각해요. 임신을 준비하는 많은 분이 임신 정보를 공유하는 카페에 가입하거든요. 하루종일 거기 살아요. 내 몸에 조금씩 반응이 일어나는데, 이게 임신의 반응인지 유산의 반응인지 아니면 아무것도 아닌지 너무나 궁금한데 확인할 길이 없거든요. 항상 궁금해요. 수많은 여성이 임신을 거듭해왔는데, 왜 우리에게 주어지는 정보는 이렇게 제한적인 걸까요. 카페에 다 저 같은 사람만 모인 거예요. '너는 그래? 나는 이런데, 임신을 경험한 선배가 그건 괜찮대'라는 말을 들으면 안도하는 거죠. 그 정도인 거예요. 나만 그런 게 아니구나.

저 같은 경우는 어느 순간 몸이 이상해지기 시작했어요. 시간이 지나니까 너무 졸리고 토할 것 같고, 또 너무 힘들고 숨이 차서 업무를 할 수가 없는 거예요. 그런데 임신했다는 자각이 있으니 커피를 마실 수 없었어요. 임신 초기가 유산 확률이 가장 높고 위험하거든요. 원래는 커피나 초콜릿으로 에너지를 보충하면서 업무를 하는데, 그땐 그걸 못 했어요.

갑자기 임신 호르몬 때문에 내 삶이 흔들리는 거예요. 혼자 내 몸에서 어떤 일이 일어나는지 기록해보자는 뜻에서 트위터 계정을 운영하기 시작했어요. 응원도 받고 격려도 받았어요. 저보다 임신을 먼저 경험한 여성분들이 제 글을 보고 '난 이런 경험을 했다'라고 답을 많이 달아주었거든요. 그걸 보면서 안도하기도 하고 분노하기도 했어요. 임신을 준비하거나 준비하지 않는 이들이 임신 경험에 한 번 더 관심을 갖게 됐다는 게 제게 의미가 있었어요.

지금은 아이를 낳았고 육아를 하고 있거든요. 아기를 돌보는 여성들이 굉장히 고립돼 있어요. 저는 안 그럴 줄 알았거든요. 저대로 살 수 있을 줄 알았어요. 그런데 그게 안 되더라고요. 사람들은 일단 아기가 어떤 생활을 하는지 몰라요. 얼마나 우는지, 밥을 얼마나 먹는지, 어떻게 노는지, 울 때는 어떻게 반응해줘야 하는지 모르니까 아기 낳은 여성들이 너무 힘들다고 하면 "그게 뭐 힘들어, 다들 하는 일인데"라고 반응하고 "쟤 또 저래"라고 해요. 그러니까 말할 공간이 엄마들이 모인 카페로만 축소되고 아기 낳은 여성들만 그 역할을 감당하는 거죠. 고독의 악순환이 이어져요. 어린 아기를 돌보는 여성들은 어떤 생활을 하는지, 출산을 경험한 여성 몸에서는 어떤 변화가 일어나는지를 말하고 싶었어요.
흔히 '입덧'이라면 임신한 여성이 음식냄새를 맡고 토하는 장면을 연상하잖아요. 사실 다 달라요. 어떤 여성은 음식냄새를 맡으면 다 토해요. 이걸 '토덧'이라고 하고, 어떤 여성은 속이 비면 울렁거려서 계속 먹어요. 먹어도 시원하지 않고 토할 수도 있거든요. 이렇게 먹어야 해소되는 입덧은 '먹덧'이라고 불러요. 어떤 여성은 침을 삼키면 계속 토한대요. 그래서 계속 침을 흘리는데 이건 '침덧'이에요. '먹덧' 하다가 '토덧'할 수도 있고 '토덧'하다가 '침덧'할 수도 있어요. 이런 복잡다단한 여성의 입덧을 구구절절 설명할 방법이 없어요.

'난 이런 입덧을 갖고 있는데 내가 이상한가? 내가 별난가? 아기가 잘못되는 건 아닐까?' 두려워해요. 저도 입덧이 너무 힘들었거든요. 입덧은 온갖 비유를 해도 성에 안 차요. 심하게 과음한 다음날 어쩌다 배를 탔는데 파도는 미친듯이 날뛰고, 차라리 기절하거나 잠들었으면 좋겠는데 그것도 잘 안 되고, 정신 차려보니 배가 망망대해에 표류해 있는 거예요. 그런데 육지는 안 보이고, 배에서 멀미하고, 꿈도 희망도 없이 그냥 죽어버렸으면 싶은 시간이 24시간, 16주간 지속되는 거라고 설명했는데요. 그래도 성에 안 차요.

임신하고 나서 정말 아팠던 적이 있어요. 처음에는 별거 아닌 걸로 시작해요. 계절이 바뀌면서 알레르기 때문에 코가 막히기 시작했어요. 늘 있었던 일이에요. 약국에 가서 약을 사려는데 임산부는 항히스타민제를 먹으면 태아에게 안 좋은 영향이 있대요. 그래서 약을 못 받았어요. 임신부는 항상 체온이 높거든요. 내 몸에서 심장이 두 개가 뛰잖아요. 에어컨을 켜고 잤는데 코가 막혀서 입으로 숨을 쉬어요. 다음날 일어나니까 목이 칼칼한 거예요. 인후두가 잔뜩 부어 있어요. 약먹으면 낫거든요. 약국에 갔어요. 그런데 임신부라서 줄 수 있는 적절

한 약이 없고 일반적으로 먹는 타이레놀을 먹으래요. 목캔디와 타이레놀을 먹으면서 견뎠는데 결국 그날 새벽 응급실에 갔어요. 열이 너무 많이 났어요. 별일 아니었는데 약을 제때 못 먹어서 열이 오른 거예요.

그런데 병원에서도 임신부가 받을 수 있는 검사가 피검사밖에 없대요. 열이 오르는데 항생제도 투여할 수 없대요. 그래서 겨드랑이에 아이스팩을 꼈어요. 추워서 이불을 달라고 해도 안 된대요. 의사가 오더니 열이 너무 올라서 태아에게 안 좋으니 항생제를 투여하겠다고 말하더라고요. 항생제를 맞고 한 5분쯤 있었을까요. 제가 여기 왜 누워 있나 싶을 정도로 말끔하게 나았어요. 화가 났어요. 처음부터 제가 아파서 왔는데 신경도 안 쓰더니 아기에게 안 좋은 영향이 있을까봐 항생제를 주신 거잖아요. 초기에 약을 처방해줬으면 응급실에 오지도 않았을 거고요.

이 사회는 임신한 여성의 몸에는 관심이 없어요. 임신부들도 자조하면서 현대의학이 아무리 발전해도 임신부들은 열외라고, 현대의학에 버림받았다고 이야기하거든요. 여성의 몸을 재생산 도구로만 보는 학계의 인식에 의한 거라고 생각해요. 그 피해는 임신한 여성이 오롯이 겪고요. 사회는 모성으로 극복하라고 이야기해요. 이게 극복해야 할 문제는 아니에요. 임신부가 조금만 고통스러운 티를 내면 모성이 없다고 말해요. 여성의 몸은 아기를 낳기 위한 모체로만 존재한다는 거예요. 저에게는 이날 아팠던 기억이 현대의학에 버림받은 아픔으로 각인된 것 같아요. 사회는 재생산에만 관심을 가지고, 아기를 살리는 게 먼저더라고요. 의학이 여성의 몸을 정말 '아기 캐리어'로만 여긴다고 생각했어요.

임신하면 사람들이 생각하는 것보다 더 몸이 아프고 많이 변하거든요. 저는 배가 그렇게 나오지 않았던 임신 중기부터 아팠어요. 못 걷겠더라고요. 겉으로 보면 배가 별로 안 나왔어요. 자궁이 우리 주먹만하다고 하잖아요. 아기가 생기고 양수가 생기면서 골반을 누르거든요. 너무 아파서 못 걷겠는데 사람들은 꾀병이라고 해요. 굉장한 몸의 변화를 겪고 있는 게 분명한데 그렇지 않다고 해요. 자꾸 운동하고 스트레칭하라고 해요. 병원에서는 해줄 수 있는 일이 없대요. 병원에 가면 초음파검사를 해요. 태아가 눈코입이 다 있고 건강하다고만 이야기하지, 내 몸이 어떤지를 들을 수 없는 거예요.

그렇게 열 달 동안 제 몸을 희생하면서 고생한 산모가 출산의 순간에 "나보다는 아기를 살려주세요"라고 말한다는 건 아기를 낳아보지 않은 이들의 환상이 아닐까 생각해요. 아기랑 저는 초면이거든요. 저는 아기를 낳고서 아기를 낳았다는 느낌보다는 아기를 배출했다는 표현이 더 와닿았어요. 아, 나 살았다. 죽지 않았다. 아기가 내 배 위에 올라온다고 해서 감격스럽지 않았어요. 내 배 위에 올라온 아기는 너무 낯설었어요. 출산하고 울었는데 살았다는 안도감에 운 거거든요. 아기를 갓 낳은 산모는 죽음의 신과 하이파이브를 한 거예요. 출산할 때 질 입구에 아이의 머리가 껴 있어요. 항문에 주먹 세 개만한 돌덩이가 계속 껴 있고 이걸 빼야 사는 거예요. 못 빼면 제가 죽어요.

임신한 분들은 그 자체로도 많이 고통스러울 거예요. 어떤 이야기를 들어도 힘들 거예요. 저는 위로해주는 분들의 이야기를 듣는 것도 어느 순간 지치더라고요. 제가 반응해야 하잖아요. 임신한 분이 주변에 있다면 무조건 지지해주셨으면 좋겠어요. 임신을 경험했더라도 그 경험이 꼭 최신 정보는 아닐 거예요. 또 임신했다고 해서 그 사람을 무조건 약자로 두고 일에서 배제하면 성취하고 싶은 기회도 박탈하는 거거든요. 배려할 때도 물어보고 배려하는 게 좋다고 생각하고요. 임신부의 말할 기회, 성취할 기회를 더 열어주었으면 해요.

송해나 온 사회가 함께 양육에 동참해야만 한다고 만나는 사람마다 붙잡고 나대고 말하고 생각하는 여자. '출산 이후의 내 몸 말하기'에 관심이 많다.

행복해서 운동하러
오시는 분은 없거든요

트레이너
김수영의 몸

우울증을 앓으면서 몸이 망가지기 시작했다. 단순히 체중계의 숫자가 늘어났기 때문에 '망가졌다'는 게 아니다. 내 몸은 누가 봐도 '건강한' 몸이 아니었다. 체력은 형편없었고, 건강하게 살을 찌운 게 아니었기에 몸의 곳곳이 울퉁불퉁 불어나 있었다. 잠을 오랜 시간 자도 아침이면 침대에서 일어나기가 늘 어려웠다. 다리를 바지에 넣을 수조차 없었다. 1년 전 건강검진 이후로 한 번도 체중계에 올라가지 않았다는 걸 깨달았다.

용기를 내서 헬스장을 찾았다. 용기가 필요한 일이었다. 낮아진 자존감으로 넘기에 헬스장 문턱은 높았다. 이미 체력이 허약할 대로 허약해진 상태였기 때문에 제대로 된 운동을 하지 못한 건 당연했다. '그래도 내가 체육 시간에는 제일 잘했는데' '몇 년 전까지 운동 꾸준히 했는데' 같은 말만 붙잡는다고 체력이 금방 좋아질 리 없었다.

오래지 않아 트레이너의 권유로 퍼스널 트레이닝PT을 시작했다. 트레이너는 내게 직업이 무엇이냐고 물었다. 기자라는 나의 대답에 그는 다른 사람 말고 자기 같은 사람을 취재해야 한다고 말했다. PT를 할 때마다 그는 트레이너의 처우가 얼마나 열악한지를 내게 자주 이야기해주었다. 10회 PT를 마치고 얼마 지나지 않아 그는 금방 헬스장을 그만두었기에 그의 이야기를 기사화하지는 못했다.

정신적으로 힘들 때에 PT는 많은 도움이 됐다. 이런저런 일로 힘들어서 한참 울고 나서도 눈물을 닦고 트레이너와의 약속을 지키려고 꾸역꾸역 헬스장에 갔다. 나는 그날 안 가면 그걸로 그만이지만, 그는 한 시간 수당을 받지 못한다. 내 몸을 위해서라기보다는 관계에 대한 책임감으로 몸을 움직였다.

한 시간 동안 헉헉대면서 몸을 움직여 운동하고 온 날에는 이전보다는 기분이 나았다. 어쩌면 근육에 고통을 주는 일이 극심한 마음의 고통을 조금 경감시켜주기 때문이 아닐까. 다리를 떨면서 집으로 가면 잠드는 일도 비교적 수월했다. 눈에 띄게 몸이 변하지는 않았으나 조금은 건강해진 몸으로 약속했던 PT를 무사히 끝마칠 수 있었다.

나는 PT를 하면서 점차 건강해졌다. 트레이너는 그렇지 못했던 것 같다. 그 트레이너와 함께 운동하면서 느꼈던 문제의식은 김수영 트레이너와의 인터뷰에서 확장됐다. 나는 왜 가장 건강할 것 같은 트레이너들이 오히려 건강하지 못한지, 헬스장을 오래 다니지 못하는지를 조명하고자 했다. '트레이너의 몸'은 '회원'인 우리들과 똑같이 그들의 노동환경과 긴밀하게 연결돼 있다.

제가 초등학교 다닐 때 수영 선수를 하려고 했거든요. 그런데 선생님이 저를 때리는 거예요. 그 충격이 너무 커서 그만두고 악기를 하게 됐죠. 그런데 사실 악기를 한 것도 부모님의 권유였고 강요였어요. 최선을 다하긴 했는데 '대학만 나오고 때려치워야지'라는 마음이 있었죠. 그런데도 욕심이 많아서 잘하고 싶은 마음에 밥 먹고 악기만 했던 것 같아요. 그래서 몸이 아팠어요. 악기를 들고 다녀야 하니까 어깨도 아팠고요. 어느 정도로 심했냐면요. 지하철을 타고 가다가 구역질이 막 나는 거예요. 저는 그게 어깨 때문인 줄 몰랐어요. 운동을 하면서 나아졌어요. 그 맛에 계속 했죠. 스트레스가 풀려서 계속 운동을 해왔던 것 같아요.

요가를 할 때는 '요가 자격증을 따라' 필라테스를 할 때는 '필라테스 자격증을 따라' 웨이트트레이닝을 하면 '너 좀 되겠다'는 말을 많이 들었어요. 처음에는 아무 말도 안 들렸죠. 취미로는 할 수 있어도 내가 어떻게 운동을 직업으로 삼지 싶었거든요. 졸업하고 이제 뭐 하나 고민하면서도 운동을 계속했어요.

내 근육이 어떻게 쓰이는지 궁금해서 해부학을 들여다보기도 하고 교육도 들으러 다니면서 더 재미를 느낀 것 같아요. 제 친구들을 가르쳐준 게 시작이었어요. 대학생들은 다들 다이어트를 하니까 "야, 이 운동이 좋대"라고 말하다보니 친구들이 "너 운동 계속해야 할 것 같은데?"가 된 거예요. 그래서 트레이너 자격증을 취득하게 됐죠.

트레이너가 되고 나서 힘들었어요. 뿌듯하게 하는 회원이 백 명 있어도 힘들게 하는 회원 한 명 때문에 그냥 다 힘들어지더라고요. 육체적으로 힘든 건 버틸 수 있어요. 그런데 정신적으로 힘들면 쉽지 않더라고요. 좋으니까 하지, 사실 너무 힘들어요. 사람에게서 치료받고 사람으로부터 불행해져요. 트레이너를 직업으로 삼으면서 그걸 많이 느꼈어요. 내가 좋아하는 사람이 오면 한 시간이 너무 빨리 가요. 그런데 1분이 1년 같은 사람도 있어요. 그 사람이 오는 날 아침부터 스트레스를 받는 거죠.

그런 말이 있잖아요. 이 세상에 출근하는 모든 사람들은 항상 가슴속에 사표를 품고 다닌다고요. 출근하면서 스크린도어에 비친 저를 봤어요. 표정이 안 좋은 거예요. 내가 왜 이러고 있지, 싶더라고요. 스트레스가 쌓이는데 터뜨릴 데도 없어요. 하루종일 센터에 매여 있거든요. 트레이너는 프리랜서지만 프리랜서가 아니에요. 정해진 근무 시간이 없는데도 열두서너 시간씩 매여 있어요. 아침에 출근해서 늦은 새벽에 퇴근하니까 거기서 오는 스트레스가 있고요. 많은 회원들에게서 시간 불문하고 연락이 와요. 일에서 벗어나질 못하는 거예요.

운동하는 사람이니까 다들 트레이너가 건강할 거라고 생각해요. 그런데 트레이너가 세상에서 건강이 제일 나빠요. 잠도 못 자지, 수업이 하루에 열다섯 개씩 있지, 그러면 일을 열다섯 시간 이상 해야 해요. 거기에 짬을 내서 개인 운동을 따로 해야 해요. 몸이 썩어 문드러지는 거예요. 그만큼 트레이너들이 많이 바뀌어요. 그럴 수밖에 없어요. 버티기가 너무 힘들어요. 센터에 올 때 회원들은 트레이너가 바뀔까봐 걱정해요. 트레이너들도 적당히 수업하고 자기 시간이 있으면 좋은데 그럴 수가 없어요.

얼마 전까지는 새벽 네시에 하루를 시작했어요. 그리고 새벽 두시에 하루를 끝냈어요. 하루에 거의 두세 시간 잠을 자면서 생활했어요. 그렇게 8~9개월 하고 나니까 발이 붓더라고요. 운동화에 발이 안 들어가서 슬리퍼를 질질 끌고 센터에 갔어요. 회원 중에 간호사가 있었는데 저보고 심각하니까 빨리 병원 가라고 해서 그때 검사했죠. 아니나 다를까, 과로 증세도 있었고 갑상선 수치도 백혈구 수치도 높았고 모든 게 별로였어요. 너무 슬펐던 게 뭐냐면요, 제가 아프잖아요. 그런데 수업이 많잖아요. 병원에 간다고 사정을 알렸는데 회원님이 욕을 너무 많이 하는 거예요. '그럼 내 운동은 누가 시켜주냐'라면서요. 그때 이렇게 할 바에는 안 하느니만 못하겠다, 지금 내 몸도 못 챙기는데 누구 몸을 챙기나 싶어서 일을 그만뒀어요. 그만두고 하루종일 누워만 있었어요. 일하면서 제대로 누워 있었던 적이 없었거든요. 어느 정도였냐면, 현관문 앞에 매트를 깔았어요. 들어오자마자 그냥 바로 쓰러져 자려고요. 어차피 두 시간 뒤에는 눈뜰 거니까. 그리고 그 상태로 눈떠서 센터 가고 거기서 씻고 화장하고요. 그런데 그만두고 한 달 동안 누워 있었어요. 너무너무 좋았어요.

쉬고 있던 어느 날 계단을 내려가는데, 다리에 힘이 풀려서 그대로 굴렀어요. 원래 운동하던 사람인데 근육이 다 빠진 거예요. 나도 이렇게 되는구나, 내 나름대로 운동 오래했는데 나도 이렇게 되네, 싶어서 다시 센터를 찾았죠. 제가 운동하려고요. 내 건강을 좀 찾으려고 다시 운동을 시작했어요.

생각보다 식이장애를 가진 분이 많아요. 처음부터 '나, 식이장애 걸렸어'라고 말하는 사람은 없어요. 그들의 행동이나 분위기, 신체를 보고 제가 유추해요. 그리고 대화를 통해서 끄집어내요. 결국 식이장애더라고요. 처음에는 다이어트 스트레스로 굶다가 터지죠. 그게 반복되면 토하는 사람도 있어요. 몸은 말랐는데 볼이 부어 있어요. 손가락을 넣어서 토하니까 림프샘이 붓는 거예요. 이에 긁히니까 손가락에 굳은살이 있어요. 그런 걸 보는 거죠. 요즘은 기구를 사용해서 토한다고 하더라고요. 손가락에 흔적이 남으니까요. 그러면 파악하기가 힘들죠. 그런데 트레이너에게 다 말해줘야 몸도 잘 만들어지고 정신도 깨끗해져요. 행복해서 운동하러 오시는 분은 없거든요. 처음에는 다 불행해서 오시거든요.

요즘에는 비만약 처방이 난무해요. 제 회원님 중 한 명은 너무 말라서 곧 죽을 것 같았는데 살을 빼더라고요. 그냥 굶어서요. 30킬로그램이 안 나갔어요. 그냥 길 가다가 픽픽 쓰러져요. 그분이 비만약을 먹고 있더라고요. 제가 이거 어디서 받았냐고 물어봤죠. 요즘에는 되게 쉽게 구할 수 있대요. 운동은 당연히 기간이 오래 걸리잖아요. 얼마나 피곤하고 힘들어요. 식이조절도 해야 하고 운동도 해야 하는데, 약을 먹으면 좀 단축이 되나봐요. 저는 다 못 먹게 해요. 언제까지나 약의 힘을 빌려서 뺄 순 없죠. 그게 얼마나 몸에 안 좋겠어요. 뭐든 빨리 되는 건 없죠. 천천히 건강하게 빼는 게 최고죠.

남성 회원들이 특히 '내가 돈을 지불하니까 넌 나를 위해서 뭔가를 해야 해'라는 생각이 되게 심했어요. 욕도 못 하고, 제가 교육을 시킬 수도 없잖아요. 그래서 운동으로 혼내줬어요. 처음에 시범을 보여주려고 하면 '네가 이걸 든다고?' 하는 듯한 시선으로 저를 봐요. 일부러 무게를 많이 드는 연습을 했어요. 제가 시범을 보일 땐 '되게 가벼워 보인다'는 눈빛으로 보다가 막상 자기가 직접 해보면 못 하고 깜짝 놀라요. '너 이거 어떻게 했어'라는 식으로 쳐다보면 저는 이야기하죠. "왜 못 하세요. 저도 하는데"라고요. 소소하게 복수를 해요. 저는 제가 서비스를 주고 있다고 생각한 적이 없어요. 운동을 못하고 부족한 부분이 있으니까 그런 분에게 도움을 준다고 생각하죠.

저도 직업 특성상 다이어트를 하긴 해요. 항상 자기 자신과 싸워요. 내가 왜 이렇게 해야 하지, 생각하면서요. 저도 폭식증 다 겪어봤거든요. 그런데 건강을 해치면서까지 다이어트해야 한다고 생각하진 않아요. 예쁜 몸도 좋죠. 뭘 입어도 예쁘고 사람들이 한 번 더 쳐다보고 그 시선에 만족해서 열심히 운동하게 되는 것도 맞아요. 그런데 정신은 너무 불안정해요. 거울을 볼 때는 행복한데 거울 밖으로 나가는 순간 힘든 거예요. 매일 식욕과 싸우고 스트레스를 받거든요. 그러다가 음식을 한 숟갈 먹으면 눈물이 날 정도로 맛있어요. 또 음식을 찾고, 절식하고, 그걸 반복하면 너무 불행하더라고요.

회원님들이 흔히 "선생님은 닭가슴살이랑 고구마만 먹지 않아요?"라고 하세요. 제가 일을 처음 시작했을 때는 환상을 깨면 안 되겠다는 생각에 "당연하죠. 닭가슴살 먹어야죠. 두부 먹어야죠. 샐러드 많이 드세요. 저는 그렇게 살 빼요"라고 했는데 이제 그렇게 말 안 해요. 저는 그냥 일반식을 먹어요. 살 빠지는 게 더딜지언정 불행하진 않아요. 어떻게 평생 닭만 먹어요. 한번은 제가 닭가슴살을 먹는데 체하는 느낌이 들었어요. 수업해야 하는데 헛구역질이 나와서 병원을 갔더니

스트레스성 위염이래요. 그래서 다른 걸 먹고 다시 닭을 먹었는데 위염이 또 왔어요. 닭을 먹을 때마다 위염이 오는 거예요. 식욕이 채워져야지 사라지는 건데 닭이나 고구마를 먹는다고 채워지진 않아요. 계속 다른 걸 찾게 되거든요. 저는 이제 닭을 못 먹어요. 닭만 보면 구역질이 나요.

제 일은 회원님들이 좀더 건강한 삶의 질을 영유해야 하니까 운동을 시키고, 다이어트에 목적이 있다면 조금 더 도와주는 거예요. 심하게 말한 적은 없어요. 그냥 운동을 열심히 하게끔 끌어내주기만 해요. 일 끝나고 운동 오시잖아요. 피곤하단 말이에요. 집에서 쉬고 싶지 누가 운동 오고 싶겠어요. 하루종일 회사에서 시달렸을 텐데 운동하러 오시는 분들에게 저는 항상 응원하고 박수쳐요. 대단하다고요. 저는 센터에 맨날 있는데도 운동하기 싫거든요. 그런데 그분들은 시간을 빼서 오잖아요. 한 번 수업할 때 최선을 다할 수밖에 없죠.

운동은 내 건강을 지키려고 한다 생각하시고, 다이어트라는 강박보다는 좀더 나은 삶을 살기 위해 시작했으면 좋겠어요. 운동은 긍정적인 면이 훨씬 많으니까 굳이 살을 빼기 위해서가 아니라 내가 건강하게 걸어다니려고, 건강하게 일하려고 했으면 좋겠어요.

김수영_ 트레이너로 일하고 있다. 건강한 몸이 무엇인지, 스트레스로부터 내 몸을 지킬 수 있는 방법이 무엇인지를 고민하고 있다.

키스가 그렇게
황홀한 줄 몰랐어요

호스피스
김인선의 몸

지금은 고인이 된 영화감독 아네스 바르다를 좋아한다. 그가 연출하고 출연한 다큐멘터리 <바르다가 사랑한 얼굴들>을 보면서부터다. 이 영화는 아흔이 되도록 누군가와 협업을 해본 적이 없다는 바르다가 서른다섯 살의 거리예술가 JR와 협업을 선택하면서 벌어지는 일을 다룬다. 쉰다섯 살 차이가 나는 바르다와 JR는 포토트럭을 몰고 다니면서 다양한 직업과 신체를 가진 사람들을 만나 그들의 사연을 듣고 얼굴을 찍어 출력한 뒤 건물 외벽에 붙이는 작업을 한다.

아흔 살에 주저 없이 새로운 일을 시도해본다는 것도 좋았지만, 바르다에게 마음을 완전히 뺏긴 건 영화 말미 자신의 오랜 친구인 장뤼크 고다르를 만나러 가는 장면에서다. 은둔자로 유명한 장뤼크 고다르가 자신을 쉽게 만나주지 않자 바르다는 그만 어린아이처럼 눈물을 터뜨리고 만다. 각본에도 없던 결말 앞에서 바르다의 눈물은 그치질 않는다. 그 모습은 '늙지 않음'이 아니라 '어떻게 늙는지'를 보여주는 것 같았다. 나도 저렇게 생생한 감정을 갖고서 그대로 나이들고 싶었다. 무딘 사람이 되고 싶지 않았다. 나이가 들면서 작은 감정을 지나치고 타협하는 순간이 점점 많아진다고 느끼지만, "사는 게 그런 거지"라는 말은 최악이다.

늙어서 멋있으려면 젊었을 때도 멋있어야 한다지만, 그래도 한 번쯤 롤모델을 두고 꿈꿔봐도 좋은 일 아닌가. 내게 아네스 바르다는 한 번쯤 꿈꾸게 되는 이상형이다. 그리고 2019년 처음 만난 김인선은 내게 바르다처럼 닮고 싶은 또 한 명의 멋진 어른이다.

젊은 날 스스로가 레즈비언임을 깨달은 그는 이내 남편과 이혼하고 여자친구를 만나 독일에서 함께 살고 있다. 그는 여자친구와 "아마 결혼하게 될 것"이라고 말했다. 2019년 퀴어문화축제 20주년을 맞아 잠시 서울에 들른 그에게 끈질기게 달라붙어 인터뷰를 청했다. 사진을 찍는다고 하니 김인선은 아래위로 고운 분홍색 정장을 맞춰서 입고 왔다. 나는 그의 정장에 어울리는 빨간색 꽃을 선물했다. 그는 "꽃이 참 예쁘다"면서 환하게 웃었다. 사진기자의 요청에 따라 김인선은 서울시청 앞 광장을 방방 뛰었다. 그 모습은 여러모로 눈에 띄었다. 지나가던 행인이 유심히 쳐다봤으나 전혀 개의치 않는 눈치였다.

그는 '몸'이라는 단어를 들었을 때 떠오르는 기억은 없느냐는 질문을 듣고 10년 전 유방암으로 오른쪽 가슴을 절제한 이야기를 하면서 눈물을 터뜨렸다. 그리고 호스피스 일을 하면서 엄마를 보내드린 이야기를 하면서 두 번 울었다. 그는 흐르는 눈물을 휴지로 연신 찍어내며 "이렇게 찔끔찔끔하네요, 눈물이…… 이건 각본에 없는 건데"라면서 '하하' 웃었다.

저는 1972년에 처음 간호학생으로 독일에 갔어요. 46년 사는 동안 거기서 간호사도 하고 훔볼트대학에서 신학을 공부했습니다. 그리고 이종문화 간 호스피스 단체를 창립해서 돌아가시는 분들의 임종을 동행해드리고 많이 편찮으신 분을 도와드리고 있어요.

노동자로 독일에 와서 살다보니까 자격지심이라는 게 있잖아요. 내가 결국 남의 땅에 와서 노동자로 돈을 벌어야 하는구나, 매년 고향에 갈 수 있는 것도 아니고 나는 뭐하러 세상에 태어났지, 하는 고민도 많이 하고요. 그런 와중에도 여기 있는 동안 나와 같은 고민을 하는 동료들을 만나서 보람을 많이 느껴요. 돌아가시는 분들과 동행한다는 게 참 어려운 일이에요. 거기에 감정이 개입되면 스스로 소진되는 거죠. 그래서 가능한 한 객관적인 입장에서, 감정 개입을 하지 말고 냉정하게 거리를 두라고 해요. 독일 사람들은 굉장히 냉철하고 어떤 사태든 잘 감당해요. 그런데 제가 보니까 동양인들은 거의 다 그게 안 되는 것 같아요. '나'가 아닌 '우리'라는 개념이 크기 때문에 그 문화를 갖고 돌아가시는 분들을 돌보는 게 쉬운 일은 아니죠.

아마 많은 사람이 그럴 거예요. 다른 사람의 죽음도 마찬가지지만 본인이 죽음 앞에 섰을 때 '난 지금까지 잘살았어, 다들 잘 지내' 하고 갈 사람은 없거든요. 1년만 더, 2년만 더, 하면서 매달리는 분도 있고요. 정리를 하는 게 중요한데 못 하는 거예요. 쉽게 내려놓는 훈련을 하다보면 살아 있는 동안 좀더 하고 싶은 일을 할 수 있지 않을까, 그런 생각을 하게 되더라고요.

제가 10년 전에 유방암으로 오른쪽 가슴을 수술했어요. 오른쪽 가슴이 3분의 1 정도만 남아 있어요. 몸의 일부가 잘려나간다는 느낌이 이상하더라고요. 그때부터 이상하게 오른쪽 가슴이 신경쓰이는 거예요. 부모님들이 다른 형제들보다 뭔가 모자라는 애에게 더 애정을 주듯이 저도 그렇다는 걸 느꼈어요.

항암치료를 받고 약을 먹으니 머리가 다 빠지더라고요. 제가 숱이 엄청 많았는데 완전히 대머리가 된 거예요. 그런데 갑자기 해방감이 찾아왔어요. 그렇게 시원할 수가 없어요. 머리카락이 없다는 게. 그래서 스님들이 참 좋겠다는 생각을 했어요. 완전히 빡빡머리로 거울 앞에 섰는데, '이렇게 살아도 괜찮다'라는 생각을 했어요. 이후로도 계속 항암치료를 받았는데, 그 시간이 굉장히 견디기 힘들었어요. 친구가 와도 손가락 하나를 못 움직이니까요. 일어날 기운이 없는 거예요. 그렇게 10년이 흘렀어요. 매년 검진받아야 하거든요. 올해는 안 받았어요. 지금 재발하면 어떻게 하겠어요. 수술은 다시 안 할 거거든요. 그럼 이대로 죽는 거죠.

제 생각에는 건강하다 싶어요. 내년에 내가 일흔이 되는데 이만큼 살았으면 하나님이 데려가도 괜찮지 않겠나, 그런 생각이 들더라고요. 아니, 하나님이 언젠가 데려갈 거 아니겠어요. 좀더 빨리 가고 늦게 가는 차이죠. 그렇게 막 매달리고 싶지가 않아요. 그런데 이렇게 찔끔찔끔하네요, 눈물이…… 아휴 참, 이건 각본에 없는 건데. 힘들었던 기억이 떠올라서 욱하네요. 유머러스하게 이야기하고 싶었는데 드라마틱하게 돼버렸어요. 나는 잘 안 우는 타입인데, 왜 이렇게 나를 울려요.

암 수술을 받았어도 재발할 수 있으니까요. 인생은 내일이면 끝날 수 있어, 나도 사람들처럼 매달리는 게 아닐까, 무슨 500년을 살겠다고, 되게 허무하게 느껴지더라고요. 오늘이 내 생애 가장 젊은 날일 수 있으니 오늘에 충실하자. 그러다보면 언젠가 그 오늘이 끝나는 날이 오겠죠. 호스피스 일을 하면서 그런 생각을 많이 하게 됐어요.

독일에 와서 간호사 일을 하다가 결혼도 했죠. 한국 남자하고 했어요. 그분도 광부로 왔는데, 광산대학을 다녀서 광부들 중에 높은 직책에 있었어요. 그분은 결혼을 한 번 했고 아들이 하나 있었어요. 결혼할 때 '내가 현모양처는 아니고 나도 하고 싶은 게 많으니 공부를 시켜줘'라고 하니 그러겠다고 하더라고요. 그래서 야간고등학교에 다녔고 훔볼트대학교 신학 대학에 들어갔어요.

독일 전역에 있는 한국 사람들이 한 군데 모여서 하는 세미나 같은 게 있어요. 거기에서 웬 남자같이 생긴 여자가 나에게 꽃을 꺾어다주는 거예요. 왜 저 여자가 나한테 꽃을 꺾어다주는지 몰랐어요. 교회 안에 여성 신도 모임이 있었거든요. 세미나를 하면서 그 친구를 알게 됐죠. 하루는 그 친구네 집에 놀러갔는데, 그 친구가 제 옆에서 자는 거예요. 밤중에 사람들이 막 있는데 키스를 했어요. 놀랐죠. 그런데 키스가 그렇게 황홀한 줄 몰랐어요. 그렇게 역사가 시작된 거죠.

그날 바로 집에 가서 남편에게 이혼하자고 했어요. 나는 이미 그 여자에게 마음이 가 있기 때문에 더이상 당신과 같이 살 수 없다고 했어요. 온 교회에 야단이 났어요. 제가 신학 교수를 찾아가서 "저 아무래도 신학 공부 그만둬야 할 것 같아요. 제가 남자랑 결혼해서 사는데 여자를 좋아하게 돼서 혼란스러워요"라고 했어요. 여자가 여자를 좋아하는데 신학적으로 문제가 없냐고, 다른 사람에게 모범이 안 되지 않냐고 했어요. 그랬더니 신부님이 다른 사람에게 본이 되는 사람은 어떤 사람이냐고 물어보더라고요. 하자가 없어야 하지 않느냐, 하나님이 남자와 여자를 만들었으니 자녀들을 낳고 그런 게 정상 아니냐고 했어요. 그랬더니 당신이 당신 자신을 못 받아들이는데 누가 받아들일 수 있겠느냐, 그러시더라고요. 당신 자신에게 솔직하라고, 여자가 여자를 좋아하든 남자를 좋아하든 그 사람이 어떻게 살아가느냐가 문제인 거지 좋아하는 게 죄가 되는 건 아니라고 했죠.

그래서 용기를 얻었죠. 성경을 다시 한번 보라고 하시더라고요. 그 순간이 내 생각을 바꾼 중요한 계기였지요. 남편은 책을 다 불사른다느니, 위자료를 한푼도 못 준다느니, 그런 이야기를 하더라고요. 그 사람은 두번째 결혼도 실패하는 거잖아요. 지금은 한국에서 세번째로 결혼해서 산대요. 저는 제 친구와 지금까지 베를린에서 살고 있어요.

이게 내가 살아온 길이고 내가 앞으로 살아가야 할 내 인생이에요. 그런데 한국에 있는 젊은이들이 성소수자이기 때문에 받는 사회적 비난이 심하다고 들었어요. 더군다나 교회에서 동성애를 반대한다는 이야기를 듣고 가슴이 아팠거든요. 현대 신학으로 다시 설명을 하면요. 여자가 여자하고 살든 남자가 남자하고 살든 그게 진실한 사랑이면 그들이 같이 있는 걸 반대하는 건 아니라고 생각해요. 독일 교회는 여자 목사와 여자 목사가 결혼하는 것도 인정해줘요. 누가 누구를 사랑하는 게 왜 죄가 되냐고요. 그런 점에서 한국 교회도 다시 한번 성서를 읽어야 할 필요가 있다고 생각해요.

제가 제일 잘할 수 있는 건 죽음을 앞둔 분이 살아온 삶을 들어주는 거예요. 마지막 순간에 조금이라도 편하게 내려놓을 수 있도록요. 어떻게 살아왔든 그렇게 살아온 인생이 중요한 거고 당신이 할 수 있는 최선을 다했다는 느낌을 줘야 하죠. 나는 그 사람을 평가할 수 있는 사람이 아니에요. 그냥 옆에서 있어만 주는 사람, 경청하는 사람이에요. 제가 할 수 있는 건 "조금 더 시간을 주시도록 하나님께 같이 기도할까요"라고 말하는 정도예요.

제가 보내드린 사람 중에 가장 기억에 남는 사람은 우리 엄마예요. 엄마는 외모에 굉장히 신경을 많이 쓰시는 분이거든요. 옷, 구두 색깔 모두 맞춰서 외출하시는 분이에요. 고고하게 살려고 노력했고, 그러니까 어머니 자존심에는 산소호흡기를 들고 다닌다는 게 도저히 용납이 안 되는 거예요. 제발 집에 계실 때만이라도 산소호흡기를 하시라고 해도 말을 안 듣는 거예요. 결국 폐 이식수술을 하시더니 식물인간이 되셨어요. 있는 대로 호스를 끼워도 살아날 가능성이 없었죠.

수술하기 전에 어떻게 될지 모르니까 미리 서류를 작성해두라고 권유하거든요. 처음에는 "아직 시간 있어"라고 하시더니 무슨 느낌이 왔는지 작성해놓으셨더라고요. 불치의 병이나 사고가 생기면 더이상 생명을 연장하지 말고 죽게 해달라고요. 우리 어머니의 마지막 자존심이었던 것 같아요. 폐가 그렇게 망가져서 산소호흡기를 달고 구질구질하게 살기는 싫었던 거예요. 역시 엄마답게 돌아가셨다고 생각해요. 나한테는 안 좋은 어머니였지만, 아주 '제로'였지만 한 여성으로서는 당당하게 살고 갔어요. 제가 오늘 완전히 눈물로 영혼 소독을 하네요. 그래도 울면서 좀 풀어지는 것 같아요. 듣기에는 힘들죠?

저는 그냥 자는 중에 깨어나지 않고 죽었으면 좋겠어요. 친구하고 저는 이미 서류 작성을 해놓았거든요. 제가 먼저 죽으면 친구가 처리해주고, 친구가 먼저 죽으면 제가 처리해주기로요. 제 친구는 굉장히 소심하고 대담하지 못한 사람이에요. 그래서 친구가 먼저 가는 게 괜찮겠다고 생각해요. 내가 먼저 가면 굉장히 곤혹스러워 할 테니까요. 지금은 그런 생각으로 살고 있어요. 내일이면 끝날 수 있는 인생을 무슨 영화를 보자고 그렇게 매달리고 그러나. 저희 어머니는 물질에 대한 욕심이 전혀 없었던 사람이에요. 뭐든 "마음에 들면 가져가" 이랬거든요. 저도 닮은 것 같아요. 물질에 대한 욕심이 전혀 없어서 다행이에요. 아, 잘살고 잘 죽었다, 그런 여운을 남기면 좋겠어요.

김인선_ 레즈비언. 독일 베를린에서 살고 있다. 2019년, 20주년을 맞은 서울퀴어문화축제에 방문해 나이든 레즈비언의 삶을 퀴어들에게 소개해주었다.

제게 이 몸은
유일한 재산입니다

미싱사
김명선의 몸

연예부에서 일할 때는 주로 영화나 드라마에 출연한 배우들을 인터뷰했다. 그때마다 하는 '라운드 인터뷰'는 일종의 '미니 기자 회견'같이 진행된다. 40~50분 동안 적게는 두 매체부터 열 매체까지 기자들이 모여서 한 배우를 둘러싸고 인터뷰를 하는 것이다. 배우들을 인터뷰하고자 하는 매체는 많고 배우들은 시간이 없기 때문에 그런 식의 진행 방식은 어찌 보면 당연했지만, 나에게는 상당히 고통스러운 일이었다. 기자들의 틈을 비집고 질문해야 하는데, 질문을 아예 할 수 없었던 인터뷰도 많았다. 몇몇 기자들은 다른 기자보다 빨리 기사로 내보내기 위해서 인터뷰중에도 기사를 썼다. 배우들의 발언은 맥락 없이 조각난 채로 기사의 제목이 돼 그저 한 번 포털사이트 메인을 차지하거나 차지하지도 못한 채로 사라졌다. 안타까운 일이었다.

무엇보다 힘들었던 건, 날이 갈수록 인터뷰 상대로부터 들어야 하는 이야기가 명확해진다는 점이었다. A라는 주제에 대해 B라는 이야기를 듣지 않고 C라는 이야기를 들어버리면 기사를 쓰기 곤란해지는 경우가 발생한다. 그러다보면 자연스럽게 '답정너(답은 정해져 있고, 너는 대답만 하면 돼)'처럼 굴게 된다. 그렇게 하지 않으려고 무척 노력하는 편이지만, 어쩔 수 없을 때는 정말이지 어쩔 수가 없다. 인터뷰 대상으로부터 C라는 이야기를 듣는다면 되도록 C가 어떻게든 기사에 들어갈 수 있도록 기사의 방향을 아예 바꾸거나 B를 듣는 일은 잠깐 멈추고 C를 온전히 기사에 담기 위해 애쓴다. 내가 찾은 내 나름의 타협점인데, 이상적인 방식인지 확신은 서지 않는다.

<말하는 몸>은 그 자체로 내가 생각한 가장 이상적인 인터뷰 방식을 구현한 결과물이다. 녹음실에 도착한 여성에게 나는 어떤 것도 기대하지 않는다. A라는 여성이 B라는 주제를 말해주겠거니 생각하고 질문지를 준비하긴 하지만, 그 사람이 그날 B를 말하고 싶지 않다고 해도 괜찮다. 어떤 주제든 자신의 삶과 몸에 대해서 말하기만 하면 그만이다. 모순적이어도 괜찮다. 그것 또한 그 사람의 삶이라는 걸 받아들일 수 있을 정도라고 판단되면 의심 없이 들어준다. <말하는 몸>은 예외적인 경우를 제외하고 주로 주말에 녹음했다. 출연자, 그리고 내게 주어진 시간은 충분했다. 나는 한 시간이고 두 시간이고 출연자가 말을 꺼내기를 기다린다. 여기 나와서 할 수 있는 이야기를 충분히 하고 가기만 한다면 몇십 분이고 기다릴 수 있다는 마음가짐으로 인터뷰를 한다. 시의성을 충족시키지 않아도 되는 인터뷰란 얼마나 자유로운지.

김명선은 여성단체가 주최하는 행사를 통해 처음 알게 됐다. 그를 섭외한 건 그날 그가 했던 이야기가 인상적이었기 때문이다. 그는 출연을 오래 망설였다. 내게 그날의 이야기가 아닌 다른 이야기를 하고 싶다고 했다. 그 이야기가 아니어도 괜찮다고 말했다. 반년이 지나 결국 녹음실에 온 그는 나에게 미리 말했던 것처럼 섭외했을 때 들었던 이야기와는 전혀 다른 이야기를 들려주었다. 나는 그가 말하고 싶어하는 생의 일부가 온전히 전해질 수 있도록 중간중간 질문을 하는 것으로 그날의 몫을 했다.

"

목도 짧고 다리도 짧고 보여줄 게 없는 몸이지만, 제게 이 몸은 유일한 재산입니다. 제가 서른네 살에 남편 상을 치렀는데요. 지금 돌이켜보면 되게 아득한 것 같아요. 그나마 젊어서 그런 일을 당했기에 망정이지 아마 지금 다시 살라 하면 못 살 것 같거든요. 그런 제게 몸은 너무 소중합니다. 짧은 다리로 걸어다닐 수 있는 것과 열 손가락으로 식당에서 설거지할 수 있다는 것, 어느 하나 소중하지 않은 부분이 없습니다.

저는 몸으로 하는 일을 많이 했어요. 육체노동자가 큰돈을 벌 수는 없었던 것 같아요. 평생을 단칸방에서 살았어요. 지금도 그러고 있습니다. 세 아이랑 어떻게 그리 살았을까 싶어요. 서른네 살에 남편이 가고 수선가게를 했는데, 밤이 되면 무서웠어요. 겨울에 달이 시퍼렇게 뜨고 나면 비닐하우스가 있는 거리를 맨발로 걷기도 했어요. 고통을 잊고 싶었거든요. 정신적으로 많이 힘들었어요. "그동안 어떻게 살았어?" "왜 그렇게 살아?"라고들 하지만 저는 이 몸이 있어서 살수 있었어요. "너무 힘들지 않아?"라고 물으면 "몸으로 하는 일은 잘할 수 있어"라고 대답해요. 너무 많은 일을 해서 무섭지가 않아요. 하루에 아르바이트를 네 탕씩 뛴 적도 있어요. 세탁 편의점에서 일했는데 오전에는 본사에 들어가서 일했고, 오후 3시부터 9시까지 체인점에서 일하다가 호프집에 설거지를 하러 가요. 새벽 3시까지. 주말에는 웨딩홀에 가서 일했는데, 일당으로 3만 원을 주면 그걸로 고시원

비를 낼 수 있었거든요.

2년 동안 출근할 때마다 지옥으로 가는 것 같았어요. 일중독이었는지 몸은 땅으로 꺼지는 것 같았고 영혼은 없는 것처럼 피곤했고. 한번은 버스를 타고 가다가 목적지에 내리려고 일어나는 중인데, 기사가 저를 깨우더라니까요. 종점이었어요. 일어나는 도중에 잠이 들어버렸구나, 싶어서 되게 무서웠어요.

편하게 말해도 될까? 빚을 10년이나 갚았는데 8천만 원 빚에, 아이 셋에, 방법이 없어서 늘 마이너스였던 것 같아. 5년쯤 빚 갚았을 때였나. 하루는 통장에 4만 5천 원이 남아서 너무 행복했어. 동네방네 전화를 했지. "내 통장에 돈이 4만 5천 원 남았어. 이게 무슨 일인지 몰라." 그날 빵 2천 원어치를 샀어. 직장에 갔는데 "웬일이야, 네가 돈을 썼어?"라고들 해. "어, 경제를 살리기 위해서 2천 원 썼어!" 이런 대화를 했지.

빚을 10년 이상 갚고 나니까 몸에 이상 반응이 생겼어. 긴장이 풀리니까 어떤 몸뚱이가 됐냐면, 혈압이 치솟고 맥박은 잴 수가 없고 찬 바람이 불면 피가 굳는 것처럼 몸에 마비가 오기 시작해. 내 몸을 내 정신이 이끌었을 뿐이지 온전하지 않았어. 병원에서는 얼마 못 산다고 그러더라고. 건널목에 서면 '이 건널목을 끝까지 갈 수 있을까' 이런 공포가 밀려왔어.

어느 날은 눈 한쪽이 떠지질 않더라고. 아는 가게 언니가 "너 왜 그러니" 물어보는데 내가 한 번도 남에게 내 문제를 의논해보지 않았거

든. '지금 엘리베이터 타고 내려가서 119에 전화해야지' 생각하면서
도 발이 안 떨어지더라고. 언니가 가만히 있으라면서 자기가 먹던 한
약을 줘서 그걸 먹고 몸을 따뜻하게 하니까 돌아오더라고.

다음날 약을 먹어도 혈압이 안 내려가서 입원했어. 너무 좋더라고.
한 번도 남이 해주는 밥을 먹어본 적이 없었는데, 일주일 동안 누워만
있으니 너무 좋더라고. 그때 남자친구가 있었는데, "아프면 우리 엄
마가 더 아프지 네가 아프냐"고 하길래 헤어졌어. 퇴원 전날 몸을 깨
끗하게 씻고 팬티까지 싹 갈아입고 나왔어. 아침에 시신으로 나갈 수
도 있으니까.

사람이 살아가면서 외로운 건 극복할 수 있는 거고, 몸이 아픈 게
최고로 나쁜 거야. 차라리 외로운 게 몸 아픈 것보다는 낫다 싶었어.
몸이 힘들고 아파서 긴장해야 할 것 같아 병원을 나선 후에 터미널에
가서 어디든 제일 빨리 가는 버스를 탔어. 전주로 갔는데 아는 게 있
어야지. 한옥 숙박이 하루 7만 원이라는 거야. 나는 한 번도 그런 돈
을 써본 적이 없었거든. 혼자면 5만 원에 해주겠다고 하더라고. 나가
서 돌아보고 사진으로 다 찍었어. 잠을 자진 않았는데 이부자리가 너
무 예뻤고 창에 달이 비치는 거야. 생전 처음으로 6천 원짜리 국화차
를 마셨고 최고 비싼 비빔밥을 먹었어. 살아가면서 나를 위해 10만 원
은 써야겠구나, 싶더라고. 지금까지 날 위해 10만 원을 안 써봤네?

스킨로션을 사본 적도 없고 바디워시도 마찬가지고. 그냥 때 밀고
물로 헹구고 그랬어. 뭔가를 사는 게 왜 싫었냐면 나는 돈을 벌기 위
해 노동 현장으로 가야 했고, 내 몸은 시간이랑 연결돼 있으니까 그런

돈이 있으면 차라리 쉬고 싶다, 돈 쓰는 걸 포기하자 싶었어. 그런데 많이 아프고 나서 아는 동생이 하는 미용실에 가서 내가 머리를 해야겠다 말하니 걔가 빵 터진 거야. 웬일이야. 죽는다고 그러니까 별짓을 다 하는 거지. 걔가 너무 기뻐하면서 내 머리를 반은 스트레이트를 하고 반은 파마를 했어. 머리를 다섯 시간씩이나 했어. 사진을 막 찍었어. 이렇게 예쁜 사람이었냐고. 기념으로 라이브 카페를 가자는 거야. 오이도는 새벽까지 하는 데가 있더라고. 가서 술은 안 마시고 음료수를 마셨던 것 같아.

어느 날 딸이 일어나서 "어쩌면 돈을 그렇게 잘 버세요" 이러는 거야. 내가 벌 수 있었던 건 학비와 식비와 방세야. 돈이 바닥나면 다시 열심히 일하고. 그게 부족하지 않다며, 돈을 잘 번다고 해주는 아이들이 있었기에 열심히 일할 수 있었어.

하루는 '저 아이들 때문에 너무 힘들어'라고 생각하면서 옆을 쳐다봤는데 나무로 만든 리어카가 있는 거야. 큰아들이 떡하니 그 위에 누워 있고. 우리 딸은 새침하게 앉아 있고. 내가 리어카를 끌기 시작하니 아들은 땀을 뻘뻘 흘리면서 그 위에서 뛰는 거야. 그게 뛴다고 가벼워지지는 않는데. 그때 내 모습은 머리카락은 다 빠져서 몇 가닥 남지 않았고, 팔은 너무 지쳐서 땅바닥까지 닿아 있었고, 다리는 너무 짧았어. 내가 그 리어카를 끄는데 바퀴가 다 빠져버린 거야. 다 빠져도 삐걱거리면서 끌고 있는데, 세 명 다 행복하지 않은 거야.

상처가 많다는 게 좋은 건 아니지. 예쁘게 살 수 있으면 예쁘게 사는 게 좋지. 우리 모두 다 몸과 마음이 병들어 있더라고. 아이들도 가정이라는 곳에서 온전한 몸으로 살았던 게 아니고 비가 오면 비를 다 맞아야 했고 땡볕을 다 맞고 있었던 거지. 돈을 번다는 이유로 나쁜 생각을 한 거지. 나만 힘들다고. 모두 다 같이 힘들었구나, 우리가 끌던 바퀴 빠진 너덜너덜한 리어카가 우리집이었구나 싶더라고.

내가 몸이 아프니까 가장 하고 싶었던 게 뭔지를 생각하게 됐는데, 공부를 하고 싶었어. 학원을 다니다가 돈이 없어서 그만뒀거든. 그런데 사람들이 그 나이에 웬 공부냐고 하더라고. 빚도 다 갚고 애들도 그만큼 컸으면 이제 편안히 살라고 하는데, 글쎄, 몸이 아프면서 꼭 공부를 하고 싶었어. 아들이 이런 이야기를 해. "엄마, 내가 한 달에 50만 원 보내줄 테니 그걸로 공부해." 그런데 자식 돈으로는 공부를 못 하겠더라고. 아들은 교수가 되고 싶다는 내 말을 진심으로 믿은 거지. "엄마, 강단에서 강의하는 걸 들어보고 싶어." 그런데 내가 중학교를 중퇴했는데, 이 사회가 그런 사람을 인정하지 않더라고.

한번은 어떤 대학 교수가 "나는 김명선씨가 너무 싫어요"라고 했어. "살아가는 게 얼마나 치열한지 아세요? 우리는 대학 교수가 되기 위해 마흔이 넘도록 시간강사를 해요. 그런데 김명선씨는 꿈을 이야기해요. 저는 그게 너무 싫어요"라고. 내가 고생을 안 했다는 거야. 평생을 단칸방에서 산 사람에게 그런 말을 하면 나도 할말이 없네. 인생이 내리막길이더라도 그걸 활주로 삼아서 날고 싶어. 내가 30~40대에는 이런 생각을 했거든. 내 인생에 비상구는 어디에도 존재하지 않는다. 그런데 지금은 하늘도 보이고 비가 오면 그냥 좋고 눈이 오면 문도 열 줄 알고. 견뎌낸다는 건 좋은 것 같아.

나는 버텨. 그거밖에 할 게 없거든. 앞으로도 끝까지 버텨서 공부하는 게 꿈이야. 내 인생이 아주 어려웠을 때 누군가 좋은 이야기를 해줬더라면 다른 생각을 하고 살 수 있었을 것 같아. 그런 이야기를 할 사람도 없었고 하지도 않았지만. 마지막 꿈이 있다면 지금처럼 내가 남들에게 도움이 될 수 있는 삶을 살고 싶다는 거. 같이 힘이 되어주는 동료로 살아가고 싶은 게 마지막 꿈이오.

김명선_ 미싱사. 둥근 길이 아닌 모난 길로, 다만 신이 보시기에 적당한 길로 나 있는 많은 생각과 몸을 가지고 있다. 지금은 안정적으로 살고 있고 그런 삶에 감사하고 있다.

하나의 감정으로 결론지어질 수 없는
부분이 크더라고요

화장품 카운슬러
오드리의 몸

앞서 이야기했듯 <말하는 몸>에서 출연자를 섭외할 때는 어떤 이야기를 할지 사전에 대략 상의하고 녹음에 들어간다. 질문지는 있지만 대본은 없다. 간혹 대본을 써오는 출연자도 있는데, 되도록 대본은 내려놓고 자연스럽게 말하게끔 유도한다. 줄줄 읽는 걸 들으면 어색할 뿐만 아니라 어디까지나 자기 이야기인 만큼 글을 통하지 않더라도 몸에 할 수 있는 말이 남아 있다고 생각하기 때문이다.

오드리는 내 친구의 지인으로, 친구는 그를 액티비티(야외활동)를 즐기는 여성이라고 소개했다. 그래서 오드리가 녹음실에 앉아 입을 떼기 직전까지 나는 액티비티를 하는 여성으로서 그를 조명하고자 질문지를 준비했다. 예컨대 이런 식의 질문이었다. 액티비티를 할 때 희열을 느끼는지, 위험하지는 않은지. 우리는 반갑게 인사를 나눈 후 녹음실에 들어가서 앉았다.

그에게 자기소개를 부탁한 이후에 '몸에 대해 준비하신 이야기가 있다면 들려달라'라는 첫 질문을 던졌다. 준비해온 질문을 하기 전에 마지막으로 확인을 받듯 하는 다소 형식적인 질문이었다. 뜻밖에도 그가 이렇게 말했다. "제가 돼지발정제를 먹어본 적이 있어요." 그후 나와 박선영 피디는 아무런 질문을 던질 수 없었다. 우리는 그저 조용히 그의 이야기를 들을 수밖에 없었다.

오드리는 친족 성폭력 생존자로서 유년시절의 기억들을 들려주었다. 말하면서 스스로도 놀라워했다. 녹음이 끝날 무렵 그는 무척이나 홀가분한 말투로 '사실 이런 이야기를 하러 나온 게 아니었다'라는 한마디를 웃으면서 덧붙였다. 무거운 표정이던 우리를 배려한 것이었으리라. 우리는 굳었던 표정을 풀었고 조금은 미소를 지으면서 남은 녹음을 진행할 수 있었다.

왜 오드리는 스스로 놀랐을까. 그토록 정갈한 목소리로 정돈된 내용을 말했으면서. 내게도 의도하지 않았던 이야기가 불현듯 터져나온 순간이 있었다. 오드리와의 녹음 이후의 일이었다. 분명 준비되지 않은 갑작스러운 말인데, 내용은 너무나 정돈된 발화. 내가 입 밖으로 말을 내뱉었음에 한 번 놀라고, 내용을 차분히 정리했다는 사실에 두 번 놀라는 그런 이야기 말이다. 너무나 드문 일이라 나는 이를 스스로 '사건'이라고 명명했다.

이 사건을 들려주자, 평소 지혜로운 조언을 해주던 지인은 "자기도 몰랐겠지만 아마 몸에 그 말을 내내 품고 있었을 것"이라고 말했다. 기가 막힐 정도로 정돈된 말을 나도 모르게 해낸 사건 이후 오드리의 얼굴이 자주 떠올랐다. 나는 이렇듯 몸이 품은 말을 찾아내고 싶었던 게 아닐까. 몸이 품고 있는 말. 그 말을 내가 느낀 그대로 전할 수만 있다면 얼마나 좋을까.

제가 세 살 때 아버지를 여의었어요. 어머니가 저를 혼자 키우셨거든요. 보통 아버지가 없는 여성이면 주변에 있는 남성들이 만만하게 보고 험하게 대하는 일이 많아요. 제게 주신 질문지를 봤는데 '몸에 대한 최초의 기억'이라고 적혀 있더라고요. 제게는 배꼽이었어요. 학교에 들어가기 전이에요. 누구라고 밝히면 안 될 것 같은데, 우리 어머니가 너무 속상해할까봐 아직은 제가 이야기하지 않았거든요. 그런데 엄마가 이 이야기를 아시진 않겠지요.

이모부에게 당한 일이에요. 갑자기 제 이름을 부르더니 이불 속으로 들어와보라고 하더라고요. '왜 이불 속으로 들어오라고 하지'라고 생각하면서 들어갔죠. 그러더니 "배꼽 좀 보여줘"라고 하는 거예요. 사실 이모부가 보고 싶었던 건 제 성기였을 거예요. 그걸 말하지 못하니까 "일단 윗옷을 벗어봐. 배꼽 좀 보자"라고 계속 배꼽을 강조했어요. 그런데 윗옷을 벗어도 바지에 배꼽이 가려지니까 "아무래도 바지를 벗어야 이모부가 배꼽을 볼 수 있을 것 같다"라고 하는 거예요.

너무 이상했어요. 그때는 성추행이라는 생각도 못 했고 '이모부는 왜 이렇게 나의 배꼽에 집착하지'라고 생각했어요. 어린 나이에 답답해서 "이모부, 그냥 이거 이불 펼치고 밖에서 보여주면 안 돼?"라고 하면 이모부는 "아니야. 배꼽은 되게 은밀한 거라서 너랑 나랑만 볼 수 있는 장소에서 봐야 하는 거야"라고 말했어요.

도대체 왜 배꼽을 보여달라는지 모르겠어서 몇 번씩 물어보면 "네 배꼽이 제일 예뻐서 그래"라고 그러더라고요. 어린 나이에 이모부를 기쁘게 하고 싶었을 거 아녜요. 바지를 벗어서 배꼽을 보여줬어요. 그랬는데 "배꼽 밑에도 보고 싶다" "배꼽이랑 다 연결돼 있어서 배꼽 밑 부분도 봐야 한다"라고 해서, 그걸 보여줬어요.

저는 심지어 아무것도 몰랐기 때문에 사람들 앞에서 "이모부, 오늘도 내 배꼽 볼 거야?"라고 이야기했던 기억도 아직 있어요. 그때마다 이모부는 모른 척을 했거든요. 그것도 저는 이상한 거예요. 저한테는 그렇게 부드럽고 집요하게 "배꼽, 배꼽" 했던 사람이 사람들 앞에서는 "쟤가 도대체 무슨 소리를 하는지 모르겠다"라면서 그 자리를 확 피해버렸어요.

그러다가 언제부터인가 이모부도 제게 자신의 배꼽을 보여주기 시작했고, 자기 성기도 보여주고, 제 배꼽에다가 자기 성기를 문지르고, 제 성기에다가 자기 성기를 문질러보기도 하고…… 그렇게 몇 년이 지난 것 같아요. 어린 나이였고요. 유치원에도 들어가기 전이었으니까 기억으로만 남아 있어요. 2차성징이 일어나기 한참 전의 일이라 그게 무얼 의미하는 건지 알지도 못한 채로 오랜 시간을 보냈어요. 그래서 그나마 망가지지 않았다고 애써 생각해봅니다.

나중에 그게 무얼 의미하는 건지 알게 됐을 때는 매우 혼란스러웠어요. 처음에는 제 주변 친구들이 다 같은 일을 겪는 줄 알았어요. 애들한테 "너도 아빠가 네 배꼽 보여달라고 그래?"라고 물어보면 "응, 나는 어제도 아빠한테 배꼽 보여줬는데?"라고 답하더라고요. 친구들은 아빠한테 배꼽을 보여주면서 큰대요. 그 배꼽이랑 그 배꼽은 다른 거였는데.

저는 아빠가 없으니까, 이모부를 아빠처럼 생각하고 따랐으니까 그게 아무런 문제가 아닌 줄 알았다가 초등학교, 중학교를 졸업하고 사춘기가 오면서 다시 생각하게 된 거예요. 하나씩 퍼즐이 맞춰지기 시작했어요. '아, 이거는 잘못됐다'라고 생각하고 제대로 인지한 건 제가 성인이 되고 난 이후였어요.

중학교 1학년 때 동네 오빠들이 제게 돼지발정제를 먹였거든요. 오빠들이 저를 둥그렇게 둘러싸고 제 얼굴을 쳐다봐요. 돼지발정제를 먹이고 나서 얘가 어떻게 되는지, 눈빛이 어떻게 변하는지를 막 짐승 같은 눈으로 쳐다봤단 말이에요. 오렌지주스에다가 돼지발정제를 타서 제게 줬는데 마시면서 오빠들 표정을 봤던 기억이 나요. 그런데 여성은 돼지발정제를 먹어도 흥분을 일으키지 않아요. 아무런 일이 일어나지 않아요. 그건 굉장히 쓰고 좀 느끼한 맛이에요. 당연하지 않나요. 원래 주사로 넣는 건데 그걸 식품에 타서 먹었으니까요.

다음날에도 동네에서 오빠들을 보면 인사했어요. 아무렇지도 않게 지냈어요. 그런데 고등학교, 대학교를 가고 어느 날 돼지발정제를 먹었던 기억이 났어요. 그때 내가 그걸 먹었네, 그 오빠들은 나한테 왜 그걸 먹였을까, 되게 잘해줬던 오빠들이었는데, 이런 생각까지 거슬러 올라가요.

그러다가 그 오빠들이 저를 쳐다보는 눈빛이 딱 생각나는 거예요.

그런 날에는 아무것도 못 해요.

그런데 이제 내가 할 수 있는 게 아무것도 없잖아요. 그냥 며칠 내내 굴을 파고 혼자 고민하다가 내린 결론은 그거예요. 그래도 다행이었구나. 몰랐기에 다행이었구나. 그거 하나에 감사하자. 그 사건이 나에게 영향을 미쳤다면 내가 원하는 대학에 가지도 못했을 것이고, 공부도 못했을 것이고, 제대로 친구도 사귀지 못했을 것이고, 지금 내모습이 아니었을 게 분명하거든요. 지금의 내가 나로 살아갈 수 있게된 건 내가 그 사건을 망각했기 때문이고 어린 나이였기 때문이에요. 그 사실에 감사하자고 생각하죠.

그렇지만 연애하면서 남자친구를 만날 때는 문제가 많이 됐던 것같아요. 남성들을 잘 못 믿어요. 내 몸을 인간으로 보는 게 아니라 물건으로 보고 있는 게 아닌가, 쟤도 나를 그렇게 생각하는 건 아닌가, 나의 인간성이 아니라 나의 육신이 필요한 건 아닌가 싶어서요. 돌이켜보면 아니었을 텐데도 계속 나쁜 생각을 했고, 연애를 하지 않았던기간이 길었어요.

지금은 결혼을 했지만 남편과 결혼하기 전에 정신과 치료를 받은기억이 있어요. 지금은 편하게 이야기할 수 있죠. 내 잘못이 아니잖아요. 내가 아주 어렸을 때 일어난 일이고요. 나는 돼지발정제도 먹어봤고, 친족 성추행도 당해봤어요. 그분들 다 살아 계세요. 아직도 명절이 되면 그분들을 만나요. 저번 달에도 만났네요.

피하고 싶어요. 하지만 아마 어머니가 견디지 못하실 거예요. 아버지 돌아가시고 나서 저를 정말 힘들게 키우셨거든요. 그런데 딸이 그런 일을 당했다는 걸 알면 어머니가 무너지잖아요. 그러면 저도 괜찮을 수가 없을 것 같아요.

정신과 치료를 받으면서도 "내가 어머니를 굉장히 많이 아끼고 사랑하는데, 어머니가 받을 상처를 목도할 자신이 없다"라고 말했어요.

그렇지 않겠어요? 제가 어렸을 때 당한 일들은 제 잘못이 아니에요. 그런데 제가 만약에 이걸 이야기하잖아요, 그러면 과연 제 잘못이 아닌 일이 될까요. 그 사람들이 잘못한 것이지만 제가 이야기했다는 사실에 대해서 죄책감이 느껴질 것 같아요.

사실 모호해요. 그런 일을 저질렀다고 생각하면 진짜 죽일 놈 같잖아요. 그런데 그거 말고도 되게 고마웠던 기억이 많거든요. 인형을 갖고 싶었는데 아무도 안 챙겨줘도 이모부는 쌈짓돈을 털어서라도 제게 인형을 사서 안겨주었단 말이에요. 어렸을 때 종이인형을 천 개도 넘게 모았어요. 그거 다 이모부가 문방구에서 사다주면 제가 오려서 모은 거거든요.

오빠들도 저한테 못된 짓을 하긴 했지만, 제가 사고로 인해 처녀막이 찢어지면서 학교에서 왕따당하고 '걸레'라는 소리를 들었을 때 저를 많이 도와줬거든요. 저를 놀리지 못하게, 왕따당하지 못하게 다 막아줬거든요. 그런 것들이 다 얽혀 있어요.

제주 4·3 사건을 보면요, 제주도는 굉장히 좁기 때문에 자기 가족을 죽인 사람이 바로 옆집에 산대요. 죽이고 싶겠죠. 내 남편은 옆집 사람에게 살해당했지만 내 자식은 옆집 사람으로 인해 계속 먹고살아간다면 애증이 쌓일 수밖에 없지 않겠어요? 하루는 고마웠다가 하루는 미웠다가 그런 세월이 쌓이고 쌓여서 종국에는 결론도 없이 굉장히 이상하게 감정이 뒤죽박죽되어버려요. 저에게는 지금 저희 가족들이 그렇거든요. 하루가 다르게 늙고 힘이 빠지는 걸 보면 참 고소하다가도 어느 한편으로는 그래도 좀 건강하셨으면 좋겠어요. 그런 것들이 되게 많아요.

　제가 당사자지만 저조차 정말 함부로 말하지 못하겠는 게, 하나의 감정으로 결론지어질 수 없는 부분이 훨씬 크더라고요. 너무 속상하고 화가 난다고 해서 그 사람을 배척하면, 행복했던 기억들까지 날아가버려요. 그런데 또 행복했던 기억을 지키기 위해서 안고 있다보면 저 자신이 너무 다쳐요. 그런 모순이 있어요.

　더군다나 저희 어머니는 아직 혼자예요. 재가를 안 했어요. 어렸을 때는 새아빠가 있었으면 좋겠다는 생각을 많이 했는데, 어머니가 아버지를 너무 사랑하셔서 지금까지도 혼자란 말이에요. 주변에서 재가를 하라고 말하면 무슨 소리냐고, 나는 깨끗한 몸으로 너희 아버지를 다시 만날 거라고 이야기하는 고지식하고 답답한 양반이거든요. 그런데 보일러가 고장나거나 벽에 못을 박아야 할 때 말이에요, 자잘한 손길이 필요하거든요. 누가 도와줬겠어요. 이모부가 도와주시고 그런 거예요. 겹겹이 애증이 남아 있죠.

　그런데요, 저 사실 이런 이야기 하려던 게 아니었거든요! 저 그런 이야기 하려고 나왔어요. 나는 내 몸을 굉장히 잘 알고, 하루하루 긍정적으로 살려고 노력하는 사람이라고요. 저 취미활동도 많이 하고 등산도 열심히 하고, 얼마 전에 패들보트도 타고 왔고 프리다이빙도 배우고 있다고요. 내 몸과 잘 지내는 자율적이고 주체적인 여성이라는 말을 하려고 나왔는데 이렇게 돼버렸네요. 어두운 과거이긴 하지만 저의 잘못이 아니기 때문에, 우리 어머니 귀에만 안 들어간다

면 말할 수 있는 지점이 이제 제게 왔거든요. 설마 우리 엄마가 아시
진 않겠죠?

오드리_ 화장품 카운슬러. 산책을 좋아한다.

아시아 여성 말고 저라는 사람을
봐줬으면 좋겠어요

아일랜드 이주자
봄이의 몸

봄이는 하던 말을 멈추었다. 하고 싶은 말로 가득차 있던 그의 입이 작게 말려들어갔다. 그는 참았던 눈물을 터뜨렸다. 녹음실 밖에 있던 박선영 피디가 재빨리 티슈를 갖고 와 봄이에게 건네주었다. 티슈를 흠뻑 적시고도 그의 눈물은 한동안 잦아들지 않았다. 녹음을 재개한 건 그의 눈물이 멈춘 이후였다.

봄이는 아일랜드인 남성과 결혼한 한국 여성이다. 그가 휴가차 한국을 찾았다. 외국에 사는 한국 여성으로서 하고 싶은 말이 있다는 그를 녹음실로 불렀다. 그가 눈물을 터뜨린 건, 남편과 함께 아일랜드 어느 도시에서 길을 걷다가 모욕적인 말을 들었던 경험을 이야기하면서였다. 외국인 남성과 결혼한 한국 여성은 경계인 같은 존재다. 단지 여권 색이 다른 사람과 결혼했을 뿐인데, 외국 사회에서는 인종차별을 겪고 한국 사회에서는 신기하게 여겨지는 동시에 배척당한다.

'해리 포터' 시리즈에서는 인간의 기억을 흰 실로 표현한다. 마법 지팡이를 관자놀이에 댔다가 천천히 당기면 인간의 기억이 흰 실의 형태로 추출되는데, '펜시브'라는 대야에 흰 실을 놓아두고 그 대야에 머리를 넣으면 그 기억이 생성된 순간으로 떨어진다. 분명 나는 녹음실에 있었는데, 그의 말을 듣는 순간 마치 펜시브에 머리를 넣은 것처럼 몇 해 전 교환학생으로 갔던 스페인의 시공간으로 떨어졌다.

먼 타국에서 적응하느라 애쓰던 어느 날 아침, 무언가 둔탁한 물건이 내가 사는 기숙사 방 창문을 때렸다. 창문을 열자마자 정체 모를 물건들이 내 얼굴과 가슴을 퍽퍽 때리기 시작했다. 뭐가 날아든 건지 확인할 틈도 없이 정신없이 창문을 닫았다. 잠시 멍하게 있다가 아래를 내려다보니 단단하게 뭉친 물휴지와 물을 채운 고무풍선들이 보였다. 건너편 기숙사에서 물건을 던져 창문을 두드린 다음에 내가 창문을 열자 나를 향해 물건을 던진 것이다.

순간 눈물이 차올랐다. 한참을 주저앉아 있다가 기숙사를 나가기 위해 짐을 쌌다. 인종차별이 아니라 남학생들의 장난이 심한 거라고, 모두 그럴 나이이니 네가 이해하라고 말하는 기숙사 행정 직원을 그대로 남겨두고 그날로 짐을 모두 챙겨서 기숙사를 나왔다. 당시 스페인에서 알게 된 한국인 언니 집까지 캐리어를 끌고 갔다. 집을 구할 때까지 그 집 소파에서 자기로 했다. 언니는 흔쾌히 방을 빌려주었다.

눈물을 닦던 봄이에게 이 기억을 들려주었다. 이 기억이 내 몸을 거쳐 정리돼 입으로 나온 건 이때가 처음이었다. 모욕적인 경험을 공적인 자리에서 털어놓는 건 큰 용기를 필요로 한다. 봄이는 용기를 내려고 어렵게 시도하는 중이었다. 나도 그의 용기에 응답하고 싶었다. 동시에 그에게 혼자가 아니라는 걸 알려주고 싶었다. 비록 내 기억은 방송으로 나가지 않았으나 그날 그가 들어준 것만으로도 충분했다.

아일랜드 사회에서 제 몸은 작고 인종이 다른 몸이에요. 지나가는 여남은 살 아이들이 저보다 커요. 제가 사회복지 일을 하기 때문에 빈곤 지역을 많이 다니거든요. 치안이 좋지 않아요. 제게 돌을 던지기도 해요. 키가 작은 여성인 저는 위험하다고 느낀 순간이 많아요.

최근 영국에서 한국 여성이 폭행당한 일이 있었는데, 백인인 아일랜드인은 제게 "그것도 못 이기면 넌 여기서 못 살아" "스스로를 강하게 만들어야 해"라는 말을 많이 해요. 물론 운 나쁘게 그런 일을 당할 수 있겠지만, 저는 누군가 제게 시비를 걸지 않거나 성희롱을 하지 않는 날보다 하는 날이 더 많거든요. 기분 나쁘지 않고 하루를 보내는 날보다 기분 나쁜 일이 발생하는 날이 더 많아요. '아시아인'과 '여성'이라는 두 가지 약자성을 갖고 사는 게 유럽의 백인 중심 사회에서의 제 몸이라고 생각합니다.

5년 전에 사랑하는 사람을 만나서 결혼했어요. 제가 이미 아일랜드에서 1년 정도 살고 있었기 때문에 정착하기 더 편하겠다 싶어서 이주했어요. 정말 사람만 보고 갔지, 인종차별도 모르고 페미니즘도 몰랐어요.

열심히 살지 않은 적이 없거든요. 항상 일을 했고, 외국인 정체성과 언어 문제라는 약점을 극복하려고 남들보다 200퍼센트 이상 노력했어요. 경제적으로도 자립해 독립적으로 살고 있는데, 사회가 저를 보는 시선은 한국 사회에서 이주여성을 보는 시선과 같아요. 아시아라는 큰 대륙에서 일본 정도만 선진화된 국가라는 분위기가 있어요. 중국, 한국, 캄보디아, 태국, 베트남 정도를 여행으로 많이 가니까 한데 묶어서 아시아라고 생각하는 경향이 있어요.

또 백인 남성끼리 가는 여행에서 성매매가 많이 이루어진다고 들었어요. 그렇기 때문에 아시아 여성을 바라보는 백인, 특히 남성의 시선은 평등하지 않아요. 아일랜드가 아무리 OECD 국가 중에 성평등 지수가 높다고 해도 현실에서는 아일랜드 여성과 외국인 여성, 특히 아시아 여성을 바라보는 시선의 차이는 분명히 커요. 저는 그냥 저라는 사람을 봐줬으면 좋겠는데. 남편이 사회생활을 하면서 여성을 아시아에서 '데려왔다'는 식으로 말하고 생각하는 사람을 굉장히 많이 만나게 되더라고요.

불쾌한 경험이 너무 많아서 고르기 어려울 정도예요. 워킹홀리데이나 어학연수, 해외여행을 해보신 여성분이라면 한 번씩은 겪으셨을 것 같아요. 이탈리아 여행 갔을 때의 일인데, '캣휘슬'을 불어요. 호감 가서 하는 행동이 아니라 쉽게 보기 때문에 하는 행동인데요. 플러팅을 한다고는 하지만 굉장히 불쾌하게 다가오는 경험을 겪었어요.

한번은 에스컬레이터를 올라가는데, 누가 봐도 초등학생인 남자아이가 반대쪽으로 내려오면서 제 손을 슥 훑고 가는 거예요. 그러면서 윙크를 하더라고요. 나는 이 나라에서는 이 정도 어린아이에게도 성적으로 소비되나 싶어서 회의감을 느꼈죠. 어떤 남자는 갑자기 제게 "안녕, 어디서 왔어?"라고 묻더니 다가와서 제 볼에 자기 볼을 비비는데 그 순간 너무 무서워서 얼어버렸어요. 자꾸 뒷산으로 가자는 거예요. 등산길이 예쁘다면서요. 제가 무섭고 뭘 어떻게 해야 할지 몰라서 돌처럼 서 있다가 가려고 하니까, 차마 제 입에 담을 수 없는 성적인 발언을 하는 거예요. "너와 하고 싶다"라는 말을 하는데, 그 길에서 역까지 가는 데 3분도 안 걸렸던 것 같아요. 관광객이 많았어요. 저 혼자서 걸어가는데 그 남자는 뒤에서 여전히 성희롱 발언을 했어요. 그러자 그 주변의 물건 파는 남자들도 그 상황을 목격하고 제게 플러팅을 하기 시작하는 거예요. 너무 무서웠어요. 그 길을 걷던 3분이 30분같이 느껴졌던 경험이 생각나네요.

아일랜드는 날씨가 좋은 날에는 모두 약간 '업'되어 있어요. 날이 좋아서 남편이랑 놀러 나가면서 처음으로 치마를 입었어요. 제가 무서워서 치마를 잘 안 입어요. 관심을 받게 되면 곤경에 처할 수 있다는 두려움이 있거든요. 그날은 남편도 같이 있고 별일 없겠지 싶어서 예쁜 긴치마를 입고 멋을 냈어요. 시내에 갔다가 집으로 돌아오는 길에 횡단보도에 서 있는데 어떤 남자가 차 안에서 남편에게 괜히 말을 거는 거예요. 그런데 남편이 갑자기 표정이 바뀌면서 운전자에게 소리를 지르기 시작했어요. "너 레이시스트(인종차별주의자)인 거 알지. 그거 인종차별이야. 내 아내에게 그렇게 말하면 안 돼!"라고 하는 거예요. '뭐가 잘못되어가고 있구나'라고 느꼈는데, 그 차가 가는 방향이 슬럼 지역이고 총기 사고도 몇 번 있었던 데라서 무서웠어요. 혹여나 이 싸움이 커져서 총이라도 들면 어떡하지, 생각이 들어서 남편에게 빨리 횡단보도를 건너자고 소리를 막 질렀어요. 뭐라고 했길래 그렇게 화를 냈냐고 물으니 엄청 머뭇거리면서 "네가 상처받을까봐 차마 말을 못 하겠다"라고 하더라고요. 제가 "그래도 나는 듣고 싶다"라고 했어요. 알고 보니 그 사람이 "너는 좋겠다, 굳이 태국까지 가서 성매매 안 해도 돼서. 너네 집에 있으니까"라고 말한 거예요……

저는 이런 일이 자주 있었어요. 그런데 남편 입장에서는 처음 이 상황을 마주한 거였거든요. 남편이 더 충격이 컸던 것 같아요. 저는 "인권감수성 없는 사람이다. 다시 볼 사람 아니고 신경쓸 일 아니다"라며 넘어갔어요. 기분은 나빴지만요. 그런데 남편은 한 세 시간 정도 멍하니 앉아 있더라고요. 그리고 저에게 대뜸 이런 일이 자주 있냐고 물어봤어요. 그래서 "있는 날이 없는 날보다 많지"라고 말했어요. 그날 남편이 좀 힘들어했어요. 이날의 경험이 우리 가족을 단단하게 만들어주기도 했어요.

사실 아일랜드로 이주하고 나서 항상 싸우는 부분이 있었거든요. 예를 들면 남편과 같이 있는데, 아이들이 제게 와서 소리를 꽥 지르고 웃으면서 도망가요. 만만해 보이니까. 저는 화가 나죠. 물론 한국인 남성에게도 인종차별에 기반을 둔 혐오 행동을 저지르지만, 그 빈도수가 여성과는 다르거든요. 저도 많이 당했고 화가 났는데, 남편이 그럴 때마다 어떻게 반응하고 감당할지를 몰라서 어물쩍대면 그 행동에 제가 더 화가 났던 거죠. 그게 항상 싸우는 지점이었어요. 이제는 제가 그런 일을 당하면 "너 정말 힘들었겠다"라는 말 한마디를 먼저 하고 "괜찮냐"

라고 해요. 이 혐오 행동이 어디서 왔는지 그 뿌리를 아니까요.

대부분의 아일랜드 주류 백인 남성은 "우리에게도 한 번씩 그래. 누구에게나 그러는 거야. 넘어가"라고 반응하거든요. 이제 남편은 그 말을 결코 안 해요. 일련의 사건을 통해서, 또 배움을 통해서 제가 당하는 혐오가 남들에 비해 너무나도 많다는 걸 알기 때문이에요. 그리고 왜 내게 더 많은지 알기 때문에 그런 싸움은 없어졌어요. 저희 관계에서는 그게 가장 큰 발전이었던 것 같아요.

제가 이 모든 경험을 겪은 2018년도에 아일랜드가 헌법상 낙태죄 폐지를 놓고 국민투표를 했어요. 굉장히 큰 격차로 낙태죄 폐지가 확정됐어요. 투표권은 없지만 남편이랑 같이 투표장에 갔거든요. 나이가 많은 할머니 할아버지도 캠페인에 참여해서 'YES' 배지를 달고 있었어요. 'YES' 배지는 낙태죄 폐지에 찬성한다는 의미거든요. 분명 'NO'도 있는데, 'YES'가 더 많아서 잘 보이지가 않았어요. 저는 젊은 여성이 'YES'를 많이 달고 있을 거라고 생각했는데 그렇지 않더라고요. 내 딸이, 내 친구가, 내 배우자가, 이런 식으로 모두가 낙태 경험을 공유하고 있었어요. 모두가 연대하는 걸 보면서 굉장히 큰 감동을 받았어요.

또 낙태죄 폐지 중심에 있던 여성이 인도계였어요. 이분이 병원에 갔는데 낙태가 불법이기 때문에 의료진이 진료를 거부했고, 결국 사망에 이르게 된 사건이 있었거든요. 한 나라의 정치와 사회적 맥락에서 이뤄진 낙태죄 폐지였지만 동시에 이민 여성이 그 중심에 있었고,

그렇기에 저는 연대와 위안을 느꼈던 사건으로 기억하고 있어요.

제가 이 경험과 상처를 어떻게 풀어가야 할까요. 트라우마 혹은 아시아 여성이기 때문에 당했던 일 혹은 성희롱, 그 이상 표현할 방법은 없는 것 같아요. 그런데 제가 이걸 극복하려 할 때 가장 크게 떠오르는 단어가 바로 'solidarity'(연대)예요. 낙태죄 폐지 당시에도 키워드는 'solidarity'였어요. 제가 힘들 때 한국인 커뮤니티에서 페미니즘을 같이 공부하고 이야기 나눴던 사람들 사이의 연대를 생각하면서 의지를 찾았어요. 물론 상처가 완벽하게 낫진 않지만 그래도 하루하루를 좀더 잘 살아갈 수 있게 해주는 원동력이 되어준 것 같아요.

저처럼 해외 체류 경험이 있는 모든 한국 여성, 아시아 여성들에게 말씀드리고 싶어요. 어떤 불쾌한 경험을 했더라도 그건 결코 당신의 잘못이 아니라는 걸요. 또 그때의 경험이 불쾌했겠지만 나를 단단하게 해준 일이라고 생각하셨으면 해요. 한국을 떠나 해외에서 살다 보면 사회문화적 맥락이 달라서 취약해질 때가 있는데, 그럴 때 나를 지킬 수 있는 방법을 하나씩만 마음에 갖고 있으면 조금 더 안전할 수 있지 않을까요. 물론 모든 혐오가 사라져야 마땅하고, 왜 우리가 그렇게 조심해야 하는지 모를 일이지만요. 저도 어떤 게 나를 상처받지 않게 할지를 생각하거든요. 나를 지킬 수 있는 무언가를 갖고 있으면 좋지 않을까. 실은 저도 잘 모르겠어요.

봄이_ 아일랜드로 이주한 국제결혼 여성이자 외국인 노동자로서 다양한 사회복지기관에서 일해왔다. '유색인종 여성의 몸'에 대한 고민을 안고 대학원에서 인권학을 연구하고 있다.

어떻게 아이를
'그냥' 낳나요

싱어송라이터
박나비의 몸

사건은 업무 시간을 지켜서 발생하지 않는다. 기자는 업무 시간이 불확실하다는 단점이 있는데, 이를 제외하면 확실히 장점이 훨씬 많다. 무엇보다 역사적인 현장을 일터로 삼고 이를 기록할 수 있다는 점을 기자의 큰 장점으로 꼽고 싶다. 2019년 4월 초, 사회부 기자로 발령받자마자 헌법재판소 앞에서 낙태죄 헌법 불합치 현장을 취재할 수 있었던 건 그래서 행운이었다. 당시 한 취재원은 "우리는 7년을 기다렸는데 기자님은 발령받은 지 며칠 만에 낙태죄 폐지를 앞두고 있다"며 부러움 섞인 말을 건네기도 했다. 사건이 업무 시간을 지켜서 발생하지 않는다는 단점도 이럴 땐 장점이 된다.

2019년 4월 11일, 헌법재판소가 낙태죄 폐지 여부를 결정하는 날이었다. 헌법재판소 앞은 왼쪽(낙태죄 존치)과 오른쪽(낙태죄 폐지)으로 홍해처럼 갈라져 있었다. 오후 두시에 결정된다지만, 다들 오전부터 나와 있었다. 나 또한 취재를 일찍 나갔기에 낙태죄 폐지에 대한 여러 여성들의 생각을 접할 수 있었다. 특히 낙태를 경험한 여성들이 낙태죄 폐지가 왜 필요한지 발언하는 목소리는 각별히 머리에 남았다.

두시가 가까워지자 300여 명의 참여자가 모인 헌법재판소 앞은 발 디딜 틈도 없었다. 나도 헌법재판소 앞 구석에 최대한 몸을 작게 만들고 앉아 결정이 나기만을 기다렸다. 두시가 넘었고 집회 소음은 점차 줄었다. 이 긴장감을 뚫고 누군가 찢어질 듯 소리를 질렀다. "헌법 불합치! 헌법 불합치!" 여성들은 누가 먼저라고 할 것도 없이 다들 감격에 겨워 서로를 얼싸안았고 눈물을 흘렸다. 여성들이 소리를 지르면서 환호하는 동안 나는 스케치 기사를 쓰기 위해 손을 바삐 움직였다. 손을 움직이는 동안에도 안도감이 몰려와서 어디든 좀 눕고 싶다는 마음이 들었다.

내게 낙태 경험은 없다. 하지만 여성들만이 가진 그 불안감이 무엇인지를 알고 있다. 헌법재판소에 가기 몇 달 전 연인과 관계를 맺던 중 실수로 콘돔이 찢어진 일이 있었기 때문이다. 처음 있는 일이라 나도 크게 당황했고, 연인의 얼굴은 사색이 됐다. 나는 이튿날 사후피임약을 처방받기 위해 산부인과를 찾았다. 연인은 그날 편의점으로 달려가 임신테스트기를 사다주었다.

산부인과 의사가 처방해준 사후피임약을 먹고 임신테스트가 가능한 시간까지 기다렸다. "두 줄이 뜨면 임신이래." 연인은 말했다. 다행히 한 줄이 나왔고, 원치 않는 임신이 되는 일은 일어나지 않았다. 하지만 한 줄이 뜨기를 기다리는 그 시간은 내게 너무나 길었다. '임신이 되면 어떡하지'라는 불안감에서 자유로울 수 없다는 생각에 쓴웃음이 나왔다. 여성이라는 나의 정체성이 유독 선명해지는 날이 있는데, 이날은 특히 그랬다. 이러다가 얼떨결에 임신해서 임신중지를 위해 산부인과를 찾는 여성들도 있겠구나.

헌법재판소에서 돌아온 이후 나는 낙태 경험을 한 여성을 찾았고, 그렇게 만나게 된 박나비는 오래된 기억을 다시 불러왔다. 박나비는 마치 어제 일어난 일인 듯 생생하게 말했는데, 그만큼 그에게 선명한 기억이라는 뜻이 아닐까 감히 짐작해보았다.

얼마 전에 낙태죄 헌법 불합치가 결정됐는데, 많은 사람들이 환호하는 모습을 보면서 '사람들이 많이 좋아해주는구나' 정도로만 생각했어요. 저는 당연한 게 이뤄졌다는 생각 때문에 큰 감흥은 없었어요. 물론 매일같이 1인 시위를 해주신 분들, 미디어에 나와서 자기 경험을 이야기해주셨던 분들, 많은 분들이 노력해주신 덕분에 이런 결과가 있었다고 생각해요. 앞으로가 더 중요해요. 이게 끝이 아니니까요. 임신 몇 개월이든 내가 낳고 싶지 않으면 낳지 않는 거거든요. 그게 맞아요. 낙태죄가 폐지된다고 해서 끝이 아니라 다른 나라 법도 참고하면서 법을 어떻게 더 좋은 방향으로 이끌어갈지 생각을 많이 해봐야죠.

저는 열한 살인가 열두 살에 생리를 시작했던 것 같아요. 그로부터 지금까지 생리불순이 심했어요. 생리가 제 날짜에 돌아온 적이 있긴 한데 그 기간이 되게 짧아요. 몇 년에 한 번씩 제 날짜에 돌아오는데요. 그때는 제 인생에서 정말 드물게 안정된 시기예요. 20대 초중반에는 피임약을 복용했어요. 병원에서 피임약을 추천해주기도 했어요. 항상 남자친구가 있었고, 남자친구랑 만나면서 당연히 성관계를 하고 피임약을 계속 복용했어요. 그런데 어느 날부터 부작용이 생기는 거예요. 약을 먹으면 편두통이 바로 와서 더이상은 피임약을 복용할 수 없는 상태가 됐어요. 그런데 피임약을 먹지 않은 그 기간에 임신이 된 거예요. 전혀 예상하지 못했죠. 지금껏 항상 생리가 불규칙했고 상상하지 못한 일이니까요. 무지했던 것도 있어요. 생리불순이면 피임을 더 철저히 해야 했거든요.

그렇지만 그때 사귀었던 사람이 피임을 정말 안 하는 사람이었고, 저랑 사귀기 전에 만났던 여자친구와도 세 번의 낙태 경험이 있었으면서 피임을 계속 안 했어요. 한국 사회에서 피임에 대한 남녀의 인식이 어떻게 차이가 나는지를 여실히 보여주는 거죠. 낙태 경험이 세 번 있는 여자는 피임을 정말 철저하게 하겠죠. 그런데 그 사람은 그렇게 하지 않았던 거죠. 남자니까. 자기 몸으로 임신할 일이 없으니까요.

임신 사실을 깨달은 건 거의 4개월 정도에 접어들 때였어요. 병원에서 낙태를 해준다고 해도 4개월이 가까워진 경우에는 좀 꺼리는 분위기가 있거든요. 병원에 갈 때마다 "그냥 좀 낳으시는 게 어떨까요" 이런 이야기를 해요. 어떻게 아이를 '그냥' 낳나요. 그러고 병원에서 나와요. '병원에서 낙태 안 해준다는데 그냥 낳을까' 세상에 이러는 여자가 어디 있을까요. 그때도 상당히 힘들었죠. 비용도 만만치 않았고요. 100만 원 좀 넘게 들었던 걸로 기억해요. 모아둔 돈도 하나도 없었기 때문에 그 남자가 모아둔 돈을 가져다가 써야 했죠. 그 돈을 저에게 보내면서 생색을 냈어요. "아, 원래 이 돈 다른 거 하려고 모아둔 돈이었는데"라면서요.

인터넷을 통해서 낙태 수술을 하는 산부인과를 겨우 찾았어요. 친구에게도 물어봤고요. 아마 많은 여성분들이 그렇게 하실 것 같아요. 그런데 막상 된다는 병원에 가보면 이제는 안 된다거나 병원이 없어지거나 장소를 옮긴 경우도 있었어요. 제가 수술했던 병원도 지금은 그 자리에 없어요. 수술이 급한 사람들이 저 말고도 많잖아요. 서로 공유하는 정보를 통해서 알았죠. 그렇게 막상 병원에 갔는데도 돈이 부족해서 수술 당일에 같이 가준 제 친구가 돈을 바로 인출해서 저를 도와줬어요. 물론 그 남자는 병원에 오지도 않았고요. 정말 좋으신 의사 선생님을 만났어요. 제 상황을 너무 안타까워하셨거든요. '그래도 정말 낳을 수 있는 상황이 안 되냐' '좀 낳아보시면 어떠냐' 이게 아니라 "너무 안타깝다"라고 하시더라고요. 제가 선생님한테 "선생님, 제가 만약에 이 아이를 낳으면 저는 죽을 거예요"라고 했거든요. 지금 다시 생각해봐도 아마 그랬을 거예요.

왜냐하면 저는 경제적 기반이 하나도 없고 가족도 없고 저를 보살펴줄 수 있는 사람도 없었거든요. 그 남자의 아이를 낳고 싶지도 않았어요. 그러면 제 선택은 오로지 하나인 거예요. 낙태를 하는 것. 그래서 선생님도 어쩔 수 없다고 판단하시고 '수술을 하겠다, 그런데 보호자의 동의가 있어야 한다'고 하셨어요. 그러니까 그 남자의 동의를 받아야 하는 거죠. 그 사람은 안 오냐고 하셔서 "오늘 일 때문에 못 오게 됐어요"라고 이야기했죠.

선생님은 한숨을 쉬시면서 그러면 전화로라도 동의를 받아야겠다고, 그 사람한테 전화를 하시더라고요. 전화하는데 선생님 표정이 굉장히 안 좋았어요. '뭐 이런 사람이 다 있지'라는 표정이었죠. 그런데 저는 그 남자의 태도를 생각할 여지가 없었어요. 그렇게 결국 수술을 했고, 하고 나서도 당연히 몸이 좋지 않았죠. 이미 배가 약간 부르던 상태였어요. 배가 부르기 이전부터 입덧이 심했거든요. 아침마다 토했고 샴푸나 화장품 냄새를 맡지 못했어요. 맡으면 바로 토할 것 같고 입덧 증상이 굉장히 심했어요. 제가 입덧하는 걸 보고 임신을 알았거든요.

처음엔 입덧을 하면서도 입덧인 줄 몰랐죠. 저는 원래 위가 안 좋은 사람이기 때문에 '위가 또 고장났나보다'라면서 위내시경을 받았어요. 병원에서도 임신 때문에 그런 줄은 몰랐고, 위장약을 처방받아 먹다가 배가 조금씩 불러오는 걸 한참 후에 알았죠. 임신을 겪어보신 분들은 아시겠지만, 몸의 변화가 되게 급격하게 일어나요. 그것도 그때 처음 알았고, 나중에 수술하고 나서 스트레스 때문에 살이 엄청 빠졌어요.

그 남자가 집착이 심한 사람이어서 관계를 끊는 데 시간이 좀 걸렸어요. 바로 헤어지고 싶었는데 잘 안 됐죠. 7~8개월이 걸려서 겨우 겨우 전화로 헤어졌거든요. 신촌 길바닥에서 헤어지자는 내용의 통화를 한 뒤에 "어우씨, 헤어졌다! 어우, 이제야 헤어졌네!"라면서 좋아했던 기억이 나요. 세상이 다르게 보이는 거예요. 안타깝게 헤어지고 나면 세상이 갑자기 어둡고 슬프고 그렇잖아요. 전혀 반대의 경우였어요. 너무 세상이 아름답고 "어떻게 오늘 날씨가 이렇게 맑지?"라면서 카페에 들어가서 기분좋게 커피를 마셨던 기억이 나요.

요즘도 사실 많이 우울하거든요. 우울증이 깊어지는 시기가 되면요, 그 느낌을 뭐라고 해야 할까요. 시야가 꽉 막히는 느낌이 들어요. 양옆으로, 앞뒤로 깜깜하게 꽉 막히는 느낌이 들어요. 그 느낌과 더불어 죽고 싶다는 생각이 항상 동반돼요.

제가 얼마 전부터 스탠드업 코미디를 시작했는데, 사실 아이러니 하죠. 하지만 역사적으로 유머러스한 사람들을 보면 다 우울증이 있었대요. 윈스턴 처칠이나 짐 캐리도 우울증에 시달렸고요. 저도 지금껏 살면서 정말 힘들었던 시기를 돌이켜보면 다른 사람들을 많이 웃겨주고 있었거든요. 스탠드업 코미디를 처음 했을 때는 정신병원에 입원했던 일로 개그를 만들었어요. 정신병원은 웃지 못할, 그렇다고 울 수도 없는 일이 많이 생기는 곳이죠.

사람들을 웃기려면 제 마음이 조급하면 안 되거든요. 그런 상태에서는 다른 사람을 웃길 수가 없어요. 차분해야 해요. 자기 자신을 잘 돌아봐야 하고, 사람들이 저를 지켜보는 상황을 두고 차분하게 속으로 생각을 잘 해봐야 해요. 그래야 눈치도 좀 생기고요. 저는 눈치가 있어야 잘 웃길 수 있다고 생각해요. 낄 때 잘 끼고 빠질 때 잘 빠지는 사람들이 있어요. 아저씨들이 하는 소위 '아재 개그'가 그 '낄끼빠빠'가 안 되는 재미없는 개그죠. 남들을 못 웃기는 사람들이 그걸 못 하거든요.

박나비_ 싱어송라이터. '나비'에서 '청화'라는 이름으로 바꾸어 활동하고 있다. 현재 정규앨범 작업 중이며 홍대 등지에서 공연을 하고 있다.

여자가 아니면
꼭 남자여야 하나요?

논바이너리
챠코의 몸

나는 주민등록번호 뒷자리가 2로 시작하는 여성이다. 나는 이 명제를 두고 한 번도 고민해본 적이 없는 여성이다. 고민해본 일이 없다는 건 이를테면 이런 것이다. 남녀 화장실이 따로 있을 때는 여자 화장실에 간다. 내 가슴이나 성기를 보면서 '왜 이게 여기 달려 있지'라고 묻지 않는다. '남성'과 '여성'이라는 두 가지 항목을 두고 고르라고 하면, 머리로 생각하지 않아도 저절로 내 손은 '여성'에 체크 표시한다.

그러므로 만일 "너는 언제 너 자신을 여성이라고 느끼니?"라는 질문을 받는다면 엄청나게 당황해버릴지도 모른다. 나는 왜 여성인가. 생각해본 일이 없다. 그러므로 알지도 못한다. 내가 여성이라는 사실은 해가 동쪽에서 뜨는 것처럼 너무나 당연해서 굳이 알아야 할 일도 아니었다. 역사驛舍에 설치된 휠체어 리프트가 얼마나 위험한지 몰라도 하루를 사는 데 지장이 없는 비장애인처럼. 무언가를 알지 못해도 그게 삶에 아무런 영향을 주지 않는다면, 보통 우리는 그걸 '특권'이라고 부른다.

내 일상에서 선택지는 늘 남성과 여성, 두 개밖에 주어지지 않았지만 그 일에 의문을 품어본 일이 없다. 나같이 타고난 성별과 정체화한 성별이 일치하는 사람을 '시스젠더cisgender'라고 부른다는 걸 늦게야 알게 됐다. 생전 처음으로 내게 질문을 해봤다. 나는 왜 여성인가. 나는 어릴 때부터 꾸준히 '여성'으로 호명됐다. 학창 시절 출석부에서, 자잘한 인적사항을 적을 때마다 나는 여성이 돼왔다. 그리고 한 번도 그 사실에 의문을 느껴본 일이 없다. 일단은 그런 나를 여성으로 두어보기로 한다.

하지만 동시에 나는 협소한 여성성의 개념에 저항하는 여성이다. 나는 꽃도, 분홍색도, 시원한 원피스도 좋아하지만 그런 특성을 두고 여성적이라고 여기는 일을 문제삼고 싶다. 업무로 만난 상대에게 여성보다는 사람으로 여겨졌으면 좋겠다. 흔히들 여성은 꾸미는 일을 좋아한다고 하지만, 나는 그렇지 않다. 여성은 아기를 좋아한다고 하지만, 나는 아기 돌보는 일을 좋아하지 않는다. 차라리 그 시간에 일을 더 오래, 그리고 많이 하고 싶다. 그간 사회는 얄팍하게도 일에 욕심이 많은 여성을 '남성적'이라고 정의 내려왔다.

동시에 어떤 사람들은 사회가 정해둔 남성성과 여성성의 협소한 정의를 꾸준히 넓혀왔다. '여성이라면 분홍색을 좋아한다'는 명제는 이제 구닥다리처럼 느껴지곤 한다. '여학생이라면 교복 치마를 입어야 한다'는 규칙도 시대가 흘러감에 따라서 점차 선택으로 변하고 있다. 선택할 수 있다는 건 고민해볼 수도 있다는 말이다.

남성과 여성, 그 정해진 이름표가 없는 삶을 챠코를 통해 처음으로 상상해볼 수 있었다. 챠코는 스스로를 논바이너리non-binary로 정체화한 사람이다. 그에게 <말하는 몸>에 출연 신청을 한 이유를 물으니 "이 이야기를 듣는 사람 중에 논바이너리가 있을 것 같아서"라고 대답했다. 자신을 논바이너리로 정체화한 이들에게 챠코의 메시지가 용기가 됐으면 한다.

"

저는 한국에서 '지정 여성'으로 살고 있습니다. 왜 '지정 여성'이라는 표현을 쓰냐면요, 의사가 성기를 보고 여성인지 남성인지를 나누거든요. 그래서 '지정당했다'는 표현을 써요. 저는 앞으로도 한국에서 산다면 법적 여성으로 살아가게 되겠죠.

'논바이너리'는 여성도 남성도 아닌 정체성을 가진 사람을 말해요. 처음에는 이 개념을 정확히 알지 못했어요. 어느 날 집 거실에서 시계를 쳐다봤는데, 그 순간 '나는 여자도 남자도 아니구나'라는 생각이 처음 떠올랐어요. 그후 퀴어에 대해 공부하면서 '논바이너리'라는 개념을 찾았고 그걸 보자마자 '이게 진짜 나구나. 이게 나를 대변해줄 수 있는 이름이구나'라는 느낌을 받았어요.

주변 사람들이 "너는 왜 논바이너리야?"라거나 "너는 왜 성별에 불일치감이 있어?"라고 물어보면 저도 그게 어떤 느낌인지 정확하게 말할 수는 없어요. 기숙학원에서는 연애를 막으려고 학생들을 지정 성별로 나누어 관리하거든요. 항상 선생님들께서 저를 '여학생'이라 부르는데 그게 불편해 거의 공황상태까지 경험했어요. 아마도 그게 저를 설명할 수 있는 가장 정확한 일화가 아닐까 싶어요. 저는 여자고등학교를 나왔는데 여고에서는 학생을 그냥 '학생'이라고 불러요. 그때는 한 번도 이상하다는 느낌을 받은 적이 없었던 것 같아요. 그런데 밖에서는 저를 '여학생'이라고 부르거든요.

한번은 편의점에서 일하는데 노인과 아이가 들어왔어요. 아이가 장난감을 사달라고 하자 노인분이 "저기 있는 삼촌에게 계산해달라고 해"라고 말씀하시는 거예요. 그런데 제가 인사하자마자 "이모였구나"라고 하시더라고요. 어떤 손님은 '멀리서 봐서 남자인 줄 알았다, 죄송하다, 목소리가 너무 예쁘다'라는 식으로 말씀하시기도 하고요. 불편했다는 건 아닌데요. 나는 일개 사람일 뿐인데 여기에 여자나 남자라는 이름표를 붙이는구나, 라는 생각이 들어 당황스러웠던 것 같아요. '혹시 저 사람이 내 가슴을 보고 나를 여성이라고 생각하는 건가' 싶어서 어깨를 움츠리고 앉아 있을 때도 있어요. 그래서 어깨가 살짝 굽었다는 느낌을 받아요. 그리고 말하기가 힘들어요. "안녕하세요"라고 목소리를 내서 말하는 것도 불편해요. '이렇게 말하면 내가 지정 여성인 게 들통나는데'라고 생각하죠.

물론 호르몬치료를 하면 목소리가 남자처럼 굵어지는데요, 신체도 남성처럼 변하거든요. 그런데 저는 제 신체가 남성처럼 보이는 것도 싫고 여성처럼 보이는 것도 싫어요. 여자 아니면 남자라는 이분법적 구도 자체가 받아들이기 어려워요. 왜 여자가 아니면 남자여야 하나요. 저는 지금까지 제가 남자라고 생각해본 적도 없고, 남자일 필요도 없고, 남자화장실에 들어갈 필요성도 느끼지 못했고, 남성 성기에 대해서도 관심이 없어요.

그런 저에게 가슴은 아직도 깜짝 놀라게 만드는 존재예요. 거울을 볼 때마다 '이게 뭐지, 왜 이상한 물주머니가 여기 달려 있지'라는 생각이 드는 거죠. 트랜스젠더 커뮤니티에서 가슴이 있는 게 불편하고 왜 달려 있는지도 모르겠다고 말했더니, 그게 '신체적 불일치감'이라고 하더라고요. 많은 논바이너리나 트랜스젠더들이 신체적 불일치감을 갖고 있다며 만일 자궁을 들어내는 것까지 원한다면 병원에서 성주체성장애 진단서를 받아서 자궁을 들어낼 수 있다고 했어요. 그리고 성별 정정까지 가능하다고요. 그런데 저는 남성으로 성별 정정을 하는 것을 원하지 않았어요. 가슴을 들어내는 수술은 성주체성장애 진단서를 받을 필요가 없거든요.

부모님은 저를 '딸'이라고 부르세요. 그렇게 부르지 말아달라고 부탁드렸더니, 무시하시더라고요. 커밍아웃을 했더니 엄마는 "네가 무슨 여자도 남자도 아니라는 거냐, 너는 내 딸이다"라고 하시더라고요. 그로부터 1년 뒤에 아빠에게도 "아빠, 나는 여자도 남자도 아니야"라고 문자를 보냈어요. 아빠는 "그래, 너는 슈퍼우먼 아니면 슈퍼맨이 되어라"라면서 장난으로 받아들이셨어요. 부모님에게 가슴 축소술을 받고 싶다고 이야기해도 "네 가슴은 지금도 예쁜데 굳이 수술을 받아야 하느냐" "나는 네 가슴이 부럽다"라고 이야기하세요. 또 "나는 너 수술하는 거 못 본다"라거나 "수술할 거면 집을 나가서 수술해라"라고도 말씀하시죠.

연애에 관해서는 정체화 거부를 하고 있어요. 이름표를 붙이고 싶지 않아요. "나는 이름 없이도 퀴어로 살 수 있다"라고 말해요. 부모님에게는 나중에 여자 애인을 데려올 수도 있다고 말했어요. 부모님은 처음에는 화도 많이 내셨어요. 앞으로 어떻게 될지 모른다, 네가 남자를 좋아할 수도 있다, 지금은 사춘기라서 그렇다고도 하시고요.

"치마 안 입을 거야"라고 말하면 "나중에 살 빼면 치마도 입고 싶어질 거다"라고 말씀하시죠.

저한테 몸 상태는 별로 중요하지 않아요. '심즈'라는 게임이 있어요. 그 게임에서는 몸을 다듬을 수 있단 말이에요. 원하는 몸을 만들어보려고 여러 번 시도했지만 다 실패했어요. 그냥 제 몸과는 상관없이 다른 사람이 저를 여성으로 본다는 것 자체가, 제가 그 시선을 의식해서 저 자신을 여성으로 바라보게 되는 사실 자체가 싫어요. 예컨대 너는 허리선이 있으니까, 혹은 목소리가 좀 하이톤이니까 여자야, 이렇게 규정되는 걸 원하지 않아요. 최근 세메냐라는 여성 육상 선수가 남성호르몬 수치가 높다는 이유만으로 자신의 주 종목 경기에서 배제당했잖아요. 저는 단순히 남성, 여성 기준으로 경기를 나누는 게 아니라 다른 기준을 정해서 경기에 투입하는 게 낫다고 생각해요.

만일 외국처럼 제3의 성이 한국에 도입된다면 성을 바꾸려는 논바이너리가 있을까요. 주민등록번호가 남아 있는 한 번호 때문에 언제든지 차별받으리라는 걸 알잖아요. 저는 주민등록번호 뒷자리에 성별을 나타내는 번호가 아예 없어져야 한다고 생각해요. '이런 사람은 여자, 저런 사람은 남자'라는 법적인 규정이 없어졌으면 좋겠어요.

누군가를 보고 성별을 바로 판단하는 게 좀 무례한 일이 됐으면 좋겠어요. "너는 성별이 뭐야?"라고 조심스럽게 물어볼 수 있는 사회가 됐으면 좋겠고, 더 나아가 굳이 성별을 물어보지 않아도 되는 사회가 됐으면 좋겠어요. 정부에서도 그에 맞춘 정책을 펼쳐줬으면 좋겠어요. 그래야 여성들도 자기 몸을 검열하지 않고 충분히 몸을 누릴 수 있다고 생각하거든요. 여성성이란, 혹은 남성성이란 무엇인가를 같이 이야기해보면 어떨까 싶어요.

자신이 이해하지 못한다고 해서 존재하지 않는 건 아니라는 말씀을 드리고 싶어요. 단호하게 '트랜스젠더나 논바이너리는 없다'라고 말씀하시는 분이 있어요. 그렇게 말하는 분 주변에도 분명 논바이너리가 있을 거거든요. 저는 분명 이 이야기를 듣는 사람들 중에도 논바이너리가 있을 거라는 생각이 들어요. 당신이랑 같은 사람이 있다, 당신이랑 비슷한 사람이 여기 있으니 같이 살아남자는 이야기를 하고 싶어요. 살아남아서 성별 이분법이 타파된 세상을 같이 보고 나서 죽자는 이야기를 하고 싶어요.

차코_ 대학생. 할 수 있는 이야기를 가능한 한 많이 하고자 한다.

몸매가 좋아진다는 이야기를
하지 않으려 해요

요가 강사
김다해의 몸

어려서부터 식탐이 많았다. 나와 내 남동생은 종종 먹을 것을 두고 싸우곤 했는데, 간식거리의 개수가 홀수로 끝날 때는 마지막 한 조각을 집어먹기 위해 동생과 목소리를 높이며 다투었다. 그 끝에는 주로 "너희 이제 만두는 당분간 못 먹어!" 같은 엄마의 선언이 따라왔다. 엄마는 우리에게 질려 만두나 햄 같은 음식을 몇 달 동안 금지하곤 했다. 한번은 사촌동생과 생선알을 두고 서로 먹겠다고 다투다가 소파 모서리에 발을 세게 부딪쳐 그만 엄지발톱이 빠져버렸다. 그 처절한 교훈을 뒤로하고도 내 식탐은 크게 줄어들지 않았다.

<말하는 몸>을 제작하면서 생각보다 많은 여성들이 식욕에 시달린다는 사실을 알게 됐다. 다이어트약을 먹어본 경험이 있는 출연자도 많았다. 많은 출연자가 식욕을 참으면서 살고 있었다. '나만 그런 줄 알았다'는 막연한 생각은 '나만 그런 게 아니었다'는 사실로 바뀌었다. 이런 묘한 연대감은 나날이 사진의 해상도를 높이는 작업 같았다. 하지만 요가 강사가 매일 밤마다 남들의 눈을 피해 음식을 먹는다는 사실은 내게 연대감을 넘어서는 새로운 깨달음이었다.

요가 강사도 식욕에 괴로워할 수 있구나. 상상하지 못했다. 요가 학원을 이곳저곳 다니면서 타이트한 요가복을 입고 운동을 지도하는 요가 강사들을 만났지만, 날씬하고 군살 없이 단정한 '저 사람들의 몸'은 '내 몸과는 본질적으로 다른 무엇'이라고 여겼다. 김다해와 한 시간에 걸친 이야기를 마쳤을 때는 요가 강사도 식욕

에 괴로워할 수 있다는 걸 알게 됐다. 그의 이야기는 요가 강사와 나의 몸이 결코 다르지 않다는 걸 자연스럽게 알게 해주었다. 물론 달랐다. 하지만 다르지 않았다.

신기하게도 나만 알고 보게 된 게 아니었다. 지난 1년 새 주변에서 "언니, 방송 잘 듣고 있어요"라거나 "몸에 대해서 생각해보는 계기가 됐어요"라면서 깊은 이야기를 해주는 청취자들이 늘어났다. 그 반응들 중에는 김다해가 나온 에피소드를 언급하면서 '강사님이 지도하는 요가원에 다니고 싶다'고 하는 코멘트도 있었다.

우리는 운동을 배울 때 자기 몸을 부정하고 배반하는 과정을 거치곤 한다. 운동을 지속하기 위한 동력을 만들고자 몸에 대한 혐오를 땔감으로 삼는 것이다. 김다해는 그렇게 하지 않아도 우리는 건강하게 운동할 수 있다는 걸 알려준다. 어쩌면 청취자들도 나처럼 그가 자신의 몸을 이해해줄 거라고 느낀 게 아닐까. 그는 타인을 '이해한다'고 직접 말하지 않는다. 그는 타인보다는 주로 자신을 향해 말을 한다. 자신을 향한 진실된 고백에는 그런 힘이 있다. 그 고백이 자기 안에 머무르는 게 아니라 몸을 뚫고 나와 타인에게 생생하게 전해지고 영향을 미치는 것이다. 가만히 그의 목소리에 귀를 기울이는 것만으로도 내 몸을 이해받은 느낌이 드는 것처럼.

밖에서는 먹고 싶은 게 있어도 참아요. 그리고 집에 들어가면 꼭 혼자서 뭔가를 더 먹어요. 어렸을 때부터 그랬어요. 예를 들어 케이크 같은 음식 있잖아요. 누가 봐도 혀의 즐거움만을 위해 먹는 것 같은, 살찔 만한 음식. 가족들이 없고 혼자 있을 때면, '퓨즈를 꺼놓는다'고 하죠. 의식하지 않고서 먹어요. 매일 밤마다 그래요.

사람들끼리 음식을 나눠먹다가 마지막 한 조각이 남으면 아무도 손을 안 대잖아요. 저는 꼭 그 한 조각에 손을 대고 싶어요. 그런데 항상 꾹 참아요. 안 먹어요. 그 마음이 집에 와서 터지는 거죠. 저는 참는 게 많았어요. 해야 할 말을 못 한다거나 몸 자체를 작게 만들고 있다거나. 저의 경우에는 이런 답답함이나 불편함이 집에 돌아와 밤늦게 먹는 걸로 터져요.

양껏 먹지 않아야 한다는 교육이 내면화된 것 같아요. 어렸을 때부터 저는 많이 먹는 편이었어요. 그런데 어머니께서 늘 말리셨어요. 항상 "다 먹지 말고 좀 남겨라" "공깃밥 다 먹는 거 아니다" 그러시고는 공깃밥을 반으로 뚝 갈라서 가져갔는데, 그럼 저는 반밖에 못 먹는 거잖아요. 이렇게 항상 참으면서 살아왔기 때문에 밥을 남기는 게 몸에 배어 있어요.

원래 지금보다 몸집이 더 컸거든요. 그땐 '나 같은 사람은 바깥에서 초코케이크 다 먹으면 안 돼'라거나 '케이크는 한입만 먹어야지'

같은 생각을 마음에 담고 있었던 것 같아요. '나 같은 사람', 그게 뭐냐면요, 항상 살을 빼야 하는 사람이요. 살을 빼야 한다는 마음이 항상 바닥에 깔려 있는 사람이요. 또 요가 강사로서 슬림해 보여야 하니까 양껏 먹으면 안 되고요. 사람들도 기대가 있죠. '당연히 음식을 조금 먹을 것'이라는 기대요. 주변인들이 저를 그런 식으로 보고 있는 것 같긴 해요. "다해야, 너 몸 관리 안 하니? 너 그래도 요가 강사인데 본보기가 되어야지." 그 본보기라는 게 특정한 사이즈로 측정되는 것 같아요. 안 그랬으면 좋겠는데. 그런 말을 들을 때 처음에는 괜찮은 척해요. "야, 나는 요가를 잘 지도하잖아"라는 식으로 둘러대곤 하는데 그런 말들이 마음에는 남죠. 특히 가까운 사람들이 그런 말을 했을 때는요.

제 인생의 가장 큰 화두이자 골칫거리가 식욕이거든요. 그 식욕을 억제하지 못하고 다 터뜨리고요. 제가 생각하기에 저에게 발생할 수 있는 최악의 상황은 뚱뚱해지는 거예요. 그게 저에게 가장 큰 비극이더라고요. 사랑하는 사람이 죽는 것도 아니고 파산하는 것도 아니고, 그냥 정말 뚱뚱해진다는 게 그렇게 큰 비극인가 싶긴 한데요. 제 인생이 얼마나 식욕에 저당잡혀서 살아왔나 싶더라고요. 그래서 이야기를 더 하고 싶었어요. 통통한 요가 강사로서 겪는 것들이 있거든요. 회원들이 저의 몸을 위아래로 훑어보면서 "선생님은 좀 통통하신 편이네요"라고 직접적으로 이야기해요. 겉으로는 괜찮아 보여도 그런 것들이 다 마음에 남거든요. 그리고 집에 가서 먹죠. 그 말이 스트레스로 남아서 먹는 걸로 해소하려 했어요. 악순환의 반복이 길었어요.

학창시절에는 맞는 바지가 없었어요. 그때 기억이 나요. 엄마가 "너를 예쁘게 키우고 싶은데 허벅지가 굵어서 사줄 옷이 없어 속상하다"고 했어요. 그런 말이 지금까지 생각나는 걸 보면 상처였긴 했던 것 같아요. 저도 제가 몸을 움직이는 직업을 갖게 될 줄 몰랐어요. 주변 사람들도 그런 이야기를 해요. 몸을 꾸준히 움직였을 때의 해방감이 제게 크게 와닿았어요. 맞는 바지가 없었다고 했잖아요. 작은 사이즈의 바지에 저를 딱 끼워놓고 배를 꽉 조여요. 그러면 바지 버클이 배를 누르잖아요. 항상 꽉 조이는 바지를 견디면서 살다가 요가를 했을 때 탁 풀리는 몸을 겪었어요. 그 작은 해방감이 제게 크게 와닿았던 것 같아요. 그게 직업으로까지 발전해서 살고 있네요.

저는 요가랑 필라테스 수업을 하는데, 여성 회원들이 많아요. 제가 지금 삼십대 중반인데요. 제 또래 여성들이나 저보다 어려 보이시는 분들은 매트 안에서 안 나와요. "이제는 쉴 시간입니다"라고 말해도 다들 매트 안에 쏙 들어가 있어요. 팔다리를 모두 매트 안쪽으로 놓고 누워 있어요. 그러면 그 꽉 조이는 바지가 생각나요. 숨을 쉴 때는 몸통이 엄청 부풀었다가 작아지게 마련이고, 그렇게 편안하게 자기 몸을 내버려두는 분들도 있는데, 제 또래 여성들은 그렇지 않은 사람이 많아요. 몸에 긴장을 덜 푼 느낌이라고 해야 할까요. 그런 걸 볼 때마다 안타까워요. 저도 그랬거든요. 짠하기도 해서 마음이 쓰여요. 여성들이 어디서든 몸을 더 펼칠 수 있었으면 해요.

회원들이 너무 개운하다거나 "아휴, 시원하다, 오늘 운동 좀 했네"라면서 돌아가실 때 순간순간 보람을 느껴요. 제가 회원들을 만질 때가 있어요. 자세를 취하고 있을 때 말로 교정하기도 하지만 제가 몸을 만지기도 하거든요. 다가가서 어딘가를 만졌을 때 긴장을 푸는 게 손끝으로 느껴지는 순간이 있어요. 그럴 때는 저도 찌르르해요. 이 사람이 나를 믿고 어딘가를 좀 놓았구나 싶어서요. 사실 누가 누군가를 만진다는 건 믿음을 요하는 일이잖아요. 만졌는데 긴장을 놓았다는 건 믿는다는 뜻인 것 같아서 마음이 좋죠.

옷에 나를 욱여넣는 걸 당연하다고 생각하던 때가 있었어요. 졸업사진을 찍을 때 제가 찍은 졸업사진이랑 앨범으로 받아보는 졸업사진이 다르잖아요. 팔뚝이 줄어 있고 허리도 잘록해져 있어요. 다들 그렇게 사니까 그게 당연한 거라고 생각해요. 그런데 페미니즘을 알고 나서는 그게 나를 억압하는 장치고 '네가 뭔데 나를 그렇게 교정해. 내가 동의한 적도 없고 해달라고 한 적도 없는데'라고 생각하기 시작했어요. 그게 불합리한 일이고 사회적으로 나를 압박한다는 걸 알게 됐어요. 조그마한 것부터 불편해지기 시작했던 것 같아요.

옷 사이즈도 55, 66 사이즈의 옷만 샀는데 이제는 남자 옷이 더 편해서 남자 옷을 사러 가고요. 저를 제한하던 것들을 풀 수 있게끔 페미니즘이 도와준 것 같아요. 제가 겪는 불편이 당연한 것이 아니라 불합리하다는 걸 알고 조금씩 스트레스를 내려놓고자 하면서 폭식으로 터지는 불안이 줄어들기는 했죠.

식욕을 숨기고 살아야만 하는 삶의 피곤함에 대해 정말 많이들 공감하실 것 같아요. 흔히 여성들이 조금 먹을 거라고 기대하잖아요. 그런데 저 되게 많이 먹거든요. 더 먹고 싶은데 조금 먹어야 하고요. 그런 기대를 채우고 살기도 하겠지만, 그건 오로지 내 선택이어야지 타인이 그런 기대를 먼저 하지 않았으면 좋겠어요. 저도 수업할 때 몸매가 좋아진다거나 외양이 어떻게 바뀐다는 이야기를 하지 않으려 해요. 특히 식단 이야기를 안 하려고 해요. 밖에서 너무 많이 들어서 피곤한 말들은 의도적으로 안 하고자 해요.

요가하면서 작은 바지를 입느라 꽉 조였던 배를 풀었어요. 제가 만성 변비였거든요. 그런데 변비도 많이 나아졌어요. 한편으로는 이 일을 시작하고 나서 2~3년 동안 생리가 불규칙한 거예요. 생리를 규칙적으로 꼬박꼬박 하던 사람이었는데, 생리가 안 나왔어요. 필라테스나 요가를 할 때 입는 옷이 작고 딱 달라붙잖아요. 그걸 입느라고 항상 아랫배를 꽉 조이고 살았어요. 저의 그런 모습이 회원분들에게 노출되고, 또 제게 날씬할 것이라고 기대하는 바가 있잖아요. 그 기대에 부응한답시고 몸을 쪼그라뜨리면서 있었거든요. 제 생각에 생리가 불규칙한 데는 그런 요인이 있었을 것 같아요. 요새는 저부터 그런 걸 놓으려고 해요.

밥 먹으면 아랫배가 나오잖아요. 항상 그걸 참느라 배를 당기고 있었는데, 그것도 내려놓고요. 운동하는 분들이 자기 자신의 몸을 더 긍정할 수 있기를 바라요. 움직이면서 얻는 활력을 느끼며 움직일 때의 그 몸이 나의 몸이라고, 그 몸으로 우리는 잘살아갈 수 있다고요. 조이지 않고 작아지지 않고 가늘어지지 않아도 이 모습 그대로 튼튼해질 수 있다는 걸 전해주고 싶어요. 저도 그런 분들에게서 에너지를 얻고요. 외양을 만들기 위한 시간이 아니라 내 몸을 겪어보는 시간 그 자체로만 느끼기를요.

김다해_ 요가, 필라테스 강사. 사람들과 함께 몸을 움직이는 일을 기쁘게 수행하다 신종 코로나바이러스의 확산으로 함께 머무는 것이 제한된 지금, 어떻게 또다시 다양한 몸들과 연결될 수 있을지 고민중이다.

모범생이 되면 아무도 몸에 대해
뭐라고 안 한대요

학교 밖 청소년
정김의 몸

성남시 분당에서 학창시절을 보냈다. 분당이라는 단어를 꺼내면 다들 '천당 밑에 분당'이라는 말을 내 앞에서 읊곤 하지만, 분당은 적어도 학생들에게 '천국'이랑은 아주 거리가 먼 곳이었다. 대치동과 목동 다음으로 수도권에서 교육열이 높기로 유명한 곳이었기 때문인데, 공부를 잘하는 애들도, 공부를 썩 잘하지 못하는 애들도 특유의 분위기 때문에 다들 힘들어했다. 나도 그중 한 명이었다. 나는 공부를 아주 잘하진 못했지만 그래도 좋아하는 편이었는데, 한가하게 좋아만 하고 있을 수는 없었다.

내가 다니던 학교는 전교 석차 상위 20등까지를 잘라서 그 학생들만을 위한 개인열람실을 만들어주고 그곳을 '비전스쿨'이라 불렀다. 야간자율학습 시간이 되고 비전스쿨로 향하는 친구들을 보면서 나는 "비전스쿨에 들어가지 못하면 비전 없는 학생인 거 아니냐"라고 농담을 던졌지만 마음은 못내 쓰렸다. 비전스쿨로 대표되는 성적지상주의 사회에 저항하고 싶은 마음과, 비전스쿨에 들어가는 비전 있는 학생이고 싶은 마음이 공존했다. 나는 결국 고등학교를 졸업할 때까지 비전스쿨에 들어가지 못했다.

오전 여덟시 등교해서 오후 열시 하교하니 하루에 열네 시간가량을 학교에 있는 셈이었다. 친구들과 너무 오래 부대끼다보니 너무나 많은 걸 시시콜콜 알게 됐다. 시시콜콜 알게 된 사람들을 열렬히 좋아하고 또 열렬히 괴로워했다. 이때만큼 온갖 정념에 휩싸인 때가 다시 올까. 학교가 한없이 고통스러워지는 날에는 야자를 하던 중에도 운동장을 막 내달려서 학교 건물이 작게 보이는 곳까지 갔다. 학교 건물은 늦게까지 불이 켜져 있었고 희미하게 지나가는 사람의 실루엣이 보였다.

나는 운동장 벤치에 앉아 그 불빛을 하염없이 바라보았다. 비현실적으로 보였다. 저 작은 건물 안에 갇혀 온갖 희로애락을 느끼면서 인생의 중요한 시기를 몇 년씩 보낸다는 게 잘 이해가 가지 않았다. 학교를 그만두고 싶다고 속에서 꿀렁대는 생각을 잠재우고 집으로 돌아가며 다짐했다. '언젠가는 이보다 더 넓은 세상으로 나가야지'라고.

그로부터 10년이 흘렀다. 나는 고등학교 때 상상하던 것과는 좀 다른 삶을 살고 있지만 운동장 끝에서 다짐했던 것처럼 더 넓은 세상으로 나왔다. 대학생이 되고 몇 년이 흘러 내가 다니던 고등학교 앞을 지나갈 일이 있어 잠시 교정에 들어갔다. 내가 다니던 시절에는 분명 거대하게 보였던 학교가 이제는 작아 보였다. 내 키가 고등학생 때보다 더 큰 것도 아니었다. 이제는 아무도 아는 사람이 없는 그 쓸쓸한 교정을 나오면서 생각했다. 그저 내 마음의 차이일 거라고.

대안학교에 다니는 청소년 정김은 나와 같고도 다른 학창시절을 지나고 있는 여성이다. 스스로 예쁘다고 생각하면서도 다음날 거울을 보면 어쩐지 의기소침해지고, 꾸밈에 대한 욕구가 있으면서도 동시에 자유롭고 싶은 청소년. 내 학창시절을 떠올리면서 그와 즐겁게 만났다.

66

저는 열여덟 살이고요, 양극성장애, 조울증을 앓고 있어요. 학교랑 싸우고 나랑 다른 생각을 가진 친구들을 만나면서 스트레스를 받았던 게 원인이 아닐까 싶어요. 중학교를 다니면서 몸이 많이 나빠졌어요. 악몽을 자주 꾸고, 손톱도 겨우 길렀는데 막 갈라지기 시작하고, 갈라지니까 물어뜯게 되고요.

살면서 야식을 이렇게 많이 먹어본 적이 없었는데 먹어도 먹어도 배가 고파요. 지금보다 더 어렸을 때는 빵을 좋아했어요. 빵을 먹다가 살이 쪘고 주변에서 살쪘다고 하니까 운동해서 살을 뺐어요. 날씬해졌지만 예전에 사람들이 제게 뚱뚱하다고 이야기했기 때문에 아직도 '나는 뚱뚱해'라고 생각하고 있어요. 제 기억에 한 번도 날씬했던 적이 없다고 믿고 있었죠. 그런데 얼마 전 사진첩을 넘기면서 사진을 보는데 제가 굉장히 날씬했더라고요. 그걸 보고 '내가 보는 몸이 진짜 내 몸이 아닐 수도 있겠구나'라는 생각이 들었어요.

하나에 4킬로칼로리인 곤약젤리를 팔잖아요. 어느 날 곤약젤리 5만 원어치를 사와서 하루종일 그것만 먹었어요. 한 달 동안 탄수화물을 아예 안 먹는 상태였는데 수분, 물, 젤리만 먹다보니까 살이 정말 많이 빠졌어요. 그때 기립성저혈압 때문에 아침에 침대에서 내려가면서 넘어지고 거실로 가는 길에 작은 문틈에 걸려서 넘어지는 일상을 반복했어요. 그때로 돌아가고 싶은 마음이 아직 있어요. 넘어지고 연약한 모습이 '여성스럽다'고 여겨졌거든요. 지금 내가 너무 많이 먹고 있는데 아예 안 먹게 돼서 살이 아주 많이 빠졌으면 좋겠다, 그때처럼 아파서 살이 더 많이 빠졌으면 좋겠다. 그런 생각이 들어요. 사진을 보면 그땐 행복했던 것 같은데, 실제로는 하나도 행복하지 않았어요. 그래도 그때 SNS에서의 나는 참 예뻤거든요.

살을 뺀 이후에는 사람들이 제게 예쁘다는 이야기를 많이 해줬어요. 아프다는 말을 할 때 별 반응을 보이지 않다가 "사실 10킬로그램이 넘게 빠졌어요"라고 말하면 "그래, 살을 뺄 때도 됐지"라면서 칭찬을 하는 거예요. 다들 내가 아픈 걸 알면서도 '예쁘다'거나 '살이 빠지니까 훨씬 낫다'라고 말했어요. 식욕은 결국 다시 돌아왔고 옛날에 맞던 바지가 다시 안 맞아서 배에 허리띠 자국이 남죠. 사람들이 왜 유지를 못 했냐고 가끔 물어보거든요. 이전처럼 먹기 시작하면 그전의 몸으로 돌아오는 건 너무 당연한 일이잖아요. 사람들에게 서운하면서도 그걸 스스로 납득하는 저를 발견하면 가끔씩 서러워요.

저는 지금은 대안학교에 다니고 있지만 중학교는 학군이 좋은 곳이었거든요. 규칙이 굉장히 강압적이었는데, 저는 여성 청소년이다 보니까 여성스러운 동시에 청소년다워야 했어요. 여성스러워야 하니까 치마가 기본인 상태였고 바지 교복은 허용되지 않았어요. 그러면서 또 학생다워야 해서 파마도 안 되고 색깔 있는 렌즈도 안 되고 염색도 안 됐지만, 검은색으로 염색하거나 투명 렌즈를 착용하는 건 허용됐어요. 제가 허리가 굵은 편이거든요. 허리에 맞춰서 큰 사이즈 교복을 입으면 치마가 길어서 불편했죠. 그런 규칙이나 사회적인 시선이 많은 걸 시사하는 느낌이 들었어요.

학교의 규제가 힘들었어요. 몸가짐을 이렇게 해야 하고, 용모를 저렇게 해야 하고, 단정해야 하고. 저는 초등학교 때까지 한 번도 자의로 치마를 입어본 적이 없었는데, 중학교 3년 내내 치마를 입었어요. 화장은 못해서 별로 하고 싶지 않았지만, 머리색은 갈색으로도 초록색으로도 바꿔보고 싶었거든요. '그래, 중학생이니까 다 그런 거야'라고 생각하다가 청소년 인권을 처음 접했을 때 크게 와닿았어요. 내 몸은 나의 것이고 아무도 내 몸에 대해 결정할 권리를 갖지 못하는 거잖아요. 그때 큰 충격을 받고 학교에 반항심이 들었어요.

대안학교에 다니는 가장 큰 이유 중 하나가 규칙 때문이에요. '범죄를 저지르지 말자'는 정도를 제외하고는 용모 규제가 없어요. 인권 친화적으로 느껴졌고 전반적으로 제가 선택할 수 있는 게 많아지기도 했지만, 학교에 다니면서 나를 꾸미고 싶다는 마음이 크게 작용한 것 같아요. 중학교 때는 머리색을 바꾸는 게 엄청난 탈선이라고 생각했는데, 막상 해보니까 아무것도 아니더라고요. 머리색 바꾸는 게 뭐가 그렇게 큰일이라고 두려워했나 싶고요.

저는 지금 오른쪽 귀를 다섯 군데 뚫었고, 왼쪽 귀를 한 군데 뚫었습니다. 머리는 여러 색깔의 염색을 거친 후에 아주 밝은 주황색으로 염색했고요. 오늘은 처음 아이라인을 그리고 나와봤어요. 생각보다 너무 예쁘게 그려져서 만족하고 있어요. 티셔츠하고 바지는 사복을 입었는데, 학교에도 이렇게 입고 갔어요. 저희 학교는 처음 입학하면 염색할 수 있다는 사실에 너무 들떠서 다들 여러 색으로 염색하곤 해요. 그래서 파란색, 주황색, 초록색, 청록색 머리도 흔하고요. 머리를 아주 짧게 자르거나 길게 기르는 친구도 있어요. 화장을 한 친구도 있고 안 한 친구도 있고, 짧은 치마를 입는 친구도 있지만 체육복 바지만 입는 친구도 있어요. 자기 살고 싶은 대로 살아요.

그리고 살이 쪄도 아무도 뭐라고 하지 않아요. 선생님이나 친구들이나 살이 쪘네 혹은 빠졌네, 화장이 이상하네, 같은 이야기를 아무도 하지 않고요. 만약 그런 이야기를 하면 대자보가 붙어요. "요즘 학교에 이런 말을 하는 친구들이 있는데 이건 정말 큰 문제라고 생각한다"라고요. 제 용모나 건강이 크게 달라지지 않았지만, 몸을 좀더 긍정할 수 있는 학교 분위기를 통해서 저 자신을 자유롭게 표현할 수 있게 된 것 같아요. 제가 원하는 모습으로.

저는 매일 억지로라도 '나는 예쁘다' '나는 내 몸에 대해서 만족한다'는 말을 많이 했어요. 그리고 일부러 SNS에 올렸어요. 그게 개인적으로는 큰 도움이 됐던 것 같아요. 이전에는 거울 보는 것도 싫어하고 사진 찍는 것도 너무 싫어해서 중학교 때까지 제 사진이 거의 없어요. 지금은 제가 행복한 모습이라면 얼굴이 찌그러져도 막 올려요. 많은 사람들이 SNS에 "아, 요즘 얼태기(얼굴 권태기)다" "오늘도 못난이" 이런 글을 쓰면서 자기 사진을 올리잖아요. 그런데 그 속에서 "나는 행복하다" "예쁘다" "오늘도 마음에 든다"라는 이야기를 하며 사진을 올릴 때는 큰 용기가 필요하거든요. 제가 지금 화장을 좀 짙게 했는데, 예전에는 '못생긴 애가 노력한다'고 생각할까봐 못 했어요.

자꾸 제 사진을 올리고 "예쁘다"라고 말하기 시작하면서 의연하게 대처할 수 있는 힘이 길러진 것 같아요. 그게 정말 되더라고요.

　아는 언니가 굉장히 공부를 열심히 해서 전교 1등을 놓치지 않았는데, 염색하고 싶어서 그렇게 열심히 했대요. 공부를 열심히 해서 모범생이 되면 아무도 몸에 대해서 뭐라고 하지 않는다는 거예요. 실제로 똑같이 꾸미고 화장해도 공부를 못하면 '노는 애'로 바라보잖아요. 그런데 그 언니는 공부를 잘한다는 이유로 열심히 꾸며도 '쟤는 놀기도 잘하는데 공부까지 잘한다'는 이야기를 들을 수 있는 거죠. 부모님한테 흠을 잡히지 않기 위해 열심히 공부한다는 친구들이 많아요. 같은 모습으로 있어도 사회가 바라는 이상에 가까우면 더 좋게 보이기도 하고 아니면 폄훼되기도 해요. 그게 정말 웃기다는 생각이 들었어요.

　저는 제가 먼저 대안학교를 가겠다고 선포한 케이스예요. 처음에는 집에서 반대가 엄청 심했어요. 청소년 인권운동을 하면서 인권에 관심이 많아졌고, 학교 규칙에 부당함을 느끼면서 대안학교에 원서를 넣었고요. 부모님을 설득해서 대안학교에 입학한 케이스인데, 지금 생각해보면 무엇이 옳은 선택이었을까 싶어요. 왜냐하면 대안학교 학생이라는 이유로 대안적인 것들을 요구받거든요. 꿈도 더 명확해야 하고, 하고 싶은 것도 확실해야 하고, 인성도 훌륭해야 한다는 요구를 받아요.

　내가 대학을 가야 할까, 대학에 가면 전공을 무엇으로 선택해야 할까, 거기서 내가 할 수 있는 일이 무엇일까, 내가 잘하는 걸 해야 할까 하고 싶은 걸 해야 할까, 이런 고민이 많아요. 그런데 부모님하고 이야기해보면 50대가 되어도 이 질문에 대답을 못 찾고 있더라고요. 열여덟 살인 지금 당장 결정할 것은 아니구나, 이런 생각이 들어서 안심이 되고요. 제 미래는 어떻게 될지 모르겠지만, 열여덟 살이 잘 모르는 건 너무 당연하다고 생각해요.

제가 꿈꾸는 학교는요, 다니지 않아도 되는 곳이면 좋겠어요. 학교에 다니고 싶은 친구들은 학교에 다니면서 만족감을 찾고, 학교에 다니지 않는 친구들은 학교에 다니지 않아도 사회생활하는 데 전혀 불편함이 없는, 그런 곳이 학교였으면 좋겠어요. 저에게 학교라는 건 그냥 단체예요. 많은 사람들이 학교가 정말 중요하다고 하잖아요. 사교육은 나쁜 것이고 공교육을 살려야 한다는 말에 어느 정도 동의해요. 하지만 공교육을 하는 학교도 그냥 단체라고 생각해요. 나라에서 권장하는 단체. 제가 활동했던 NGO나 학교나 동아리나 그냥 다 단체인 것 같거든요. 그래서 학교에 정말 큰 비중을 두고 있고 이 단체에 소속되지 못하면 사회에서 낙오될 거라고 생각하는 분에게 학교는 나라가 권하는 하나의 단체일 뿐이고, 거기 다니지 않아도 행복하게 잘 살 수 있다는 걸 꼭 말씀드리고 싶어요.

정김 _ 청소년운동을 했다. 〈말하는 몸〉 인터뷰 당시에는 대안학교를 다녔으나 지금은 그마저도 자퇴했다. 요즘은 '예쁜 몸'에 대한 미련을 떨치고자 노력하며 잘 먹고 많이 움직인다.

색칠할 도화지가 없다는
느낌을 받았어요

대학생
이나연의 몸

나와 박선영 피디는 <말하는 몸> 출연자를 직접 섭외하면서 출연자 모집도 병행했다. 록산 게이가 『헝거』에서 언급한 대로 모든 사람에게는 자신만의 이야기가 있다는 말을 믿었기 때문이다. 우리는 유명한 여성들이 방송에 출연해 자신의 몸에 대해 생각하는 바를 솔직하게 말하는 동시에, 사람들이 잘 알지 못하는 불특정 다수의 여성이 나와서 몸에 대한 자신만의 이야기를 들려주길 원했다.

록산 게이는 유명한 작가이고 분명 평범한 삶을 살았다고 할 수는 없지만, 『헝거』를 읽으면서 '나도 내 몸을 주제로 죽기 전에 한 번쯤 이런 글을 쓰고 싶다'라고 공명했던 기억은 아직 선명하다. 그저 어딘가에서 평범한 시민으로 살아가고 있을 나와 같은 여성이 녹음실에 찾아와주길 바랐다. 그 바람은 방송을 시작하기 전에 이뤄졌다. 본인을 '비만 여성'이라고 소개한 『헝거』의 독자가 사연을 신청한 건 첫 방송을 시작하기 5일 전의 일이었다.

"안녕하세요. 저는 대략적으로 저의 비만이 어떻게 구성돼 있는지에 대해 말하고 싶습니다. 이 방송에 참여할 수 있을까요."

그의 메시지를 받자마자 소리를 지르고 싶었다. 나는 그 대신 (누가 보지도 않았지만) 두 팔을 높게 들고 '만세' 포즈를 취했다. 누구든 용기를 낸다면 자신의 몸에 대해 할 수 있는 이야기가 아주 많다는 걸, 그 이야기를 시작한다면 세상이 바뀔 수 있다는 걸, 이나연이 SNS을 통해 내게 말을 건 순간만은 믿고 싶었던 것 같다.

그와 나는 많이 다른 사람이지만, 또 어떤 점에서는 비슷한 면이 있는 사람이었다. 이나연은 대학에서 겪은 일을 주로 이야기했다. 나에게는 이미 지나서 희미해진 기억이지만, 녹음 당시 그는 그 시간을 지나가고 있었다. 그의 생생한 말을 들으니 이제는 상처조차 남지 않은 그 자리가 다시 떠오르면서 몹시 가려워졌다.

나 역시 그처럼 새내기 시절, 꾸밈을 두려워했다. '새내기'라는 맞지 않는 옷을 입고 있다고 느꼈고 예쁘게 보이려 웃으려고 했지만 잘 되지 않았다. '호박에 줄긋는다'고 할까봐 화장을 제대로 시도해보지도 못했고, 있는 듯 없는 듯 캠퍼스를 최대한 소리나지 않게 조용히 다니기도 했다.

그 다르고도 같은 면을 그저 덤덤하게 들려주면 어떨까. 자진해서 나온 첫 출연자와의 녹음을 마치고 나는 문득 가수 양희은과 진행했던 인터뷰를 떠올렸다. 양희은은 라디오를 두고 청취자들 사이의 '거대한 어깨동무'라고 비유했다. 나 또한 이나연과의 녹음을 시작으로 <말하는 몸>을 여성 간의 어깨동무라고 생각하게 되었다. 그후로도 내가 예상했던 것보다 훨씬 많은 여성들이 자진해서 <말하는 몸>에 나와주었다. 그저 고마운 일이다.

저는 비만 여성입니다. 비만 여성으로 산 지 어림잡아 9년 정도 되었어요. 9년이라는 시간은 실제로는 그렇지 않은 사실을 그렇다고 믿게 만들기에 충분했어요. '비만'이라고 낙인찍힌 이후 스스로를 부끄럽다고 생각했어요. 때로는 투명인간처럼, 혹은 바람처럼 보이지 않았으면 하고 생각한 적도 있어요. 저는 왜 스스로를 부끄럽다고 생각하게 되었을까요.

아주 어렸을 때는 비만이 아니었지만, 그렇다고 체육활동을 잘하는 편도 아니었습니다. 엄마는 제가 어떤 체육활동을 하든 엉성하다고 핀잔을 주곤 했어요. 그때부터 체육활동에 대한, 더 나아가서 저 자신에 대한 두려움과 창피함이 생겼던 것 같아요. 초등학교를 졸업하기 직전에 이사를 갔거든요. 이사를 간 지역의 친구들과 어울려야 했는데 잘 어울리지 못했어요. 새로 전학 간 학교 친구들은 저를 못마땅해하더라고요. 중학교에 들어가면서 본격적인 폭식이 시작됐고 불안하거나 뭔가 마음에 들지 않을 때면 배가 고프지 않음에도 계속 먹을 걸 찾았어요.

같은 반 남학생은 저를 두고 '보기만 해도 역겹다'면서 눈길을 피했고요. 혹시나 실수로 접촉하는 날에는 마치 제가 더러운 먼지라도 되는 양 자신의 신체 부위를 툭툭 털어내는 행동까지 서슴없이 제 눈앞에서 보여주었습니다. 이후로도 부끄러움을 학습하는 일은 계속됐어요. 어느 날 제가 체육 시간에 달리기하는 모습을 보고 뒤에서 어떤 친구가 삿대질을 하고 킥킥대며 웃더라고요. 그후로 달리기를 싫어하게 됐어요. 또다른 친구들은, 선생님들은, 어른들은 제게 살만 빼면 정말 예쁠 것 같다며 칭찬을 가장한 부정을 보여주었어요.

고등학교 3학년 때 갑자기 10킬로그램이 쪘어요. 그때는 상관없다고 생각했어요. 어른들의 말을 믿었거든요. 대학에 가면 한순간 변할 줄 알았어요. 그때는 아무도 저한테 뭐라고 하지 않았거든요. 공부하면 그럴 수 있다고요. 그래서 저도 그게 아무것도 아닌 줄 알았어요. 그런데 현실은 어른들의 말과 달랐어요. 대학에 와서도 제 몸은 고등학교 때와 다르지 않았어요. 막상 대학에 가니까 엄마가 "너는 아가씨가 돼서 그렇게 살고 싶냐"고 말씀하시더라고요. '나는 하라는 대로 했는데, 지금 와서 이런 말을 들어야 하나'라는 생각이 들었어요. '내가 살이 찐 게 잘못이구나'라고 느꼈던 것 같아요.

다른 친구들이 예쁜 옷과 화장품으로 꾸미기 시작했을 때, 저는 그러지 못했거든요. 색칠할 도화지가 없다는 느낌을 받았어요. 내가 화장을 해서 달라지는 게 뭐가 있을까. 제가 하면 왠지 엉성해 사람들이 그런 저를 보고 비웃을 것이라고 생각했어요. 대학에 와보니 다들 화장을 연습해서 잘하더라고요. 네, 시도는 해봤어요. 시도도 해보고 친구들에게 조언도 받아봤어요. 그런데 화장하다보면 오히려 자존감이 떨어지는 거예요. 계속 거울을 봐야 하니까요. 저만의 스타일을 찾고 싶었는데 좌절되니까 오히려 더 하고 싶지 않았던 것 같아요.

수많은 사람들이 해준 저에 대한 칭찬과 긍정을 밀쳐냈습니다. 이유는 간단해요. 저는 그러면 안 될 것 같은 사람이라서. 친구들이 제게 다른 매력이 많다고 말해도 저는 예쁜 외모가 아니면 인정받을 수 없다는 생각을 오래했던 것 같아요. 내가 아무리 성격이 좋아도 외모가 예쁘지 않으면 누가 다가오겠냐는 생각을 하면서 사람들을 밀쳐냈어요. 친구들이 제게 잘해주는데도 '내가 이런 걸 받아도 되나, 이럴 가치가 있는 사람인가'라는 생각도 많이 했던 것 같아요.

대학 동아리에 들어갔는데, 사람들이 다른 여자 친구들과 저를 대하는 것이 많이 차이난다는 걸 느꼈어요. 그래서 동아리를 나왔거든요. 심리적으로도 그렇지만 신체적으로도 움츠러든 상태로 오래 있다보니 어깨가 긴장한 나머지 아프기 시작했어요. 대학교 2학년 때, 엄마가 지방분해 주사 놓는 데를 안다고 해서 저를 거기에 데려갔어요. 제게 약을 먹으면서 운동하라고 하더라고요. 집에서 유튜브 영상을 보면서 운동했어요. 그땐 살이 좀 빠졌는데, 회의감이 들었어요. 그 약을 먹으면 간수치가 올라가거든요. 내가 왜 간에 무리를 주면서까지 살을 빼야 할까. 회의가 들어서 약을 먹는 것도 금방 그만뒀던 것 같아요.

보통 사람마다 살이 찌는 부위가 다르거든요. 저 같은 경우에는 상체에 살이 집중된 형태의 비만이었어요. 오랜 시간, 제가 날씬해지면 모든 것이 한순간에 '뽕' 하고 해결될 거라고 생각했어요. 하지만 정말 오랫동안 몸에 대해 부정적인 생각을 해왔기 때문에 단순히 페미니즘을 접했다고 해서 내 몸을 빠른 시일 안에 긍정할 수 있게 되진 않아요. 저도 알아요.

그렇지만 이제는 제가 사회적 미의 기준에 부합하지 않더라도 저스스로 건강하다고 생각하면 어떤 체형이든 상관없는 것 같아요. 주변의 도움과 책의 도움으로 자존감을 끌어올리려고 노력하고 있어요. 되도록 빠른 시일 안에 내 몸에 대한 부정적인 생각을 떨칠 수 있도록 나에 대한 칭찬과 감사를 아끼지 말아야겠다고 생각해요.

사람들은 비만인 사람을 보면 자기들이 추측한 이야기를 늘어놓잖아요. 다들 게으를 것이고 잘 걸어다니지도 않고 잠도 많이 잘 것이라고요. 그런데 저는 걷는 것도 좋아하고 잠을 많이 자지도 않아요. 제가 비만이 된 데는 다른 이유가 있거든요. 그런데 궁금해하지 않아요. 그냥 제가 많이 먹으니까 비만이 됐다고 생각하는 거예요.

저도 아직 잘하진 못하지만요. 자기 자신을 낮추어 보지 않았으면 좋겠어요. 물론 한순간에 그런 생각을 덜 할 수는 없죠. 조금이라도 안 했으면 좋겠다는 거예요. 버스나 지하철을 타고 갈 때면 가끔씩 그런 생각이 들어요. 다들 뭔가를 하고 산다는 게 경이로워요. 살아가는 것도 대견하고, 이렇게 된 데는 이유가 있다고 생각했으면 해요. 자기 스스로 책임을 다 떠안으려고 하지 않았으면 좋겠어요. 그런 생각이 결국 화를 부르더라고요. 사람이 언제나 표준에 맞춰 살 수는 없으니까. 가끔씩은 그럴 수도 있지. 사람인데 내가 실수할 수도 있지. 이런 마음가짐이 중요하다고 생각해요. 자기 자신에게 너그럽고 여유로웠으면 좋겠어요. 그리고 그렇게 살아가는 하루하루가 대단하다고 스스로를 안아줬으면 좋겠어요.

이나연_ 매일같이 뉴스에 나오는 비만인들 중 하나. "쳐다보거나 조언하지 말아주세요. 제 몸은 제가 잘 압니다."

공적인 자리에서 몸을 말하는
경험이 중요할 것 같았어요

극작가
김슬기의 몸

녹음이 끝나고 박선영 피디가 내게 물었다. "아버지가 무서워서 베개 밑에 과도를 숨기고 유년시절을 보냈던 사람에게 삶은 대체 어떤 것이었을까요." 나는 대답했다. "그러게요." 나는 방금 녹음을 마치고 나온 김슬기의 환한 얼굴을 떠올렸다. 그는 막 쉽게 털어놓기 어려운 유년시절의 기억을 말한 차였다. 우리는 방송국 1층 로비에서 그를 배웅했다. 그는 군중 속으로 섞여들어가 시야에서 사라졌다.

나는 집으로 돌아가는 그의 얼굴을 보고는 아무렇지 않은 표정으로 거리를 지나다니는 수많은 여성들의 얼굴을 떠올렸다. 시인 뮤리얼 루카이저가 시 「케테 콜비츠」에 쓴 대로, "한 여자가 자기 삶의 진실을 말한다면" "세계는 터져버릴"지도 모른다. 그들 중 아주 일부가 그저 '말하기'를 시작했을 뿐인데, 그마저도 견딜 수 없어하는 남성들이 많다.

김슬기는 "이야기를 해야겠다고 결심하고 나왔다"라고 말했다. 여성들에게 말하기란 '결심'을 필요로 한다. 특히 누구나 들을 수 있는 매체를 통해서 내 몸을 말한다는 건 조금 더 오래 지속되는 굳은 결심이 필요하다.

<말하는 몸>을 진행하면서 내게도 공적으로 내 몸을 말할 기회가 여러 번 주어졌다. 비록 팟캐스트에 내 목소리가 나오지는 않지만, 공동 연출자로서 말할 수 있는 기회가 주어진 것이다. 뚱뚱한 여성은 오직 살을 훌륭하게 뺐을 때만이 '다이어트 성공 사례'로서 몸에 대한 발언 기회가 주어진다. 나는 여성으로서, 살이 찐

여성으로서 '다이어트를 하고 있다'는 사실이 아닌 다른 말을 하고 싶었다.

나는 자라면서 말랐다거나 날씬하다는 말을 들어본 적이 없다. 그와 거의 동시에 몸에 대한 발언권을 박탈당했다. 오랜만에 만난 지인에게서 내가 들을 수 있는 몸에 대한 반응은 두 가지밖에 없었다. 다이어트를 하는 중에는 "지난번에 만났을 때보다 살이 좀 빠졌네"라는 말을, 다이어트를 하지 않을 때면 "살이 좀 쪘네"라는 말을 들었다. 건강검진을 하면 어김없이 비만일 때가 많았다.

살이 찐 몸에 대해 말하는 건 치부를 드러내는 일 같았다. 나도 여러 번에 걸친 결심이 필요했다. <말하는 몸>에서 여성들을 만나기 이전이었다면 아마 상상하지도 못했을 것이다. 그들은 내게 용기를 낼 수 있게 해주었다. 그들의 용기가 있었기에 나는 기회가 닿을 때마다 최대한 솔직하게 이야기하려고 노력했다. 이 책을 읽는 이들에게 그 용기를 온전히 전할 수 있기를 바란다. 독자들도 결심한 끝에 몸에 대한 자신만의 이야기를 들려줄 수 있기를 바란다.

2011년 조선일보 신춘문예에 당선되면서 극작가로 데뷔했어요. 그때부터 대학로에서 희곡을 계속 쓰고 연출했어요. 작가로만 활동하기에는 갈증이 있어서 연출도 겸했어요. 처음부터 영화 연출을 하고 싶었는데 내가 선장이 될 수 있을까 싶었고, 그래서 먼저 작가가 돼야겠다고 생각했어요. 저의 모든 걸 갈아넣어서 희곡을 썼죠. 그런데 연출을 만나면 제가 써둔 세계가 많이 지워지더라고요. 그래서 조금 어설프더라도 내 세계를 최대한 지우지 않는 선에서 연출하는 게 좋겠다는 생각으로 작업을 시작했어요.

지금은 우울증이랑 공황장애, 불안장애를 심하게 앓고 있어요. 병원에 다니고 있고요. 그래도 많이 나아서 말씀드려요. 아버지가 어렸을 때 저를 성추행한 일이 있었어요. 그걸 엄마에게 비밀로 하고 성인이 됐어요. 제가 서른세 살에 겨우 엄마에게 고백할 수 있었어요. 그런데 엄마가 두 가지 방향으로 저를 원망하시더라고요. '더 빨리 말하지 그랬냐' 그리고 '죽을 때까지 숨기지'. 그 마음이 이해는 되지만 혼자 감당해버리면 제가 너무 힘들어서 죽을 것 같더라고요. 집을 뛰쳐나와서 혼자 독립해서 사는 상황이에요. 그러한 삶의 궤적들 때문에 자연스럽게 페미니즘 작업을 하는 창작자가 된 것 같아요.

어린 시절 트라우마로 인해 만성적인 우울증이 생겼고요. 공황장애는 제가 숨을 쉬면 몸안의 신경 같은 게 터져서 죽을 거라는 착각을 하게 되는 병이에요. 그런데 그 착각이 힘이 세요. 내가 죽지 않을 걸 알면서도 두려움을 피할 수 없고요. 20대 때 내내 잠을 거의 자지 못했어요. 집에서 버티는 게 힘들었어요. 그때 굉장히 말랐어요. 44킬로그램으로 살면서 온갖 질병에 시달렸어요.

지금은 많이 치료돼서 어디 가서도 말할 수 있을 것 같아요. 아버지가 한량이었고 다혈질이었고 부족한 부분이 많았어요. 그런데 저도

대가 센 어린아이였거든요. 순종적이지 않으니까, 바지랑 속옷을 벗고 자신의 성기를 보여주는 걸로 저를 제압하려고 하셨어요. 그때부터 아버지 또래의 아저씨에 대한 두려움이 커졌어요. 지하철에서 마주치는 아저씨들, 길을 가다가 어깨를 치고 가는 평범한 아저씨도 끔찍할 정도로 무서워요.

트라우마 치료가 많이 진행된 지금도 저는 아저씨들이 많은 곳을 지나가지 못해요. 저도 이제 나이가 들었는데, 40대부터는 아저씨로 느껴지는 거예요. 그냥 오빠일 수도 있는 나이인데 아저씨로 이미지화되는 사람 앞에 있으면 주눅들고 어른스럽게 굴지를 못해요. 처음 상처를 받았던 아홉 살 정도의 저 자신으로 돌아가버리더라고요.

엄마와는 관계가 좋아 보이는 모녀였어요. 그런데 저는 사실 엄마가 불행한 게 저 때문이라는 죄책감을 많이 품고 있었거든요. 엄마를 행복하게 하기 위해서 엄마가 원하는 학교에 들어갔고, 엄마가 원하는 직업을 가졌고, 엄마가 원하는 머리 모양과 화장을 하고, 옷을 입어야 한다고 생각하면서 20대를 보냈어요.

30대가 되면서 페미니스트로 정체화를 했고, 제 삶이 열리면서 엄마와 부딪칠 수밖에 없더라고요. 그때부터 엄마는 20대 때는 그렇게 착하고 엄마에게 잘하던 딸이 왜 이렇게 미운 행동을 많이 하느냐, 시집가기 전에 정 떼려고 하느냐, 이런 말을 하시더라고요. 그런 와중에도 저는 엄마에게 페미니즘 책을 선물하면서 소통하려고 했는데, 어려웠어요. 마지막으로 집을 나올 때는 엄마가 읽었으면 좋겠다고 생각한 책 두 권을 놔두고 짐을 싸서 나왔어요.

아버지는 그보다 훨씬 더 먼저 집을 나갔어요. 아버지가 집에 계신 게 제게는 너무 힘든 일이었어요. 20대까지 아버지와 함께 사는 동안에는 베개 밑에 과도를 깔아놓고 있었어요. 만약에 아버지가 들어오면 이걸 무기로 나를 지켜야 한다는 생각을 하면서 살았어요. 아버지가 나가고 나서 엄마는 '이제 모든 게 해결됐는데 왜 넌 아직도 그렇게 예민하고 우울한 사람이냐'라고 원망하셨어요.

엄마의 인형으로 살 수 없다는 반항심이 많이 생겼죠. 엄마가 원하는 대로 사는 게 제가 행복해지는 길은 아니니까요. 그리고 엄마도 제가 김슬기로서 살아가는 걸 지켜보셔야 더 행복하실 거라고 믿어요. 그런 시간을 만나기 위해 우리가 잠시 떨어져 지내는 거라고 생각해요. 시간이 흐르면 가끔씩 얼굴 보면서 좋은 이야기를 나누는 모녀 사이로 돌아갈 수 있지 않을까, 생각해요.

처음 정신과를 다닌다는 건 두려운 일이었어요. 제가 홀로 마음먹은 건 아니었고 추천을 받아서 '그래, 나도 한번 행복해져보자'라는 마음으로 찾아갔어요. 예상대로 만성적인 우울증이라는 걸 알게 됐어요. 우선 가장 고질적이었던 불면증이 해소되면서 몸이 많이 건강해졌어요. 정신도 몸이랑 같이 가는 거니까 더불어 건강해졌고요. 아직 치료가 다 된 상태가 아니라서 앞으로도 계속 병원에 가야 한다고 생각해요.

하루는 자살충동이 심해져서 자살예방센터로 연락해 정신과에 빠르게 입원한 적이 있어요. 입원해서 몸과 마음을 추스를 수 있으면 좋겠다는 마음이어서 정신병동에 거부감 없이 찾아갔어요. 그런데 제가 자살시도를 했기 때문에 폐쇄병동에 들어가게 됐어요. 폐쇄병동에 머무는 게 힘들어서 주치의 선생님께 개방병동으로 옮겨달라고 간청했고요. 폐쇄병동은 면회가 하루에 한 시간 정도밖에 허용이 안 돼요. 마음대로 담배를 피우러 간다거나 그런 건 상상할 수도 없고요. 매점도 없고 지인과 전화통화를 할 수도 없어요. 침대에 가만히 누워 있거나 앉아 있는 것 외에는 아무것도 할 수 있는 게 없어요.

그런데 개방병동에 가서도 상황은 크게 달라지지 않았어요. 제가 많은 걸 기대했던 것 같아요. 정신병원에 입원하면 내 마음을 편안하게 추스를 수 있을 거라고 기대했어요. 그런데 굉장히 비인격적인 대우를 받았어요. 정신병원에서는 '보호사'라는 분들이 환자들을 통제해요. 40대 정도의 남성이 제게 굉장히 폭력적인 언행을 했어요. 처음부터 반말하면서 모자 벗어라, 규율대로 따라라, 너 폐쇄병동에서 온 애냐, 라면서요. 솔직히 처음 본 사람이고 저도 성인인데 그렇게 반말하면서 통제하려는 게 놀랍더라고요.

그때 보호자였던 친구가 오니까 남자 앞에서는 순종적으로 변하는 거예요. "김슬기씨, 죄송합니다"라면서요. 아까는 소리를 버럭버럭 지르던 무서운 아버지 같은 사람이었는데, 어느새 자기 직업을 잃을까봐 두려워하는 사람이 돼 있었어요. 왜 남자가 있어야지 일이 해결될까. 분한 마음이 들었어요. 슬프기도 했고요.

담배를 피울 수 있는 시간이 하루에 한 번 주어져요. "담배 피울 사람은 다 저를 따라오세요"라고 인솔하는 분을 따라가서 담배를 피워요. 옆에 있던 미성년자 여성이 제게 언제 들어왔냐고 물어서 그 전날 왔다고 이야기했어요. 그분에게 어떻게 여기서 적응하면서 지내냐고 물어봤는데, 자기는 조증이 심해서 부모님이 억지로 넣었다고 하더라고요. 미성년자는 본인이 나가고 싶다고 해도 나가지 못해요. 그저 담배 피우는 거 하나만 허락된 상태로 병원 생활을 견디고 있더라고요. 정신병원이 사람들에게 인격적인 대우를 해준다는 느낌을 받을 수가 없었어요. 자기 의사와 상관없이 갇히는 사람도 많았고요.

저는 인간이 모든 구속에서 자유로워야 한다고 생각해요. 정신적으로 질환을 앓고 있는 환자도 약물치료나 상담을 받긴 해야 하지만, 몸의 구속까지 가는 건 인격 탄압이라고 생각해요. 극악한 범죄자가 아니라면, 모든 인간에게 자유가 있어야 한다고 생각해요.

최근에는 저의 몸에 대해 스트레스를 많이 받고 있어요. 67킬로그램이 되면서 이제는 불면증이 나왔어요. '아, 내가 건강한 몸을 가지려면 이 정도의 체중을 갖고 있어야 하는구나'라는 걸 요즘 깨닫고 있어요. 하지만 동시에 스스로를 사랑할 자신이 없어요. 저의 몸안에 들어 있는 정신까지 사랑할 자신이 자꾸만 없어지더라고요.

아무리 페미니스트여도 자기 체중에 대해 고민하는 여자들이 많잖아요. '여기 살이 붙으면 이런 느낌의 몸이 되는구나'라는 식으로만 반응해도 건강한 것 같아요. 무조건 체중계의 앞자리가 바뀌는 것만 보고 두려워하고 슬퍼하는 저 자신이 불쌍하다는 생각이 들어요.

제가 몸에 대해 괴로워한다는 글을 SNS에는 많이 썼는데 이렇게 공적인 자리에서 말하는 건 처음이에요. 이 말을 하는 경험이 제게 굉장히 중요할 것 같았어요. 그래서 이 이야기를 해야겠다고 결심하고 나왔어요. 실제로 털어놓고 나니까 조금 더 용기를 낼 수 있을 것 같아요. 시간이 흐르면 외적으로 너무 신경쓰지 않고도 나는 나 자신일 수 있다는 생각을 할 수 있을 것 같아요.

김슬기_ 2011년에 극작가로 데뷔해 현재는 영화 작연출 일을 한다. 차기 영화를 만들 돈을 벌기 위해 다양한 생업을 하는 중이다.

2부

몸의 기억과 마주하다

박선영 엮고 쓰다

이 몸이 역사 이야기를 할
책임이 있어요

인권운동가
이용수의 몸

<말하는 몸> 프로젝트를 시작한다고 했을 때, 주위에선 대부분 뜻밖이란 반응이었다. 짐작건대 내가 몸에 그리 큰 관심을 보인 사람이 아니었기 때문일 거다. 정확히 말하자면, 몸을 외면하려 노력했다. 사고의 흐름은 이러했다. 사람들과 몸에 대한 이야기를 하다보면 시선은 자연스럽게 내 몸으로 쏠리게 될 테고, 볼품없고 초라한 내 몸을 의식 속에서라도 마주하고 싶지 않아 황급히 화제를 돌려버린다. 몸에 대한 이야기가 그 무엇이든, 심지어 고혈압, 당뇨 같은 질병에 관한 이야기조차도 피했다.

　그런 내가 어쩌다 몸에 대해 이야기하는 프로젝트를 시작하게 되었을까. 아마 나의 자아와 몸, 나의 기억과 몸을 더이상 분리하고 싶지 않다는 생각 때문일 것이다. 나의 자아는 춤을 추고 싶을 만큼 기쁜데 비루한 몸이 신경쓰여 들썩이던 어깨를 움츠리게 되었던 기억, 더 아름답고 건강한 몸을 가졌더라면 인생이 더 잘 풀리고 일도 더 잘 해낼 수 있었으리란 착각…… 이런 알 수 없는 불일치감을 언제까지 갖고 살아야 하는가. 그런 의문에 내몰려서 처음으로 질문해봤다. 나의 몸은 무엇인가. 나의 몸은 무엇을 담고 있나. 나의 몸은 무엇을 말하려 하는가. 그마저도 나에게 직접 물은 것은 아니고, 인터뷰라는 우회로를 통하여.

　2018년 12월, 위안부 피해 생존자 이용수를 만나기 위해 대구에 있는 그의 자택을 찾았다. 집안 곳곳에서 예우를 받는 인물의 흔적이 느껴졌다. 어디선가 보낸 화환, 응원의 메시지, 정성스레 스크랩된 기사들, 찾아오는 손님을 기다리며 살짝 열어둔 현관문. 인터뷰나 촬영 요청이 끊이지 않아 한순간도 흐트러져 있으면 안 될 것 같은 분위기였다. 우리가 찾아간 그 주만 해도 그에게는 몇 가지 약속이 잡혀 있었다. 그의 빡빡한 스케줄 탓에 오랜만에 전화를 드릴 때는 이렇게 설명해야 한다. "그때 여자 둘이 찾아가서 같이 귤 까먹고, 두 시간 녹음하고, 저녁으로 샤브샤브 먹었던 그 사람들이요."

그런 의미에서 <말하는 몸> 최초의 인터뷰이, 이용수에게 물었던 최초의 질문은 의미심장하다.

"'말하는 몸'이란 말을 들으면 어떤 생각이 드시나요?"

"……말하는 이용수의 몸이지."

그 순간 '말하는 몸'이라는 말 사이에 들어갈 수많은 괄호들이 떠올랐다. 말하는 (이용수의) 몸. 말하는 (박선영의) 몸. 말하는 (유지영의) 몸. 말하는 (○○○의) 몸. 그것은 세상이 살아 있는 역사로서 예우하는 이용수의 몸이 아니라 이용수가 기억하는 이용수의 몸에 대해 듣고자 하는 마음이었다. 제3자가 관찰하고 평가하는 나의 몸이 아니라 내가 기억하는 나의 몸에 대해 이제는 용기 내어 말하고자 하는 마음이기도 했다.

그렇게 <말하는 몸>의 긴 여정이 시작되었다. 상처 입은 몸으로 폭력과 야만의 역사를 증거하는 이용수가 아닌, 밥을 먹고 목욕을 하고 좁은 침대 한편에 매일 밤 몸을 누이는 이용수의 몸에서.

말하는 용수의 몸이지. 말하는 이용수의 몸.

이 몸이 보통 사람하고는 다르니까. 역사의 산증인인 몸이니까. '여자'라는 두 글자로 인해 피해를 입는 세계의 여성들이 안타까워요. 위안부 피해의 역사를 바로잡으면 세계의 성폭력이라는 뿌리를 뽑을 수가 있어요. 두 번 다시 그런 일이 없어야 해요. 그래서 이 몸이, 역사의 산증인 이용수가 위안부 역사 이야기를 하고 해결할 책임이 있어요. 나는 책임의 장본인입니다. 어떠한 일이 있어도 이 위안부 문제는 해결해야 한다고 생각합니다. 해결할 것입니다.

제가 얼마 전 구순 잔치를 했어요. 많은 분들이 오셨어요. 그 아픈 상처를 갖고 살아오면서 많이 생각하고 이야기했는데, 이제 보니까 모든 사람들이 다 아시더라고요, 이 위안부 문제에 대해서. 다 아시고, 노력해주시고, 나를 사랑해주시고, 힘을 주시니까 잊어버리려 해도 그게 안 잊어져요. 참 오래됐잖아요. 27년간 일본대사관 앞에서 비가 오나 눈이 오나 추우나 더우나 진상규명하라고, 공식적으로 사죄하고 법적인 배상하라고 외쳤어요.

그런데 아직까지도 해결을 못 했으니까. 반드시 일본으로부터 사죄를 받아야 해요. 돈이 아니에요. 사죄를 받아야 해요. 이렇게 역사의 산증인이 있는데도 잘못이 없다고 해요. 내가 없으면 여러분들이 얼마나 당하겠나 생각하면 잠이 안 와요. 나는 겪고, 보고, 듣고, 당하고. 그래도 오래 사니까 다행입니다. 반드시 이백 살, 삼백 살까지 살아야지.

1943년 10월쯤의 일이에요. 그때 다섯 사람이 끌려갔거든. 대만 신죽新竹 가미카제 부대로 갔어요. 1945년 5월 15일에 살던 집이 폭격 맞아서 내려앉았고, 그때 그 밑으로 들어갔다가 살아남았어요. 나와보니까 두 사람이 누워 있더라고. 나는 죽은 줄도 모르고, 여기 누워 있으면 안 된다고 깨웠어. 신죽인지도 모르다가 여기서 폭격이 있었던 사실, 그리고 군인이 '신죽이 멀어진다' 하고 노래하던 게 기억나서 나중에야 알게 됐지. 신죽 가는 배 안에서도 군인들이 나쁜 짓을 하는데, 나는 그것도 모르고 "언니야, 저 사람들이 장난하자칸다" 그랬어. 언니들이 나를 또 구해주고. 이런 걸 생각하면 잠이 안 오지. 그때 끌려가서 당했던 그 장면을 생각하면.

지금은 내 몸이 아니고 딴 몸이라고 생각하고 사니까 살지. 더러워요. 그 일을 생각하면 내 몸이…… 더러워져요. 그래서 내가 목욕을 참 자주 해요. 사흘이 멀다 하고 해요. 왜 그렇게 하냐면, 그때 그걸 씻어내려고. 목욕하면서 울어요.

우리집은 남자 형제가 6형제예요. 딸은 나 하나뿐이에요. 누구한테 그 말을 하겠어요. 말도 못 했는데, 오늘은 내가 이렇게 말을 하네요. 그때 생각이 나요. 그때가 만으로 열네 살밖에 안 됐을 때거든.

학생들이 나를 만나면 울어요. 그래, 너희를 안 울리기 위해서라도 내가 끝까지 싸워서 이겨야 한다, 하고 그때마다 더더욱 다짐하게 되더라고.

생각이 많아요. 생각 안 하려 해도 그게 잘 안 돼요. 생각이 많으니까 잠을 잘 못 자요. 많이 자면 세 시간이에요. 어제도 내가 열두시에 잤는데 눈뜨니까 세시더라고. 그때부터 잠이 안 왔어요. 잘라카니 잠이 안 오잖아요. 아침에도 목욕 갔다 왔어요. 새벽 여섯시에 목욕하고 왔어요.

그런데도 내가 있기 때문에, 내가 당한 것을 증언하며 다니기 때문에 이게 세상에 알려졌다는 생각을 해요. 때로는 나를 칭찬도 해요. 용수야, 너 참 대단하다. 네가 겪은 걸 이야기하고 다니니까 이게 밝혀지고, 이걸 해결해야 한다는 것을 세계가 알았으니까. 지금은 내가 참 잘했다, 생각하면서 자부합니다. 이렇게 오래 사니까 모든 것을 밝힐 수 있고 말할 수 있고요.

야이야이야 내 나이가 어때서
활동하기 딱 좋은 나인데
사죄받기 딱 좋은 나인데

나는 활동하기 좋은 나인데 여기까지 해놓았으니까 반드시 이백살까지 살아야지. 다 웃으면서 사는 세상, 손에 손잡고 평화로워지는 세계. 그게 내 소원입니다.

이용수_ 인권운동가. 2007년 미국 하원에서 일본군 위안부 피해 사실에 대해 생생하게 증언함으로써 일본 정부의 사과와 역사적 책임을 촉구하는 결의안을 만장일치로 통과시키는 데 기여했다.

아프다고 말하기까지
10년이 걸렸어요

활동가
조한진희의 몸

인왕산 자락 아래, 건너편으로 서대문형무소가 보이는 자리에
는 '옥바라지 골목'이라는 곳이 있었다. 일제강점기에 독립운동을
하다가, 그리고 1970~1980년대에 민주화운동을 하다가 투옥된 이
들의 가족이 사식이나 옷가지를 넣어주며 옥바라지를 하기 위해
이 골목의 여인숙에 묵었다고 한다. 좁다란 골목에 적산가옥과 개
량식 한옥이 옹기종기 모여 있는 아름다운 곳이었다. 지금은 재개
발로 사라지고 없다. 철거하지 않고 마지막까지 버틴 곳은 '구본
장 여관'이었다. 2016년 무렵, 그 투쟁 현장으로 한 달 정도 취재를
다녔다.

작은 여관 앞으로 온갖 단체 소속의 활동가들이 매일 밤낮으
로 모여들었다. 나는 취재 겸 열심히 빈자리를 채우곤 했다. 여관
지하실에서 열리는 회의 현장에 남아 있기도 했고, 문화행사에 관
객으로 참여하기도 했고, 철거 현장의 포클레인 앞에서 시위할 때
피켓을 들기도 했고, 고성이 오가는 담판의 현장으로 섞여들어갈
때도 있었다.

나에게는 여러 가지 추억이 깃든 현장이지만, 이때에 대해 자세
히 서술해본 적은 없다. 활동가도 아닌 내가 그 현장에 대해 이야
기할 자격이 있을까 하는 생각 때문이다. 목소리가 필요할 땐 목소
리로, 물리력에 맞서야 할 땐 방패로 가세하지 못했다는 부채감이
늘 있었다. 활동가들은 PPT를 띄울 공간도 없는 여관 지하실 빨랫
줄에 하얀 이불을 걸어두고 그 위에 빔을 쏴 앞으로의 투쟁 계획
을 그리곤 했다. 나는 그 이불보에 대한 따뜻한 감상을 갖고 있지

만, 계획을 수립하고 실행하고 이불보를 걷어서 정리까지 하는 것
은 활동가들의 몫이었다. 그 수고와 투지가 나의 단순한 감상과
추억으로 치환되는 것은 미안한 일일 수밖에 없다.

『아파도 미안하지 않습니다』(동녘)를 쓴 조한진희는 전업 활동
가다. 활동 과정에서 건강이 손상된 뒤로 자신의 질병에 대해, 그
질병을 무조건적인 악과 민폐로 규정하는 사회에 대해 고찰한 내
용을 책에 담았다. '질병권', 그러니까 '잘 아플 권리'라는 말을 처
음 만든 것도 조한진희다. '어떻게 하면 더 건강해질까' 하는 강박
에서 벗어나 '이 아픔을 어떻게 잘 겪어낼까'를 고민하자는 그의
주장은 질병을 바라보는 혁명적인 관점을 제시한다.

그를 만난 이유도 이 질병권에 대한 이야기를 듣기 위함이었지
만, 조금 더 주목하게 된 것은 활동가로서의 이야기였다. 나는 활
동가의 삶에 대해 무조건적인 선함과 이상적인 순수함을 기대하
곤 했다. 시사 프로그램을 제작하며 활동가들을 취재하고 섭외하
고 대면할 때도 그랬다. 대중적인 관심을 모으기 어려운 골치 아픈
사안들이 대부분이기에 활동가들이 늘 공중파 방송에 출연해 설
명할 기회를 갈구하는 것이 느껴졌다. 한 활동가는 땀을 뻘뻘 흘
리면서 뛰어오길래 왜 그런지 물으니 시간을 아끼기 위해서라 했
고, 혹시 컵라면 없냐고 물은 뒤 대기 시간 동안 그걸 후루룩 몸으
로 들이부었다.

그러나 그것은 활동가란 자고로 그래야 한다는 규범도 모범도

아니고, 그저 아무것도 아니다. 땀을 뻘뻘 흘리며 뛰어다니는 것도, 방송도, 집회도 모두 목적을 이루기 위해 하는 활동일 뿐 자기만족이나 종교적 의식 같은 게 아니다. 그 과정에서 재해나 비용, 자괴감, 오류, 갈등이 발생하기도 한다. 투쟁이 우선이다보니 숱한 세월 동안 간과하고 외면해온 일도 있을 것이다.

그럼에도 포기하지 못하는, 자꾸만 기대하게 되는 순수의 영역은 내 마음속에 남아 있다. 활동가들이 우리 사회에서 어떤 방패 역할을 감당하고 있다는 것, 그것이 성공하든 실패하든 또는 변질되더라도 그들이 손에 손잡고 제 몸과 시간을 투입하여 전선을 구축했다는 사실은 변함이 없기 때문이다.

◗

저는 학교를 졸업하고 계속 전업 활동가로 살아왔어요. 제가 처음 운동을 하게 된 건 고등학교 때예요. 역사적으로 잘 평가되지는 않았지만 1980~1990년대에 고등학생운동이라는 흐름이 있었는데요. 저는 1990년대 초반에 본격적으로 학생운동을 시작했죠. 운동권에서는 늘 평등과 변혁을 이야기했지만 그 안에서도 성차별과 성폭력이 존재한다는 것에 분노했어요. 1990년대 중반에는 저를 페미니스트로 정체화했고, 학교에는 전형적인 학생운동 외에 여성주의운동이 따로 있지 않아서 동아리를 만들어 학내에서 활동하다가 졸업 후에는 여성단체에서 상근활동을 했어요.

이런 말 하면 너무 구닥다리라고 하지만…… 학생운동을 할 때 NL(민족해방파), PD(민중민주파) 이런 정파논쟁이 있었지요. 당시 저는 NL 계열에 있었고 여러 내셔널리즘에 경도된 순간도 있었어요. 그런데 민족이라는 건 사실 여성의 몸을 기반으로 구획되거든요. 누가 유대인이냐 아니냐 하는 것도 유대인 피가 얼마나 섞였느냐, 어머니가 유대인이냐의 문제거든요. 내셔널리즘에 대한 성찰을 한 축으로 해서 팔레스타인 문제에 관심을 갖게 됐어요. 또 한 축으로는, 전쟁이나 점령이라는 게 결국 모든 소수자들의 인권을 후퇴시키잖아요. 1990년대 말, 2000년대 초반에는 '일본군 위안부' 할머님들의 문제가 전면화되면서 전쟁과 여성에 대한 관심이 높아졌어요. 여러모로 팔레스타인 문제가 나와 먼 이야기처럼 느껴지지 않았고, 당장 가서 뭔가 해야 할 것 같은 감정에 시달린 시기였어요.

2003년에는 이라크전쟁이 있었고, 한국 정부가 이라크로 한국군을 파견했죠. 전국적으로 파병반대집회를 정말 열심히 했지만 결국 파병하게 됐어요. 한국 사회에서는 일제의 식민지 피해자라는 정서가 굉장히 강하잖아요. 그런데 이렇게 이라크에 적극적으로 파병한다는 것, 가해자 국가가 된다는 것에 대한 문제의식도 작용했죠. 2004년에 팔레스타인으로 가서 그들이 어떻게 이스라엘에 의해 착취되고 있나, 점령당하고 있나, 그런 것들을 목격했고요. 당시 팔레스타인에도 굉장히 많은 여성단체들이 있었거든요. 그곳을 방문해서 토론하기도 했고. 처음으로 세계 곳곳에서 온 국제연대 활동가들과 함께하는 다양한 연대활동을 경험했어요.

이후 2009년에 다시 3개월 정도 팔레스타인에 현장활동을 갔어요. 그곳이 전쟁지역이니까 가서 인권활동을 하는 거죠. 위험 상황에서 '인간 방패'처럼 현장의 민중들과 같이 막아서기도 하고요. 저희가 외국인이라는 점을 활용했죠. 이스라엘 군인들이 팔레스타인 사람들에게는 함부로 총을 쏘지만, 저희에게는 상대적으로 그런 게 어려우니까요. 그 활동을 굉장히 치열하게, 한편으로는 기쁘게, 한편으로는 슬픈 마음으로 같이했는데, 제가 건강이 좀 안 좋아지기 시작했어요. 3개월 차부터.

처음에는 생리가 나오지 않았고, 점점 피로감이나 감기 기운으로 하루하루를 보내기 힘들어졌어요. 현장이 워낙 빡세니까 일시적으로 그런가보다 생각하고 한국에 돌아왔는데, 충분히 쉬었는데도 몸이 더 아파지더라고요. 여러 병원을 전전했지만 원인을 찾지 못하다가 한 의사가 제 기록을 보더니, 팔레스타인에 있을 때 독성물질에 노출된 것 같다는 진단을 하더군요. 인간의 몸은 외부에서 독성물질이 들어오면 자정작용을 하는데, 그 과정에서 여러 가지 질병과 증세가 나타나는 것 같다고요. 딱히 치료법이 없어서 다양한 방식으로 증세를 개선하는 치료를 받았고, 예전에 건강했을 때와 비교해서 한 60~70퍼센트 정도 회복된 몸으로 조금씩 사회활동에 복귀하고 있어요.

제가 몸이 아프다고 하니 팔레스타인평화연대 동료들이 계속 돈을 보내주기도 하고, 여러 가지 현물을 보내주기도 했어요. 굉장히 고마웠죠. 노동자들이 직장에서 일하다가 다치면 산재보험 처리를 할 수 있잖아요. 그런데 우리 활동가들은 활동 과정에서 건강이 손상되면 그 어떤 안전망도 없기 때문에 그때그때 동료들이 치료비를 모금해주는 방식으로 버텨요.

또하나는 우리 활동가들이 너무 아프고 힘들지만, 아프고 힘들다는 얘기를 못 하잖아요. 저도 팔레스타인 현장활동 과정에서 건강이 손상됐다는 이야기를 하기까지 10년 정도가 걸렸어요. 팔레스타인평화연대에서는 '내가 팔레스타인에 가는 것은 나의 의지로 가는 것이고, 현장활동중에 몸이 다치거나 질병에 걸리거나 사망에 이르렀을 때 그 책임은 나의 조직에 물을 수 없다'는 내용의 서약서를 써요. 그걸 단체에도 주고, 제 주변 사람에게도 주고. 그렇게 하는 이유는 실제로 현장활동중에 죽거나 아프거나 다치는 일이 발생하는데, 그랬을 때 나의 의지로 활동한 것임에도 불구하고 정권이나 보수 언론 등에서 해당 조직이 개인을 희생양 삼아 운동을 한 것처럼 공격하는 경우들이 있어요. 그럴 때 그 서약서를 일종의 증거 자료로 활용하려고 쓰는 거거든요.

그래서 저도 활동 과정에서 건강이 손상됐다고 이야기하는 게 이 운동을 공격하는 빌미가 될까봐 말을 못 했던 세월이 있었어요. 꼭 저 같은 케이스가 아니더라도 활동가들이 여러 가지 이유로 아프죠. 국가폭력의 현장에서 연대하는 활동가들, 나보다 더 힘든 상황에 있는 당사자들이 있는데…… 내가 아프다는 말을 할 때 누군가가 상처를 입거나 더 힘들지는 않을까. 많은 활동가들이 아프지만 아프다고 말도 못 하고, 아프다는 말을 못 하니 활동가들의 건강 문제가 수면 위로 오르지 못하고, 문제가 수면 위로 오르지 못하니 해결되지 못하고. 악순환이죠.

제가 '박종필추모사업회'라는 단체의 집행위원장이기도 한데요. 박종필이라는 활동가도 굉장히 무리하며 활동하다가 간암 진단을 받고 사망했는데, 이 죽음을 어떤 방식으로 기릴 것인가에 대한 고민이 있었어요. '어떤 사람이 굉장히 열심히 활동했다, 그 사람을 기억하자'라는 의미를 넘어서서 박종필처럼 활동하다가 일찍 세상을 떠나는 활동가들, 혹은 저처럼 활동하다가 건강이 손상됐지만 어떤 사회적 안전망에도 접근할 수 없었던 활동가들의 삶을 드러내보자는 취지로 2019년에 사회운동활동가건강권 포럼을 진행하기도 했어요.

제가 뒤늦게 충격을 받았던 것은…… 그렇게 열심히 살았는데, 누가 그렇게 살라고 해서가 아니라 내가 원해서, 나의 의지대로, 나의 신념대로 굉장히 열심히 투쟁하며 살았다고 생각했는데, 청년세대가 '전업 활동가들의 삶이 존경스럽기는 하지만 난 절대로 저렇게 살진 않겠어'라고 이야기하는 것을 들었어요. 열심히 살았지만 이렇게 산 결과가 신진 활동가들의 사회운동 진입을 막는 걸림돌이 되고 있다는 것을 깨달았을 때의 슬픔, 미안함, 허탈함.

우리의 운동에는 늘 헌신, 희생, 이런 것들이 암묵적으로 깔려 있고 누구에게 강요당해서가 아니라 스스로 그렇게, 그냥 열심히 활동하는 거죠. 그냥 치열하게 활동하는 거예요. 그러다보면 자연스럽게 건강이 손상되는 것 같아요. 자신을 돌보지 않고 그저 그 현장의 문제를 해결하는 것에 매진하는데, 저도 그렇게 살아왔고, 정말 많은 활동가들이 그렇게 살아왔고, 살고 있어요. 자기 몸을 잘 돌보는 것이 이기적이거나 열심히 투쟁하지 않는 것은 아니잖아요. 장기적인 운동을 위해서는 돌봄과 쉼도 필요한 거예요. 또 활동가들이 서로에게 휴식을 권해야 하고, 자기돌봄을 잘하는 활동가가 정말 존경스러운 활동가라고 여기는 문화도 자리잡아야겠죠. 그래야 활동가들의 질병권도 보장될 수 있을 테고요.

주말에 집회나 회의나 각종 투쟁 현장에 다녀왔으면 월요일에는 대체 휴무를 하는 규정을 만들고, 사생활도 있어야 하고, 건강도 살펴야 하고, 쉼도 있어야 한다. 이런 이야기를 하는 활동가들을 보며 저는 희망을 느끼거든요. 그래야 길게 운동하고, 망가지지 않을 수 있고, 스스로가 더 행복할 수 있으니까요. 활동가들이 행복하게 투쟁하고 건강하게 지내는 모습을 본다면 또다른 누군가가 '나도 저 사람처럼 사회운동단체에서 운동하면서 살고 싶다' 이렇게 생각하지 않을까요.

조한진희_ 여성, 평화, 장애 관련 운동을 넘나드는 활동가. 현재 '다른몸들'에서 활동하고 있다. 지은 책으로 『아파도 미안하지 않습니다』가 있고, 참여한 책으로 『포스트 코로나 사회』 『비거닝』이 있다.

나와보니까
대한민국이 업소 같아요

성매매 경험 당사자
봄날의 몸

내가 다니던 고등학교는 기차역 앞에 있었고 친구들과 주로 고속터미널 쪽으로 나가서 놀았다. 기차역에서 터미널까지 20분은 걸어야 했다. 웃고 떠들고 중간에 문구점을 들르거나 간식을 먹으면서 단숨에 그 길을 지나가곤 했다. 그러던 어느 날, 친구가 "너 와플가게 옆쪽 골목 들어가본 적 있어?"라고 물었다. 우리는 그날 저녁, 그 골목 부근으로 갔다. 바닥에 화살표가 있었고, 몸을 바짝 기울여 본 골목 틈에서 빨간 불빛이 새어나왔다. "저기가 거기야." 우린 황급히 등을 돌렸다.

대학생이 되어서는 빵집 아르바이트를 했다. 마감 담당이어서 늘 자정이 넘어 마감을 했고, 유통기한이 다 되어가는 빵 한 봉지를 받아들고는 지하철 한 정거장쯤 걸어가다보면 금방이라도 허물어질 것 같은 건물을 지나가야 했다. 그곳에는 진분홍색 간판이 달린 작은 가게들이 있었다. '장미' '물망초' '백합' 같은 이름들. 아, 저기가 '거기'구나, 라고 생각했다. 그곳이 '방석집'이라고 불리는 성매매 업소라는 사실을 안 건 나중이었다.

직장을 다니면서는 오며 가며 만나는 사람들로부터 '거기'에 관한 후일담을 들었다. 회식을 마치고 부장이 귓속말로 '거기'를 가자고 했는데 거절했다는 이야기를 하는 친구도 있었다. '시가 흐르는 문학의 밤'이라는 기자들의 익명 단체채팅방에서는 성매매 후기가 활발하게 공유되었고, 그곳에서는 '거기'를 둘러싼 여러 은어가 난무했다고 한다. 후일담으로만 전해 듣는 '거기'에 대해 나는 여전히 무지하다고만 생각했다. 그런데 정말 나는 모르는 것

일까?

　나의 삶 굽이굽이마다 성매매 현장이 존재했다. 지금 사는 곳에서 조금 비켜난 곳에는 여전히 '유리방'이 영업중이고, 그곳을 지날 때마다 동행인들과 나는 발걸음을 바삐 놀려 빠져나간다. 인간이 인간으로서 존재하는 것이 아니라 팔리기 위해 전시되는 현장을 그 누가 빤히, 똑똑히 바라볼 수 있을까. 나는 어떤 존엄함을 지키기 위해 필사적인 외면을 택했다. 차라리 보지 않고 듣지 않는다면 그 세계는 나의 반경 안에서는 존재하지 않을 수 있으니까.

　봄날은 그 미지, 혹은 무지의 세계를 경험한 당사자다. 20년 세월 끝에서야 그 세계로부터 탈출할 수 있었다. 이야기하는 내내 봄날은 소리 없이 눈물을 흘렸다. 그 눈물은 세상에 대한 원망 같기도 했고, 어떤 환멸 같기도 했다. 여성을 돈으로 사고팔면서도 돌아서자마자 바로 그 손으로 여성을 손가락질하는 인간 군상에 대한 환멸.

　우리는 이제 봄날의 이야기를 외면할 수 없다. 그렇다면 무엇을 할 수 있을까. 그들의 손을 무작정 잡아끌고 나올 수도 없고, 뿌리 깊은 거악을 일시에 다 소거해버릴 수도 없는데 말이다. 봄날이 말하는 해답은 이런 것이다. 여성에게 던지던 질문을 구매자와 알선자들에게 던지는 것. 그리고 여성을 사고파는 대상으로 바라보는 이 세상과 우리의 처지를 성매매 업소에 빗대어 보는 것. 그 모습은 거울에 비친 듯 닮아 있다.

글은 2013년부터 썼어요. 목적이 있어서는 아니고 이 감정을 어디에라도 풀어내려고. 그런 곳이 마땅히 없잖아요. 구매자, 알선업자, 업소들에 대한 분노와 억울함, 이런 것들을 어디에든 풀어야지 정상적인 삶을 살 수 있을 것 같은 거예요.

첫 글은 비 오는 날에 대한 것이었어요. 비가 추적추적 오는 날에는 업소에 찌들어 있던 술냄새, 담배냄새가 유난히 많이 퍼져요. 룸에서는 아무리 청소를 깨끗하게 해도 계속 퀴퀴한 냄새가 나니까 향수를 많이 뿌리거든요. 저도 향수를 뿌리고 룸에 들어갔는데 그날따라 진상이 더 많은 거예요. '비 오는 날에는 또라이가 많이 다닌다'는 정설이 있어요. 그래서 '이런 진상들 그만 만나고 싶다, 비가 오면 출근 안 하고 따뜻한 아랫목에 배 깔고 엎드려 만화책이나 TV 보고, 영화 한 편 때리고, 배고프면 칼국수 한 그릇 먹고 낮잠 자고 싶다, 그게 소원이다' 이런 글을 짧게 써봤어요. 그럼 진상을 안 만나는 방법이 뭘까, 결국 업소를 그만두는 수밖에 없다는 것을 유추해나가는 과정이 시작된 글이기도 했죠.

업소에 처음 간 건…… 세상 물정 몰랐죠. 다닌 곳이라고는 공장밖에 없던 제가 업소라는 곳을 어떻게 알았겠어요. 공장에서 피 흘려가며 미싱일을 하면 월급으로 15만 원을 받는데, 저녁에 잠깐 남자들 앞에서 노래 한 곡 불러줬더니 9만 원을 주네? 열여덟 살이었던 제게 그 9만 원이 주는 메시지는 강렬했죠. 결국은 선택하게 되어 있었어요. 제 어깨 위에 부양해야 할 가족과 생계라는 짐이 있었기 때문에.

업소에 가면 그런 폭력에 노출될 거다, 그리고 지각비나 결근비를 떼고 선불금 이자를 떼고 말 안 들으면 팔아넘긴다, 이런 세세한 얘기는 해주지 않잖아요. 그냥 눈 한번 질끈 감으면 집도 사고 차도 사고 가게도 차릴 수 있다고 하지. 물론 다 거짓말이었죠. 그걸 깨닫기까지 20년이 걸린 거고요.

탈성매매 이후에도 저는 '업소에서 잘나갔던 여성' 또는 '업주에게 사랑받았던 여성'이라는 정체성으로 살았어요. 내세울 게 없잖아요. 업소에서 20년 일하는 동안 어떤 구매자까지 만나봤다, 이런 진상까지 처리해봤다, 이런 것들이 제 이력인 건데. 여성인권센터에서 저를 위해 최선을 다해주는 사람들도 만나고 자조自助 모임도 나가면서 제 경험을 서서히 말하기 시작하다가 이 생각의 틀을 깨는 사건이 하나 생겼죠. 성매매 종사 여성이 구매자에게 목 졸려 살해당하는 사건이 있었어요. 추모식에 다녀오면서 문득 깨닫게 된 거죠. 나는 피해자였구나. 20년 동안 쌓여 있던 온갖 분노, 억울함, 이런 감정들이 한꺼번에 폭발하면서 '업주를 만나면 내가 귀싸대기라도 때려야지' 하는 생각까지 했어요. 그때 어떤 틀이 깨진 것 같아요. 자학했던 시간이 너무 아깝고, 되돌릴 수도 없는데 되돌리고 싶고. 또 한편으로는 이런 이야기를 꺼내놓는 나는 누구보다 용기 있는 사람이고 전사구나, 나는 이런 사람이었구나, 생각하게 됐죠.

저는 업소에선 상품이잖아요. 내 몸을 스스로 관리한다고는 하지만 업주와 마담들, 구매자들로 인해서 관리되는 사람이었죠. 항상 제 몸에 대한 지적이 많았어요. 살은 왜 그렇게 찌냐, 밥이 입으로 넘어가냐, 옷이 그것밖에 없냐, 오늘 화장은 왜 그러냐, 머리랑 손톱은 왜 그러냐, 속옷을 왜 위아래 세트로 안 입었냐…… 머리부터 발끝까지 내 맘대로 할 수 있는 게 없었어요. 사우나에 가서 때를 밀 때도 제가 밀면 혼나요. 없어 보이게 어디 때를 혼자 미냐는 거죠. 흠복을 지적받으면 '뒷방'이 되어버리니까 바로바로 사러 가야 하죠. 하이힐도 발이 뭉개지든지 말든지 더 높고 더 예쁜 걸로. 버스나 지하철을 이용하면 너무 심한 경멸을 받기 때문에 그것도 못 해요. 업소 격 떨어진다고 혼나기 때문에 꼭 모범택시를 타거나 콜택시를 불러야 하죠. 차를 사라고 부추겨서 빚지게 하고, 또 빚을 내서라도 성형하게 하고. 가슴이 빈약하다, 눈이 좀 그렇다 지적받으면 성형을 하는 거예요. 상품이니까. 사람들은 성매매 여성들이 사치에 미쳐서 업소에 다닌다고 생각하지만, 그건 업주와 구매자들이 만들어내는 인식이에요. 그런데도 모든 잘못은 여성들에게 있다고 말하는 게 아이러니한 거지.

업주들, 구매자들 다 똑같아요. 그들끼리 만나서 반상회라도 하는 건지, 던지는 멘트가 다 똑같아요. 아까 말한 '눈만 질끈 감으면 집도 사고 차도 산다' 그 얘기를 우리 뭉치(성매매 경험 당사자 네트워크)들은 다들 수십 번을 들었대요. 나는 나한테만 하는 말인 줄 알았지. '너밖에 없다' 이런 말도 그렇고요.

우리의 모든 분노는 구매자들로부터 시작되죠. 그 사람들은 피도 눈물도 없어요. 돈으로 오늘 하루 여성을 샀고, 내 스트레스를 풀려면 이 정도 값어치는 해야 한다고 생각하는 사람들이에요. 5만 원에 구매했다면 그 몇 배에 해당하는 서비스를 요구하고, "너만 지정할게"라는 말을 빌미로 말도 안 되는 서비스를 요구하기도 하고. 그러고도 돌아서서 우리를 욕하죠. 앞으로 성 구매를 안 하면 될 텐데 그다음날 업소는 왜 오는 건지, 그 심리가 궁금해요. 그런 성 구매 남성들은 직장에 가서도 여성 동료들을 성매매 여성과 똑같이 취급할 거라고 생각해요. 그 사람들에게 여성이란 성적 취향의 대상, 스트레스 해소용이니까요.

남성은 성적 욕구를 풀어야 한다는 낭설을 많이들 믿고 있잖아요. 그러니까 자기들 세상인 거예요. 유리창 바깥에서 '이거 저거' 손가락질하면서…… 무슨 동물원도 아니고, 빨간 조명 아래에서 여성이 짙은 화장을 하고 앉아 저 남성이 나를 빨리 구매해주기를 바라면서 아이컨택을 하죠. 그게 사람 사는 세상이 맞다고 생각하나요? 게다가 알선업자들은 벌이가 안 되면 여성들을 언제든지 팔아넘기죠. 오늘 같이 일했던 언니가 저녁에 숙소 가보면 없어요. 짐도 없어요. 어디로 갔는지도 몰라요. 그렇게 여성들을 거래하는 거예요. 그럼 그다음 차례가 내가 될까봐 가슴을 졸이면서 시키는 대로 해요. 그러다 구매자에게 맞으면 업주는 왜 맞을 짓을 하냐고 몰아붙이고, 교통사고를 당하면 재수없으니까 사고나 당했다고 하고. 저는 이 모든 것들이 폭력이라고 생각하지 못했어요. 성매매 여성이니까 당연하다고 받아들였죠. 생존할 수 있는 길이 업소밖에 없으니까. 업소를 벗어나면 죽는 줄 알았으니까요.

탈성매매 이후에 회귀본능이 일어나요. 다시 돌아가는 분들이 있어요. 업소와 단절하고 나왔는데 우리가 생각했던 세상과 달라도 너무 다른 거죠. 담뱃값도 걱정해야 하고, 교통비를 생각해야 하고, 휴대폰까지 끊기고. 그런 것들 하나하나가 저를 힘들게 했어요. 20년 동안 머물렀던 익숙한 그 환경이 자꾸 떠오르는 거예요. 다시 가고 싶은 거죠. 여긴 내가 있을 곳이 못 되는구나, 나는 결국 성매매 여성으로 살아가야 하는구나, 다시 업소로 돌아가 100만 원만 땡겨서 휴대폰 개통하고 술 한번 실컷 먹을까, 하는 생각이 드는 거예요.

그런 흔들림이 늘 있지만 저는 이렇게 생각해요. 되돌아가고 싶은 그 마음을 끊어내는 게 반성매매운동이구나. 숱하게 흔들리는 나를 볼 때마다 '정신 차려야지'라고만 할 게 아니라 '오늘은 마음이 힘들구나' 하면서 나의 마음을 알아줘야 하는 거죠. 돌아가면 어떻다는 걸 뻔히 알잖아요. 잠시 나를 알아주고 이해하는 시간을 보내면 다시 또 나아질 거라고 생각하기로 했죠. 곁에 있던 친구들 중에 누가 업소로 되돌아갔다는 이야기를 들으면 마음이 섭섭하고 아파요. 하지만 저는 알아요. 몇 번씩 탈성매매를 시도하고 왔다갔다하는 것도 그의 시간이잖아요. 그러다가 결국 "언니, 이제 쉼터 들어왔어요"라고 말하는 걸 들으면 울컥하고 안도감이 느껴져요.

지금까지 성매매 경험이 제 개인적인 일이라 치부하고 살았어요. 내가 업소를 간 거고 내가 돈을 쓰려고 선불금을 땡긴 거고, 그래서 내가 갚는 것도 맞고 업주들에게 이런 일을 당하는 것도 맞다고 생각하며 산 거죠. 당사자의 입으로 성매매 경험을 말한다는 것은 제 삶에서 굉장히 큰 의미가 있어요. 내 삶에 대한 애착이 생겼고, 또 이게 나만의 일은 아니라는 것을 전달하고자 하는 마음이 강해졌어요. 어느 누구도 안전할 수 없다는 이야기를 하는 거거든요. 이런 얘기를 대표자로서 하는 게 아니에요. 나의 경험 속에 다른 여성들이 경험할 수 있는 성차별과 폭력들이 존재하는데 '나만 겪은 거냐, 너희도 겪었다'라는 이야기를 하는 거죠. 그런 폭력이 진화한 게 성매매인데 누구에게 질문을 던져야 할까요? 다들 여성들에게 질문하잖아요. 왜 성매매를 했냐고. 그 질문을 구매자, 알선업자들에게 해보자는 거예요. 너는 왜 성매매 업소를 차렸니? 왜 성 구매를 했니? 이런 이야기는 안 하잖아요.

저는 죽을 때까지 성매매 경험에 대해 이야기하고 다닐 거예요. 저도 같은 하늘 아래 숨쉬고 있는, 별반 다르지 않은 이 사회의 구성원이에요. 내 경험은 신파극도 모험담도 아니라고 냉정하게 말하곤 해요. 내 경험은 이 사회의 구조를 바꿔야 하고 지금 일어나는 폭력을 멈춰야 하는 이유 중 하나예요. 저 같은 사람이 말한다고 해서 모두 들어주는 건 아니겠지만, 그런 금기를 자꾸 깨고 있는 거죠. 영원한 건 없어요. 곧 부서질 거라 생각해요.

제 몸에는 폭력의 잔해가 너무나 많이 남아 있어요. 지금 제일 노력하는 것 중 하나는 이왕 먹는 거 더 맛있고 몸에 좋은 걸로 찾아 먹는 것. 코르셋이 아니라 내 몸이 편하다고 느끼는 속옷이랑 옷 입는 것.

남이 외모 지적하는 것에 대해서 문제 제기도 하고요. 나와보니까 대한민국이 업소 같아요. 여성들을 향한 지적이 너무 많아요. 밥 먹다가도 숟가락 빼앗기는 업소가 아닌데도요.

봄날_ 열여덟 살에 성매매 업소에 유입되어 빠져나오기까지 20여 년의 경험을 담은 책 『길 하나 건너면 벼랑 끝』을 썼다. 성매매 경험 당사자들과 함께 반성매매운동을 열성적으로 하고 있다.

왜 여성은 죽어서도
평가당해야 하나요

세월호 참사 희생자 박성호군의 누나
박보나의 몸

아주 사소한 변화로도 해방감을 맛보는 것이 여성의 삶 아닐까. 코로나19로 마스크를 내내 착용하는 상황이 시작되었을 때, 마스크의 코가 닿는 부분에 늘 황토색 파운데이션이 덕지덕지 묻어났다. 그때부터 선크림만 바르기 시작했다. 얼굴에 덧바르는 것 하나를 줄였을 뿐인데 해방감을 느꼈다. 다신 이전으로 돌아갈 수 없을 만큼.

선크림만 바르고 집을 나서던 순간, 박보나가 들려준 이야기가 떠올랐다. 산티아고 순례길에서 있었던 일이다. 꽉 조이는 속옷을 입고 순례길을 걷다가 참지 못하고 브래지어를 벗어버렸다는 것이다. 고통을 느끼면서도 속옷을 벗지 못하게 여성을 옭아매는 사회적 족쇄들이 있다. 이 족쇄의 정체는 무엇일까. 그 족쇄는 너무 사소하고도 오래되어 누구도 쉽게 벗어던질 생각을 하지 못한다. 그러다 참지 못하게 되어, 이전으로 돌아갈 수 없게 되어 그것을 벗어던진 순간의 해방감이란. 박보나는 그 순간 '살 것 같다'고 생각했다.

박보나와 '노브라'에 대한 이야기를 나눈 것은 <말하는 몸>의 여정에서 중요한 의미를 가진다. 박보나가 '세월호 참사 희생자 박성호군의 누나'라는 정체성으로 초대되었기 때문이다. 처음 출연 요청을 했을 때부터 우리의 대화는 고정된 정체성으로부터 차츰 벗어나기 위한 시도가 되었다. 매 순간을 '세월호 유가족'의 정체성으로 살아갈 수도 없고, 또 세상이 멋대로 기대하는 '유가족다움'을 억지로 꾸며낼 필요도 없다. 다만 그런 이름표 사이를 오가며 '나는 누구인가' 그리고 '나는 무엇을 해야 하나'를 질문하면서 오늘의 박보나를 만들어갈 뿐이다. 세월호 유가족, '노브라'의 해방감, 촛불집회를 하며 여성으로서 느낀 양가감정, 페미니즘에 대한 관심. 모두 오늘의 박보나를 이루는 것들이다.

잠깐의 해방감이 우리 발목을 잡는 족쇄를 모두 풀어줄 수는 없다. 박보나는 인턴십을 시작하며 노브라를 시도하기 어려워졌다고 말한다. 그의 어깨에 지워진 유가족으로서의 짐은 또 얼마나 무거운가. 여느 경치 좋은 곳에서 휴식을 취하는 순간에도 박보나는 박성호의 누나로서 죄책감을 느낀다. 그런 그가 사건 전에 자신은 어떤 사람이었는지, 뭘 좋아하고 어떤 꿈을 가졌는지 다시 생각해내기까지 오랜 시간이 필요했다.

나는 자유로운 복장으로 커다란 짐을 짊어진 채 순례길을 걷는 박보나를 상상한다. 그는 시간을 거슬러 세월호를 끝까지 기억하고 기록하는 여정을 떠난다. 무겁고도 슬픈 짐이 어깨에 가득 실려 있다. 그러나 그 길 사이엔 잠깐의 휴식도, 해방감의 순간도 있다. 순례와 해방, 그 사이를 오가는 것이 그의 삶이다. 박보나는 그 간극에 대해 물어줘서 고맙다고 말했다.

◗

제가 좀 약하게 태어났어요. 어릴 때 자주 아팠고, 겁도 많아서 강아지들 보고 도망가다가 넘어진 적이 많았거든요. 그래서 턱이나 이마가 깨지거나 여기저기 상처가 많이 났는데 그때마다 어른들이 "여자애 얼굴에 이렇게 상처가 나서 어떡해?" 이런 얘길 하셨어요. 다치면 아프기도 하지만 흉이 지잖아요. 아직도 흉이 좀 있긴 한데, 거울을 볼 때마다 거길 계속 봐요. 제가 아토피가 있어서 반팔 입는 것도 꺼렸고, 목욕탕 가는 것도 싫어했고요. 흉터가 많거나 깨끗하지 않은 몸에 대해서 많이 생각했었어요.

'페미니즘'이란 단어는 스무 살 때 알게 됐어요. 그땐 페미니스트가 되어야겠다고 생각하진 않았고, 2016년 이후부터 좀더 공부하기 시작했던 것 같아요. 광장에서 한창 촛불을 들고 있을 땐데, 갑자기 어떤 어른들이 박근혜 전 대통령을 비난하면서 "엄마 아빠가 없어서 그래" "여자라서 그래"라고 하는 이야기를 들었거든요. 같이 웃다가도 그 순간에는 웃을 수가 없었어요. 제 주위에 부모님이 이혼해서 한부모 가정인 친구도 많았고, 또 여자라서 그렇다고 하는데 나도 여자고. 촛불집회 현장에서 "저 여자 예쁘네"라는 이야기를 듣거나 성추행을 하려는 장면들을 목격하기도 했고요. 그래서 여성들이 따로 부스를 마련해 집회를 열기도 했죠.

공부를 하다보니까, 세월호 피해자들을 고립시킨 그 과정들이 이곳에서도 너무 똑같았어요. 세월호 이전 사건들의 피해자분들을 만난 적이 있어요. 정부의 가이드라인이 있다고 하더라고요. 그 가이드라인대로 세월호 참사 때도 똑같이 했대요. 진상규명해달라는 목소리들을 '시체팔이'라든가 '너무 많은 것을 요구하는 유가족'으로 만들어버리곤 했는데, 페미니즘도 마찬가지였죠. 피해자들의 목소리를 지워버리는 모습이 그때와 너무 똑같아서 화가 났어요.

　일상으로 돌아가려고 노력하면서부터는 '피해자답지 않게' 보이려
고 노력도 많이 했고, 유가족이라는 것을 누가 알아채지 못했으면 좋
겠다고 생각도 했어요. 그래서 유가족이 아닌 척 다닌 적도 많았어요.
그런데 여자가 아닌 척을 할 수는 없는 거잖아요. 저는 상담을 받으면
서 사건 이전의 나는 어땠는지, 나는 어떤 사람인지, 나다운 게 뭔지
찾으려고 노력을 많이 했거든요. 제가 잘 서 있어야 세월호 참사 희생
자 박성호의 누나 박보나로서도 잘살 수 있고 그 어떤 존재로도 잘살
수 있다는 생각이 들었는데, 그래서 그 '피해자다움'에서 벗어나보려
고 노력한 건데, 페미니즘 공부를 하다보니까 '여자답게' 행동하려고
노력했던 것들이 저에게 너무 많이 남아 있는 거예요.
　세월호 참사 이후 언론 인터뷰를 하면서 제 사진이 기사에 올라가
곤 했거든요. 그 기사 댓글 중에 제 외모를 평가하는 글도 봤어요. 저
에게 메시지로 남자친구 있냐, 연락처를 알려줄 수 있냐는 이야기를
하는 사람도 있었고, 힘들 때마다 얘기 들어주고 위로해주고 싶다는
사람도 있었어요. 동생을 잃고 얼마 지나지도 않았을 때인데 '이 사람
들이 나한테 왜 이러나, 제정신인가' 그런 생각이 들었죠. 한편으로는
몸도 마음도 힘든 지금 내 상태를 보고서도 예쁘다는 이야기를 한다
는 게 이상하다는 생각이 들면서도 기분이 안 좋지는 않다가, 또 기분
이 안 좋았거든요.
　남성 희생자인 제 동생 사진을 보고도 '잘생겼다'는 댓글이 있기는

했지만, 희생된 여학생들에게는 더한 댓글들이 달리는 거예요. 누가 희생자 사진을 어느 사이트에 올려두고서는 '예쁜데 죽어서 더 안타깝다'거나 음란한 비방글을 올리는 일들이 있었어요. 저희 희생자 형제자매들 말고도 어머님들이 인터뷰한 기사에도 외모 평가에 대한 댓글이 달리고. 장례식장에서 상복 입은 여성 유가족의 모습을 보고 '젖가슴이 어떻다' 이런 댓글도 있었어요. 왜 여성 피해자에게는 이런 평가를 하는 걸까, 왜 같은 피해자인데 여성 피해자들만 이런 시선으로 바라볼까, 생각했던 것 같아요. 왜 여성은 고통받는 순간에도, 살아 있을 때도, 죽어서도 그렇게 평가를 당하는 존재여야 하는가. 충격적이었죠.

산티아고 순례길을 걸었던 건 연대해주시던 한 청년의 제안이었어요. 저희가 세월호 참사를 알리기 위해 안산에서 광화문까지, 혹은 진도까지 도보 행진을 하는 경우가 많았으니까 걷기에 대한 걱정은 덜 했어요. 제가 다리가 되게 가는데요. 그 다리로도 잘 걷는다고 신기해하는 분들도 있었어요. 그 길에서는 걸으면서 다른 생각을 할 수가 없어요. 너무 힘들어서 그냥 '오늘 뭐 먹을까' '숙소에 가면 뭐 할까' 그런 생각들만 했죠.

걷고 또 걷다보면 경사가 높은 곳으로 올라가는 지점이 있는데 그 구간이 산티아고 코스 중에서 두번째로 힘든 길이었어요. 제가 스포츠 브라를 하고 올라갔는데, 너무 쪼이고 토할 거 같았어요. 그래서 화장실에 가서 스포츠 브라를 벗고 검은색 옷으로 갈아입고 다시 순

레길에 올랐는데, '아, 살 것 같다'라는 생각이 들었어요. 그래도 신경 쓰여서 모자로 가리긴 했지만 그때 해방감을 느꼈죠. 산티아고 순례 길에 다녀와서 유방에 작은 양성 종양이 생겼다는 걸 알게 됐거든요. 가슴이 아팠던 게 스트레스를 받아서일 수도 있겠지만, 속옷을 입고 있을 때 더 아팠던 거구나 싶더라고요.

또 순례길에서는 화장하는 게 아무 의미가 없으니까 선크림만 바르고 다녔어요. 한국에서는 화장하는 게 익숙하기도 하고 화장 안 한 제 모습이 이상하게 보일까봐 걱정하기도 했는데, 산티아고를 걸으면서는 이게 내 본모습이라고 생각했어요. 그래서 산티아고를 간 거였거든요. 나 자신을 찾고 싶었어요. 난 어떤 생각을 갖고 있고, 어떤 걸 좋아하고, 어떤 사람인지 알고 싶었어요. 그 길에서 노브라의 해방감, 선크림만 바르는 해방감을 맛보기도 했고요.

사실 세월호 활동 현장에서는 노브라로 활동하시는 분들도 많고 여성 인권에 관심 있는 분들이 많아서 그런 게 자연스러웠거든요. 그런데 제가 작년에 세월호 관련 현장 말고 처음으로 다른 곳에서 인턴을 했어요. 그곳에서는 노브라에 도전하기가 어려웠어요. 화장을 안 하는 것도 그렇고요. 제가 원래 몸이 안 좋기도 했지만, 사건 이후에 생리 기간이 아니어도 피가 나오는 상황이 많아졌거든요. 특히 세월호 참사와 관련된 날이나 동생 생일 등이 가까워지면 외면하려고 해도 몸이 알려주더라고요. 그리고 눈에 띄지 않고 싶기도 해서 어두운 색 옷을 많이 입었는데, 저를 보고 어떤 분이 '좀 꾸미고 다녔으면 좋겠다' '옷차림이 너무 어둡다, 무슨 상복이냐' 그런 말을 하시더라고요. 화가 나고 상처가 되는 말이기도 하지만 20대 여성들에게 사회가 기대하는 것들이 있구나 싶었죠. 저 말고 다른 30대 남성분들도 같이 일하는 곳이었는데, 그분들에게는 어떤 옷을 입든 그런 이야기를 하지 않았거든요. 저는 또 '내가 유가족이라 어둡게 옷을 입은 게 더 불편한가?' 이런 생각을 하기도 했어요. '내가 밝게 옷을 입지 못하는 여러 이유가 있는데……'라고 생각하면서 혼란스러워하다가 결국 그냥 하고 싶은 대로 했던 것 같아요.

4월이면 밝은 옷을 입거나 잘 꾸미고 다니는 것에서도 죄책감을 느낄 때가 있어요. 동생은 고통스러운 순간을 겪고 갔는데 저는 동생을 지켜주지도 못했고. 그 이후에도 그리고 아직도, 왜 동생이 그렇게 됐는지 알지 못하는데 일상으로 돌아가기도 힘들고. 일상으로 돌아가도 봤는데, 그 시간들 하나하나가 예전의 일상과는 너무 다른 거예요. 원래 내 일상에는 동생이 있었으니까, 아직도 그 빈자리가 매시간마다 느껴지는데. 저희는 희생자들의 형제자매이기 때문에 부모님을 지킨다거나 집안의 경제를 책임진다거나 하면서 집안이 무너지지 않게 더 열심히 살아야 한다는 생각도 하거든요. 20대면 한창 놀 나이인데 세월호 관련 활동을 하고 있으니 안쓰럽다고 하시는 분들도 있지만, 저 자신을 찾아야 주어진 역할을 잘해낼 수 있다는 생각에 그렇게 살려고 해요. 맛있는 것을 먹거나 여행을 가도 죄책감을 덜 느끼려고 노력하는 중이에요. 아직은 편하지 않지만.

"세월호 참사 이전의 보나씨는 어떤 사람이었어요?" 이런 질문을 받았는데, 이전의 저에 대한 기억이 많이 사라져서 그 질문에 답을 하기 어려워요. 성호 누나라는 이름이 늘 무겁고, 내가 어떤 잘못된 행동을 하면 내 동생까지 욕하지 않을까 하는 걱정도 있고요. 뭔가 솔직해지기도 쉽지 않아요. 그 무게가 너무 무거워서 그냥 너무 힘들다고 생각하기도 하면서, 성호 누나라고 이야기하는 게 좋기도 하고. 그러면서 누군가는 세월호 참사를, 제 동생을 더 기억해줄 수도 있다는 생각을 많이 해요.

박보나_ 1994년생. 세월호 참사로 동생을 잃은 후 잘사는 것과 잘 죽는 것에 대해 생각하고 있다.

나와볼 만하다,
다시 살아볼 만하다

화상 경험자
정인숙의 몸

비가 몹시 내리던 날, 서촌의 어느 서점에서 북토크 행사가 있었다. 세월호 5주기인 2019년, 세월호 참사 희생자 가족들의 육성 기록집 『그날이 우리의 창을 두드렸다』(창비)가 출간된 기념으로 열린 행사였다. 궂은 날씨에도 발 디딜 틈 없을 정도로 많은 사람들이 모였다. 대부분 끝까지 자리를 지켰다. 그럼에도 불구하고 북토크라는 것은 늘 끝이 어색하다. 예정된 순서가 모두 지난 뒤 독자와의 대화 시간이 시작됐는데 역시나, 적막이 흐르는 것이다.

"괜찮다면 제가 한마디해도 될까요."

이 목소리의 주인공은 화상 경험자 정인숙이었다. 그때 그가 했던 이야기는 대략 이런 내용이었다. '나는 과거 어떤 사고로 전신 화상을 입게 되었고, 그때 다섯 살 난 아들을 잃었다. 세월호 희생자 가족들에게 사실은 부러운 마음을 갖고 있다. 이렇게 비가 추적추적 많이 오는 날에도 세월호 참사를 기억하기 위해 이곳을 찾은 분들이 있고, 세월호라는 한 단어로 많은 것이 설명되고, 셀 수 없는 위로를 받을 수도 있지 않은가. 그러나 나의 사고는 무엇인가. 이 사고는 그 누구도 기억해주지 않는, 한 개인이 겪은 불의의 사고일 뿐이다. 나의 아픔은 누구에게 위로받아야 할까. 나는 어디에 호소해야 할까.'

그는 마지막에 이런 내용도 덧붙였다. '한때는 그런 생각과 오갈 데 없는 마음으로 힘들기도 했지만 오늘 많은 분들이 모인 이 자리에서 화상 경험자로서 겪은 일을 공유할 수 있어 다행이라 생각한다. 더불어 세월호를 기억하기 위해 모인 여러분의 마음씀씀이

에 나도 깊은 위로를 받았다.'

어떤 증언에 대해, 어떤 고백에 대해 나는 대체로 무책임한 관중이 된다. 마이크를 쥐고 함부로 두서없이 말할 수도 없지만, 무대 위에서 애써 이야기를 이끌어가던 이들이 기어이 머쓱한 웃음을 터뜨리고 마는 그 숙연한 분위기에는 관중으로서 책임감을 느끼지 않을 수가 없다. 정인숙은 단단하고도 맑은 목소리로 그 잠깐의 침묵을 깨뜨려버린 장본인이었다.

그의 이야기는 화상 경험자 인터뷰집 『나를 보라, 있는 그대로』(온다프레스)에 기록되어 있지만 그의 육성을 있는 그대로 기록하는 것 또한 의미 있는 일일 것이다. 그 목소리에는 많은 것을 뚫고 나아가는 힘이 있기 때문이다.

햇빛을 피하지 않고 밖으로 나가는 힘. 꽁꽁 가린 몸에 쏟아지는 따가운 시선을 등지고 걸어나가는 힘. 화상 경험자들에게 그래도 살아보자고 권유하는 힘. 그간의 고통에 대하여 시간과의 싸움이었노라 고요히 이야기할 수 있는 힘. 침묵을 깨는 힘. 우리의 시선이 허공에서 방황하지 않도록 '나를 보라, 있는 그대로'라며 정면으로 붙잡아두는 힘. 그런 힘이 담긴 정인숙의 목소리를 상상하며 읽어주시기를.

❜

저는 전신의 86퍼센트에 화상을 입었어요. 처음 이렇게 화상을 입고 나서 누워 지내는 시간이 길었거든요. 상처가 회복되면 침대에 걸터앉는 것부터 시작을 해요. 걸터앉은 다음에는 일어서고, 그다음에는 한 걸음 한 걸음 발을 내딛는 걸 시켜요. 그때 많이 느꼈어요. 아, 나는 다시 태어난 거구나.

시간이 지나면 모든 기능이 제자리로 돌아올 줄 알았어요. 다치기 전 모습 그대로. 그런데 화상을 입으면 '구축현상'이라는 게 와요. 피부도 오므라들고, 손도 굳어버리고, 겨드랑이나 발가락도 붙어버리거든요. 땀구멍이 없어져서 땀 배출을 못 하기 때문에 여름에는 많이 힘들어요. 이렇게 사고가 나기 전에는 당연했던 걷기, 보기, 손으로 할 수 있는 모든 것들을 못 하게 됐을 때 충격이 엄청 컸죠. 그걸 받아들이기까지 시간이 오래 걸렸어요.

2007년 7월 20일이었어요. 사고가 나서 응급실에 실려갔는데 의료진들 목소리가 들렸어요. 그러고 나서는 기억이 없거든요. 나중에 눈을 뜨고 물어보니까 3일 만에 깨어났다고 하더라고요. 86퍼센트 화상이면 중증이었죠. 그게 죽을 확률이 86퍼센트인 거래요. 바로 중환자실로 들어갔는데, 그곳에서의 힘듦은…… 이젠 시간이 많이 지나서 잊히긴 했는데 그 당시에는 '차라리 죽는 게 나은 게 아닌가' '사고 때 죽고 없어졌으면 이런 고통을 경험하진 않았을 텐데'라고 생각했어요. 그 사고로 다섯 살이던 아들을 하늘나라로 보냈거든요. 처음엔 너무 힘들었죠. 그런데 시간이 지나고 나서는 잘됐다고 생각했어요. 화상치료를 하며 겪는 이런 아픔, 이런 고통을 겪지 않고 하나님

곁으로 갔다고 저는 생각했거든요.

매일매일 치료해야 해요. 너무 아파서…… 정말 너무 아파서 치료 들어가기 전에 진통제 주사 맞고, 치료하고 와서 또 진통제 주사를 맞아요. 그 진통제 주사가 독하니까 잠이 와요. 자버리면 그 아픔이 잊히거든요. 그런 생활을 6개월 이상 했어요. 저는 늘 말해요. 다른 고통도 경험하지 않으면 좋겠지만, 이 화상의 고통만은 정말 어느 누구도 경험하지 않았으면 좋겠어요. 그 고통은 이루 말할 수 없거든요.

'이 몸으로 살아갈 수 있을까?' 생각했어요. 뭐 하나도 할 수 있는 게 없는데. 그땐 발가락이 다 하늘로 솟아 있던 상태라서 걸을 수도 없었거든요. 이 몸으로 세상 밖에 나가면 다시 살아갈 수 있을까. 제가 퇴원하고는 친정에 가 있었어요. 방안에만 있고 어딜 나가지를 않았어요. 옷을 입으면 피부가 쓸리고 아파서 화장실도 좀처럼 못 갔죠. 언니가 우울증 약을 몇 달 치씩 받아오는데 그걸 한꺼번에 먹은 적도 있어요. 그런데 안 죽더라고요. 제가 종교가 있는데요. 그때 그런 생각을 하게 된 거예요. 하나님이 아직 나를 데려가려고 하지 않는구나. 어딘가 쓸데가 있어서 살려두시나보다. 내가 힘들고 괴롭다고 먼저 가면 남아 있는 우리 딸은 어떡하나. 딸이라도 잘 키워보자…… 그런 생각으로 독하게 마음먹고 살았죠. 독하게 살 때는 눈물도 다 말랐는데…… 이제는 딸이 좀 있으면 취업도 하고, 다 키웠다는 생각이 드나봐요. 그래서 이렇게 눈물도 나고 그러나봐요.

남들에게 제 모습이 보여지는 게 정말 싫고 두려웠죠. 그랬던 시간이 한 7년 정도. 그런데 우리는 정기적으로 병원에 가야 해요. 밖으로 전혀 안 나올 수는 없는 거죠. 그때는 햇빛을 보면 안 되기 때문에 온몸을 감싸기도 하지만, 여러 시선들이 따가워서 감추는 것도 있어요. 옷으로 다 가리고, 얼굴도 모자나 스카프로 가리고 정말 눈만 내놓고 다녔거든요. 병원 가는 날이 겨울이면 그렇게 좋았어요. 다들 두껍게 입고 다녀서 별 차이를 못 느끼니까. 그런데 여름은 싫었죠. 다른 사람들은 다 반팔 입고 다니는데 우리는 그때도 이렇게 감싸야 하니까.

처음 다쳤을 당시만 해도 쳐다보는 시선이 정말 많았어요. 저를 보고 혀를 차거나 귓속말로 쑥덕거리거나. 그냥 '저 사람이 다쳤나보구나' 생각하면 될 텐데. 그렇게 궁금하면 물어보면 될 텐데. 어쩌다 그렇게 다쳤냐, 고생 많았겠다…… 물어보면 될 텐데. 그럴 때면 고개를 돌려버린다거나 모자를 더 푹 눌러쓴다거나 했어요. 손도 다 가리고 다니고. 요즘은 다들 스마트폰을 보느라 다른 사람 모습에는 별 신경 안 쓰는 것 같아요. 그거 하나는 좋아졌어요.

그런데 저도 화상을 입고 나서 안 것이지만, 예전엔 거리에서 화상환자를 본 적이 없었던 것 같아요. 그만큼 화상 경험자들이 세상 밖으로 안 나왔던 거겠죠. 숨어 지내면서도 '나의 아픔을 알아달라' '있는 그대로 봐달라'라고 속으로 외쳤겠죠. 이제는 이런 생각도 해요. 있는 그대로 봐달라고 하는 동시에 우리가 세상 밖으로 더 나와야 하지 않을까.

병원에만 있으면 그렇게 편할 수가 없죠. 비슷한 처지에 있는 분들이 많잖아요. 병원에서 밥도 주지, 치료도 해주지, 그리고 제가 가만히 있기만 해도 저를 보면서 다른 분들이 위로받는 것 같은 느낌도 들거든요. 그런데 화상 비경험자들이 있는 세상, 그들의 시선이 나에게 꽂히는 세상으로는 나가기 싫죠.

결국 이 아픔을 이겨내는 사람은 그 누구도 아니고 자기 자신일 수밖에 없어요. 어느 누구도 도와주지 못해요. 가족이 옆에서 힘이 되어줄 수는 있지만, 이 아픔과 고통을 이겨내야 하는 사람은 당사자인 나 자신이에요. 그래서 병원에서 멘토활동을 하면서 '두려워하지 마시라'는 말을 제일 많이 해드리는 것 같아요.

막상 나와보니 우리가 두려워하는 것만큼 세상이 무섭지도 않고, 힘들지도 않고, 그렇게 걱정했던 사람들 시선도 그렇게 두렵지 않더라고요. 다치고 나서 좋은 분들을 참 많이 만났어요. 치료비를 감당할 수가 없어서 〈사랑의 리퀘스트〉라든가 라디오 등 후원받을 수 있는 곳이라면 다 나갔어요. 생판 모르는 분들이 병원비 보태라고 도와주시는 거잖아요. 그 감동은 어떻게 표현할 수가 없거든요. 그분들이 다 여유가 있어서 도와주시는 것은 아니라고 생각해요.

아, 우리가 생각하는 것만큼 세상이 그렇게 나쁘지만은 않구나. 그동안 받았던 도움을 떠올리며 생각해요.

나와볼 만하다. 다시 살아볼 만하다.

정인숙_ 가스 폭발 사고로 몸의 86퍼센트에 화상을 입었다. 스무 번이 넘는 수술을 견뎌냈다. 자신의 치료 경험담을 나누고 화상 경험자들의 이야기를 듣는 멘토로 활동하고 있다.

60킬로그램 환자를
들어올리는 일이거든요

간호사
최원영의 몸

임종을 지키는 일엔 긴 기다림이 필요하다. 할아버지와 작별하는 순간이 그랬다. 떨어질 기미 없는 심장박동 수치, 인공호흡기가 뿜는 산소에 무의미하게 들썩이는 마른 몸을 하염없이 지켜봐야 했다. 죽어가는 몸에도 역동적인 구석이 있어서 자꾸만 의료진을 호출할 일이 생겼다. 갑자기 심장박동이 빨라진다거나, 산소 수치가 떨어진다거나, 할아버지 목에서 컥컥거리는 소리가 날 때 가족들은 바쁘게 호출 버튼을 눌렀다.

"바이탈 수치가 아직은 괜찮으시거든요. 귓가에 너무 가까이 대고 울거나 소리지르면 환자분이 놀라세요."

임종이구나 싶어서 가족들이 울부짖는 일이 잦았는데, 그럴 때마다 간호사들은 담담하게 '아직은 아냐'라며 주의를 주었다. 슬픔과 회한, 두려움에 휩싸인 가족들 대신 환자 시점에서 필요한 것을 챙기는 일도 간호사들의 몫이었다. 소변줄을 갈거나 투입되는 산소 양을 조절하거나 마른 입가나 눈동자 위치 같은 것을 체크하거나.

마음만으로 닿을 수 없는 영역이 있다. 무력한 몸을 돕기 위해선 그 몸을 번쩍 들어올리는 다른 몸이 필요하고 그 몸을 휠체어에 잘 실을 수 있는 기술이 필요하다. 언제가 임종의 순간인지 수치를 읽을 수 있는 능력, 환자가 언제 고통을 느끼며 그것을 해결하려면 어떻게 해야 하는지에 대한 지식도 필요하다. 병원에서 환자들과 가장 많이 접촉하며 그런 전문성을 발휘하는 이들이 간호사들이다.

최원영은 간호사의 노동이 저평가되고 있는 현실에 문제의식을 갖고 '행동하는 간호사회'를 조직해 활동하고 있다. 코로나19 유행으로 인해 의료진들의 열악한 노동 실태와 안전 문제 등이 지적되었다. 그러나 이런 문제들은 전시 상황에서 조금 더 도드라져 보일 뿐 이전에 없었던 문제가 새로 생긴 것은 아니다. 우리가 생지옥이라 부르는 일들이 누군가에게 일상인 경우가 얼마나 많은가.

삶과 죽음이 손바닥 뒤집듯이 반복되는 공간에서 최원영은 하염없이 움직인다. 그 공간을 오가는 간호사들의 삶다운 삶을 위해. 나를 둘러싼 환경을 바꾸려는 노력과 함께 그는 내면의 변화에 대해서도 이야기해주었다. 자신의 큰 키에 대해, 그리고 페미니즘을 만난 후의 각성에 대해.

여성이라는 존재는 물론 여성이 하는 일까지 낮잡아 보는 의식이 켜켜이 쌓여 우리의 내면과 외면을 형성했다. "넌 덩치가 왜 그렇게 커?" 같은 말은 최원영이 자기 몸을 사랑하지 못하게 만들었고, "간호사는 주사나 놓는 사람이지" 같은 말은 부당한 노동 환경을 그저 참고 견디게 만들었다. 그런 현실 속에서 '행동하는 간호사'인 그가 울고만 있을 수 있겠는가. 내면에선 나름의 답을 찾고, 바깥에선 부지런히 피켓을 들고 시위한다. 안팎의 추동으로 병원도, 우리의 마음도 서서히 행동하는 무언가로 변할 것이다.

제가 한국에선 되게 큰 키인데요. 중3 때 173센티미터로 멈췄다고 생각했는데, 올해 건강검진에서 175센티미터가 나온 거예요. 오늘도 173이라 할까 175라 할까 고민을 많이 했어요. 그 2센티미터 때문에 더 거인 느낌을 주니까. 요즘은 '우월한 기럭지'라고 하면서 좋게 이야기하는 경우도 많고, 어린 친구들은 "언니, 키 커서 부러워요. 나도 언니처럼 크고 싶어요" 이런 이야기도 하지만, 제가 어릴 때만 해도 저는 너무 큰 케이스였거든요. 애들이 맨날 하는 얘기가 있었어요. "난 키가 더 컸으면 좋겠어. 그런데 원영이만큼은 아니고. 원영이만큼은 좀 그렇고." 나는 늘 '그렇게 되면 안 되는' 부정적인 케이스로 언급됐던 거예요. 노력으로 바꿀 수 없는 부분에 대해서 사람들이 그렇게 얘기하니까 스트레스를 많이 받았죠.

이미 큰 키로 여성성을 일부 소실했는데 거기에 살까지 보태면 정말 남자 같을 거란 이야기를 듣죠. 중3 때는 60킬로그램에 육박하는 제 체중을 보며 늘 뚱뚱하다고 생각했던 것 같아요. 제 키를 생각 안 하고. 그때 사진을 보니까 꽤나 날씬하더라고요. 키와 무관하게 어떤 절대적인 금기를 넘으면 안 된다는 생각을 했어요. 그런데 곰곰이 생각해보니까 키가 커서 살찌면 안 되는 건 아니란 생각이 들었어요. 키가 작은 친구는 이러더라고요. '난 살찌면 더 부해 보이고 뚱글뚱글 굴러간다는 얘길 듣는다. 너는 2~3킬로그램 찌더라도 전신에 골고루 퍼져서 티가 안 나지 않냐.' 또 보통 키인 사람에게 '넌 마음껏 살

쪄도 돼' 이러지도 않죠. 생각해보면 키가 크다고 살을 빼라는 건 핑계고 모든 여성은 다 살을 빼야 한다는 거예요.

원치 않게 제한되는 것도 많은데, 제가 엄청 고도비만은 아닌데도 여성복 매장에 가면 사이즈가 별로 없어요. 옷가게 가면 "고객님에게 맞는 사이즈는 이것밖에 없어요"라고 하거든요. 그 매장에 옵션이 백 가지 있으면 제가 입을 수 있는 건 한 세 가지인 거예요. 디자인도 선택할 수 있는 게 별로 없죠. 귀엽고 아기자기한 옷을 입거나 캐릭터가 그려져 있거나 화려한 패턴이 있는 걸 입으면 또 더 커 보이는 거예요. 정말 마른 체형이어야 모델들처럼 온갖 화려한 패턴이나 특이한 옷을 입을 수 있다는 생각 때문에 최대한 커 보이지 않도록 어둡고 눈에 띄지 않는 옷을 입는 것 같아요. 지금도 이렇게 까만 옷을 입고 왔네요.

제가 일하는 곳은 특수부서여서 허리가 고무줄로 된, 영화에서 흔히 보는 수술복 있잖아요. 엄청 헐렁헐렁한 걸 입어요. 그래서 옷차림에 크게 제약받는 건 없었던 것 같아요. 그런데 제가 나중에 일반 병동을 가게 되면 간호사 유니폼을 입어야 하거든요. 그게 허리 라인이 들어가 있어서 살이 좀 찌면 옷이 꽉 낀다는 고충을 많이 들었어요. 사실 1년에 10킬로그램 찔 수도 있잖아요. 그런데 그 유니폼을 1년에 한 번밖에 신청을 못 해요. 그러니 알아서 수선해야 해요.

'행동하는 간호사회'를 조직하게 된 건 간호사 인권과 노동에 대한 문제가 너무 많아서요. 개인적으로는 '여성의 노동'이라 불리는 돌봄

노동을 하는 집단이기 때문이라 생각해요. 사실 간호사가 하는 일 중에서 전문성이 필요한 부분이 많거든요. 그런데 인정받지 못하고, 오히려 부정되고 있고, 유니폼을 입은 섹시한 젊은 여성이라는 이미지로 소비되고 있어요. 왜 간호사가 젊은 여성밖에 없냐고요? 평균 근속 연수가 5년 정도거든요. '응급사직'이라는 말이 나올 정도로 사직도 많고요. 제가 일하는 곳에서도 이번주에 두 명이 그만둬요. 간호사의 일이 저평가되고 '여성들도 하는 일인데' 하는 식으로 대수롭지 않게 여겨지니 그에 상응하는 보상도 해줄 필요가 없다고 느끼는 거죠. 전문적이고 중요한 일이라고 생각한다면 이 일이 잘못되면 안 되기 때문에 더 많은 자원과 인력을 투입할 텐데 그렇지 못한 거죠. 저는 간호사의 활동이 제대로 되려면 결국 페미니즘이 함께 가야 한다고 생각하거든요. 간호사뿐만 아니라 여성이 많은 직종이 대개 그래요. 그들이 하는 일이 그 중요성에 비해 저평가됐기 때문에 환경이 열악하거든요.

여성이 하는 일이 저평가된다는 것은, 예를 들어 공장에서 50킬로그램짜리 벽돌을 드는 일을 생각하면 힘들다고 얘기하겠죠. 남자들이 무거운 것을 들고 육체적으로 힘든 일을 한다고 생각하죠. 그런데 돌봄노동자, 특히 간호사는 성인 체중으로 60킬로그램, 70킬로그램 되는 환자, 심지어 100킬로그램에 육박하는 환자를 들어요. 게다가 벽돌 같은 무생물이 아니라 발로 차고 때리고 저항하는, 감염원을 가진 환자를 들어요. 벽돌은 감염되지 않았잖아요. 또 병원은 깨끗하지 않아요. 거동이 불편한 환자들이 누운 채로 대소변을 보고, 환자가 도관 같은 걸 당기거나 하면 갑자기 피바다가 될 수도 있고요. 불결한 것들을 깨끗하게 닦아서 치우고 무균으로 유지하면서 일해야 하는데, 간호사들의 노동을 현미경으로 보듯 구체적으로 들여다보지는 않는 것 같아요. 간호사가 하는 일이 60킬로그램 환자를 들어올리는 일이라고 떠올리지는 않잖아요.

재작년에 결핵 검사를 받았어요. 결핵 환자에게 노출이 돼서. 매독 검사도 받고 별별 검사를 다 받았어요. 혈행성 감염 환자에게 주사를 놓아야 하기 때문에 그런 위험에 노출되어 있어요. 그런데도 위험한 일이라고 평가받지 못하니까 보호도 충분히 이뤄지지 않는 거죠. 산업안전과 관련해서는 여러 규정이 있고, 예를 들어 일정 무게 이상은 기계로 옮겨야 한다는 등의 가이드라인이 있지만, 간호사들은 100킬로그램이 넘는 환자가 오더라도 몇 명 이상이 들어야 한다는 교육은 받지 않거든요. 환자와 접촉을 가장 많이 하는 직업군이기도 한데 환자가 때리거나 할 때 누가 막아줄 수도 없고. 정신건강의학과에서 환자의 칼에 찔려 돌아가신 의사 선생님도 있는데, 간호사들도 마찬가지거든요. 어제만 해도 환자가 발로 차는 것을 막기도 했어요. 다들 힘들게 일하고 있죠.

노동 시간도 길어질 수밖에 없는 게, 별것 아닌 일을 한다고 생각하니까 인력이 많이 투입되지 않는 거잖아요. 그 별것 아닌 일을 들여다보면 열 가지, 백 가지니까. 그걸 그냥 하지 말자, 해서 될 일이 아니거든요. 물건을 만드는 일이면 불량품이 나오더라도 손해봤다 하고 퇴근할 수도 있지만, 간호사들이 하는 일은 환자와 관련된 일인 거잖아요. 해야 할 일을 하지 않았을 때 환자가 잘못되면 아무도 책임져주지 않고, 간호사가 책임져야 하고. 그래서 간호사들은 야근을 감당할 수밖에 없고, "굳이 해야 해? 누가 하래?" 같은 이야기를 듣는 일까지도 할 수밖에 없는 거죠. 또 실수하거나 환자가 잘못되는 게 두렵기 때문에 정해진 출근 시간보다 일찍 와요. 우리가 맡은 일을 '에라, 모르겠다' 하고 버리고 갈 수가 없어요. 물건을 만드는 게 아니라 사람을 대하는 일이거든요.

저는 대학교 때 처음으로 페미니즘을 접했어요. 일종의 해방감을 느꼈던 것 같아요. 그전에는 날씬하지 않은 사람들을 향한 시선에 스트레스를 받으면서도 그 관점을 수용하고 있었어요. 페미니즘을 공부하면서 여성의 몸을 통제하려 하고, 여성이 공간을 많이 차지하는 것을 죄악시하고, 또 획일화된 미를 기준으로 여성을 보려는 세상에 대해 알게 됐죠. 지금도 여전히 페미니즘은 제게 흥미롭고, 매 순간 새로운 걸 알게 될 때마다 신선하고, 뭐라 표현할 수 없지만 제가 가장 좋아하는 운동이에요. 너무 신선하잖아요. 발상이 전복적이고 기존 질서를 완전히 뒤집는 것들이 많으니까. 저는 새롭고 신기한 것을 보고 낯선 경험을 하는 것을 좋아하는데, 페미니즘은 여행만큼이나 새로운 것을 끊임없이 알게 해줘서 그게 즐겁거든요.

그런데 이런 이야기를 하고 싶어요. 저도 초반에는 다이어트를 강요하는 세상이 나쁜 것이다, 나도 내 몸을 긍정해야겠다고 생각했어요. 페미니즘을 논하는 커뮤니티 안에서는 아무도 나에게 살 빼라는 말을 하지 않죠. 그런데 그 울타리를 조금만 나가면 다이어트 광고가 넘쳐나는 세상이잖아요. 저 여자 옆구리 살 삐져나온 거 봐, 저 여자는 덩치가 저렇게 크다…… 그러면 살을 빼고 싶어지는 거예요. 당시에는 살을 빼고 싶다는 이야기를 하는 게 이 부끄러운 다이어트 행렬에 줄을 서는 것 같은 느낌이었어요. 나와 친밀한 관계를 맺으면서 페미니즘에 대해 즐겁게 이야기한 사람들에게 몰래 나쁜 짓을 저지르는 느낌. 그래서 드러내놓고 "나 다이어트중이야" 이런 얘길 못 했죠. 잘못된 세상을 긍정하고 강화하는 데 일조하는 것 같아서 이러지도 저러지도 못하는 모순된 상황에 처한 거예요. 고립된 섬에 있는 것처럼 어느 것에도 즐거울 수 없는 거예요. 먹는 것을 즐길 수도 없고, 그렇다고 다이어트를 제대로 하는 것도 아니고. 살찐 몸에 대해 긍정하는 이야기를 하면서 다 같이 고개를 끄덕이지만 '정말 저 사람들도 그렇게 생각할까?' 하는 의구심도 생기고.

그러면서 생각했죠. 엄청나게 큰 이 세상의 규범에서 자유로울 수 있는 사람은 아무도 없구나. 살을 빼고 싶은 마음과 살을 빼는 것을 죄악시하는 마음 사이에서 그동안 내적으로 많이 방황했거든요. 우리는 다양한 몸에 대해서 마치 눈동자 색이나 머리카락 색을 보듯 아무렇지 않게 바라보는 세상에서 살고 있지 않잖아요. 이 거친 세상에서 조롱과 비난과 멸시의 눈빛을 무소의 뿔처럼 뚫고 가라, 그건 너무 가혹한 것 같아요. 정중하게 말해주는 사람이라면 통계자료라도 보여주면서 말로 싸울 수 있지만 갑자기 "저 아줌마는 왜 이렇게 커요?" 하는 말처럼 훅 찌르고 들어오는 경우에는 속수무책으로 당할 수밖에 없잖아요. 그런 상처에서 자유로울 수 없다면 자기를 위해 다이어트를 할 수 있다고 생각해요. 결국 어떤 몸이든 그 몸을 갖고 거리를 활보하거나 세상을 살아갈 때 그 사람이 편안하고 행복해야 한다고 생각하거든요. 중요한 건 여성에게 선택권이 주어져야 한다는 거죠. 사람들의 눈을 신경쓰지 않고 맘껏 먹고 맘껏 살찌우는 선택을 할 수도 있고, 외모 품평에 대해 비판적인 시각을 가지면서도 외모를 가꿀 수도 있다고 생각해요. 어떤 형태의 외모이든 영혼이 평화롭고 행복할 수 있으면 좋겠어요. 어느 쪽이든 즐겁게 사는 세상을 바라는 거잖아요. 서로의 선택을 지지하고 같이 연대하고 싸울 수 있는 세상이 되면 좋겠습니다.

최원영_ 간호사. 현재 서울대병원 응급중환자실 재직중이다. '건강권 실현을 위한 행동하는 간호사회'에서 간호사들의 권익을 높이기 위한 활동을 하고 있다.

누가 감히 운동을
가볍게 권할 수 있을까요

기자
정인선의 몸

내 인생 첫 헬스클럽은 집 앞 상가의 허름한 체육관이었다. 체육복 상의 지퍼를 턱밑까지 올려 입은, 얼굴이 시커멓고도 빨간 (흔히 말하는 '술톤') 헬스클럽 주인 겸 트레이너가 우리를 반겼다. 그곳은 손님들에게 체중을 언제까지 얼마큼 감량하고 싶은지 등을 섬세하게 묻지도 않았고 인바디를 재는 일도 없었다. 러닝머신 위를 걷는 내 옆으로 주인장이 다가와서 팔을 힘껏 치켜들며 걸으라고 말하는 게 전부였다. "파워워킹 모르니? 자, 따라해봐. 파워워킹!" 동생과 나는 그를 '관장님'이라 불렀다.

나의 운동, 그러니까 돈 주고 사서 하는 운동의 역사는 그렇게 허름한 동네 체육관 러닝머신 위에서 냅다 걷는 것으로 시작됐다. 땀이 푹 나게 걸어야 효과가 있다며 사이클을 타고 러닝머신을 하라는 등 유산소운동만을 과다하게 시키는 것이 관장님식 운동이었다. 나중에 전문 트레이너를 만나고서야 그 방식이 얼마나 주먹구구였는지 알게 됐다. 돈에 따라 환경, 수업의 질, 제공받는 지식의 정확도가 달라진다는 것도 깨달았다. 순박하게 몸을 열심히 움직이던 나의 운동에 박탈감이 끼어들기 시작했다. 돈을 더 많이 벌었다면 1:1 수업을 받았을 텐데. 새로운 운동에 맘껏 도전했을 텐데. 비싼 운동복도 사 입었을 텐데!

운동은 일상이고, 습관이고, 삶이다. 그러나 운동이 열망을 부추길 때도 있다. 정상궤도에 오른 삶처럼 보이고 싶은 마음. 몸을 꾸준히 가꾸고 관리하는 사람이 되고 싶은 마음. 정인선은 그 표본과도 같았다. 꾸준히 운동을 하고 탄탄한 몸을 갖고 있다. 녹음날에도 한강 수영장이 개장했다며 수영을 하고 오는 길이라고 했다. 그런 그가 나누고자 했던 이야기는 바로 운동하는 자신에 대한 성찰이었다. 현대사회가 요구하는 '건강하게 자기관리를 하는 사람'이라는 기준에 부합하는 사람으로서 야기할 수 있는 박탈감에 대해 고민해본 것이다. 늘 그 기준에 부합하지 못하는 자로서, 박탈당한 자의 심보를 갖고 있던 내겐 정인선의 고민은 의외의 것이었다.

게으른 박선영에게도, 부지런한 정인선에게도, 그 누구에게도 운동은 필요하다. 운동을 함으로써 신체를 내 의지대로 움직이는 자유를 만끽할 수 있고, 정신적인 피폐함을 견뎌낼 수도 있다. 운동하는 순간에 느끼는 기분, 그런 살아 있음의 감각을 누구나 느껴야 하지 않을까. 정인선은 운동을 평등하게 누릴 수 없는 사회를 바라보며 그건 사회가 해결해야 할 문제라고 말한다. 그리고 그 주장을 널리 알리는 것이 정인선의 '운동'이다. 오르막을 힘겹게 오르며 운동이라는 행위에 깃든 불평등을 슬퍼하고, 내리막을 신나게 달리며 이 즐거움을 평등하게 나누는 세상을 상상한다. 그렇게 정인선은 오늘도 기울어진 운동장을 달린다.

❛

제 몸은 '운동하는 몸'이죠. 항상 운동을 즐겨하고, SNS나 여러 통로로 내가 지금 운동하고 있다는 것을 사람들에게 알리는 편이고요.

한 10년 전부터 수영을 계속하고 있어요. 새벽 다섯시 반에 일어나서 수영하고 출근하거든요. 또 최근에는 달리기를 시작해서 주말마다 하고 있고, 요가도 하고 있습니다. 제가 서른이 되면 철인 3종 경기를 해보겠다고 친구들한테 이야기하고 다녔어요. 그래서 달리기를 시작한 거죠. 그 외에 암벽 등반, 사이클, 농구도 했어요. 그래도 제일 좋아하는 운동은 가장 오래한 수영이에요. 수영할 때는 휴대폰을 볼 수가 없잖아요. 그 단절의 감각이 좋아요. 그리고 물속에서의 규칙적인 호흡이 주는 안정감이 있어요. 다른 구기종목들과 달리 장비나 팀과 상관없이 내 몸만 잘 통제하면 원하는 곳까지 갈 수 있다는 사실도 굉장히 안정감을 주고요.

그런데 이렇게 꾸준히 운동하는 것이 온전히 나 스스로의 선택이었나, 돌이켜보면 그렇지는 않았던 것 같아요. 저는 겉보기에 살집이 있는 체형은 아닌데, 일단 여성들의 평균치에 비해서 키가 큰 편이고 가족들이 굉장히 마른 체형이에요. 대학에 입학하고부터 조금씩 살이 찌기 시작했는데, 그때부터 가족들한테 '우리 집안에 살찐 사람이 없는데 너는 왜 혼자 이렇게 살이 쪘냐'는 이야기를 꾸준히 들으며 자랐던 것 같아요. 사실 뚱뚱하다는 소리를 들을 체형은 아니었거든요.

그런데 요즘도 그래요. 엄마랑 매일 눈뜨자마자 양치만 하고 바로 가는 곳이 수영장인데 옷을 벗을 때마다 "인선이 요새 살 좀 쪘네?" 아니면 "요새 살 좀 빠졌네?"라는 말을 인사처럼 들어요. 또 저희 엄마는 누가 봐도 말랐는데, 같이 수영하는 분들이 "인선이 엄마는 왜 그렇게 말랐어?" 하면 "어머, 아니에요~" 이런 식으로 말해요. 저는 그 장면을 보는 것도 너무 스트레스예요. 왜 한국 사회에서는 40킬로 그램이든 60킬로그램이든 다들 자신이 뚱뚱하다고 할까. 그게 너무 답답하고, 안쓰럽고, 듣기 싫고. 기분이 상할 때도 있지만 무던해지려고 노력하죠.

20대 초반에는 꼭 연애해야 할 것 같고, 그러기 위해서는 날씬한 몸을 포함해서 '외모 자본'을 갖고 있어야 한다고 여기잖아요. 아니면 옷을 예쁘게 입어야 한다거나. 안 그러면 '여대생 같지 않다'는 시선이 많이 따라오는데, 저는 집에서 외모를 평가하는 말을 너무 많이 들어서인지 그땐 몸매가 조금이라도 드러나는 옷을 입는 게 부끄럽게 느껴졌어요. 옅게라도 화장하면 '쟤는 날씬하지도, 예쁘지도 않은데 호박에 줄그었네?' 이런 식으로 생각할까봐 입고 싶은 스타일의 옷이 있어도 일부러 안 입게 되고. 그런 20대 초반을 보냈죠. 그러면서 운동으로 살을 빼야겠다고 마음먹고 식이요법도 병행하면서 살을 뺐어요.

그때의 운동은 즐겁지 않았던 것 같아요. 억지로 참고 하는 거니까. 그런데 시간이 지나다보니까 운동이 습관이 되어 있고, 어느 순간 여러 가지 운동을 즐겨하는 사람이 되어 있었어요. 남에게 잘 보이고 싶어서라기보다는 그냥 몸을 움직이는 게 좋아서 하고 있다는 생각으로. 한편으로는 '이걸 멈추면 다시 옛날 몸으로 돌아간다'는 걱정이 마음속에 남아 있어요. 강박의 강도가 예전보다 많이 줄어들기는 했지만 아예 사라졌다고 말하기에는 자신이 없어요.

수영을 꾸준히 간다고 말하지만, 솔직히 절반 정도 성공하는 것 같아요. 매일반에 한 달간 등록하면 월화수목금토 6일간 4주, 총 24일 정도 되잖아요. 그런데 저는 술을 좋아하기 때문에 평일에 저녁 약속 같은 변수도 굉장히 많고요. 아침에 못 일어나기도 하고, 또 생리하면 물에 들어가기 싫고. 저는 수영을 엄마랑 동생이랑 함께 다니는데, 그게 스트레스 요인이기도 했지만 엄마가 깨우면 수영하러 갈 확률이 더 올라가요. 동생이 가면 지기 싫은 마음에 또 일어나게 되고요. 달리기 같은 경우 비슷한 시기에 비슷한 수준에서 시작한 친구들이랑 같이하고 있는데, 공통의 목표를 정해서 '우리가 같이 성취했어' 같은 기분을 느끼는 게 도움이 많이 되더라고요. 서로의 신체를 긍정하는 데도 큰 힘이 되고요. 어릴 때부터 제 몸을 보고 저를 평가해왔던 가족과는 아무리 운동을 함께해도 갖기 어려운 관계인데, 비슷한 생각을 가진 친구들이 있으면 그런 점들이 좋아요. 소중해요.

중간 목표를 설정하는 것도 도움이 됐어요. 달리기도 '올해 안에 철인 3종 경기에 도전해봐야지' 하는 마음에서 시작했잖아요. 그런데 그건 너무 먼 목표처럼 느껴지니 그 사이사이의 목표가 필요해요. 5킬로미터 마라톤 처음 해보기. 그다음엔 10킬로미터 마라톤 해보기. 이렇게 스스로 목표를 설정하고 달성하려 애쓰면서 꾸준히 운동하는 것도 가능해졌던 것 같아요. 모든 운동이 그렇지만 달성하기 어려워 보이는 목표를 성취해냈을 때 계단식으로 실력이 늘더라고요. 그걸 몇 번 경험하고 나면 주체적으로 여러 가지 스포츠를 즐길 수 있게 돼요.

제가 수영을 시작하고 2년 정도 됐을 때 처음으로 장거리 수영 대회에 나갔어요. 완주만 하면 다 메달을 주는 경기였는데, 저는 몸을 움직이는 것으로 칭찬을 들어본 적도 없고 상을 받아본 적도 없거든요. 그래서 메달 받은 게 너무 기분이 좋아서 맨날 자랑하고 다녔던 기억이 나요. 어렸을 땐 체육 시간에 평가를 받으면 너무 속상했거든요. 사람마다 신체적인 능력이 다 다른데 '배구공을 몇 번 튀기느냐' 같은 절대적인 기준으로 평가를 받잖아요. 처음에 다섯 개밖에 못하던 아이가 스무 개 하는 것과, 원래 스무 개 했던 애가 스무 개 하는 것 중에서 누구에게 점수를 더 많이 줘야 하냐고 물으면, 당연히 원래 다섯 개밖에 못했던 아이를 높게 평가해야 하는 것 아닌가. 이런 게 참 억울했는데, 성인이 되어 수영을 시작하고 처음 메달 따는 경험을 하면서 나도 몸을 주체적으로 사용할 수 있고 노력에 의해 원하는 바를 성취할 수 있는 몸을 가졌다는 것을 알게 됐죠. 왜 그동안은 이걸 몰랐던 걸까요?

그런데 요즘은 이런 제 모습이 누군가에게 박탈감을 줄 수도 있겠다는 생각을 종종 해요. 여러 가지 신체적인 조건 혹은 저마다 처해 있는 사회 경제적인 상황으로 인해서 운동할 수 없는 사람들도 굉장히 많잖아요. 노동 시간이 너무 길다거나 규칙적인 신체활동에 시간을 쓰기 어려운 노동조건에 있는 사람들에게는 제가 그냥 좋아서 하는 이런 활동들이 하고 싶어도 할 수 없는 일들일 수 있잖아요. '내가 나를 너무 과시하고 있나?'라는 생각이 들었죠. 나도 모르게 누군가에게 상처를 줬을 수도 있고.

최근에 여성에게 운동을 권하는 담론이 출판이나 언론을 통해 많이 나오고 있잖아요. 그런 게 저는 굉장히 반가워요. 그런데 여성들에겐 어릴 때부터 스포츠를 즐긴다는 건 거의 '없는' 경험이잖아요. 저도 고등학교 때만 해도 오래달리기 말고는 자발적으로 운동장을 가로질러서 뛰어본 기억이 없어요. 항상 남학생들이 축구를 하고 있었고, 체육 시간조차도 운동장이 100이면 그중에 한 10 정도만 여학생들에게 시혜적으로 내주는 게 당연한 일이었잖아요. 운동이 왜 필요한지 한 번도 고민할 기회가 없었던 여성들을 대상으로 어느 순간부터 스포츠를 즐기는 삶이 굉장히 건강한 삶이고 일을 잘하는 데 도움이 된다는 식의 담론이 만들어진 게 가끔은 불편하게 느껴져요.

저는 그전에는 운동을 함부로 권하지 못했거든요. 저도 그런 습관을 붙이는 데 굉장히 오랜 시간이 걸렸고, 그게 얼마나 어려운지 알아요. 게다가 다들 바쁘게 살잖아요. 야근도 많이 하고 일 때문에 술을 먹어야 하는 날도 많고. 그런 사람들에게 규칙적인 운동을 권하는 건 뭐랄까, 미국의 공화당 당원이 된 듯한 기분? 성실하지 못한 사람들을 꾸짖는 것 같아요. '내가 뭐라고……' 그런 기분이 들 때도 있고. 그래서 친구들에게 운동을 권하고 싶지만 못 했던 것을 좋은 책과 인터뷰를 통해서 누군가가 대신 해주는 것이 반가웠죠. 다만 그게 모두에게 똑같이 적용되기는 어려운데, 그렇다면 어떤 해법이 있을까요? 저는 그걸 사회가 해줘야 한다고 생각해요. 어릴 때부터 운동하는 습관을 자연스럽게 들일 수 있도록 교육환경이 잘 마련돼야 하고요.

좋은 식재료를 좋은 방법으로 조리해서 건강한 식사를 하고 싶지 않은 사람이 어디 있겠어요. 다들 그런 상황이 안 되니까 못 하는 거잖아요. 그걸 두고 '너의 식습관은 잘못됐어'라고 말할 수 있을까요. 누구도 남에게 고치라고 말할 권리가 없어요. 운동도 마찬가지라고 생각해요. 누군가는 운동을 좋아하는 습관을 형성하기 어려운 환경에 처해 있을 수 있는데, 누가 감히 가볍게 권할 수 있는가에 대한 고민이 계속 있어요. '나도 그런 권유에 일조하고 있었던 걸까?' 하는 생각도 하고요. 주변 친구들과 대화할 때 은연중에 제가 규칙적으로 운동하는 사람이라는 걸 자랑스럽게 말하기도 하거든요. 그럴 때 약간 죄책감이 들어요. 이 고민을 어떻게 풀어야 할지는, 솔직히 아직 잘 모르겠어요.

정인선_ IT 전문지 기자. 기술과 인간, 민주주의의 접점에 관심이 많다. 일하지 않는 날엔 달리기와 요가, 수영을 한다.

젠더 문제를 정치권에서
무겁게 받아들이면 좋겠어요

정치인
신지예의 몸

동료들과 짧은 기간 정치 팟캐스트를 만든 적이 있다. 우리가 맞닥뜨리는 정치적 질문에 대해 책 속에서 답을 찾아보자는 콘셉트였다. 예를 들면 공정성에 관한 문제가 정치권에서 이슈가 될 때 '능력주의는 과연 공정한가'라는 질문을 던지면서 관련 서적을 읽고 답을 찾는 방식이다. 어떤 이슈가 불거지면 정치적 진영에 따라 고수해야 할 입장이 정해져버리고 각 지지층을 감정적으로 끓어오르게 하는 말들이 총탄처럼 오가는 세상에서 '정신 좀 차려보자'는 이야기를 하고 싶었다. 각자 윤리적인 질문도 길어올려보고, 판단의 근거가 될 정보와 지식을 스스로 쌓기도 하고, 상대편은 왜 그러는지 고민도 해보면서 말이다.

떨리는 마음으로 첫 녹음을 하던 날, 팟캐스트의 기획자 민피디가 이런 질문을 던졌다. "만약 어느 당에서 당신을 비례대표 1번으로 인재 영입한다면 응하시겠습니까?" 국회의원이라면 자고로 스타성과 쇼맨십을 갖춰야 한다고 생각했던 터라 나의 성미와는 절대 맞지 않겠다고 여겼던 나도 이 질문에는 솔깃했다. 출퇴근길 사람들 앞에서 손가락으로 '기호 몇 번'을 꼽아가며 앙증맞게 인사할 필요도 없고, 지역마다 돌아다니며 유세하거나 술잔을 기울이지 않고도 국회에 입성할 수 있다니? 머릿속에서 얄팍한 손익계산이 빠르게 스치면서 '하겠다'고 답변했다. 답한 것만으로도 정치인이 된 내 모습을 상상했던 건지, 이내 내 마음에는 묵직한 질문 하나가 남았다. 그럼 이젠 뭐할 건데?

그때 깨달았다. 내 앞에 도래할 그 무서운 미래를. 나는 점점 바삐 다가오는 미래를 생각보다 무서워하고 있었다. 변화를 주장하면서도 그 변화가 정말 실현될 수 있다는 것을 믿지 않았는지도 모르겠다. 세상이 정말 내가 주창하는 대로 변해버려서 그 변화에 수반되는 불안정과 혼란까지 내가 책임져야 한다면, 그 변화의 모범적인 실행자가 되어야 한다면 어쩌지. 아무도 밟지 않은 눈밭을 처음 밟는 희열이 있을지는 모르나 그 눈이 가리고 있는 게 단단한 땅인지, 비탈진 내리막인지, 아니면 끝없는 구렁텅이인지는 모를 일이다. 짧은 상상만으로도 '난 이런 세상을 만들겠다'라고 선언하는 이들의 용맹함, 그 미래를 기어이 만들고야 말겠다고 행동에 나선 사람들의 진취성을 존경하게 되었다. 그들이 기존의 길을 답습하든 아니든, 그 밟지 않은 눈밭에 발을 내딛는 것은 인정할 만한 용기 아니겠는가.

신지예는 오랫동안 그런 눈밭을 걸어왔다. 그 엄혹하던 독재의 시절과 피 끓는 민주화의 눈밭을 걸어온 이들에게 신지예와 같은 사람이 정치인으로서 보낸 시간과 성과는 왜소해 보일지도 모른다. 그러나 젊으나 늙으나 우리는 모두 보이지 않는 미래를 향해 걸어가고 있지 않은가. 지금 청년 세대는 극한의 경쟁 시대, 코로나19와 기후위기 같은 전무후무한 사태 속에 비바람을 견뎌내는 나무가 되어가고 있는 중이다. 신지예를 진영 논리로만, 혹은 신기한 청년 정치인 정도로만 소비하지 않기를. 모든 기성 정치인이 그랬듯 신지예도 이 세상 한번 바꿔보겠다는 일념으로 눈밭에 뛰어든 정치인이다.

중학생 때부터 청소년 인권운동, 두발자유화운동을 시작했어요. 초등학교에 다닐 적에는 머리 염색도 했고, 친구들은 귀도 뚫었거든요. 치마 입고 싶을 땐 치마 입고, 바지 입고 싶을 땐 바지를 입었죠. 그런데 중학교에 딱 입학하자마자 제 몸을 둘러싸고 제약이 생기기 시작하더라고요. 어마어마한 규율 체계로 느껴졌어요. 예를 들면 '머리는 귀밑 4센티미터 이상 기르면 안 된다' '치마 길이는 무릎 아래 몇 센티미터 이상이어야 한다'. 심지어 양말을 몇 번 접어야 하는지도 가르쳐줬어요. 발목양말은 안 되고 목이 올라오는 하얀색 양말이어야 했죠. 속옷은 베이지색이나 하얀색이어야 했고, 하복을 입을 때는 반드시 속옷 위에 슬립을 입어야 했어요. 정숙한 소녀라면 그렇게 해야 한다는 뉘앙스였죠. 교복으로 바지는 입을 수 없었어요. 중학생이던 저에게는 화나는 일이었어요.

분명히 교과서에서는 우리 모두에게 인권이 있다고 얘기하잖아요. 신체의 자유는 가장 기본적인 인권이라고요. 그런데 학교에서는 왜 인권을 가르치면서 청소년들의 인권은 보장해주지 않을까? 인권은 왜 교문 앞에서 멈출까? 이런 고민을 많이 했어요. 청소년의 인권을 위해서는 두발의 자유와 교복의 자유가 중요하다고 생각해서 청소년 두발자유화운동을 시작했습니다. 당시 노무현 정권이었는데, 다른 정부에 비해 청소년들의 목소리에 호의적으로 반응해줬어요. 청소년들의 촛불시위가 거대해지니까 교육청에서 각 학교에 지침을 하달했거든요. 학교의 세 주체인 학부모, 선생님, 학생이 모여서 두발 관련 교칙을 정하라고요. '두발 자유'가 아니라 '두발 자율'이었죠. 저는 그것이 해결책이라고 생각하지 않았어요. 제가 두발자유화운동을 했던 이유는 머리 길이 규정을 몇 센티미터 늘리거나 파마를 하기 위함이 아니었거든요. 규칙 자체를 없애고 싶었어요. 누구나 자기 몸을 둘러싼 결정을 스스로 할 수 있어야 하잖아요. 학교마다 교칙을 만든다는 건 그 범위가 완화될 뿐이지 누군가가 나의 몸을 제한한다는 점에서 달라질 것이 없었죠. 그때 저는 학교를 더 다니면 안 되겠다고 생각해서 박차고 나와버렸어요.

대학을 가야 하나, 일을 해야 하나, 뭐하고 살아야 하나 고민하다가 사회적 기업에 창립멤버로 참여했어요. 열아홉 살 때부터 회사를 다닌 거죠. 그렇게 4년을 일하다보니까 한계가 있더라고요. 쉴 때 더 잘 쉬기 위해 돈을 더 쓰고, 몸이 아프니까 약 사먹고. 그러다가 일본에서 건너온 후지무라 야스유키라는 발명가를 만났어요. 이분이 독특한 분이에요. '비전력공방'이라는 곳에서 전기를 쓰지 않아도 되는 냉장고나 환풍기 같은 걸 만드는 발명가인데, 딱 하나 무형의 발명품을 제안했어요. '3만 엔 비즈니스'라는 라이프스타일이었어요. 이분이 생각하기에 현대사회의 근본적인 문제 중 하나가 '본업'에 있다는 거예요. 일을 너무 많이 하니까 아이를 학원으로 보내게 되고, 더 많이 쉬기 위해 남의 나라로 휴가를 떠나려는 열망을 갖게 되고, 점점 더 많이 소비하게 된다는 거죠. 그래서 본업이 아닌 3만 엔, 한국 돈으로 한 40만 원짜리 비즈니스를 여러 개 시작해보라고 해요. 개인마다 라이프스타일이 다를 텐데 각자 필요한 돈에 따라 더 많이 일하거나 덜 일하는 것을 택하라는 것이었죠. 옳다구나 싶었어요.

'오늘공작소'라는 곳을 만들어서 비슷한 고민을 하는 20~40대와 함께 '50만 원 비즈니스'를 시작했죠. 이게 50만 원만 벌어서 먹고살자는 얘기는 아니고요. 정말 아끼고 아껴서 생활할 때 필요한 최소한의 돈을 50만 원이라고 보고, 50만 원 비즈니스 몇 개를 운영해서 각자 필요한 만큼 돈을 벌자는 거죠. 150만 원이 필요하면 세 개 하고, 250만 원이 필요하면 다섯 개 하고. 해보니까 알겠더라고요. 예전에 회사 다닐 땐 돈을 주니까 그냥 받았고, 더 많이 받으면 좋겠다는 생각이었어요. 그런데 어디까지가 좋은 거지? 그런 생각을 한 번도 해본 적이 없는 거예요. 저는 차도 필요 없고, 집은 어차피 못 사고, 결혼은 할 생각이 없고. 오히려 많이 버는 것보다 우리 사회 공공 시스템이 더 잘 만들어지면 조금 덜 벌어도 행복한 삶을 살 수 있을 것 같았어요. 이런 생각으로 적당히 벌고 적당히 쓰는 50만 원 비즈니스를 이어간 거죠.

50만 원 비즈니스의 중요한 포인트 중 하나가 적게 쓰는 거예요. 서울에선 그게 불가능한 이유 중 하나가 주거 문제더라고요. 그래서 같이 모인 친구들이랑 고민했죠. 망원동에 '부흥주택'이라는 아주 낡은 주택이 있었어요. 96세대 정도 살 수 있는, 40년 넘은 복합주택이었죠. 구조가 독특해요. 방에 들어가서 '이게 끝이구나' 하고 뒤돌아보면 계단이 하나 있는데, 거기에 방 하나가 더 있어요. 그 옆에 또 방이 하나 있어요. 원룸인데 복층에 방이 세 개나 있는 거예요. 보증금 100만 원에 월세 8만 원. 방 세 개를 빌려서 집을 뚝딱뚝딱 고치며 살았어요. 1년 정도 살다보니까 그 주택에 사는 할머니들이랑 친해졌어요. 할머니들의 생명력을 보고 감탄한 적이 한두 번이 아니에요. 이분들의 돌봄 능력은 어마어마해요. 공무원들이 와서 "여기는 재개발해야겠다"라고 말하는 공간에서 꽃도 키우고 풀도 기르고 서로 돌봐줘요. 밥을 잘하시는 복순 할머니가 "야, 밥 먹어~" 하면 사람들이 모여서 그 앞에서 밥을 먹어요. 그 공간이 40년을 버틸 수 있었던 건 할머니들의 돌봄 능력과 삶에 대한 긍정적 태도 덕분이었다고 생각해요. 어느 날 재개발 재건축 바람이 불고 개발업자들에게 내쫓기기 시작하면서 할머니들은 뿔뿔이 흩어졌어요. 그걸 보면서 내가 50만 원만 벌고 50만 원만 쓰겠다고 마음먹는다고 해서 그렇게 되는 세상이 아니구나, 생각했죠. 이런 야만적인 재개발 재건축이 서울에서 적법하게 벌어지고 있다는 것을 알게 됐고, 그때부터 정치를 해야겠다고 마음먹었어요.

그럼에도 저는 정치인이기 이전에 여성으로 먼저 인식되곤 해요. 언젠가 제가 원로 정치인과 활동가들이 모인 자리에 갔어요. 모두 훌륭한 어르신들이에요. 그런데 어느 분이 한 현역 여성 의원의 외모를 평가하더라고요. "걔 예뻐졌데. 화장하니까 여자 같더라." 다른 분은 맞장구를 쳤죠. "그 친구가 젊었을 땐 훨씬 예뻤지, 얼굴이 반반해서 다들 좋아했어." 그런 이야기를 스스럼없이 하는 거예요. 속으로 경악을 금치 못했죠. 남성 정치인에 비해 유독 여성 정치인에게 그런 평을 내려요.

제가 서울시장 후보로 출마했을 때 포스터를 두고 시건방지다는 평을 많이 들었잖아요. '1920년대 계몽주의 모더니즘 필이 나는' '개시건방진' '찢어버리고 싶은' 벽보라나요. 왜 1920년대 필이 난다고 하는지 궁금해서 알아보니까 한국 1세대 페미니스트라 평가되는 나혜석 작가의 자화상 표현 방식과 좀 비슷하더라고요. 평면 구도에서 자기 자신을 꾸미지 않고 정면을 무표정으로 바라보는 모습. 그때 나혜석 작가도 주변에서 시건방지다는 이야기를 들으며 손가락질을 받았죠. 당당한 여성을 시건방지다고 말하는 것, 여성의 태도를 지적하는 것, 여성의 몸이 어때야 한다고 이야기하는 것. 저는 그게 100년을 지나 아직까지도 이어져오고 있다고 생각해요. 여성 정치인들에게도 마찬가지죠.

젠더 문제와 관련해 정치권에서 보이는 반응은 두 가지예요. 어떻게 하면 아무런 갈등도 일으키지 않고 잘 피해갈까. 그런 생각을 하는 정치인들은 발언을 하지 않습니다. "우리 사회에 성폭력은 사라져야 합니다"와 같이 누가 들어도 동의할 법한 이야기를 하죠. 다른 한 부류는 아예 페미니즘이 문제라고 말해요. 비상식적인 여성운동이 한국 사회를 좀먹고 있다고 말하죠. 페미니즘에 반격해 그 반동으로 지지율을 얻고 싶어하는 뻔한 속셈이 보여요. 이제 젠더 문제를 정치권에서 무겁게 받아들였으면 좋겠어요. 한국 사회를 들여다보면 같은 일이 반복됩니다. 사건이 일어날 때마다 언론은 마치 새로 일어난 일인 것처럼 다루고, 사람들은 황당해하고 분노하죠. 그런데 그때만 그래요. 물 흐르듯 지나가고 해결된 건 없어요. 성범죄, 비리, 폭력도 반복되는 거예요. 제가 선거권을 얻은 지 겨우 10년이 지났는데도 질린다는 생각이 드는데, 더 오래전에 선거권을 얻으신 분들은 어떻겠어요. 우리나라 국민들 인내심이 대단하다고 생각해요. 이렇게 해서는 바뀌지 않아요. 여성 정치를 세력화하기도 어렵고 여성 문제를 해결하기도 어렵죠.

제가 어느 페미니스트 집회에서 발언한 적이 있는데요. "앞으로 한국에 태어날 여성들은 나처럼은 살지 않았으면 좋겠다"라고 얘길 했어요. 그런데 같이 간 친구가 그렇게 얘기하지 말라는 거예요. 당장 내 삶이 바뀌려면 지금 페미니즘 운동에 관심을 가져야 한다고 얘기했으면 좋겠다고 하더라고요. 그럴 수 있겠다 싶었어요. 가끔 그 친구의 말이 떠올라요. 지금 당장 내 삶이 바뀌지 않으면 안 된다는 그 간절한 마음이요.

페미니즘을 공부하면 할수록 성평등이라는 게 살아생전 이뤄지기가 쉽지 않겠다는 생각이 들기도 하거든요. 그럼에도 불구하고 우리가 희망을 잃지 않고 페미니즘 운동을 계속해서 꽃피워야 하는 이유는 우리보다 앞서 걸었던 페미니스트들에게서 찾을 수 있지 않을까요? 나혜석 작가도 『이혼 고백서』에 이렇게 썼더라고요. "언젠가 먼 훗날 나의 피와 외침이 이 땅에 뿌려져 우리 후손 여성들은 좀더 인간다운 삶을 살면서 내 이름을 기억할 것이라." 저는 그 바람들이 지금 여성들이 살고 있는 이 문화와 이 사회를 만들었다고 생각해요. 백 년 전보다는 나은 삶이요. 그 바람을 이어받아서 사회를 더, 조금 더 낫게 만드는 게 지금 우리 페미니스트들이 해야 할 일 아닌가 싶어요. 자기 자신의 몸을 통해서 발화하는 것이 그 페미니즘 운동에 동참하는 일이라고 믿어요. 많은 여성들이 자신감을 갖고 의지를 잃지 않으면서 행복하게 살아나갔으면 좋겠어요. 저도 같이 그렇게 살고 싶고요.

신지예_ 여성신문 젠더폴리틱스 연구소장. 2018년 녹색당 서울시장 후보로 출마하여 4위를 기록해 화제를 모았다. 2020년 21대 총선에서는 서대문갑에 무소속으로 출마했다.

그분들의 몸에 남은 상처는
그냥 상처가 아닌 거죠

한베평화재단 상임이사
구수정의 몸

구수정은 베트남전 당시 한국군의 민간인 학살 문제를 처음으로 국내에 알린 인물이다. 1999년의 일이다. 오랫동안 한국 정부의 진상규명과 사죄, 배상을 요구해왔고 '미안해요 베트남' 운동을 평화운동으로 확장하는 구심점 역할을 해왔다. 그가 어떻게 베트남전 문제에 관심을 갖게 됐는지, 어떤 일을 했는지는 이미 많이 알려져 있다. 그럼에도 계속 이야기할 수밖에 없다. 아무래도 나의 일처럼 여겨지지 않는 사안이기 때문이다. 사실에 대한 인정도 아직은 없다. <말하는 몸>에서도 결국 처음부터 시작할 수밖에 없었다. 구수정은 왜 베트남 문제에 천착하는가.

인생을 송두리째 뒤바꾸는 거대한 진실을 마주할 때 그 사람은 예전의 인생으로 돌아갈 수 없으리라 생각한다. 그 진실이 행복이나 안락을 주는 경우는 드물다. 구수정이 마주한 진실은 어떤 금기를 해하는 것이었다. '우리 민족은 피해자다'라는 뿌리깊은 인식을 뒤집어 '우리도 가해자가 될 수 있다'는 사실을 인정해야 한다고 그는 주장했다. 아직 베트남전에 참전한 이들의 몸과 마음의 상처가 채 회복되지도 않은 상황에서, 그리고 이 전쟁을 어떻게 바라봐야 하는지 관점조차 제대로 확립할 수 없는 혼란 속에서 말이다.

2019년 초에 구수정은 베트남 피해자들을 만나는 작업을 다시 시작했다. 1999년엔 길도 제대로 뚫리지 않은 베트남 중부 지역을 다니며 마을마다 수십, 수백 명이 되는 피해자와 유가족들의 이야기를 들은 터였다. 20여 년이 지나서 학살 생존자와 유가족들로부터 한국 정부에 진상조사를 요구하는 청와대 청원서를 받기 위해 나섰다. 이즈음에 학살 생존자 두 명이 한국을 방문했는데, 그중 퐁니마을 응우옌티탄 씨가 우리 방송국을 찾아와 인터뷰를 했다. 사람들은 그를 '탄 아주머니'라 부른다. 탄 아주머니의 몸에는 끔찍한 학살의 기억이 새겨져 있다. 여덟 살 때, 가족들을 잃고 배에 총을 맞아 쏟아지는 창자를 움켜안고 도망쳤다. 탄 아주머니는 이 일을 백 번 이상 증언했다고 한다. 백 번, 천 번을 증언해도 눈물을 참기가 어렵다고 했다. 그럼에도 계속 증언하는 이유는 단 하나였다. "나는 진실을 원합니다.Tôi muốn sự thật."

탄 아주머니에게 그 진실이란 확언되지 않은, 그 누구도 인정하지 않은 진실이다. 마을에 위령비를 세워보아도, 그래도 원한이 풀리지 않아 증오비를 세워보아도 내가 아는 진실을 온 세상 사람들이 아는 사실로서 마주하지 못할 때, 그것은 진실이 아니다. 탄 아주머니가 원하는 것은 여덟 살 어린아이가 겪은 일이 우리 공통의 진실이 되는 것이다. 탄 아주머니가 증언하고 구수정이 그것을 들음으로써 '학살'은 우리 모두가 아는 공통의 진실이 되었다.

진실이라는 것이 나에게 멀고 먼 것처럼 느껴지지만 우리는 모두 진실을 좇으며 산다. 내가 찾는 진실은 무엇일까. 어쩌면 장맛비의 원인을 궁금해하다가 기후위기라는 불편한 진실을 마주하게 될 수도 있다. 아픈 진실일수록 외면하거나 끝까지 무지의 상태로 남고 싶어하는 이들이 많다. 그래서 진실을 발견하기 위한 길을 떠나는 이들의 삶은 경이롭다고 생각한다. 구수정의 삶도 그렇다.

저는 베트남에서 23년 정도 살았어요. 한국에 들어와서 활동한 지는 3년 정도 됐네요. 처음엔 베트남에 유학생으로 갔어요. 베트남에 가서 베트남전쟁을 공부하겠다는 마음을 갖고 있었고요. 그중에서도 베트남전쟁에 참전한 한국군에게 관심이 있었어요. 베트남어도 모르고 떠난 거라서 현지에서 1년 정도 베트남어를 공부하고 베트남 역사학과에 석사 과정으로 입학했죠.

베트남전쟁은 20세기에 일어난 워낙 큰 전쟁이었기 때문에 그 당시에도 각국의 많은 연구자들이 관련 주제로 논문을 쓰고 있었어요. 그런데 대부분은 미국이나 한국의 자료에 근거해서 다룬 것들이었죠. 저는 이 전쟁을 베트남의 시각에서, 가능하면 베트남 자료를 많이 찾아서 그 자료를 근거로 조금 더 객관적으로 바라보고 싶다는 욕심을 갖게 됐어요. 그런데 베트남이 사회주의 국가다보니까 외국인으로서 자료에 접근하는 게 굉장히 제한적이었어요. 자료 찾아 삼만 리를 했죠. 베트남 국방부의 문도 두드리고, 외무부도 찾아가고, 국립문서보관소도 찾아가고.

제가 하도 문을 두드리니까, 어떤 분이 제 모습이 안타까워 보였나 봐요. 외무부 말단 직원이었어요. 외국인이 베트남 공식 문서에 접근하기는 굉장히 어려울 거라고 이야기하면서 '그런데 정말 딱 하나만 준다면 어떤 자료를 원하냐'라고 물어보는 거예요. 그래서 베트남전쟁에서의 한국군에 관한 자료라면 그 어떤 자료라도 좋다고 해서 입수한 자료가 있어요. 그게 하필 운명처럼 제 손에 쥐어진 '남베트남에서의 남조선 군대의 죄악'이라는 자료였죠. 그 자료가 지난 20년 동안 제가 껴안고 살아왔던 베트남전쟁 당시 한국군의 민간인 학살에 관한 내용이었어요. 그때부터 시작됐죠. 그 자료를 만난 순간부터.

그게 1999년이었어요. 그 문서를 손에 쥐고 내용을 확인하러 처음으로 길을 떠났어요. 한국군 주둔지 중심으로 한국군에 학살 피해를 입은 마을들을 찾아다닌 거죠. 저조차도 반신반의했기 때문에 그 문서 속 내용을 직접 확인해야겠다고 생각했어요. 작은 승합차를 렌트해서 40여 일 정도 마을들을 찾아다녔죠. 그 당시에 제가 한 마을에 들어가면, 저는 학살 사건 이후 30년 만에 처음 그 마을에 나타난 한국 사람인 거예요. 마을에 들어가서 지나가는 한 분을 붙들고 이야기를 시작하면 5분도 안 돼서 제 앞에 수십 명의 마을 사람들이 몰려들어요. 그때 저는 수백 명의 사람들을 만났는데 그 사람들의 얼굴과 이름을 다 기억했어요. 제 기억의 용량에 한계가 있을 거잖아요. 혼자 그걸 다 기록하기 어려우니 사진을 찍었는데, 그 사진을 들춰볼 때마다 한 사람 한 사람의 이름이 다 기억나는 거예요. 인생에서 유일한 경험이었죠. 그분들에게도 그랬지만, 저도 그분들을 만나는 순간 제 인생이 바뀌리라는 걸 알았던 것 같아요. 이 이야기를 만나기 전의 나로 돌아갈 수 없으리라는 것을.

베트남전쟁이 끝나고 통일 베트남이 됐잖아요. 제가 가진 문건 속 지명들은 남베트남 시절의 과거 지명들인 거예요. 베트남은 표준어와 북부어가 아예 단어 자체가 달라요. 중부어는 또 다르고. 게다가 노인들은 사투리도 심하고 이도 빠져 있고 하니까 말을 알아듣기가 힘들죠. 제게 이야기를 들려줄 수 있는, 그 기억을 갖고 있는 분들은 모두 연세가 있는 분들인데 말이죠. 그런 상황에서 아무런 정보도 없이 문건 속 지명만 보고 마을을 찾아나선 거거든요. 시간이 굉장히 촉박해서 어떻게든 하루에 마을 세 곳을 찾아갈 작정이었는데, 또 외국인은 호텔이 아닌 다른 곳에서 잘 수가 없었어요. 호텔은 도시에 있고, 제가 찾아가야 하는 곳은 오지의 마을이고. 이동 시간을 절약하려고 새벽 네시면 호텔 문을 나섰던 것 같아요. 지금이야 베트남이 현기증 날 정도로 다 변했지만, 당시엔 면 단위 지역으로 가면 마을로 들어가는 길이 없을 정도였어요. 일단 차를 끌고 면 소재지로 가서 마을 사람들 드릴 선물, 자료, 사진기, 녹음기 등을 챙겨요. 배낭을 앞뒤로 다 메고, 양어깨에 짐 걸고, 그러고도 양손에 짐을 또 들고 산길, 오솔길, 고샅길을 다니는 거예요. 체감온도가 50도쯤 됐죠. 그 땡볕 속에 한참 걸어야 마을에 닿았거든요.

그렇게 마을에 가면 작은 마을에선 수십 명, 큰 마을에선 백여 명이 나와요. 그들이 또 모국어가 아닌 말로 이야기해요. 이야기가 폭포처럼 쏟아지는데, 저도 모르겠어요. 어쩌면 그렇게 집중력을 발휘해서 그 많은 사람이 한꺼번에 질러대는 이야기를 들을 수 있었는지. 그 이야기가 좋은 이야기도 아니죠. '한국군이 마을에 들이닥쳤다. 사람들을 모아놓고 총을 쐈다. 수류탄을 던졌다. 마을 사람들이 널브러졌다……' 이렇게 아우성처럼 쏟아내는 이야기를 다 들은 거죠. 그리고 이야기만 있었던 게 아니라 울음도 있었죠. 고함도 있었고. 그 이야기들을 20일 넘게 듣다보니까 이 소리들이 몸에 막 쌓이는데, 어느 순간 목젖에 차 있는 느낌마저 들더라고요. 그리고 계속 생각했어요. 더이상은 못 듣겠어. 이제 더이상은 못 듣겠어. 그분들의 말 속에서 홍수를 만나 제가 떠내려가는 느낌이 들었거든요.

한번은 갑자기 소리가 안 들리더라고요. 정말 들을 수 없는 상태까지 갔던 것 같아요. 소리가 안 들리면 사람들을 만나서 이야기를 나눌 수 없으니까 그날 처음으로 마을이 아닌 박물관도 가고 그랬죠. 심리적인 이유였을 거라고 생각해요. 저는 마을에서 어느 한 분의 이야기만 조용히 듣고 싶은데 그게 안 되는 거예요. 마을에 금방 소문이 퍼져요.

"한국인이 왔대."

한 사람을 붙들고 5분 정도 이야기하면 삽시간에 그 집 마당으로 수십 명, 많게는 백여 명이 모여서 "카이! 카이!" 그래요. '카이'라는 말은 베트남말로 '진술하겠다'는 거예요. "저는 연구생이지 정부 조사원이 아니에요"라고 말해도 이분들은 "카이, 카이, 카이!"라고만 외쳐요. 나중에 알게 됐는데, 베트남 지방 정부 차원에서 피해자들을 조사한 적이 있대요. 그런데 체계적인 조사가 이뤄졌던 것은 아니다 보니까 진술할 시기를 놓친 사람들이 있었던 거예요. 예를 들면 정부 관계자가 마을에 와서 가정마다 피해 상황을 진술할 때 어느 가정은 밭에서 일을 하고 있었던 거예요. 나중에 마을에 위령비를 세웠는데 그날 '카이'를 못 했던 사람의 가족들 이름은 빠지게 된 거죠. 그래서 이번 '카이'에서 소외되거나 진술의 기회를 잃게 되면 자신과 가족들의 피해 사실이 아예 사라질지 모른다는 두려움을 갖고 있었던 것 같아요.

우리가 역사 속에서 피해자인 경험은 참 많았는데, 가해자였던 경험은 없었잖아요. 가해자 입장에서 피해자의 이야기를 들으러 간다는 것이 굉장히 생소했어요. 어떻게 이분들을 만나야 할까. 정말 피해자를 만나게 된다면 어떻게 이야기해야 하지. 이게 제일 걱정이었어요. 왠지 모르지만 당시엔 베트남에서 인삼차가 너무 귀했어요. 경동시장 인삼도매센터에 가서 제가 살 수 있는 최대한으로 인삼차를 사서 선박으로 베트남에 보냈어요. 그게 이 만남에 대한 저의 준비였어요. 이야기를 듣고, 헤어질 때 인사하면서 인삼차를 드리고, 모자랄 때는 상자를 뜯어서 몇 포씩 나눠드리고.

한참 후 그 마을에 다시 들어갔는데, 제가 가지고 갔던 인삼차가 만병통치약으로 변해 있더라고요. 독주에 타서 마시고, 머리가 아프면 이마에도 바르고, 코가 안 좋으면 코에도 바르고, 배 아프면 배에도 바르시고요. 마을분들이 정말 효험이 있다고 그러시더라고요. 10년 동안 밥만 먹으면 체증이 있었는데, 이젠 얹히지도 않고 두통도 없다는 거예요. 그런 것 아닐까요. 수십 년 동안 한국 사람 만나면 욕이라도 한번 퍼부어줘야지, 원망하는 마음이 있었을 거 아니에요. 가슴속에 켜켜이 쌓였던 한이라든지 분노라든지, 이런 것들을 30년 만에 나타난 한국인에게 쏟아부은 거예요. 그러고 나니까 왠지 체기도 없는 것 같고, 머리도 안 아픈 것 같고, 허리도 덜 아픈 것 같고. 이분들은 저를 만나서 그 이야기를 털어놓으면서 그런 몸의 변화를 느낀 게 아닐까요.

베트남 마을 사람들이 몸에 상처를 갖고 있어요. 어느 할머니는 관자놀이 위에 총알구멍이 있어요. 그래도 사셨죠. 어떤 분은 다리가 잘렸고. 도안응이아는 생후 6개월에 엉덩이에 크게 상처를 입었어요. 제가 도안응이아를 만났을 때, 그는 남성인데도 제 앞에서 바지를 훌렁 내려 엉덩이를 보여주는 거예요. 어느 할머니는 오른쪽 가슴 위부터 배까지 사선으로 칼자국을 갖고 있어요. 제가 상처를 보여달라고 하지 않았는데도 가슴을 드러내면서 보여주시는 거예요. 관자놀이 위에 총알구멍이 난 할머니는 새끼손가락을 여기 넣어보라고, 만져보라고 하시죠. 바지를 확 내려서 자신의 엉덩이를 보라고 할 때, 젖가슴을 다 드러내면서 상처를 보여주려 할 때 저는 당혹스러워하지 않았어요. 그냥 그 상처가 보였어요. 그 상처만 보였어요.

저는 고통이 언어로 표현되지 않고, 그 고통이 타인에게 전달되지 않는 경험을 많이 했어요. 이 상처가 도저히 타인에게 전달되지 않는 거예요. 그러니까 열어젖혀서라도 보여주는 거죠. 내가 이만큼 아팠고 이렇게 힘든데, 내가 겪은 고통을 언어로 설명해서는 당신에게 전달할 수 없어. 그런 마음인 거죠. 내 머릿속에서 사자가 한 서너 마리는 뛰노는 것 같을 때, 한 발짝 옮기기도 힘든 두통을 앓을 때 내 옆에 정말 가까운 사람이 함께 있어도 그 두통은 전달되지 않아요. 고통이라는 게 전해지지 않는 거거든요. 그래서 열어서라도 보여 주는 거죠. 그리고 그 순간, 그분들에게 남아 있는 상처를 눈으로 보는 순간 '아, 많이 아프셨겠구나'라는 것을 아주 조금, 얕게 느끼는 거예요.

학살 때 수류탄을 많이 사용했어요. 피해자들이 자신의 몸속에 있던 수류탄 파편들을 갖고 있는 경우가 굉장히 많아요. 그 파편을 그냥 갖고 있는 게 아니라 가장 고운 손수건, 보자기 같은 것에 싸서 너무 소중하게 가지고 있는 거예요. 이분들은 왜 몸속에서 꺼낸 파편을 갖고 계실까요. 징글징글할 텐데.

학살이라는 건 한 마을이 사라지는 거거든요. 사람만 죽이는 게 아니라 동물도 죽이고, 집도 불태우고, 마을 하나를 송두리째 없애요. 살아남은 사람들은 서둘러서 죽은 사람을 매장하고 이 마을을 떠난단 말이에요. 전쟁이 끝나고 나서야 이 마을로 돌아와요. 1966년쯤 학살이 있었는데 10여 년 만에 마을로 돌아와서 거기에 다시 집을 짓고 땅을 갈고 지내는 거죠. 당시엔 가매장했던 곳을 돌아볼 여력이 없었을 거예요. 그러고 1980년대, 1990년대 들어 좀 살 만해지면 그 무덤에 찾아가서 이장을 해요. 대부분 집단 무덤이겠죠. 한 사람 한 사람 묻어줄 수 없었으니까. 그러다보니까 거기에서 금이 나오기도 하고, 탄환이 나오기도 해요. 어떤 분은 그때 나온 탄환 다섯 발을 갖고 있어요. 죽은 사람들 몸속에 있었을 탄환이잖아요. 세월이 지나서 이젠 시신은 다 썩었고, 뼈도 거의 다 없고, 부슬부슬한 철 쪼가리들만 조금 남아 있어요. 그곳에 탄환들이 있었다는 거예요. 모든 것들이 다 사라지는 게 학살인데 이 탄환은 왜 남아 있을까. 무슨 이야기를 하려고 녹슨 상태로 남아 있을까.

상처도 마찬가진 것 같아요. 그분들의 몸에 남은 상처는 그냥 상처가 아닌 거죠. 말하는 상처인 거죠. 그 상처들이 우리에게 말을 걸고 있는 거죠.

구수정_ 한베평화재단 상임이사. 베트남전 민간인 학살을 한국 사회에서 최초로 공론화한 '미안해요 베트남' 운동을 시작으로 20년 넘게 베트남 관련 평화 프로젝트를 기획하고 추진해왔다.

우리가 겪은 끔찍한 일을
이야기할 수 있는 용기

작가
하리타의 몸

나는 상상보다는 기억에 빠져드는 사람에 가깝다. 연도별로 혹은 어떤 순서대로 기억이 정렬되어 있는 것은 아니고, 마구잡이로 엉겨붙은 기억들을 잡스럽게 떠올린다. 오른쪽 손등 위에 커다란 흉터가 있는데 이게 언제, 어떤 상황에서 생긴 것인지 정확히는 기억이 나지 않는다. 발을 헛디뎌서 비명을 지르며 넘어졌던 것은 기억난다. 오른손에 휴대폰을 들고 있었는데, 넘어지는 순간 그 액정을 깨뜨리지 않기 위해 오른팔을 한껏 비틀어 휴대폰을 품에 안았던 것도 기억난다. 그뒤로는 순식간에 시공간의 페이지가 넘어가고, 나는 어느 병원 접수대 앞에 서 있다.

　"흉터 안 지는 연고도 처방해주셨는데, 구매 안 하시는 거예요?"

　"네, 그건 빼주세요."

　"흉터가 심하게 남을 텐데……"

　"괜찮아요."

　그 연고가 얼마였는지, 넘어지고 며칠이 지난 뒤에야 그 병원에 간 것인지, 그 당시 나는 어떤 고용 상황에 있었던 것인지는 전혀 기억나지 않는다. 다만 연고 살 돈을 아껴보자는 생각, 그래서 고민 끝에 흉터를 갖기로 결심했던 마음이 기억난다. 그뒤엔 '우리 아빠가 늘 돈 없다고 병원도 잘 안 가고 그러는데, 내가 그걸 닮았나……' 하는 생각. 그 생각에 꼬리를 물고 '우리 집구석은 왜 이러나'라는 상념. 그 상념을 하다 말고 다시, 이 흉터를 보며 의아해하던 사람들에 대한 기억. "이 흉터 뭐야? 담배빵이야?"

사람들이 '담배빵'인지 의심하는 이 흉터에 서린 기억에 대해 묻는다면 가볍게 대답하긴 어려울 것이다. 당시에 느꼈던 온갖 서러움과 쪼잔함과 잘못된 판단에 대한 후회가 밀려오면서 정확한 기억에서 도망치다보니 언제 어떻게 생긴 것인지조차 까먹어버렸다.

이어지는 하리타의 고백은 나처럼 구멍난 채로 엉겨붙은 기억을 가진 사람들을 위한 이야기다. 그는 어린 시절 일어난 두 가지 성폭력의 기억, 그리고 그 기억을 '재처리'하는 심리치료 경험을 공유해주었다. 트라우마라 불릴 만한 기억을 선정하고, 그것을 낱낱이 떠올리며 입 밖으로 표현하고, 심지어 타인들에게 공유하기까지 심오한 결단이 필요했을 것이다.

그리고 내 구멍난 기억들을 떠올렸다. 그러니까 꽈당 넘어진 기억 그다음의 순간, "연고 안 사요"라고 말하고 뒤돌아선 그다음의 순간, 이 흉터 외에도 내가 겪은 모든 사건 직후에 일어났던 외로움과 자책의 기억들을 떠올렸다. 나는 그때 어떤 모습이었을까. 흐르는 피를 닦기는 했을까, 아무렇지 않은 척 웃어버렸을까, 아니면 그냥 얼어버린 채 가만히 있었을까. 흐트러진 옷을 어떻게 추켜올리고 어찌어찌 다음 단계로 넘어간 걸까.

하리타와의 녹음은 녹음실 불을 모두 끈 채로 진행했다. 인터뷰가 아닌 하리타 본인의 기억에만 의존하여 발화된 고백이다. 어둠 속에서 바깥의 불빛이 은은하게 스며들어 하리타의 기억을 고요하게 밝혔다.

오랫동안 두 가지의 성폭력 트라우마 기억을 갖고 살았습니다. 물론 그것을 트라우마라고 부르고, 입 밖으로 꺼내어 이야기하기까지는 오랜 시간이 걸렸죠.

첫번째 성폭력 경험은 여섯 살쯤 제가 살던 아파트 경비원으로부터 일어났어요. 그 사람은 복도식 아파트의 1층 숙직실에서 근무했어요. 군청색 유니폼을 입고 있었고, 위쪽 어금니 부분의 금니가 굉장히 반짝이던 모습이 기억납니다. 여름철로 기억하는데, 아파트 입구를 지나다닐 때마다 그 경비원이 사탕을 한 손에 들고 금니를 보이며 흐흐 웃으면서 와보라고 하더라고요. 저는 사탕이 먹고 싶다기보다 그냥 어른이 부르니까 그 말에 따라야 한다고 생각하면서 다가갔어요. 의자에 앉아 있던 그 사람은 저를 자기 무릎에 앉게 했고, 그 사람 손이 저의 허벅지를 더듬기 시작했죠. 팬티 위로 제 성기를 만지기도 하고요. 대부분 짧은 시간이었어요. 불편함을 느낀 제가 당장 몸을 비틀면서 나가고 싶어하니까요. 또 공공장소다보니 오가는 사람들도 있어서 저를 격렬하게 붙잡지는 않았어요. 그런데 다음에 지나갈 때 사탕을 내밀고, 또 내밀고.

저는 그 사람을 피해다니기 시작했어요. 아파트를 나가기 전엔 항상 그 사람이 있는지 없는지 확인했고요. 다른 사람이랑 이야기하고 있거나 자리에 없으면 반대편 경사로로 쏜살같이 달려나가는 거죠. 그렇게 지낸 시간이 얼마나 길었는지는 가물가물해요. 그러던 어느 날, 부모님이 저와 언니에게 굉장히 중대한 얘기를 할 것처럼 분위기를 잡고 이야기하더라고요. 그 경비원이 옆집에 살던 아이를, 그 집에 아무도 없을 때 문을 따고 들어가서 해코지를 했다는 거예요. 저도 알고 지내던 초등학교 6학년 언니였어요. 그 언니는 그뒤로 본 기억이 없어요.

"어, 그 사람이 나한테도 그랬어." 제가 말했어요. 부모님이 굉장히 충격을 받은 채로 "너한테 어떻게 했는데?"라고 묻길래 제가 겪었던 일을 설명했는데, 오히려 가슴을 쓸어내리면서 "그건 별거 아냐. 천만다행이다"라며 황급히 마무리했죠. 그때 저는 좀 억울했어요. '아니, 나한테도 그랬다고. 이게 그냥 넘어갈 일이 아니야' 그런 마음이었어요. 여섯 살이던 제겐 끝까지 항변하거나 이야기를 들어달라고 요구할 수 있는 언어가 없었어요. 그래서 그 일은 그렇게 넘어갔습니다.

스물여섯 살쯤, 지금 살고 있는 독일에서 이 첫번째 기억에 대해 심리치료를 받았어요. 제가 받았던 치료기법은 EMDR^{Eye Movement Desensitization and Reprocessing}(안구운동 민감소실 및 재처리요법)란 거예요. 쉽게 말해서 뇌의 상태를 꿈꿀 때처럼 만들어 트라우마 기억을 다루는 치료입니다. 수면중에 꾸는 꿈은 깨어 있는 동안의 경험을 기존의 기억 네트워크에 저장하는 역할을 하는데, EMDR 치료도 이 같은 효과를 목표로 합니다. 그 치료를 통해서 바뀐, 혹은 덧붙여진 저의 트라우마 기억은 굉장히 흥미로웠어요.

저는 제가 기억하는 그 장면이 머릿속에서 되풀이될 줄 알았어요. 그런데 성인이 된 제가 그 경비원 앞에 가서 문제를 해결하는 상황이 그려지더라고요. 경비원이 그 자리에 앉아 있고, 어린 모습의 저는 경사로로 도망가서 움츠리고 있었는데, 어른인 제가 그 사람 앞에 가서 굉장히 화를 내며 따지고 협박하고 잘못을 지적하는 거죠. 치료 시간에 그 이미지를 보고 저는 치료사에게 반발했어요. 왜 성인이 된 내가 나오느냐, 난 항상 엄마가 나와주길 바랐다. 누군가 나서서 이 상황을 해결해주거나 어린 나를 달래주고 이해해주기를 바랐다, 라고요. 기억 재처리 과정에서 제가 저희 집 현관문을 두드리기도 했어요. 당시의 젊은 엄마는 다 성장한 저를 알아보지 못했는데, 저는 내색하지 않고 그때의 엄마를 "아줌마"라 부르면서 '지금 아이가 위험에 처해 있다. 나와서 어떻게 좀 하시라' 하면서 엄마 손을 끌고 경비원 앞으로 갔어요. 그런데 엄마는 좀 무기력하더라고요. 당황해서 어쩔 줄 몰라하고요. 답답했어요. 그래서 엄마를 어린 제가 있는 쪽으로 보내고, 저는 관리사무소에 전화해 사건을 폭로하고 그 경비원은 쫓겨나는 식으로 기억 재처리가 전개됐죠.

저의 두번째 성폭력 트라우마 기억에서는 외사촌오빠가 가해자입니다. 열한 살이었던 어느 명절에 사촌오빠 집에 갔죠. 고등학생이던 사촌오빠가 그날 '프린세스 메이커'라는 게임을 보여줬어요. 과거 판타지 세계에서 어떤 용사가 소녀를 입양해 말 그대로 공주로 키우는 게임인데, 저는 금세 게임에 빠져들었죠. 사촌오빠가 게임 설정을 보여주고, 어떻게 하면 더 멋진 엔딩을 만들 수 있는지 이야기하면서 자꾸 저를 무릎에 앉히고 싶어하더라고요. 괜찮다고, 옆에 앉겠다고 하는데도 저를 무릎에 앉혀서 제가 입고 있던 코르덴 타이츠 위로 허벅지를 주무르고, 자기 무릎과 제 허벅지 사이에 손을 넣어서 엉덩이를 주무르기도 하고, 제 사타구니 사이로 깍지를 끼기도 하고. 계속 은근하게 그 부근을 만지는 거죠.

역시나 불편한 느낌이 들었기 때문에 무릎에서 내려왔어요. 사촌 오빠의 눈은 계속 화면에 고정되어 있었어요. 아무렇지 않게 게임하는 척하면서 또 저를 무릎에 앉히고, 저는 다시 내려가는 거죠. 3일 동안 그 집에 머무르면서 여러 번 그런 일이 있었어요. 저는 밤중에 혼자 고민했죠. 이 오빠가 나를 이렇게 만지는 게 싫은데 어떻게 멈출 수 있을까. 그래서 이 한마디를 고르고 골라서 말했어요. "오빠는 나를 인형으로 생각하는 것 같아." 그전까지 계속 제 주변을 맴돌고 이런 저런 잡동사니를 선물로 주며 친절하게 굴던 오빠는 그 말을 듣고 일순간 태도가 돌변해서 화난 표정으로 방을 떠났어요. 그뒤로 저와 눈도 안 마주쳤고요. 저는 오빠가 저를 무시하는 내내 불안해서 집에 갈 시간만 기다렸어요. 외삼촌 집에는 아무도 의지할 사람이 없었고, 거실에 한 대 있는 전화기로 부모님에게 도움을 청할 생각도 못 했고요.

그 사촌오빠와는 그뒤로 20년 넘는 세월 동안 딱 두 번 마주쳤어요. 의식적으로 피한 거죠. 마주칠 때마다 그 사람은 저한테 말을 붙이며 어울리고 싶어했어요. 옛날 일은 전혀 기억을 못 하는 것 같았고요. 제 마음속에 온갖 분노와 갈등과 혼란과 충동이 일었어요. 그때 일을 모두의 앞에서 말하고 싶다는 충동, 지금이라도 소리를 지르고 싶다는 충동, 그 뻔뻔한 가면을 벗기고 싶은 충동.

심리치료에서 이 기억을 갖고 트라우마 재처리를 할 때도, 결과는 역시 예상치 못하게 나왔어요. 저희 아빠와 외삼촌이 베란다에서 담배를 피우며 이야기하는 장면이 나왔어요. 유리문 너머로 본 모습이라 말소리는 안 들렸지만, 굉장히 평온한 분위기에서 두 사람이 두런두런. 그러고 나서 아빠와 저는 지하철을 타고 한강을 건너 집으로 향해요. 넓은 강이 눈앞에 보이고 저는 아빠 옆에 앉아 있어요. 아빠의 얼굴은 보이지 않지만 그냥 차분해 보였어요. 저도 조용히 곁에 있다가, 집에 들어와서는 목욕을 해요. 제가 어렸을 때부터 목욕을 좋아했거든요. 욕조에서 목욕을 하고, 따뜻한 우유에 설탕을 타서 마시고, 제 방에서 언니 옆에 나란히 누워 편안하게 잠드는 새로운 기억이 만들어졌습니다.

저는 이 새로운 기억에 대해 역시 반발심을 많이 가졌어요. 이런 결말을 결코 원하지 않았고, 그동안 수없이 그렸던 건 그 사람의 잘못에 대한 응징이라고요. 사촌오빠의 성폭력 사실을 온 친척이 다 알게 되고, 그 오빠가 어떤 식으로든 나에게 사과하는 장면을 수없이 생각했거든요. 나는 부끄러울 게 없으니까요. 그런데 심리치료라는 것은 논리적인 해결도 사회적 정의의 구현도 아닌가봐요. 그보다는 제 마음의 안정이나 치유, 평화가 중요한 거죠. 그런 측면에서 다시 생각해봤을 때 트라우마 기억의 재처리는 잘된 것 같아요. 어린아이가 감당하기 두렵고 불안한 순간에 홀로 고립됐고, 이후에도 누군가에게 털어놓았지만 온전히 위로받지 못해서 그 기억들이 트라우마가 되어버렸는데, 재처리 기억에서는 누군가가 나타나줬으니까요. 제 편에 서고 저를 보살펴줬으니까요.

"그래서, 치료 전과 후가 어떻게 달라졌어?"라는 질문을 받곤 해요. 명쾌하게 도식적으로 설명할 수는 없을 것 같아요. 다만 따뜻한 위안과 거기서 비롯된 임파워먼트empowerment가 있어요. 치료사의 도움을 받아 오랜 트라우마를 새롭게 대면할 수 있는 시간을 가졌다는 것, 그렇게 얻은 위안과 통찰을 다른 사람과 나누고 있다는 것, 트라우마를 되돌아보고 설명하고 해석하고 마음을 다시 다잡는 글을 쓸 수 있었다는 것, 이렇게 여러분에게 이야기를 들려드릴 수 있다는 것이 정말 좋아요. 또 전에는 길거리 성추행이나 캣콜링처럼 제 몸과 마음이 침해당하는 순간에 저도 모르게 얼어붙곤 했는데, 반응의 속도가 빨라졌어요. 이제는 저를 방어하기 위해 맞서 싸우는 말이나 행동을 잘하는 편이에요. 트라우마 치료 덕분인지도 모르죠.

부모님에 대한 원망의 마음은, 아직 전부는 아니지만 많이 사라졌어요. 스무 살 넘어서 엄마에게 사촌오빠와의 일에 대해 이야기한 적이 있어요. 그때 엄마가 그랬거든요. 그 정도는 별거 아니라고. 자기는 남자들이 바글거리는 시골집에서 나고 자랐고, 그 집에 머슴들도 많이 드나들었는데 그런 일이 없었겠냐고. 그런 일 숱하게 있었다며 자기한테 뭘 어떻게 해달라는 거냐며 신경질을 냈어요. 엄마의 반응에 상처를 정말 많이 받았어요. 10년이 지나 겨우 말을 꺼냈는데 조금도 공감해주지 않아서요. 배신감과 서운함이 컸어요.

그런데 이제는 엄마의 그 말이 너무나 마음에 걸려요. '숱하게 있었지'라는 말. 엄마가 겪은 일들은 뭐였을까. 엄마는 아직도 몸과 마음이 마비되어 있구나. 그래서 그냥 회피하는구나. 엄마는 자기 트라우마에 대해서 저한테 영영 얘기해주지 않을 것 같아요. 그게 슬퍼요. 서로 털어놓고 안아주며 같이 울고 싶어요. 그럼 후련해질 텐데.

그런데 그 이야기는 우리 엄마에게만 있는 건 아니잖아요. 제 친구들에게도 있고, 여러분에게도 있고, 엄마의 엄마들에게도 있어요. 때로는 당사자들의 이야기를 듣고, 때로는 눈빛이나 지나가는 말로 느껴요. 어떨 때는 듣지 않아도 알아요. 저는 그러한 이야기들, 듣지 않은 이야기 혹은 듣고 싶은 이야기들 때문에 이렇게 저의 내밀한 삶에 대해 쓰고 말하는 사람이 됐어요. 앞으로도 그렇게 살고 싶습니다.

저는 〈말하는 몸〉에 영감을 준 책 『헝거』에서 이런 게 좋아요. 자신이 겪은 끔찍한 일에 대해 이야기하고 또 할 수 있는 작가의 용기. 아니, 용기가 아니라 바닥까지 내려가는 고통. 세상이 무너질 듯한 고통을 겪고도 다음날 아침 일어나 또 세상으로 나와 말하고 글쓰며 살아가는 것. 그걸 설명하는 단어는 '강인함'인 것 같아요. 저는 제 안에도, 여러분에게도 그런 강인함이 있다고 생각해요. 그거면 충분하다고 생각합니다.

하리타_ 독일과 한국을 오가며 작가, 사진가, 문화기획자로 활동하고 있다. 페미니스트 저널 〈일다〉에 이주민의 통찰과 정서를 바탕으로 한 인터뷰와 에세이, 칼럼을 연재하고 있으며, 성폭력 트라우마와 심리치료에 대한 이야기는 『오늘부터 내 몸의 이야기를 듣기로 했어』에서 더 깊이 있게 다루었다.

하루 300킬로칼로리,
죽음에 가까워졌다는 느낌이 들어요

섭식장애 경험자
강의 몸

적당한 인적이 있는 길을 걸을 때 이런 생각을 하게 된다. 다들 행복할까? 흔한 생각이지만 내겐 조금 사무치는 구석이 있다. 그건 내가 오랫동안 겪어온 섭식장애와 관련이 있다.

섭식장애가 찾아온 순간은 마법에 걸린 것 같았다. 처음엔 눈앞의 식빵 한 봉지가 순식간에 사라지는 기적이 일어난다. 그다음엔 한두 조각 먹던 초콜릿을 몇 개씩 먹을 수 있게 된다. 그다음엔…… 음식은 마법처럼 사라지지만 내 몸이 처한 현실은 그렇지 않았다. 먹은 만큼의 칼로리를 소모하려 아무리 걷고 달려봐도 역부족이었다. 결국 눈앞의 음식을 모두 먹어치워도 살이 찌지 않는 마법을 만들기 위선 그 방법을 사용할 수밖에 없다. 먹고 토하는 것.

나는 무수하게 보았고 느꼈다. 레몬수 다이어트로 일주일 만에 살을 뺀 친구는 며칠 만에 원래 몸집보다 더 불어난 모습으로 나타났다. 가끔씩 누군가의 손등 위 잇자국과 상처를 눈치챌 때도 있다. 한 친구는 어떤 음식이든 늘 두 숟가락만 먹는다. 그 모든 것을 알면서도 나는 아무 말도 건네지 않았다. 섭식장애를 겪는 나에게 가장 필요한 치료법은 혼자 있지 않는 것이었지만 동시에 더 절박하게 바랐던 것은 혼자 있는 것, 아무에게도 들키지 않는 것이었기 때문이다.

강은 개인적인 것으로만 여겼던 섭식장애를 최근에서야 사회적인 맥락에서 바라보게 되었다고 한다. 그의 이야기는 아주 먼 곳에서부터 시작된다. 어린 시절 잡지를 넘기던 순간, 그 잡지 위에 새겨진 아름다운 몸과 내가 가진 몸을 빗대어 보는 순간부터 서서히 깨달은 것이다. 아름다운 몸들만이 인정받고 찬양받는 세상에서 살아남기 위해서 무엇을 해야 하는지. 이상적인 몸을 위해서라면 제대로 먹고 움직이고 자는 일, 즉 사는 것쯤은 얼마든지 포기할 수 있었다.

동일한 이야기들이 각자의 마음속에, 먹고 토하는 변기통 앞에, 거부하는 음식 앞에 놓여 있다. 같은 이야기를 갖고 있지만 서로 나눌 수 없다. 외로운 일이다. 그래서 길에서 누군가를 붙잡고 물어보고 싶기까지 했던 것이다. 밥은 먹었나요. 그 밥은 괴롭지 않게 마주했나요. 거울 속 자기 모습을 낱낱이 혐오하는 여성들이 무수히 많을 텐데, 길거리에서는 어쩜 이렇게 절망의 내색 하나 느껴지지 않는 걸까요. 그렇게 묻고 싶은 충동이 일다가도, 이내 나 역시 아무렇지 않은 척 거리를 걷는다. 구토 후 입가를 닦듯 절망의 내색을 슥슥 지워내고 다시 이 하루를 살아가며.

❞

모든 여성들에게 '내가 예쁘다' '안 예쁘다'라는 생각을 갖게 되는 순간이 있는 것 같아요. 그게 굉장히 어린 시절부터 시작되거든요. 저는 열한 살쯤이었는데 패션 잡지를 읽기 시작하면서부터였어요. 그 전에는 그런 생각을 많이 하진 않았는데, '이상적인 여성의 몸'이라는 사회적 기준에 대해 알아가기 시작한 거죠. 저 여자 연예인들처럼 허리와 팔과 다리는 가늘어야 하고, 배는 납작해야 하고, 눈은 커야 하고, 가슴과 엉덩이는 풍만하지만 그 외에는 다 말라야 한다는 기준들. 그런 기준으로 제 몸을 평가하게 된 첫번째 계기였던 것 같아요.

당시에도 저는 제 몸이 그런 기준에 맞지 않는다는 걸 알았고, 그래서 나름대로 여러 가지 노력을 했어요. 열한 살짜리가 할 수 있는 게 많이 없잖아요. 눈이 커질까 싶어서 눈꺼풀을 잡아당기는 버릇이 생겼고, 코가 높아질까 싶어서 코도 계속 잡아당겼어요. 그리고 다릿살이나 뱃살을 없애준다는 운동을 하면서 제 지방을 손에 쥐어보기도 했죠. 이게 나의 지방이고 이것이 내 몸에 붙어 있으면 나는 사랑받을 수 없다는 것을 처음으로 생각하게 됐어요. 외모뿐 아니라 다리를 모으라거나 무릎을 스치듯 걸어야 한다거나 하는 이야기를 들으면서 여자다운 행동을 하려고 의식적으로 노력하기도 했죠. 그런 생각 때문에 체육 시간에 힘들었어요. 여성스럽지 않은 행동을 계속해야 하잖아요. 다리를 벌리고 점프한다거나, 그런 동작들도 하면 안 된다는 생각이 들었어요.

초등학교 6학년쯤 2차성징으로 가슴에 몽우리가 생기고 생리를 시작하면서 살이 쪘어요. 그때 키가 160센티미터로 지금이랑 비슷한데, 50킬로그램이 넘어가게 됐거든요. 그런데 여자가 50킬로그램이 넘어가면 안 된다고 다들 말하잖아요. 살을 빼야 한다고 생각했죠. 그러니까 역설적으로 음식에 대한 욕망이 더 커지더라고요. 그때부터 먹고 토하고 폭식하는 버릇이 생겼어요. 처음엔 원하는 대로 먹을 수 있는데 살은 찌지 않으니까 좋은 방법이라고 생각했어요. 그런데 계속 반복해서 구토를 하다보니까 얼굴이, 특히 침샘 부분이 많이 붓더라고요. 손등과 손가락에 화상자국 같은 것이 생기고. 구토한 흔적이 남거나 나한테서 토사물냄새가 나지는 않을까, 이런 것들이 계속 신경쓰였죠.

사실 손의 화상자국이나 침샘 붓는 일보다 더 비참한 건, 내가 먹는 것을 참으면 되는데 그걸 못 참아서 폭식하고 변기를 붙잡고 토하고 있다는 자괴감이었어요. 그렇게 먹고 토하는 생활을 1~2년 정도 반복하다가, 하루는 엄마가 외식하자고 했는데 그날도 밥 먹고 화장실에서 구토를 했거든요. 엄마가 돈 벌어서 사준 밥을 토하고 있는 나 자신을 용서하기가 어렵더라고요. 그때부터 먹고 토하는 대신 아예 안 먹기 시작했어요.

매일 칼로리를 계산했죠. 아예 안 먹어야 한다는 생각을 하고 나서는 하루에 300킬로칼로리 정도를 먹었어요. 그렇게 1년쯤 지나고 나니까 가장 체중이 적게 나갔을 때가 160센티미터에 34킬로그램. 당연히 굉장히 야윈 모습이 됐는데, 그냥 살만 빠지는 게 아니라 생리가 한 1년간 끊겼어요. 제가 머리숱이 많은 편인데 당시엔 탈모가 심했어요. 무엇보다 일상생활에 필요한 작은 움직임조차 제대로 하기 어려워졌죠. 지금은 없어진 걸로 아는데, 당시 포털사이트에 '프로아나'라는 카페가 있었어요. 프로pro가 '찬성'을 뜻하고 아나ana가 '거식증'을 뜻하는 'anorexia'에서 따온 말인데, 거식증 환자들과 거식증에 걸리고 싶어하는 여성들이 모인 카페였어요. 그 카페를 자주 방문했고 여러 조언을 들었죠. 식욕이 생기면 화장실 청소를 해라, 혀를 면도날로 베라…… 그런 조언들을 저도 많이 따랐고요. 그때 친구들이 저를 많이 부러워했어요. 어떻게 다이어트했는지 많이들 물어보고요.

그 당시엔 제가 개신교를 믿었는데 하루에 정말 수십 번씩 기도했어요. 살 빠지게 해달라고. 먹기 전에도 무릎 꿇고 몇 분간 기도했던 것 같아요. 내가 이걸 먹고도 살이 찌지 않게 해달라. 몇 달 동안 하루에 300킬로칼로리씩 먹으면서 지내다보면 죽음에 가까워졌다는 느낌이 들어요. 몸에 힘이 하나도 없고, 온갖 이명 현상이 나타나거나 환영이 보이기도 하고, 어지러워서 바닥에 주저앉기도 하고. '이러다가 정말 죽겠구나'라는 걸 머리로는 이해하는데 그렇다고 또 음식을 먹으면 살이 찔 테니까, 살이 찌느니 이런 상태로 있겠다는 생각을 하게 되는 거죠. 그러니까 병적인 상태인 거예요. 그런 거식증 시기가 한 1년 정도 지속됐죠.

그 증상이 없어지기 시작한 건 첫 연애를 하면서부터였는데, 아마 살을 빼는 것보다 내 삶에 우선순위를 차지하는 일이 생겼기 때문일 거예요. 누군가가 나를 사랑해준다는 경험, 누군가에게 내가 받아들여진다는 경험이 그렇게 굶지 않아도 된다고 생각하게 만들어줬던 것 같아요. 그런 병적인 상태는 지금은 끝났고, 이제 먹고 구토한다거나 아예 안 먹는다거나 하는 일은 없어요. 하지만 지금도 내가 살이 찔 수 있다는 생각을 하면 공포감이 엄습하죠. 의식적으로 다이어트를 하지 않더라도 늘 기본적으로 생각하며 사는 것 같아요. '살이 찔 만큼 먹으면 안 된다.' 많이 먹은 날은 자동적으로 칼로리 계산이 되고, 이 공포에서 완전히 벗어나기는 쉽지 않은 것 같아요.

섭식장애를 겪던 시기가 제 인생에서 가장 힘들었던 때거든요. 구태여 숨긴 것은 아니지만 어딘가에서 이야기해본 적은 거의 없어요. 이게 정치적인 또는 사회적인 의미가 있다고 생각했다면 더 이야기했을 수도 있었을 텐데, 그동안은 정신적으로 문제가 있었던 나의 개인적인 경험, 부끄러운 기억이라고 생각해서 얘기를 잘 못했어요. 시간이 지나면서 기억은 희미해지는데 이걸 남기고 싶다는 생각을 했어요. 어쨌든 내 평생을 통틀어서 가장 힘든 시기였고, 그 시기를 거쳐 나는 생존한 것이고, 지금의 나를 이루는 데 한 부분이 된 기억이잖아요. 나에게도 의미가 있지만, 어쩌면 다른 사람에게도 어떤 위로나 새로운 정보가 될 수 있지 않을까 생각했어요.

특히 제 삶이 이 사회와 무관하지 않다는 생각, 이 불합리한 사회구조의 영향을 받고 내가 그 피해를 입기도 한다는 걸 자각했던 순간들이 계속 있었어요. 섭식장애의 기억을 해석하며 생각했어요. 난 어쨌든 피해자인 것이다. 10대 여성이던 내가 그러한 생각과 강박을 갖게 되고 결국 나의 건강을 해치게 되는 상태까지 이르게 된 건 이 사회의 구조와 문화에 의한 것이다, 음식을 거부한 것은 나지만 거부하게 만든 것은 내가 아니다, 사회가 나의 몸과 정신의 내밀한 영역에까지 영향을 미쳤다, 라고 자각하게 된 거죠.

우리는 몸과 정신을 분리해서 보는 데 익숙해져 있잖아요. 마치 몸은 내 소유물이고 정신이 곧 나인 것처럼. 그런데 내가 이 세상에 존재한다는 근거이자 양식은 이 몸밖에 없거든요. 그런 면에서 저는 '네 몸을 날씬하게 만들어서 이 세상에서 차지하는 부피를 줄여라'라고 사회가 요구할 때 '이 사회에서 차지하는 너의 존재를 줄여라'라는 말로 들리는 것 같아요. 물론 건강을 위해서 근육을 만든다거나 자해적이지 않은 방식으로도 다이어트를 할 수 있잖아요. 그런데 뚱뚱한 여성에게 인정과 환대를 전혀 베풀지 않는 이런 사회에서 여성들이 하는 다이어트는 결국 이 세상에서 나의 자리를 줄여나가는 과정이 되는 경우가 많은 것 같아요. 제 경험도 그러했고요.

섭식장애라는 게 사전적인 의미로는 '음식을 거부하는 거식증, 한꺼번에 많이 먹고 구토하는 폭식증'이잖아요. 그런데 사전 너머 현실을 보면 환자 중 절대 다수는 여성이에요. 대부분 10대, 20대 여성들이거든요. 젊은 여성들에게 이 사회가 특정한 외모를 강요하며 그들에게 숨쉴 수 있는 공간을 별로 주지 않기 때문에 생기는 사회적인 병이라는 거죠. 내 의지가 약해서 먹고야 마는 것이 아니에요. 원래 모든 생물은 살기 위해 먹죠. 내가 살고자 먹는 것은 당연한 욕망이고요.

나는 살아 있을 가치가 있는 존재라는 것. 공간을 차지해도 되고, 남의 눈에 띄어도 된다는 것. 그렇게 해도 내가 할 수 있는 것들이 있고, 나를 사랑해줄 수 있는 사람들이 앞으로도, 그리고 지금도 있을 거라고 그때의 나 자신에게 말해주고 싶어요. 아직까지도 다이어트와 외모 강박으로부터 완전히 자유롭지 못한 상태로 살아가고 있지만 적어도 의식적으로는 '네가 차지하는 공간을 줄여라'라는 세상의 요구를 거부하면서 살아가고 싶어요.

강_ 20대 여성. 청소년 시절 겪은 섭식장애 경험을 정치사회적 맥락에서 재해석하려 노력했다. 청소년 인권에 관심이 많다.

가슴이 작아도 괜찮다는 말,
미묘했어요

프리랜서 리서처
최리외의 몸

왜 '자기만의 이야기'에 몰입하게 됐는지 생각해봤다. 방송을 만들 땐 한정된 시간 동안 할 이야기를 선택해야 한다. 오늘 벌어진 일이라 시의성이 있다거나, 혹은 너무 재미있어서 10분이 1분처럼 흘러갈 이야기라거나. 그런 기준으로 몇 가지 이야기를 선택하고 나면 나머지는 버려진다. 버려진 이야기들, 심지어 발화되지 않은 이야기들까지 셈하여 생각하면 왠지 그 이야기들을 마구 붙잡고 싶은 심정이 들 때가 있다. 그 버려진 이야기는 오늘 누군가의 인생을 송두리째 바꿔놓을 아주 중요한 이야기였을 수도 있으니까.

그런 이야기들이 <말하는 몸>에서 발화되면 어떨지 궁금했다. 아무리 작고 보잘것없는 이야기라도 그 앞에 마이크를 놓으면 무엇이라도 튀어나올 거라 믿었다. 몰랐던 사실이나 예상치 못한 감동을 기대했다. 한 시대가 이 작은 개인의 가장 내밀한 구석까지 비집고 들어가 그에게 영향을 미치고, 변화시키고, 새로운 사람으로 창조해가는지 그런 심오한 원리를 확인하고 싶기도 했다. 실제로 많은 이야기들이 그러했다. 이야기의 크고 작음보다는 출연자의 '이 이야기를 하고야 말겠다'는 강렬한 의지가 더 중요하다는 것을 깨달을 때가 많았다.

최리외는 오랜 콤플렉스였던 작은 가슴에 대한 이야기로 말문을 열었다. 자신의 가슴 크기와 그것이 의미하는 바에 대해 깨닫는 순간은 여성들에게 중요한 '비포와 애프터' 중 하나일 것이다.

내 경우는 수영장에서 어떤 언니가 "뽕 좀 차야겠다, 너"라고 한 것이 최초로 맞닥뜨린 깨달음의 순간이다. 그때부터 알게 되었다. 나는 성적 주체이기 이전에 성적 대상으로서 존재하며 이 작은 가슴으로 인해 나는 충분히 감상하고 흥분할 만한 성적 대상으로는 부족한 존재가 될 수 있음을.

내 몸은 온통 치부로 가득하다. 수많은 이야기가 아무런 사회적 함의를 가지지 못한 채 나의 개인적인 사정으로, 나만의 기억으로 잠들어 있다. 최리외는 버려진 '자기만의 이야기'를 더 많은 사람들이, 더 자주 꺼내놓아야 한다고 말했다. 그것은 사회적으로 만들어진 치부이기 때문이다. 작은 가슴이든 큰 가슴이든, 내 몸은 그저 내 몸일 뿐 나를 드높이거나 괴롭히는 도구가 될 수 없다. 리외가 가슴속에 품고 있었던 자기 이야기를 발화하기까지는 오랜 시간과 굳건한 용기가 필요했다. 그가 선택한 모든 단어와 문장에 그 용기가 실려 있다.

❟

내 몸에 대한 이야기를 평생 안 하고 살아야지, 라고 생각해왔어요. 누구에게나 어떤 종류의 몸에 대한 수치감이 있을 거라고 짐작하거든요, 특히 여성들에게. 저도 그중 한 명으로서 내 몸에 대한 이야기를 어디에서도 공개적으로 할 수 있을 거라 생각하지 않았고, 기대하지도 않았고, 어떠한 욕구조차 없었어요.

굉장히 협소한 여성의 이미지만 우상화되잖아요. 그중 대표적인 이미지가 여성의 가슴이죠. 가슴은 제게 오랫동안 부끄러움의 대상이었어요. "넌 왜 이렇게 절벽이냐"라는 얘길 너무 많이 들었고, 친구들이 제 등을 쓸어내리면서 "넌 앞뒤가 똑같다"라면서 놀리기도 했고요. 가슴의 크기가 곧 여성성의 상징으로 부각되는 세상에 살면서 저도 가슴이 커야 좋다고 막연히 생각해왔죠. 그런데 제 가슴이 커지지 않잖아요. 괜한 수치심을 느끼며 뽕브라 생활을 굉장히 오래했어요. 그럴듯한 브래지어를 찾아내고, 통증이 있거나 옆구리에 흉이 지는데도 불구하고 브래지어를 차고 다녀야만 사람다운 사람, 여성다운 여성으로 보일 수 있을 거라고 생각했어요. 요즘은 스포츠 브라가 많이 나오잖아요. 그걸 접한 지 1년이 안 돼요. 그전에는 소화가 안 되는 게 일상이었는데 그게 브래지어 탓인 줄도 몰랐어요. 심지어 가슴 언저리에 통증까지 있었거든요. 와이어라든가 뽕으로 인해서 매일매일 이물감을 느끼는 경험을 하고 살았던 거예요.

그런데 또 뽕브라를 착용하면 내 모습이 굉장히 이상하게 보이는 경우가 있어요. 진짜 내 가슴이 아니라 어떤 평면에서 갑자기 뭔가 튀어나온 듯 보이는…… 그것도 너무 싫은 거예요. 최대한 자연스럽게 보여야 한다는 강박 때문에 또 좌절하고. 쇼핑몰을 가서도 뽕브라만 보면서 '이걸 착용하면 내가 여성스러워 보일까?' 혹은 '이걸 착용하면 조금 붙는 옷을 입어도 쪽팔리지 않겠지?' 이런 생각을 오랫동안 습관처럼 했어요.

페미니즘을 접하면서 이런 생각이 서서히 변화하게 되었어요. 제가 생각해왔던 '여성스러움'에 대한 감각이 변한 건데요. '내가 나의 몸이어도 나는 충분히 인간적인 존재다'라는 것을 돈오점수頓悟漸修처럼 확 깨달았다기보다는, 조금씩 내 몸을 인정하게 되는 시간들이 필요했던 것 같아요. 오늘도 노브라로 나왔어요. 처음에는 너무 이상했거든요. 브래지어를 착용하지 않는다는 것 자체가. 그런데 너무 편안한 거예요. 옷에 따라 유두가 부각된다거나 하는 경우엔 부담스러워서 일상적으로 하진 못하지만 조금씩 노브라 외출을 늘리고 있어요. 흉통도 사라지고 상체를 옭아매는 감각이 없다는 사실이 낯설면서도 그것이 주는 자유로움이 있어서, 요즘엔 자주 노브라로 다녀요.

사실 가슴에 대한 이야기는 제겐 거의 트라우마 같은 거예요. 가슴에 대한 그 어떤 말도, 어떤 이야기도 듣고 싶지 않은 상태였거든요. 길거리에서 마주치는 사람들이 늘 제 가슴을 보고 있을 것만 같았고, '쟤는 왜 저렇게 가슴이 작나' 이런 생각을 할까봐 두려움이 큰데다가 친구들이나 연인이 제 가슴을 보고 놀랄 것 같았고. 저 역시도 "가슴은 나의 흔적기관이다"라고 스스로를 조롱하는 말을 일삼았어요. 출산과 육아 같은 재생산에 관련된 신체기관이 특히 여성성이라는 대상화로 쉽게 걸려들 수 있잖아요. 제가 그 조건을 갖추지 않았다는 것이 제 성별을 좌우하는 것처럼 느껴지기도 했어요.

어렸을 때 친구들이 달리기를 하면 가슴이 크고 무거워서 잘 못 뛰겠다고 얘기했어요. 그런데 저는 그걸 한 번도 느껴본 적이 없고 평생 느껴볼 일도 없을 거예요. 항상 상체가 가벼워서 잘 뛰었거든요. 제가 여성성을 갖추지 못했다는 생각을 깊이 하고 있었기 때문에, 오히려 남성적인 모습을 더 키워야겠다는 생각을 했던 것 같아요. 그런 오기로 남자애들보다 더 잘 뛰어서 학교 계주 대표 마지막 주자로 나선다거나, 남자애들이랑 같이 축구를 한다거나, 체육 과목에서 남자애들에게 뒤처지지 않으려고 했어요. 그래서 체육에 관해서는 어떤 성과가 있었지만 그렇다고 해서 제 자존감이 높아졌느냐, 그것도 아닌 것 같아요. 언제나 몸에 대한 수치와 결핍감을 갖고 있으면서 그것을 감추려 노력했으니까요.

또 이런 일도 있었어요. 잡지를 보면 저같이 가슴이 작은 여성 모델도 많이 보이거든요. 그런데 그들은 굉장히 마른 거예요. 저는 마르지는 않았는데 가슴은 작고. 모델은 비록 작은 가슴을 가졌지만 굉장히 말랐고 여성적인데 나는 그렇지 않으니, 그렇다면 나를 어떻게 규정해야 할지를 모르겠더라고요. 성형수술 후기도 많이 찾아봤어요. 수술하면 나의 불충분이 상쇄될 수 있을 거라 생각했거든요.

사실 섹스라는 행위도 굉장히 두려워했었어요. 가슴 때문에요. 나체로 마주했을 때 연인이 나의 가슴 모양과 크기를 보고 놀라지 않을까. 당연히 싫어할 거라고 생각했어요. 또 연인이나 굉장히 친하다고 생각하는 남성 친구에게서 '가슴이 작아도 괜찮아'라는 피드백을 받았는데 미묘한 감정이 들었어요. 뭔가 위로를 받은 것 같으면서도 그렇지 않고. 그런데 그런 말은 정말 많이 들었어요. "괜찮아, 가슴이 전부가 아니야." 혹은 가슴이 커서 고충을 느끼는 친구가 "내 가슴 좀 떼가라"라고 말한다거나. 바꿀 수 없는 대상을 비교하는 우리의 모습, 그리고 거기에서 열등감을 느끼는 나 자신을 볼 때마다 불쾌하더라고요.

  몸에 대해 이야기한다고 했을 때 가장 먼저 떠오른 기억이 있어요. 초등학교 4학년 무렵의 기억인데요. 이후에야 동급생 남자애들이 저에게 성희롱을 한 것이라고 생각하게 된 사건이 있어요. 그들도 어렸고 저도 어렸고, 이제 막 성에 대해 알아갈 시기였기 때문에 그들이 호기심으로 한 행동이라 할 수도 있겠죠. 학교 일과를 마치고 제가 당번이라 청소를 하고 있었는데, 그애들이 저를 기다렸다가 단체로 자위행위를 한 거죠. 다 낄낄대면서 저를 둘러싸고 자위행위를 하면서 제 몸에 대한 평가도 하고, 성적으로 모욕감을 주는 말들을 했거든요. '네가 다리를 벌리면 내가 어떻게 할 텐데'라거나. 웃으면서 노는 사이에, 정말이지 순식간에 벌어진 일이었어요.
  그애들은 재밌는 장난을 했다고 생각했던 것 같아요. 담임 선생님에게 가서 그 일에 대해 얘기했는데, 선생님이 거들떠보지도 않았던 기억이 선명해요. 너무 바쁘셨고 학생 한 명의 상황에 귀를 기울일 수 없는 상황이었나봐요. "나중에 얘기하자"라고 하더라고요. 저는 그애들의 이름과 얼굴과 그 순간의 표정까지 하나하나 똑똑히 기억해요. 중학교 때는 지하철에서 또래 남학생이 제 등뒤에 밀착해 잔뜩 발기된 성기를 문지르는 일도 있었어요. 제가 당황해서 내려야 할 역이 아닌 곳에서 내렸는데 그놈도 저를 쫓아서 내린 거예요. 2~3년 안에 그런 일련의 사건들을 겪으며 몸에 대해서, 그리고 섹스에 대해서 혐오감을 느꼈어요. 제가 잘못한 것이 없는데도 저에겐 깊은 수치가 남았어요. 무력감과 함께.

그래서 저는 아예 다 피하고 싶었던 것 같아요. 모든 상황과 건강한 성에 대한 논의, 건강한 몸에 대한 논의로부터 아예 귀를 닫고 차단하고 싶었어요. 남성들에 대한 혐오감과 경멸도 심해지면서 제 남성 또래에게 굉장히 적대적으로 굴었죠. 동일한 폭력을 행사하고 싶었어요. 언어적으로든 물리적으로든, 나도 당한 만큼 똑같이 해줘야겠다는 생각이 컸어요. 한편으로는 잠깐씩 몸을 접촉하게 되는 순간들 있잖아요. 그런 것들에도 너무 화들짝 놀라곤 했죠. 또 동시에, 제압할 수 있는 힘을 키우자는 생각에 그들과 똑같은 신체적 능력을 가지려는 이상한 결심도 했던 것 같아요. 당하고 싶지 않았어요. 가만히 있는 나 자신이 꼴 보기 싫었기 때문에 어떻게든 대응하자는 생각으로 강경하게 행동했어요.

저는 이 자리에 결심을 하고 나왔어요. 이 이야기들은 하고 싶다, 해야겠다. 이젠 이런 경험을 이야기함으로써 더 벗어날 수 있다고 생각하게 됐거든요. 그리고 제가 말한 것들은 절대로 저만의 경험이 아니기 때문에. 유사한 경험을 많은 분들이 하셨을 거예요. 사람은 어떠한 사건의 전후로 나뉜다고 말하잖아요. 저는 제 신체에 관한 변화가 어릴 때 겪은 성폭력, 성희롱 사건들과 무관하다고 생각하지 않아요. 일련의 사건을 겪은 후 음식을 아예 먹지 않고 지내던 시절이 길었는데, 이게 가슴의 크기나 2차성징 과정에 영향을 미쳤을 거라 생각해요. 그래서 나의 몸에 대해 이야기할 땐 이 트라우마에 대해서도 이야기해야겠다고 생각했어요.

한 개인이 자신의 고통과 기억에 대해 말하는 것. 그게 가장 어려운 발화라고 생각해요. 나의 상처와 고통을 마주보는 목소리를 기록하는 것이 그 이야기를 듣는 이들에게 가지는 의미가 너무 크다고 생각하고요. 아주 주관적이고 개인적인 이야기를 하고 있지만, 그만큼 이걸 듣는 사람들이 지극히 개인으로서 나 자신에 대해 돌아볼 수 있게 된다고 생각해요. 자기 자신의 고통과 기억을 다시 바라볼 수 있는 시간이 될 테니까요.

여성들 모두가 자기만의 이야기를 다 갖고 있을 것이고, 이 이야기를 듣고 나의 이야기를 할 수도 있겠다고 다짐하게 되면 좋겠어요. 자기 몸을 바라보고, 어떤 결핍을 극복하는 게 아니라 있는 그대로 수용할 수 있다면 좋겠어요. 저도 그랬거든요. 너무 긴 시간이 걸렸고, 사실은 아직도 수용하는 중이지만요. 누군가의 목소리를 들으면 용기가 생기기도 하니까요.

최리외_ 프리랜서 리서처로 일하며 초보 번역가로 발돋움하려는 중이다. 정치학을 공부했으나 문학을 더 좋아하며, 언젠가 몸의 기억을 감각할 수 있는 글을 쓰고자 한다.

몸은 훨씬 더 좋은 일을
할 수 있는 도구니까요

———

번역가
노지양의 몸

좋지 않은 생각은 이상 파랑波浪 같아서 어디에서 밀려왔는지도 모르는 파와 파들이 중첩돼 더 큰 파가 되어 나를 집어삼키곤 한다. 그럴 때 생각을 가위로 싹둑 자른다거나 지우개로 슥슥 지우는 상상을 하는 것이 좋다고 하지만, 이미 파도에 휩쓸리고 있는 내게 그럴 겨를이 있을 리 없다.

파도의 시작점은 저마다 다르겠지만 나의 경우를 돌아보면 '작은 키'인 경우가 많았다. '키가 조금만 더 컸으면……' 하는 정도의 아쉬움에서 끝나면 좋았겠지만 망상의 질주는 이미 시작됐다. 애초에 작은 키를 물려준 부모를 원망하고, 후천적인 노력을 기울이지 않은 부모를 되짚어 또 원망하고, 성장호르몬이 마구 뿜어져나올 때 자지 않고 TV를 본 것에 대해 자책한다.

더 나아가 이런 작은 키로는 정상적인 성인 분량의 삶을 살지 못할 것이라는 절망감에 빠져든다. 의자에 앉았는데 바닥에 온전히 닿지 않는 발, 내겐 너무 높은 대중교통의 짐칸, 나란히 선 사람들 사이 푹 꺼진 한 점. 그게 나다. 아무리 어깨를 쭉 펴도, 까치발을 들어도 이 세계에서 나의 존재는 작고도 초라하다.

록산 게이의 책 『헝거』를 번역한 노지양도 '작은 키'라는 콤플렉스에 오랫동안 사로잡혀 있었다고 한다. 그는 키 때문에 스스로 가능성을 차단하고 선택의 폭을 제한할 때가 많았다. 누군가는 '큰 키' 때문에, 누군가는 또다른 이유로 자신의 가능성을 몸안에 가두었을 것이다. 우리는 왜 이렇게 사소하고 별것 아닌 이유로 파국적인 생각을 뿜어내고 그 파도에 휩쓸려버릴까.

이 파도를 거슬러 가보기로 한다. 취재를 다닐 때, 키가 작은 나는 늘 두 팔을 번쩍 들어 마이크를 바짝 갖다대야만 사람들의 목소리를 담을 수 있었다. 고개도 잔뜩 꺾어야 그들의 표정과 입모양을 읽을 수 있었다. 사람들의 이야기를 우러러보는 일, 저 먼 곳의 이야기에 팔을 뻗쳐 가까이 담는 일. 마치 나폴레옹이 "하늘에서 키를 재면 내가 제일 크오"라고 한 것과 같지만 이 콤플렉스를 어떤 은유로서라도 극복하고 싶었다.

그러나 우리는 이토록 애처롭게 정신승리를 할 필요도, 그렇다고 그 사실을 무시할 필요도, 거꾸로 너무 사랑할 필요도 없다. 노지양의 말처럼 그것이 나의 전체를 규정하게 내버려두지는 말자는 것. 나의 선택지를 제한하지는 말자는 것. 바꿀 수 없는 내 몸에 대한 좋지 않은 생각, 그 거대하고도 잦은 파도를 피할 순 없지만 그래도 그로부터 멀리, 부지런히 도망쳐야 한다.

❯

제가 번역한 록산 게이의 『헝거』는 분량이 그렇게 많지도 않고 어려운 단어나 조사해야 할 내용들이 많지 않았음에도 불구하고 번역 기간도 오래 걸렸고 쉽지 않은 작업이었어요. 한 문장 한 문장 저자의 심정이 되어서 번역하지 않으면 문장이 살아나지 않는 느낌이 들어서 고치고 다시 또 고치고 했거든요. 록산 게이의 문장이 짧고 기교 없이 담백해서 제가 함부로 문장을 건드릴 수도 없었고, 되도록 있는 그대로 번역하면서도 쉽게 읽히게 해야 하니까 굉장히 조심스럽게 접근했죠.

몸에는 다 아픔이 있고 사연들이 있잖아요. 그런 것에 대해서 제대로 생각하지 않고 그저 정신적인 문제라고만 여기며 지냈던 것 같아요. 나는 사랑할 만한 사람이라고 생각하지 못하는 이 심리, 그리고 늘 사람들로부터 다치고 상처받는 것, 그러면서도 끊임없이 자기를 의식하는 행위들. 록산 게이가 자신의 몸을 '우리^{cage}'라고 표현하는데 그 말이 굉장히 많은 여성들에게 와닿을 거라 생각했어요. '감옥이었다', 내가 여기 갇혀 있다는 말이요.

저도 제 몸에 대해 생각을 해봤죠. 이 몸이 나의 성격이나 심리를 형성하는 데 어떤 영향을 미쳤을까? 이 몸이 나를 어떻게 여기까지 이끌고 왔을까? 저는 일단 키가 좀 많이 작은 편이에요. 어렸을 때부터 작았어요. 늘 맨 앞에 앉았고. 어릴 때는 그게 그렇게 중요한 일은 아니었어요. 그런데 20대 이후, 성인 여성으로서 내 몸을 보이는 상황이 됐을 때 제 특징 중 하나인 작은 키가 굉장히 큰 약점처럼 느껴지는 거예요. 이렇게 느끼는 건 저의 소심함이나 열등감 때문일 수도 있겠지만, 주변에서 너무나 쉽게 제 몸이나 키에 대해 한마디씩 하는 일이 많아진 거죠. 이를테면 대학 동아리 모임에서 다 같이 동그랗게 앉아 있었거든요. 사회를 보던 선배가 일어나서 자기소개를 해보라고 해요. 제가 일어나면 "어~ 일어난 거야, 앉은 거야?" 그래요, 농담으로. 웃기려고 한 말일 텐데 저는 전혀 웃기지 않거든요. 사실 저는 그 상황에서 화를 내고 싶었어요. 하지만 화를 내면 분위기를 망치니까 "아, 왜 이래~" 하면서 그냥 넘어가죠. '아우~ 귀엽다' '작다' 이런 말들을 들으며 작은 키를 나의 큰 약점으로 스스로 내면화해버린 거예요. 그러면서 '키 작은 사람'이라는 게 저의 전체를 정의하는 것처럼 되어버린 거죠.

작은 키가 어떤 방식으로 저의 성격이 됐냐면요. 원래도 좀 내성적인 편이었지만 더 소극적인 사람이 되었죠. 내 몸으로 할 수 있는 일이 적다고 생각했고, 사람들 앞에 나가서 발표할 때도 자신감이 자꾸 없어지고, 누굴 처음 만날 때도 '나를 어떻게 생각할까' 계속 생각하고. 큰 배낭을 메고 유럽여행을 가고 싶어도 '사람들이 배낭이 땅에 끌린다고 놀리지는 않을까?' 하는 식으로 자꾸만 나의 가능성을 제한하게 되는 거죠. 결국 그런 제한이 어떤 선택의 기준이 되기도 하고요. 나의 신체 때문에 직업이나 미래의 폭을 제한하고, 어떤 잠재력을 발휘하지 못하는 거죠. 내가 가진 정말 좋은 점들, 나의 취향, 성격, 사고의 깊이 이런 것들을 더 보여줄 기회가 없고. 그런 것들은 나에게 그렇게까지 중요한 게 아닌 것처럼 생각되는 거예요. 내 외모가 이 세상에 더 보여지는 것이기 때문에.

또하나 제한했던 것은 연애였어요. 제가 키가 작기 때문에 키 큰 사람을 선택해야 할 것 같다는 생각이 있었죠. 게다가 키가 작은 것이 제 큰 약점처럼 여겨졌기 때문에 소개팅을 나갈 때도 자신감이 없었다고 해야 하나. 좋아하는 사람에게 내가 어울리지 않을 것 같다는 생각, 새로운 사람을 만났을 때 저 사람이 저에게 호감을 보이지 않을 것 같다는 생각을 했어요. 지금 돌아보면 저에게는 호감을 가질 만한 다른 여러 가지 특성이 많은데도 작은 키, 이것 하나 때문에 저를 보여주지 못하는 거예요. 그래서 연애의 풀이 굉장히 좁았죠. 여기서 만족하자, 더 적극적으로 나가면 싫어할 거야, 이런 생각까지 하게 되고요. '왜? 내가 어때서. 나는 키로 정의되지 않는 사람이야. 훨씬 매력 있고 다채로운 사람이야' 이런 마음을 옛날부터 가졌어야 하는데 그땐 왜 그랬는지. 그런 생각이 있었던 것 같아요. 평균 이상이 되고 싶다. 그게 잘 안 됐을 때 나 스스로 느끼는 열등감은 저도 좀 문제였다고 생각해요. 그럴 때마다 '그게 뭐가 어때서?'라고 생각하는 사람이 훨씬 아름답고 매력적이거든요. 그 부분에서 저는 오히려 매력이 없었던 거죠.

지금에서야 내 몸을 생각하면, 나의 몸은 나를 더 먼 세상으로 데려다주는 것이지요. 예전엔 이게 나를 제한하는 것, 갇히게 하고 움츠러들게 만드는 것, 위축되게 하는 것이라고 생각했어요. 그게 너무 안타까워요. 외모로 인한 위축감 때문에 젊은 시절의 많은 시간을 낭비했으니까요. 그런 생각이 들 때 차라리 외국어를 배운다거나 여행을 간다거나 사람을 더 많이 사귄다거나 할걸. 우리는 전부 다 체형이 다르고 그래서 아름답잖아요. 요즘엔 내 외모나 체형을 굳이 사랑하거나 아름답다고 생각할 필요도 없게 된 것 같아요. 이건 그냥 내가 갖고 태어난 거죠. 가능한 한 잘 꾸미고 건강하면 좋겠지만, 그보다 훨씬 더 좋은 일을 할 수 있는 도구니까요. 나의 잠재력, 나의 다양함을 담은 그릇이고요.

페미니즘 관련 책들을 번역하면서 도움을 받은 면도 있겠죠. 한때 페미니즘 책 열풍이 있었고 의뢰받는 책마다 페미니즘 책이었어요. 페미니즘 책을 번역하면 할수록 새롭고, 재밌고, 배우는 것도 많고, 질리지 않는다는 것을 느껴요. 너무너무 많이 깨이고, 내 인생을 다시 읽게 되는 느낌이 있어요. 페미니즘은 굉장히 생활밀착형 지식이에요. 내 인생을 자꾸 바꾸게 하고, 돌아보게 하고, 여성으로서의 정체성에 대해서 자꾸 생각하게 해요. 내가 아내로서, 엄마로서, 그리고 일하는 여자로서 앞으로 어떻게 살아야 하는지에 대해 생각하게 해주기 때문에 페미니즘 책을 한 권씩 번역하면서 제 생각과 삶의 태도도 긍정적인 방향으로 변하고 있어요. 그러니 꼭 많이 읽으세요. 아무리 많이 읽어도 넘치지 않아요.

노지양_ 번역가. 록산 게이의 『나쁜 페미니스트』 『헝거』를 비롯해 다양한 분야의 책 80여 권을 우리말로 옮겼다. 에세이 『먹고사는 게 전부가 아닌 날도 있어서』를 썼다.

'조금 더 사랑하자'가 아니라
'조금 덜 미워하자'

기자
신나리의 몸

내겐 섬세한 안목을 가진 친구가 있다. 그는 내 외모의 변화를 단 한 번도 놓치지 않았다. 나조차도 '별로 티가 안 나네'라고 생각했던 은은한 아이섀도, 그는 알아챘다. 아침에 너무 바쁜 나머지 눈썹을 슥슥 뭉개듯 그리고 나온 것도, 립스틱을 바꾸거나 머리 스타일이 바뀐 것도 물론 알아챘다. 처음엔 뭔가 들킨 것 같은 기분에 쑥스럽기도 했지만, 익숙해지면서부터는 나의 변화에 대해 알아채는 그의 세심함과 배려에 오히려 탄복하게 되었다.

나는 외모를 소재로 하는 대화에서 어떻게 살아남을지에 대해 고민하던 중이었다. '살아남는다'는 것은 내가 옳지 않다고 느끼는 대화에 동조하지 않으면서도 너무 불편한 분위기를 만들지 않으며 화제를 전환할 수 있는 생존법을 말한다. 그런 대화에서는 외모 평가가 결국 서열화로 이어진다거나("○○은 너무 잘생겼어. 그런데 우리는 망했네."), 외모 이야기가 나올 맥락이 전혀 아닌데도 그 소재를 끌어들인다거나("이 사안에 대해서는 ○○이 잘 알아. 걔가 참 예쁘장하게 생겼지.") 하는 일들이 벌어진다. 나에 대한 직접적인 평가가 아니더라도 불편했다. 결국은 내가 그 잣대로 나 스스로를 평가하게 될 것이기 때문에.

수시로 불쑥 찾아오는 이런 대화의 순간을 어떻게 하면 줄일 수 있을지 고민하다가 결국 외모에 대한 이야기를 아예 입에 올리지 않는 것만이 살길이라는 생각에 이르렀다. 그러면서 섬세한 안목의 친구와 나누는 대화에 신경이 쓰이기 시작했다. 불쾌하지 않더라도 우리가 외모에 대한 이야기를 너무 많이 하고 있는 것은 아닌가. 큰맘 먹고 그에게 나의 요구를 전달했다. "그런 외모 지적이 누군가에겐 불편할 수 있어."

그후 내가 어중간한 길이의 머리를 짧게 자르고 뱅 스타일의 앞머리까지 만든 날, 섬세한 안목의 친구와 우연찮게 마주쳤다. 순간 '외모 지적을 하지 말라'는 요구를 전달했다는 사실, 그런데 너무나 현격히 변화한 외모로 등장한 내 모습이 떠올랐다. 그는 어떻게 반응할 것인가?

친구의 선택은 이러했다. 입을 꾹 다물고 아무런 말을 하지 않는다. 내가 외모에 일련의 변화를 시도했다는 사실을 알고 있음이 눈빛으로 전해졌다. 그는 자신이 인지하고 있다는 사실을 전하고 싶어하는 듯했다. 섬세한 감각의 소유자로서 본색을 숨길 수는 없다. 그는 손가락을 가위 모양으로 만들고서는 앞머리에 대고 가위질하는 제스처를 취했다. 아무런 말도 하지 않았다. 나는 가만히 고개를 끄덕였다. 우리는 외모 지적을 하지 말자는 약속을 지키면서도 외모의 변화를 사실 그대로 인지하는 무언의 대화를 성공시키고야 말았다!

신나리는 인사말처럼 되어버린 '외모 대화'에서 살아남기 위한 나름의 방법을 소개한다. 친구에게 용기내어 '외모 이야기 하지 말자'고 제안한 것도, 슬쩍 화제를 전환하거나 대충 반응하는 식의 생존법을 실천하게 된 것도 그즈음이었다. 신나리는 거창한 구호에 짓눌리기보다는 일상의 축적을 딛고 한 걸음씩 나아가는 일을 중요하게 생각하는 듯 보였다. 나와 가까운 욕망들, 고민들, 그리고 손쉬운 해결법들. 그런 신나리의 이야기들이 한 움큼 담겨 있다. 그 어떤 날카로운 일들도 신나리와의 대화 안에서는 나긋나긋해질 것만 같다.

●

저는 사실 살면서 뚱뚱하다는 말을 들어본 적이 없어요. 그런데 그게 진실에 얼마나 가까운지는 상관없어요. 내가 뚱뚱하다고 생각하면 다른 사람이 뭐라고 말하든 나는 뚱뚱해져버리는 거예요. 그렇다면 나의 기준은 무엇인가. 그건 방송에 나오는 몸, 아무리 욕망해도 가질 수 없는 몸에 나를 견주는 거죠. '난 뚱뚱하다'는 생각에서 벗어나본 적이 없다는 사실을 문득 깨달았어요.

이런 생각에서 조금 자유롭고 싶어요. 그런데 여기에 대해서 저는 좀 비관적이에요. 쉽지 않을 거예요. 매일 마음먹고 매일 지는 싸움이 될 거예요. '나를 온전히 사랑하고 받아들이라'는 이야기를 많이 하는데, 그건 판타지라고 생각하거든요. 완전하게 내 몸을 받아들이는 일은 불가능하다고 생각해요. 오르락내리락하겠죠. 오늘 더 만족을 느낄 수도 있고, 내일은 어제 안 보였던 불만이 생길 수도 있고. 그래서 '내 몸을 받아들이자!'라는 구호 대신에, 매일 지는 싸움이 되더라도 매일 나의 몸에 대해 반성할 필요는 없다는 생각이 제겐 필요해요. '조금 더 사랑하자'가 아니라 '어제보다 조금 덜 미워하자'. 이걸로도 충분한 거 아닌가요?

이건 30년 넘게 이어져온 검열이고, 너무 익숙해져서 하나씩 줄여가는 노력을 하는 것도 쉽지 않아요. 중고등학교 때부터 몸을 정형외과 의사처럼 세분화해서 분석하잖아요. 너는 팔뚝이 예쁘고, 너는 허리가 가늘고, 가슴 사이즈는 이렇고. 여자 친구들끼리 모여서 이런 얘기를 하고 있어요. 나 스스로도 안간힘을 다해서 안 하려고 노력하는데, 누군가가 훅 들어와서 나의 몸에 대해 평판을 하면 처음부터 돌아가서 다시 시작해야 해요. 저는 '핼쑥해졌다' '살 빠졌다' 이런 얘기를 많이 듣거든요. 그런데 이 평판에 대한 해명을 제가 왜 하나하나 다 해야 하죠? 그런 말을 못 하게 할 수도 없더라고요. 선의에 기반한 인사치레가 되어버렸어요. 저는 그래서 일일이 설명하지 않으려고 해요. 누가 평판의 말을 할 때 그냥 "어~" 하면 대화가 끝나요. "어, 그래~" 해요, 그냥. 그게 저만의 방식이에요. 구구절절 친절하게 설명하지 않는다. 단답형으로 답한다.

이게 어려운 숙제인데요. 외모에 대한 이야기는 안 할 수 있다면 안 하는 게 좋은 것 같아요. 잘 생각해보면 친밀하고 깊은 사이에는 외모 이야기를 그렇게 많이 하지 않아요. 할 이야기가 너무 많거든요. 너의 마음이 궁금하고, 나의 일상이나 처해 있는 상황에 대해 할 이야기가 너무 많죠. 그런데 낯선 관계들, 얕은 관계에서는 이야기할 주제가 별로 없잖아요. 그러다보니 눈에 보이는 것들을 되게 많이 이야기하거든요. 그렇다고 또 매번 스치듯 말하는 사람을 굳이 부여잡고 '우리 외모에 대한 이야기는 하지 말아요' 하기도 어렵죠. 그럼 매 순간 전쟁중인 사람처럼 살아야 할걸요? 그건 너무 가혹하고 쉽게 지치는 일이라 아예 스스로가 덜 반응하는 쪽을 택하는 거죠. 외모에 대한 이야기가 더 진전되지 않도록, 그것이 이야기의 주제가 되지 않도록.

저는 기자잖아요. 기자가 되면 살이 찌기가 쉬워요. 아무래도 저녁 약속이 많고, 술자리도 많고. 지금 제 인생 최고 몸무게를 찍었어요. 그런데 제 편견일 수도 있지만, 남자 동료들은 '입사하고 몇 킬로 쪘다' 이런 얘길 되게 많이 하거든요. 그게 묘하게 '나 열심히 했다'로 느껴질 때가 있어요. 그만큼 많은 사람을 만나고 취재한 거잖아요. 그런데 여성 기자들은 그런 식으로 이야기하는 걸 들어본 적이 없어요. 뭔가 별개로 관리해야 해요. 보면 각자 각고의 노력들을 하고 있어요. 술은 마시지만 안주를 안 먹는다거나 하면서. 저는 "점심, 저녁 약속 비는 게 기자냐?" 이런 얘기도 들어봤거든요. 약속은 결국 밥이든 술이든 먹어야 하는 거잖아요. 그런데 엄청 먹어서 살이 찌게 되면 "너 살 좀 쪘네?"라고 쉽게 말하고. 뭐 어쩌라는 건지?
'적당하다'는 이야기를 듣기 위해서도 계속 노력해야 해요. 저도 조금 부었다 싶으면 엄청나게 노력해요. 다음날 공복을 유지한다거나 윗몸일으키기를 수백 개 한다거나. 노력으로 유지하고 있어요. 그런데 또 그렇게 노력하지 않은 것처럼 포장을 해요. 학창시절에 크게 노력 안 하고도 공부 잘하는 아이처럼 보이고 싶은 마음 있잖아요. 굉장한 허세인 건데, 늘 그래요. 거하게 먹을 저녁 약속이 잡히면 그전에 식단이든 운동이든 조절을 엄청 해요. 줄넘기를 밤에 한 천 개씩 했던 것 같아요. 그리고 스스로도 인정하지 않아요. 살쪘다는 이야기들을까봐 그렇게 운동하는 건데 건강을 위해서 하는 것이라고 스스로 생각해요. 지금 나의 몸 상태가 내 노력에 의한 성과라는 것을 인정하고 싶지 않고, 노력하지 않아도 유지할 수 있는 척하는 거죠. 정상 범주에 있는 이들도 그마저 아슬아슬하게 유지하려 노력하고 있고, 그 노력이 건강을 위해서가 아니라 어쩌면 보여지기 위한 것이다. 그것도 사실 서러운 일인 거죠.

제가 또 얽매여 있던 것 중 하나는 섹스였어요. 남녀 공학 중학교를 다녔는데, 한 남자 친구가 여학생들을 집으로 호출한 거예요. 걔네 집에 가서 놀고 있는데 무척 자랑스럽게 비디오를 가져와서 틀어줬어요. 섹스 비디오였던 거죠. 그런데 그런 비디오가 남녀가 사랑하는 과정을 보여주지는 않잖아요. 섹스에 어떻게 다다르는지 그 과정 없이 그저 성기 삽입으로 시작하잖아요. 저는 그때 화장실에 가서 구역질한 기억이 있어요. 어린 나이였는데도 '몸이 이용당하고 있다'는 생각이 들어서 너무 충격적이었던 거죠. 여성이 관절인형이라도 된 양 남성이 마구 함부로 대하고, 여성은 아파서 소리지르는 것처럼 보였어요. 그게 섹스에 대한 저의 첫 인식이었죠. 섹스라는 것은 사랑의 과정이 아니라 고통스러운 것이고 몸을 함부로 하는 것이다. 그 인식을 떨쳐내는 데 오래 걸렸어요. 제 나름의 트라우마인 거죠.
심지어 이런 생각도 했어요. 이 구역질 속에서 내가 만들어져 태어난 거구나. 제가 본 섹스는 몸을 함부로 다루는 과정이었는데, 그 결과로 아이가 생겨서 낳는다. 그리고 그게 나인 거잖아요. 섹스란 게 그런 일이 아니라는 걸 아는 데 10년이 걸린 건데, 그 세월은 누가 책임져주나요. 대중교통에서 성희롱을 당하거나 누군가가 함부로 만지고 발언하는 일을 너무 많이 당했는데, 모든 출발이 그 섹스 비디오인 것처럼 느껴졌어요. 누군가가 내 몸을 함부로 다룰 수 있다는 것과 그에 대한 충격. 그런데 아무런 대응도 할 수 없는 저 비디오 속 여자와 나는 무엇이 다른가 싶기도 하고요.

다행히 지금은 인식이 많이 바뀌었죠. 남자친구와의 첫 섹스 이후에는. 그 세포 하나하나까지 사랑하는 느낌 있잖아요. 우리 엄마 아빠도, 그 누구도 관심을 갖지 않는 나의 발가락, 피부 한 점까지 구석구석 사랑받는 느낌. 아, 이런 게 진짜 섹스의 과정이구나. 함부로 하는 것이 아니라 너무 귀하고 아깝고 좋아서 다 예뻐하는 것이구나. 내가 처음 본 비디오 속의 섹스와는 다른 것이구나. 그 첫 인식을 떨쳐내는 데 그 경험이 큰 도움이 됐죠. 저는 '섹스'란 말도 일부러 열심히 쓰고 그랬어요. 더럽고 난잡하고 불필요한 것이 아니다. 그리고 내가 원하지 않는데 누군가가 원하고 누군가를 만족시켜야 해서 하는 것이 아니다. 그건 폭력이니까요. 내가 진짜 원할 때 하는 게 섹스죠.

저는 이제 30대 중반인데 이젠 외모를 떠나서 몸의 변화를 직접적으로 느끼거든요. 생리통을 모르고 살았는데 얼마 전부터 생리통약을 먹게 됐다거나, 제가 여름이면 모기에 자주 물리는데 20대 때는 물린 자국이 쉽게 사라지곤 했거든요. 그런데 지금은 작년에 모기 물린 자국이 아직도 있어요. 나중에 제 몸에 검버섯이 올라오거나 그럴 땐 또 어떤 기분일지. 그런데 너무 당연한 변화인 거니까 서러워하지 말아야죠. 나이를 안 먹겠다고 바둥거릴 수도 없잖아요. 노화 방지에 너무 목을 매고, 그게 우월하다고 생각하지만 사실 자연스러운 건 아니죠. 뭔가를 되돌리려고, 얻으려고 안간힘을 쓰다가 나자빠지지 않는 게 중요한 것 같아요.

자신의 몸에 대해 스스로 편하게 이야기하게 됐으면 좋겠어요. 몸에 대해 부끄러워하지 않고, 감추지도 않고. 콤플렉스조차도요. 저는 "이야기된 불행은 불행이 아니다"라는 이성복 시인의 글을 기억하는데, 몸에 대해 스스로 자유롭게 이야기하다보면 조금 더 괜찮아지지 않을까요. 주위에 있는 든든한 사람들과 이야기할 수 있으면 좋겠어요. 나의 든든한 관계들, 확실하고 단단한 사람들. 그 관계 안에서는 나의 몸에 대한 이야기가 쉬운 주제가 됐으면 좋겠어요.

신나리 _ 오마이뉴스에서 기자로 일하고 있다. '귀기울여 듣고 성실히 기록해야지' 다짐은 매일 한다.

방송작가들은 자는 시간 빼면
뭘 하고 사는지 모르겠어요

———

방송작가
유은환의 몸

취업을 하기 위해 '취업준비'를 해야 하는 시대가 된 지 오래다. 나의 취업준비생 시절은 암울했다. 뭐 하나 붙는 일이 없었다. 결국 돌파구로 시작한 게 수능강의 프로그램 촬영 보조 아르바이트였다. 이력서에는 '○○방송 AD'라고 기재할 수 있겠지만, 실상 내가 한 일은 강사와 카메라가 칠판 오른쪽으로 이동하는 사이 재빠르게, 하지만 무소음으로 새우등을 하고 칠판 왼쪽으로 달려가 칠판을 깨끗하게 지워놓는 일이었다. 강사와 카메라가 왼쪽으로 이동할 차례가 되면 나는 다시 오른쪽으로. 그 동작의 반복이었다.

유은환은 그 아르바이트 현장에서 만난 나의 친구다. 그때 우리의 급여가 한 달에 80만 원이었는데, 나는 월세와 심야 택시비까지 부담하느라 경제적 사정이 더 좋지 않았기 때문에, 서울에 집이 있던 그가 커피와 밥과 술을 조금 더 사주었던 기억이 있다. 그후 수년이 흘러 나는 피디가 되었고, 그는 혹독한 막내 시절을 거쳐 메인작가로 자리잡게 됐다. 하지만 막내가 아닌 지금도 우리는 여전히 초치기 만남을 지속한다.

유은환의 회사 앞에서 점심을 먹기로 한 날, 그는 회의 분위기가 좋지 않다며 서둘러 밥을 먹고 돌아갔다. 프리랜서 방송작가 입장에선 프로그램의 개편이나 이런저런 변화가 생계의 위협으로 느껴질 수 있다. 그러다보니 불공정하고 불안정한 노동조건도 웬만하면 감수한다. 일은 들어올 때 해야 한다. 아프거나 다치면 큰일난다. 방송작가의 뒷모습은 언제나 위태로워 보였다.

우리는 방송을 만들기 위해 이곳에 모였다. 만들어진 방송만 보면 모든 것이 매끄러워 보이지만, 그 과정은 고통과 잡음의 연속이다. 어떻게든 방송이 굴러갈 수 있게 떠받치는 몸들이 있다. 내가 무소음 칠판 지우개가 되어 신발 뒤꿈치가 닳도록 움직였던 것처럼, 유은환이 막내 시절 하혈을 할 정도로 몸을 망가뜨리며 밤샘 업무를 한 것처럼, 방송이 멈출 수 없는 것처럼 우리의 노동도 멈출 수 없다.

❦

벌써 10년 차 방송작가로 일하고 있어요. 아침 방송을 좀 오래했고요. 지금은 '쇼양'이라고 하죠. 쇼랑 교양이 합쳐진 방송을 만들고 있어요. 원래는 피디가 꿈이었는데, 여자들이 오래할 수 없는 직업이란 인식이 강하더라고요. 아이를 낳으면 경력 단절이 생기잖아요. 작가는 아이를 돌보면서도 오랫동안 할 수 있다는 이야기를 듣고 이 일을 시작하게 됐어요. 요즘엔 상황이 좀 다를 순 있지만, 그 당시만 해도 그런 시선이 많았거든요.

저는 막내작가 일을 오래했어요. 꼭 막내가 아니더라도 막내가 하는 일을 많이 해요, 어쩔 수 없이. 환경이 그렇게 좋지 않은 업계여서요. 막내 때는 영상 녹화분을 보고 내용을 똑같이 적는 프리뷰 일을 주로 하는데, 그것 때문에 많이들 힘들어하죠. 몇 분 몇 초에 어떤 말을 했다는 걸 일일이 다 적다보면 손목이 많이 아파요. 손목터널증후군, 거북목증후군 같은 증세가 당연히 생기는데, 막내 때는 그런 고

질적인 직업병 때문에 힘들었죠. 지금은 정신적인 게 더 힘든 것 같아요. 사람을 많이 만나다보니까 말에서 상처를 받는 일이 많잖아요. '너는 이 정도 연차에 이런 것밖에 못하냐'라거나 '이 정도는 해왔어야지'라거나.

인격 모독적인 일들이 방송국에는 많이 일어나요. 다른 막내작가 얘기인데, 일을 못하면 선배들이 대본으로 머리를 때렸대요. 아니면 일부러 말을 안 거는 일도 있어요. 너는 일을 못하니까 나랑 말할 자격도 없어, 이런 식인 거죠. 왕따시켜서 그애가 혼자 그만두게끔. 자살을 선택하는 작가도 실제로 있었죠. 그런 얘기를 들으면 이렇게 다 참고 사는 게 과연 맞는 것인가, 하는 생각이 들죠. 저는 막내 때 위경련이 심했는데, 하루는 구토를 하려고 화장실로 갔더니 선배 언니가 "야, 네 일 대신할 사람이 어딨어?" 그런 말을 하더라고요.

그러니까 아픈 건 중요하지 않아요. 그냥 방송이 나가는 게 중요한 거예요. 그런데 우리 작가들도 하나의 인격체고 몸이잖아요. 그런 식의 얘기를 들으면 마음이 또 나약해지죠. 한번은 화장실에 갔더니 생리 기간도 아닌데 변기에 피가 가득하더라고요. 그걸 보면서 '와, 정말 죽을지도 모르겠다'는 생각을 했어요. 치질인 건가, 아니면 대장암일 수도 있잖아요.

즐거움이 1이라면 힘든 건 9예요. 맨날 그만두고 싶고 맨날 우울했어요. 저는 원래 그런 사람이 아니었거든요. 친구들이 코미디언이라고 할 정도로 재밌는 사람이었는데, 점점 어두워져가고 수렁으로 빠지는 기분이고. 근데 이런 거 아세요? 인정받고 싶다는 생각. 무시받는 걸 극복하고 싶다는 생각으로 또 버텨요. '인정받아야지' 하는 생각으로 버티면 하루가 가고, '칭찬받아야지' 하는 생각으로 버티면 하루가 또 가고. 그렇게 버티다보면 1년 금방 가요. 똥꼬에서 피까지 났는데 왜 일을 쉬지 않고 계속하지? 참 웃긴 거죠. 경력 쌓아야 하니까, 돈 벌어야 하니까. 80만 원 버는 주제에 뭘 쉬어, 그런 생각을 하는 거죠.

항문을 고치기 위해 병원에 갔어요. 여잔데 항문외과라니, 부끄럽더라고요. 병원에 다녀오면 계속 장을 비워내야 하거든요. 설사가 계속 주룩주룩 나오고, 화장실을 계속 가야 해요. 그런데 저는 집에 못 가고 방송국에 있었어요. 계속 일해야 해요. 아무도 이런 나에게 관심도 안 가져줘요. 그때도 정말 서글펐죠. 저는 그래서 후배들이 아프다고 하면 무조건 집에 가라고 해요. 나는 예전에 똥꼬에 피가 날 때까지 일했다, 그런 말 절대 안 하죠. 왜 그렇게 사는지 모르겠어요. 그렇게 살아서 남는 게 뭘까요.

'가만히 있으면 가마니 되고 헌신하면 헌신짝 된다'는 말이 있잖아요. 우리 방송작가들은 노동자라고 부를 수도 없는 직업이에요. 4대보험도 안 되는 프리랜서니까요. 아파도 누구 하나 책임져주지 않는데, 일은 또 남들 못지않게 하잖아요. 아침에 일어나서 섭외하고, 전화 돌리고, 프리뷰하고, 촬영 나가고, 테이프 보고, 그거 또 프리뷰하고. 그러다보면 '언제 이렇게 시간이 갔지?' 하는 사이에 스물두 시간이 흘러가 있어요. 졸 수도 없어요. 일감이 등뒤에서 내가 뭐하나 지켜보고 있는 것처럼 하나씩 하나씩 던져지는 것 같아요.

정규직 직장인들 사이에서는 다섯시만 되면 컴퓨터 꺼진다, 퇴근해야 한다, 이런 얘기들 나오는데 얼마나 부러워요. 우리는 계속 노트북 켜고 일해야 하는 프리랜서인데. 그 노트북은 꺼질 수가 없어요. 방송작가들은 자는 시간 빼면 뭘 하고 사는지 모르겠어요. 친구는 만나는지, 연애는 하는지, 효도는 하고 사는지. 물론 연차가 쌓이면 개인 시간이 좀 늘어나기는 해요. 그런데 그 나이에 할 수 있는 걸 못 하잖아요. 저도 한 3년은 사랑이든 우정이든 관계를 이어가는 게 너무 힘들었어요. 지금은 또 체력이 안 받쳐줘서 못 놀고. 아, 나 원형탈모도 생겼었다! 20대 중반에 머리에 빵꾸 났어요. 말이 되나요?

방송업계가 굉장히 화려하고 좋아 보이지만 여기도 다 사람 사는 세상이에요. 저도 좋아하는 연예인이랑 인터뷰 한번 하고 싶어서, 다들 그 사람은 인터뷰 안 한다고 말리는데도 끝까지 매달려서 해낸 적도 있어요. 그런데 알잖아요, 우리. 우울증으로 고생하는 사람도 많고, 약 먹는 사람도 많고. 하루는 제가 생리를 하도 안 해서 산부인과에 갔는데 의사 선생님 앞에서 막 울었단 말이에요. 나중에 아이 낳고 싶은데 못 낳을까봐. 그런데 의사 선생님이 연예인들이 생리를 안 해서 여기 많이 찾아온대요. 혹독한 다이어트 때문에 하도 안 먹으니까 몸의 기능이 제대로 발현되지 않아서 생리도 안 나오고, 또 조기 폐경까지 가기도 한다고요. 우리 작가들도 밤새우면서 일하지만 연예인들도 마찬가지거든요. 방송 나가는 날짜는 정해져 있고, 찍어야 하는 시간은 한정되어 있고. 맨날 라면 먹고 김밥 먹으면서 밤새워 촬영하는 거예요. 한 시간 깔깔 웃으면 끝나는 걸로 보고 넘길 수도 있지만, 그렇게 피땀 눈물 서린 게 방송이죠. 정제되지 않은 것, 날것을 목격하는 현장. 남들이 피하고 싶은 일도 대면하는 것. 그게 작가의 업무고요.

'그럼 이 일을 왜 해?' 그런 생각 하실 것 같아요. 그래도 보람이 있어요. 내가 글써서 그게 방송으로 나오는 게 보람 있고요. 그 방송을 보면서 우리 엄마 아빠가 좋아하는 게 좋아요. 우리 딸이 한 거네, 그 말 듣는 게 좋아요. 그리고 하고 싶은 게 많아요. 제가 연차에 비해 프로그램을 많이 하지는 못했거든요. 하고 싶은 게 많아서 아직은 못 그만둬요. 이 연예인 만나봐야지, 이 명사 인터뷰해봐야지, 이런 포맷 해봐야지, 그런 것들 때문에 남아 있는 거 같아요.

그 대신 이제는 가마니, 헌신 되지 않고 일하려고 노력해요. 몸이 아플 때, 내가 내 몸을 몰라준 데 대한 복수를 당한 기분이 들었거든요. '80만 원 버는데 뭘 쉬어' '원형탈모가 생기거나 생리 안 하면 어때' 이런 생각이 들 때, 그 신호를 무시하면 안 돼요. 내 몸을 무시하면 내 몸은 복수해요. 이젠 그렇게 살지 않으려 하죠. 참는 게 답은 아닌 거 같아요.

유은환_ 방송작가. 유쾌한 신념으로 호탕한 세상을 꿈꾸며 여행한다.

용서받고 싶다는 생각을
안 했으면 좋겠어요

가정폭력 피해 경험자
민희정의 몸

나에게도 고통스러운 그 일이 일어난 적이 있다. 사건 이후, 내가 스스로에게 놀랐던 점은 크게 두 가지였다. 하나는 끊임없이 '나'의 책임을 찾는다는 것이다. 왜 그곳에 갔을까. 왜 그렇게 오래 있었나. 왜 가만히 있었나. 그렇게 화가 났는데 왜 공개적으로 사과를 요구하지 않는가. 발단부터 후속 조치까지 내가 어떻게 해야 옳았는지를 생각했다.

또하나 놀란 것은 '피해자다움'이 얼마나 틀린 말인지에 대해서였다. 이모티콘이 섞인 문자메시지를 보낸다거나, 대화 기록을 지워버린다거나, 아무렇지 않게 웃고 떠들며 지낸다거나. 심지어 이런 생각마저 했다. 나는 제대로 된 피해자가 맞는가? 사건의 경중을 따지면 그렇게 '피해자처럼' 지내지 않는 것이 좋겠다는 생각도 했다. 하지만 이런 생각은 모두 잘못되었다. 분명한 것은 내게 일어난 일은 성범죄라는 것이다.

민희정은 미국에 살고 있는 〈말하는 몸〉의 청취자이다. 오랜만의 귀국 여정에 녹음실을 찾은 이유는 어릴 적 겪은 가정 내 폭력에 대해 고백하기 위해서였다. 어린 민희정은 끊임없이 질문했을 것이다. 처음에는 '내가 뭘 잘못했지?'라는 의문이었을 것이고, 계속되는 폭력 피해로 '난 이런 대접을 당할 만도 해'라는 생각에까지 이르렀을지도 모르겠다. 그 과정에서도 민희정은 자신에 대한 끝없는 믿음만을 바라봤다고 고백한다.

자신에 대한 끝없는 믿음. 폭력의 피해자에게 이보다 더 필요한 말이 또 있을까. 세간의 눈길이나 편견, 각종 마타도어에 휘둘려 내가 겪은 일조차 의심하게 되는 것이 우리가 처한 현실이다. 내가 겪은 단순명료한 사건은 외부에 의해서도 그렇지만 스스로에 의해서도 '내가 왜 그랬을까' 혹은 '미연에 방지했어야 했는데' 같은 생각들로 쉽게 오염된다. 나는 폭력과 고통에 노출된 그저 '나'일 뿐인데.

그런 믿음으로 '피해자다움'을 전복시켜본다. 나는 '가해자다움', 그러니까 어쩐지 이 사람은 범죄를 저지를 것 같다는 생각으로 가해자를 대한 적은 없다. 인간 대 인간으로 호의와 선의를 잊지 않으며 긍정적인 상호작용을 하려 노력했다. 그런 우리의 노력은 처참하게 헌신짝이 되었다. 이젠 그런 호의를 가질 의무는 없다. 민희정의 말대로, 피해자에게 가해자는 아무것도 아니다. 아무 사이도 되지 않는 게 최선의 용서인 것이다.

❟

제 인생에서 역경과 고난을 가장 먼저 느끼게 해준 건 혈육이죠. 저는 가족 복은 좋다고 생각해요. 그런데 그건 100퍼센트 부모님에 관한 복이에요. 오빠가 한 명 있어요. 기억이 거의 시작되는 지점에서 얼마 되지 않을 때부터 저는 가정폭력을 당했죠. 보통 오빠와 여동생 사이라면 대부분 그런 식이라고는 알고 있어요. 그런데 제 경우에는 보통의 남매 사이보다는 조금 심했어요. 보통의 기준도 물론 사람마다 다르겠지만 철썩 때리거나 꼬집는 정도가 아니었죠. 어떨 때는 주먹질, 어떤 때는 무기나 칼 같은 것을 쓴 적도 있었고.

어느 날은 식칼을 빼들더니 제 허벅지 위에 갖다대는 거예요. 그러면서 '내가 여기서 네 다리를 잘라버릴 수도 있다' 이런 식의 말을 했어요. 뭐, 그런 말 할 수도 있다고 생각하는 사람도 있겠죠. 그런데 정말 그대로 제 다리를 잘라버릴 수도 있는 사람이라는 것을 알고 있었기 때문에…… 친구들과 놀이터에서 놀고 있는데 제 머리채를 잡고 집까지 끌고 가는 일도 있었어요. 초등학생 때는 얼굴에 멍이 든 채로 학교를 다녔고요. 부모님은 바쁘셔서 집에 계신 시간이 별로 없었고 집에는 언제나 둘밖에 없었어요.

부모님에게 도움을 요청한 적은 굉장히 많았죠. 그런데 '오빠가 이랬어'라면서 울어도 주변 반응은 똑같아요. 남매관계에서 오빠가 여동생을 때리거나 장난을 치는 것은 일상적인 일이라고 생각들을 하니까, 그게 큰 문제라고 생각하는 사람은 단 한 명도 없었어요. 지금 생각해봐도 정말 아무도 없었어요. 부모님도 늘 '오빠가 너를 괴롭혔지만, 너도 어떤 잘못을 했겠지' 정도의 반응이었어요. 오히려 부모님이 저를 옹호하면 오빠는 저를 더 괴롭혔죠. 제가 우는 척을 한다고. 어떻게 부모님이 오자마자 기다렸다는 듯이 울음을 터뜨릴 수 있냐는 거죠. 그런데 보통 그렇지 않나요? 누군가가 나를 괴롭히고 있을 때 주변에서 도와줄 사람이 나타나면 울음이 터져버리지 않나요?

이런 성향이 성인이 되어도 바뀌지는 않죠. 이제는 직접적으로 주먹질을 한다거나 칼로 위협하지는 않아요. 그 대신 가족 간에 뭔가 트러블이 생기면 일단 언성을 높이고 물건을 던져요. 본인도 알 거라고 생각해요. 본인 성향이 폭력적이고, 남들이 어떤 일에 반응하는 것보다 한 단계, 아니 두 단계는 더 격하게 반응한다는 사실을 알고 있는 것 같아요. 이제 제 걱정은 부모님이죠. 지금은 제가 따로 나와 살고 있지만, 부모님이 점점 나이들어가고 오빠를 통제하지 못하는 모습을 보면서 걱정되는 거예요.

집에서 떨어져나와 살게 된 과정은 제가 생각해도 막무가내였어요. 거의 통보였거든요. 부모님에게 '난 이미 결정을 내렸고, 생각할 시간은 드리겠지만 이미 마음은 굳혔다. 혹시 이 결정에 반대할 큰 이유가 있느냐' 정도의 이야기를 했죠. 오빠는 이 문제에 대해서 말을 보탤 입장은 전혀 아니었기 때문에 아무 말도 안 했고요. 집을 멀리 떠나서 살게 된 이유에 오빠의 영향이 없었다고 말하기는 힘들죠. 맞거나 화풀이 대상이 될 때마다 방에 틀어박혀서 늘 했던 생각이 '나 가야지'였으니까. 꼭 혼자 살거나 어떻게든 여길 벗어나야지. 기회가 왔을 때 놓치면 안 된다는 확신이 들게 한 요소 중 하나였죠.

남편한테 제가 먼저 결혼하자고 했거든요. 이민 갈 생각도 늘 하고 있었고, 다 제가 선택해서 밀어붙인 거예요. 오빠로부터 도망치고 싶다는 생각이, 이 결정에 전부는 아니지만 어느 정도 영향을 미쳤을 거란 말이죠. 운이 좋았다고 생각해요. 제가 한 일이라고는 기회가 왔을 때 잡은 것밖에 없기 때문에. 가족들이 도움을 주는 상황이 아니라면 스스로 계획을 세우고 돌파구가 보일 때 밀고 나가는 수밖에 없었어요.

제가 웹툰을 즐겨 보는데 어떤 작품에 저와 똑같은 상황에 처한 중학생에 대한 이야기가 나오더라고요. 집에 가면 컴퓨터게임을 하는 오빠가 있고, 자기가 하라는 대로 음식을 차려주거나 물을 떠오거나 하지 않으면 갑자기 표정을 싹 바꾸고 폭력을 저지른다는 줄거리예요. 저는 폭력적이거나 잔인한 영화를 무감하게 볼 수 있는 편인데도 그 이야기는 도저히 못 보겠는 거예요. 심지어 귀여운 그림체였는데도. 그걸 보면서 '아, 나는 다 잊었다고 생각했는데 이 기억은 내 몸에 새겨져서 사라지지 않겠구나' 하는 생각이 들었죠.

저와 비슷한 분들이 또 있을 거잖아요. 다른 지역에서 일을 한다거나 멀리 있는 학교를 다닌다거나 하는 방법으로 도망칠 수도 있지만, 10대일 경우엔 그게 또 힘들고요. 저는 신고하지 못한 걸 후회하기 때문에 늘 신고하라고 말하고 싶거든요. 부모님이 힘들어하겠지만, 친척들 사이에서 말이 나오겠지만, 또 신고해도 큰 도움이 될 거라는 기대는 많이 하진 않지만, 그래도 그게 가해자에게 경고가 될 수 있어요. 그래서 늘 생각해요. 그때 신고했으면 어땠을까. 그랬다면 나도 내 모습을 더 빨리 되찾지 않았을까.

그동안 친구든 가족이든 그 누군가에게 이 이야기를 해도 아무도 심각하게 받아들여주지를 않았어요. 그냥 흔하게 있는 남매 사이의 싸움이라고 생각하지, 어떤 폭력의 희생자라고는 아무도 받아들이지 않더라고요. 오빠는 집 바깥으로 나가면 타인에게 잘하는 타입이라 제 말을 못 믿겠다고 말하는 사람도 있었고요. 그래서 더 이 이야기하고 싶었어요. 저는 가족의 평안을 위해서 신고하려다가 못 했지만 신고를 선택하는 누군가에게 자책하지 말라는 말을 꼭 해주고 싶었어요.

어릴 땐 무한한 가스라이팅의 연속이었죠. 뭘 하든지 '넌 그게 뭐냐' '넌 잘될 리가 없다'는 식의 말을 들었어요. 그런 말이 절 많이 위축시켰지만, 곧이곧대로 순응할 수도 없었어요. 저 말을 그대로 받아들이면 내 존재는 더이상 갈 곳이 없잖아요. 그래서 오빠의 말들에 그냥 귀를 닫아버렸죠. 제 자신에 대한 끝없는 믿음을 갖고서요. 오빠라는 사람이 내 인생에 준 영향이라고는 끔찍한 것들뿐인데 오빠를 위해서 더 노력할 것도, 도와줄 일도 없죠. 사람은 조금씩 바뀌기 마련이라서 10대의 오빠와 지금의 오빠는 다른 사람이기도 하고, 현재의 오빠에게 큰 유감은 없어요. 그렇다고 해서 제 몸이 기억하는 트라우마의 기록이 사라지진 않잖아요. 저도 잊었다고 생각했지만 몸이 기억하는 것은 좀처럼 잊히지 않아요. 그래서 현재의 오빠에게 유감은 없지만 용서도 없다는 생각을 하게 된 거예요.
혹시라도 어떤 폭력의 가해자였던 사람이 제 이야기를 듣게 된다면, 용서받고 싶다는 생각을 안 했으면 좋겠어요. 그냥 그 사람에게 남은 몫은, 할 수 있는 게 없다는 일종의 좌절감뿐이죠. 결국에는 용서를 하는 것도 받는 것도 서로에게 구원이 될 수는 없어요. 가해자들도 잊지 않고 자신이 할 수 없는 것에 대한 좌절을 느끼며 살았으면 좋겠어요. 그리고 그 사건이 잊히더라도 피해자를 마주칠 수도 있잖아요. 그럴 때마다 그 좌절감이 되살아났으면 좋겠어요.

더이상 오빠가 내 인생에서 아무것도 아닌 만큼, 앞으로도 아무것도 아니었으면 좋겠어요. 감정적으로 아무것도 아니라는 게 아니라, 실제로 아무것도 아닌 사이로 계속 남고 싶어요. 제 인생에 이제 오빠라는 존재는 아무런 가치가 없으니까요.

민희정_ 룸펜처럼 산 것 같은데 희한하게 결과는 모범생인 사회 초년생. 현재의 삶이 그 어느 때보다 만족스럽다.

믿기 어렵겠지만
법조계에도 차별이 많아요

변호사
조수진의 몸

어느 강력 사건의 피해자 가족과 이야기를 나눈 적이 있다. 첫 번째는 인터뷰의 무용함에 대해서였다. 사건을 상기하기조차 힘겨운데 왜 이야기해야 하느냐는 것이었다. 인터뷰를 준비하면서 언제나 말문이 막히는 대목이지만, 나 역시 무리하지 않는 선에서 그 당위를 설명해야 한다. 문제를 해결하기 위해서는 여론의 주목이 필요하다, 그 여론의 발화점에서 언제 어떻게 불꽃이 튈지는 아무도 모른다…… 노력할 만큼 해보자는 마음인 것이다.

두번째는 사법 절차의 무용함에 대해서다. 물론 강력 사건이기 때문에 수사는 진행되고 형벌도 주어질 것이다. 모든 것이 무용하다고 볼 순 없지만, 그것이 반드시 피해자측에게 치유와 회복으로 이어지는 것은 아니다. 피해자측은 재판 일자가 변경되어도 어떤 통보도 오지 않는다고 했다. 상황 설명도 없다. 형사재판은 기본적으로 가해자와 국가(검사)의 싸움 구도이기 때문에, 피해자가 법정에서 진술할 권리는 있을지 모르나 사법 절차 자체가 피해자를 배려하는 방향으로 설계된 것은 아니다. 두 가지 무용함은 연결되어 있다. 피해자들이 도모할 수 있는 최소한의 응보는 재판 과정에서 고고하게, 때로는 그 고고함으로 피해자에게 상처를 입히며 흘러간다. 사건이 잊힐 즈음 모든 것은 종결된다.

조수진은 내가 맡은 프로그램의 고정 코너 출연자였다. 그 코너는 이슈가 되는 사건을 가상의 재판정에 올려두고 두 변호사가 법리 싸움을 하는 내용인데, 여러 아이템을 다루며 현실과 법의 괴리가 얼마나 큰지 깨닫곤 했다. 그러니까 윤리적으로 괘씸한 일을 저지른 사람을 당연히 처벌할 수 있을 것 같지만, 법적으론 애매모호한 점들이 있는 것이다. 또는 감정적으로 느낀 것보다 형량이 적을 때도 있고 법이 시대의 흐름에 따라가지 못할 때도 있었다. 조수진은 현행법으로 다투기에 무리한 주장이라는 것을 알고 있음에도 불구하고 한 번쯤은 생각해봐야 한다며 유연한 태도로 방송이 순조롭게 만들어지는 데 많은 도움을 준 인물이다.

조수진은 직업적 사명감과 책임감이 좋은 의도대로 귀결되지 않을 수도 있는 현실에 대해 말해주었다. 그가 얼마나 많은 폭력 사건의 피해자, 그리고 인권 유린의 당사자들을 만났겠는가. 뜨거운 마음이 없었다면 제 발로 찾아가 그런 사건들을 맡기는 어려웠을 것이다. 그러나 한편으로는 그 뜨거운 마음이 독이 될 수도 있는 현실을, 또 마음만으로 해결되지 않기도 하는 현실을 의뢰인에게 인지시키려는 냉정함을 발휘해야 한다.

결국 피해자에게 필요한 것은 보다 회복적인 절차. '피해자 중심주의'는 사건을 가해자뿐 아니라 피해자의 관점에서 이해하려는 노력을 이제부터라도 시작하고, 진실을 규명하는 과정에서 인간에 대한 예의를 갖추기를 바라는 마음이 담긴 용어일 것이다. 수사와 재판 그 모든 과정이 어떤 사건으로 인해 존엄을 훼손당하고 평생 트라우마를 갖고 살아가야 하는 한 인간이 회복하는 과정으로 기능한다면 얼마나 좋을까. 조수진의 이야기를 들으며 모든 사건의 최종적 결론은 '치유'여야 한다는 사실을 깨닫는다.

2006년에 변호사 생활을 시작했어요. 제가 1년 차 때는 여자 변호사 수가 굉장히 적었어요. 금속노조법률원이라는 곳에서 여성 변호사 1호로 처음 일을 시작했고요. 이 사실 자체로 신문에 네 군데인가 기사가 나왔어요. '여자 변호사, 금속노조 들어가' 이런 식으로. 지금은 상상이 안 되죠. 요즘은 로스쿨 입학생 절반 가까이가 여성이니까요. 요즘은 법정에 가면 여성 판사와 여성 변호사만 있는 경우도 드물지 않아요. 그런데 이 구조가 피라미드형인 거죠. 5년 차까지는 여성 변호사가 많은데, '지분 파트너'라고 부르는, 로펌 지분을 가지고 사건을 수임하는 파트너 변호사는 거의 여성이 없어요. 아직까지는 남성 위주 조직인 거죠. 그러다보니 여성 변호사에 대한 배려가 아직까지는 좀 부족하고요.

　　예를 들어 업계 관행이 1년짜리 계약을 반복하는 형태거든요. 그런데 임신을 하면 그다음해 계약을 안 한다거나, 가임기라고 생각되는 여자 변호사들은 고용 자체를 안 하는 거죠. 많은 양의 일을 도제식으로 시킬 텐데, 여성 변호사가 임신하면 일이 중단될 거라고 생각하는 거예요. 얼마 전에도 후배가 임신 상태인데 해고당했다고 저에게 상담을 청한 일이 있었어요. 믿기 어렵겠지만 법조계에도 그런 차별이 많아요. 꼭 전문직 여성이라고 해서 차별당하지 않거나 노동조건이 좋은 건 아닌 것 같아요.

　　제가 주로 형사 사건을 맡거든요. 그런데 '40대 초반 여성 변호사를 선임했다'라고 하면 의뢰인 가족이 저에게 전화하거나 재판정에 오셔서 항의하는 경우가 있어요. '내가 잘 아는 검찰 출신의 60대 남성 변호사가 있는데 왜 이 사람을 선임했느냐' '너 얼마나 잘하나 보자' 이런 태도로 저에게 질문을 던지는 거죠. 의뢰인은 저를 신뢰해서 선임했는데도요.

일감을 따는 것도 제가 사건을 더 많이 분석하고, 방향성을 새롭게 설계하고, 브리핑을 잘하는 수밖에 없어요. '이 일은 이렇게 변론하셔야 하고, 제가 이렇게 해보았으니 저에게 주십시오.' 여성 변호사가 남성 변호사보다 일을 못할 것 같다는 선입견은 분명히 있는 것 같아요. 1년 차 때부터 지금까지 계속 느끼는 의뢰인의 흔들리는 눈빛, 잘한다고 해서 찾아왔는데 와서 보니까 여성 변호사고 생각보다 어려 보인다는 데서 오는 불안감 같은 거요. 전문가인데 전문가로서의 권위가 주어지지 않는 것 같아요. 제가 더 어필해야 한다고 느끼죠.

여성 변호사라서 성폭력 사건을 의뢰하는 경우도 있어요. 한 여성이 남성으로부터 성추행을 당해서 고소를 했어요. 이 여성분이 사정이 어려운데도 어렵게 돈을 모아서 했어요. 수사를 받을 때도 시간 내기가 어렵고, 변호사 비용 마련하는 것도 쉽지 않았고, 굉장히 어렵게 고소하고 진술하고 저도 많이 도와드려서 결국 남성이 처벌을 받았어요. 그런데 벌금형이 나온 거예요. 의뢰인이 벌금형이라는 이야기를 듣고 저에게 전화로 이런 얘기를 하셨어요. "이게 다예요? 정말 이게 다예요?"

처음엔 제가 승소했는데 이런 말씀을 하시는 게 좀 섭섭했어요. 그런데 곰곰이 생각해보니까 의뢰인 입장에서는 굉장한 고통을 받았음에도 불구하고 그 남성은 사과도 안 하고 벌금형만 받은 거예요. 피해자들의 경우 굉장히 큰 용기를 내서 이 가해자를 처벌받게 하고, 어떤 측면에서는 정의를 바로 세움으로써 자신에게 당당해지려 하는 건데, 가해자가 전혀 타격받지 않은 거죠. 벌금 몇백만 원 내고 끝나는 거예요.

저는 저를 찾아오시는 성폭력 피해자들에게 고소했을 때 생기는 일들에 대해 자세히 말씀드려요. 바닷속 모래알처럼 가라앉았던 기억을 다시 생생하게 살려서 경찰 앞에서 말해야 하고, 심지어는 그 말을 경찰이 안 믿어줄 수도 있다. '왜 이제 와서 고소하느냐, 합의금은 얼마를 요구했느냐, 왜 그날 그 자리에 갔느냐' 이런 질문들을 받을 수 있다. 성범죄는 밀실에서 이뤄지기 때문에 내 말이 사실이라는 것 자체에 대해 내가 입증해야 하고, 그런 여러 달 동안의 과정을 다 겪은 후에도 가해자가 감옥에 가지 않을 가능성이 높다. 보통은 벌금이나 집행유예로 끝난다. 그런 현실에 대해 다 말씀드려요.

사법 절차가 다른 정부 서비스처럼 친절하거나 접근이 쉬운 것도 아니잖아요. 굉장히 지난한 과정이 있어야 하죠. 그럼에도 불구하고 고소해야 되겠으면 다시 한번 저를 찾아오시라 말씀드려요. 그래도 직접 수사 절차를 겪으면 많이 힘들어하세요. 생각보다 진행도 빨리 안 되고요. 사법 절차는 진실을 밝히는 것에 초점이 더 맞춰져 있지 피해자를 보호하거나 배려하는 경우가 잘 없어요. 시간과 돈과 정신력을 많이 써야 해요. 그만큼 고통스러울 거라고 예상하지 못하는 경우도 많고요.

사법 절차가 피해자를 어떻게 치유할 수 있을까. 정말 최종적인 만족을 주는가. 제게도 굉장히 숙제 같은 질문이에요. 가해자가 진심 어린 사과문을 써서 우리 회사로 보내는 경우도 있어요. '그런 식으로 하면 된다더라' 하는 얘기가 인터넷에 올라와 있는 것 같아요. 그러면 피해자분들은 이건 진심이 아니라 보고 거부하는 경우도 많죠. 피해자들이 원하는 것은 진심어린 사과거든요. 당신과 지인으로서, 친구로서, 선후배로서 인간적인 관계를 맺었던 나를 성적인 도구로 대했다는 사실에 대한 사과요. 그런데 어떻게 국가가 그 진심어린 사과를 끌어낼 수가 있겠어요. 그저 형벌을 주거나 돈으로 배상하라고 함으로써, 그리고 가해자가 그런 결과가 두려워서 진심어린 사과를 하도록 만드는 간접적인 구조일 뿐이죠.

어떤 가해자들은 '어차피 벌금 나올 테니까 돈 내고 말아버릴래' 하는 경우도 있고, 형사 법정에서 잘못했다고 말하지만 피해자에게는 절대 사과를 안 하는 경우도 있어요. 판사한테만 반성문을 내는 거죠. '나는 형벌을 좀 깎을 생각은 있지만 실은 별로 잘못했다고 생각하지 않는다'는 거예요. 피해자 입장에선 그런 속내가 다 보이기 때문에 가해자를 어떤 방식으로든 처벌받게 만든다고 해도 그게 진정한 치유가 되지 않는 경우가 많은 것 같아요. 저도 변호사 일을 하면서 제가 심리치료를 하고 있는 것 같다는 생각이 들 때가 있어요. 피해자들이 여러 번 호소하세요. 불안하다, 괴롭다.

다른 범죄 피해자들은 당당하잖아요. '내가 절도 피해자입니다. 이놈 어디 갔어, 빨리 잡아주세요' 하잖아요. 그리고 '네가 지갑을 도둑맞았다는 것을 난 못 믿겠어. 직접 밝혀봐'라고 얘기하는 경찰도 없거든요. 그런데 성범죄 피해자들은 기본적으로 주눅이 들어 있고, 수사 절차도 기본적으로 구도가 이렇게 되어 있어요. 당신 말을 나는 절반만 믿겠다, 당신이 좋아서 했는지 강제로 당한 건지 밝혀봐라.

다행인 건 안희정 전 지사 판결 전후로 법원의 판결도 바뀌는 것 같아요. 대법원에서 성범죄의 경우에는 피해자 입장에서 사건을 보라고 강한 메시지를 준 것이고, 그게 굉장히 빠르게 하급심으로 내려오고 있다는 게 현장에서 느껴져요. 그런 와중에 무고 피해자가 생길 수도 있다고 하는데, 분명히 그럴 가능성도 있긴 있죠. 그렇지만 사회 전반적으로 성범죄 피해자의 말을 믿어주는 방향으로 가는 것이 맞죠. 지금까지는 성폭력을 당한 이후에 가해자와의 채팅에서 'ㅋㅋㅋ'나 이모티콘을 썼다는 이유로, 혹은 걸음걸이가 너무 당당하다는 이유로 '이 사람은 성폭력을 당한 게 아닌 것 같다'고 판단하거나, 자기 자취방에 오라는 말을 먼저 했다는 이유로 '합의하에 성관계를 했을 것이다'라고 판단하거나. 이런 식의 말도 안 되는 판결들이 꽤 있었어요. 이제는 '그 공간 안에서 성폭력이 있었고, 피해자로서의 괴로움을 겉으로 표현하진 않았지만 그런 폭력을 당했습니다'라는 피해자의 호소를 인지하고 그 관점에서 사건을 보자는 얘기잖아요. 성인지 감수성을 판결에 반영하는 것이 대법원이 제시하는 법리고, 그 방향이 맞다고 생각해요.

저는 이런 고민도 분명히 들어요. 변호인으로서, 특히 형사 변론을 할 때 내가 변론하는 이에게 얼마큼 동화되어야 하는가. 사실 아무리 잘못해도 맞을 짓, 죽을 짓이라는 것은 없어요. 어느 살인 사건 가해자의 변호인은 법정에서 "나도 변론하기 싫어요"라고 말하기도 했죠. 직업적인 윤리로 볼 때, 살인자도 변론해야 하는가. 그렇습니다. 살인자도 변론받을 권리가 있어요. 변론받을 권리는 헌법상 권리인 거고, 제가 낸 결론은 그거예요. 어떤 사람이든 자신이 지은 죄만큼 처벌받을 권리가 있고 그것을 밝혀주는 게 변호인이다. 과거를 돌아보는 직업이거든요. 과거를 제가 바꿀 수는 없어요. 그 사람이 범죄를 저지르지 않게 한다거나 할 수는 없고, 이미 저질러진 일을 기록으로 보고 정확하게 평가받게끔 도와주는 거예요.

제가 변호사 1, 2년 차 때는 노동 사건을 주로 맡았는데 판판이 지는 거예요. 비정규직법이라든지 노조법이라든지 법 자체에 문제점이 있기 때문에 그땐 정말 스트레스를 많이 받았어요. 꼭 재판에서 지는 게 나 때문인 것 같고, 제가 지면 작은 노조들이 없어지는 거예요. 지금도 형사 변론을 많이 하다보니까 제 눈앞에서 의뢰인이 법정구속돼서 끌려들어가고 가족분들이 막 우는 모습을 보면 마치 지옥으로 빨려가는 것 같은 느낌이거든요. 어쨌거나 변호사는 상황을 정리하고 항소해야 하잖아요. 3심제 안에서 다음 심급에는 어떻게 이길지를 누군가는 정신을 차리고 이성적으로 판단해서 빨리 진행해야 해요. 제가 당사자에게 너무 동화되면 그게 어려워요. 물론 너무 멀어져도 내 변론의 진심이 판사에게 전해지지 않기 때문에 어느 정도는 가까워져야 하지만, 또 너무 친밀해져서 당사자와 동일시되어버리면 법정에서 판사가 내 말을 안 믿어주기도 해요. 나는 전문가로서 냉정하게, 무슨 일이 발생해도 빠른 판단을 내려야 하잖아요. 그래서 객관적인 거리를 유지하려고 노력해요. 20~30년 차 변호사들은 그런 이야기도 하세요. 이제는 울고 있는 의뢰인을 봐도 '점심 뭐 먹지' 하는 생각이 들어서 슬프다고. 이건 직업적인 숙명 같은 거겠죠.

조수진_ 법무법인 위민 변호사. '민주사회를 위한 변호사모임' 사무총장으로 활동중이다.

레즈비언의 몸도
각자 다 다를 거잖아요

시인
김보라의 몸

동성애가 정치적으로는 논쟁이 되는 이슈일지 모르지만 그 본질은 사랑이다. 동성애를 반대한다며 목놓아 울부짖는 사람도 달콤한 한마디에 배시시 웃음짓게 만드는 사랑. 혐오 가득한 말을 온종일 퍼붓는 사람도 저녁 무렵 집에 돌아가 누군가를 꼭 껴안아주게 만드는 사랑. 우리 모두가 알고 느끼는 그 사랑 말이다.

동성애자의 연애라고 특별히 다를 게 있겠냐마는 그래도 다르긴 다르다. 이성애가 정상이라고 여겨지는 세상에서는 마음의 확인부터 고백에 이르기까지 조금 더 섬세한 노력이 필요할 것이고, 동성애를 혐오하는 세력이 존재하는 이상은 손깍지 끼고 길을 걷거나 남들이 안 보는 틈을 타 뽀뽀를 하는 장난도 위험 요소가 될수 있다. 아니라는 걸 알면서도 '우리는 비정상인가'를 묻게 되는 순간도 불쑥불쑥 있을 것이다. 나는 한동안 동성 애인을 둔 친구에게 '남편/부인' 혹은 '여친/남친'같이 이성애에 기반한 호칭을 쓰는 실수를 자주 했다. 이어지는 대화를 통해 '배우자'나 '애인'으로 정정해주는 친구를 바라보며 쓰라린 미안함을 느꼈지만, 만회할 방법을 도무지 찾을 수 없었다.

김보라는 레즈비언으로서 사랑시를 쓰고 싶다고 말했다. 그가 사랑에 관해 나열한 시어들은 이런 것들이다. 안정감, 나 그대로의 인정, 귀여움, 좋아, 언니. 보통은 자신의 성적 지향을 깨닫는 과정에서 내적 혼란과 고통을 겪게 되지만 그는 모든 것이 자연스러웠다고 했다. '너는 누굴 좋아하니?'라는 물음에 '나는 저 사람이 좋아'라고 대답하는 과정일 뿐이다. 문장으로만 보면 '저 사람'이 남성인지 여성인지 제3의 성인지 그 무엇도 알 수 없고 중요하지 않다. 우리 안에는 누구를 좋아하는 마음, 그것을 고백하는 언어만이 남는다. 그리고 그것만이 중요하다.

김보라를 고통스럽게 하는 것은 사랑이 아니라 '그런 사랑'을 하는 사람이라는 낙인이다. 낙인이 아웃팅으로 이어져 그는 힘든 대학 시절을 보냈다. 다시는 이 지구상에서 그런 일이 일어나지 않기를 바란다. '아웃팅'이나 '커밍아웃'이라는 말도 사라졌으면 좋겠다. 사랑은 사랑으로만 남고 애인은 애인으로만 늘 서로의 곁에 있었으면 좋겠다. 김보라의 시도 다르게 불리기를 바란다. 퀴어의 사랑시가 아닌 그냥 우리 모두가 알고 느끼는 사랑시로.

❦

저는 스스로를 '레즈비언 시인'이라고 불러요. LGBT 관련 책들이 많이 나오지만 통계 자료 등과 함께 사회학적 텍스트로 나오는 게 많고 에세이는 별로 없거든요. 레즈비언 정체성에 대한 일기 같은 책을 꼭 한번 쓰고 싶어요. 요즘엔 사랑하는 장면, 살아가는 장면에 대해 쓰인 시들이 굉장히 많거든요. 그런데 대놓고 여자와 여자가 사는 모습을 담은 시는 없죠. "언니를 바라보며" 이런 구절이 들어가면 어떨까요. 레즈비언임을 밝히고 시인으로서 활동하고 싶어요. 지금 등단한 시인은 아니지만 독립 문예지에 시를 발표하고 퀴어 소설집도 내면서 계속 창작을 하고 있어요. 레즈비언이 어떤 마음으로 세상을 보고 어떻게 사랑하고 있는가, 그런 걸 보여주고 싶어요.

지금 애인과는 사귄 지 2년 좀 넘었어요. 같이 산 지도 1년이 넘었네요. 그냥 잘 사랑하고 있어요. 서로를 많이 귀여워하는 느낌으로 살아요. 이 사랑이 안정감을 준다는 점에서 좋아요. 저를 있는 그대로 받아들여주는 애인, "나는 언니가 시인인 게 좋아"라고 말해주는 애인이라 너무 좋고요. 그 친구는 사실 청각장애가 있어요. 처음 만났을 때 자기가 말이 좀 어눌하다, 잘 못 듣는다고 얘기하더라고요. 그런데 그 친구를 만나고 저는 볼 수 있는 세계가 더 넓어졌어요. 원래 장애인 인권에 관심은 많았는데 자세히 아는 건 없었거든요. '길이 이렇게 되어 있으면 장애인들이 다니기 힘들지 않을까'라는 감각적인 부분에 대해 예측하는 일은 있었지만, 사회제도가 어떻게 되어 있는지는 잘 몰랐죠. 또 청각장애가 소통하기 어려운 장애잖아요. 그런데 저는 언어를 다루는 직업을 갖고 있어요. 자꾸 까먹기는 하지만 수화를 배우고 있고요. 왜 이 단어는 이런 손짓으로 말하는지 배우고, 그 안에서 스토리가 만들어지고, 그것은 나의 언어가 되고. 그렇게 영향을 받고 있어요.

제 정체성을 알게 된 건 중학교 1학년 때인데요. 같은 반 친구들끼리 "너 좋아하는 애 있어?"라고 묻게 된 거예요. "어, 나 있어" 했는데 "누구야, 우리 학교야?" 하고 되묻는 거죠. 그래서 "응, 우리 반이야" 그랬어요. 그런데 우리 반이 여자 반이었거든요. "우리는 여자 반이잖아. 너 레즈비언이야?" 이렇게 된 거예요. 그때 제 대답은 "레즈비언이 뭐야?"였어요. 저는 레즈비언이 뭔지도, 동성애가 뭔지도 몰랐어요. 자연스러웠고, 내가 왜 여자를 좋아하는지 괴로워할 필요도 없었고 숨기려 하지도 않았어요. 다행히 친구들이 동성애에 관대한 편이었고, 오히려 제게 레즈비언의 뜻과 사람들이 레즈비언을 어떻게 보는지 알려줬죠. 친구들이 "너, 머리도 그렇게 짧게 하고 다니면 안 돼"라고 조언해줘서 머리도 기르고 다녔죠.

대학교에 입학하고 나서 머리를 완전히 쇼트커트로 잘랐어요. 학교 안에서는 보이시하고, 선배들과 맞담배도 피우는 자유로운 아이로 보였죠. 여성스럽지 않은 모습 때문인지 남자 선배들과 형 동생 하며 지내고. 그런데 어느 날 저와 친하게 지내던 남자 동기가 제 노트를 보게 된 거예요. 그 노트에 제가 당시 사귀던 친구에게 주려고 했던 편지가 끼워져 있었거든요. 그 동기가 그걸 본 거죠. 저는 그 사실을 모르고 있었는데 며칠 뒤 학교에 갔더니 제 사물함이 다 뜯겨 있는 거예요. 그 안에 물건들이 다 헤집어져 있고, 제 전공책이며 노트며 다 찢겨 있고. 누가 나한테 장난을 치나보다 싶었는데 며칠 뒤에 본격적으로 난리가 난 거예요. 제가 공대를 다녔는데 학과 게시판에 제 연구복이 핀으로 박혀 있고, 그 연구복에는 이런 게 쓰여 있었어요. '더러운 년. 그런 모습을 하고 다니더니 여자 만나는 년이었다.' 그때 '아, 이런 게 아웃팅이구나' 알게 되었고, 일주일 정도 학교를 안 나가다가 결국 휴학계를 냈죠.

아웃팅 전에도 내가 무슨 일을 해야 평생 재밌고 행복하면서 자유롭게 살 수 있을까에 대한 고민이 많았어요. 공대가 취직도 잘될 거라 생각하고 선택했거든요. 돈을 더 많이 벌고 안정적일 수도 있겠지만 썩 마음에 드는 인생의 모습은 아니라는 생각을 하면 늘 뭔가 막막해지더라고요. 학교를 떠나 몸과 마음이 다 망가진 상태로 고향집에 돌아가 있었는데, 그때부터 방안에서 한 발자국도 안 나가는 생활이 이어졌어요. 처음에는 햇빛을 보면 머리가 어지럽고, 토할 것 같고, 배도 아프고요. 심장도 아프더라고요. 무슨 병이라도 걸렸나 싶어서 내과도 가고, 심장내과도 가보고, 한의원에 가서 장침도 맞고 별걸 다 해봤어요. 그런데 해결되지 않더라고요. 시골에 있는 도서관에 가는 게 그나마 밖에 나가는 일이었죠. 아버지, 어머니, 남동생, 저까지 네 명의 카드를 가지고 가서 2주 치 책을 빌려와요. 2주 내내 그 책들만 읽는 거죠.

그렇게 지내다가 서울에 왔어요. 우연히 서점의 신간 홍보 매대에서 김경주 시인의 시집을 보게 되었어요. 지금도 생각나는데 보라색 표지로, 복간된 시리즈 중 하나였어요. 아무데나 펼쳐서 읽어보는데 '이런 걸 시라고 할 수 있나?'라는 생각이 드는 거예요. 수업 시간에 배웠던 시는 이런 게 아닌데, 이거 사야겠다. 그러고 집에 가서 네다섯 번은 다시 읽었던 것 같아요. 그러면서 불이 붙은 거죠. 시를 쓰는 게 너무 재밌었어요. 아무도 가르쳐주지 않았지만 시라는 장르가 제 손에 맞는 것 같다고 느꼈어요. 무슨 신병을 앓는 사람처럼 저는 '시병'을 앓았다고 말해요. 문학을 공부하러 대학에 다시 가면서 '시에 퀴어의 이야기를 녹여 쓸 수 있을까?' 고민하게 됐어요. 시를 점점 제대로 하고 싶어져요. 사람들이 보기엔 가난한 길을 선택했지만, 지금 너무 행복하고 후회하지 않아요.

레즈비언의 몸도 각자 다 다를 거잖아요. 레즈비언들 사이에도 이런 게 있어요. 여성스러운 몸을 받아들이는 레즈비언인지, 그 몸이 싫은 레즈비언인지. 성향에 따라 남성과 여성 역할을 나누는 연애관계도 있고요. 저는 머리가 짧고 바지를 입고 다니는데 그것만으로 '남성적인 레즈비언이다'라고 규정되는 경우가 있더라고요. 저도 미용실이나 네일숍에서 간단한 케어를 받고 싶을 때가 있어요. 그런데 겉모습이 남자 같다보니 들어갔을 때 '왜 저런 사람이 네일숍에 왔지?'라고 생각할 것 같아서 못 들어간다거나, 남성옷가게는 잘 들어가는데 여성옷가게에 가면 눈치가 보인다거나 하는 일이 있어요. 어릴 때 어머니가 꽃무늬 프릴이 달린 원피스를 입히거나 머리를 양쪽으로 땋아서 세일러문 머리를 해주시는 걸 좋아했거든요. 그런데 저는 어머니가 부엌일하시는 사이에 제가 좋아하는 바지를 후다닥 입고 "학교 다녀올게!" 하고 뛰어나가면서 머리를 막 풀고 그랬어요. 한편으론 지금도 토끼 인형 모으는 걸 좋아하고, 캘리그래피를 배우고, 수채화로 꽃 그림을 그리는 것을 좋아하고. '여성스럽다'고 여겨지는 취미를 갖고 있거든요.

저는 그저 저만의 겉모습과 취향을 가진, 정체성이 레즈비언인 사람일 뿐이에요. 자신을 받아들이지 못하거나 자신을 규정하지 못해서 불안한 레즈비언, 혹은 너무 규정하려고 해서 불안한 레즈비언들이 분명히 있을 거예요. 어떤 모습이든 '나는 이런 스타일의 레즈비언이다' '나는 나야' 하면서 살면 좋겠어요. 저는 조금 더 높은 자리에 올라가고 싶은 욕망으로 공부를 열심히 하고 있거든요. 조금 더 유명해지면 한 명이라도 더 제 이야기를 들어주지 않을까요? 세상에 더 영향력을 미치는 목소리를 갖게 될 수 있지 않을까요? 그러면 레즈비언 여성의 이야기에 대해서 많은 사람들이 듣지 않을까 해요. 그래서 이런 이야기를 할 수 있는 곳이 있으면 언제든지 가고 싶어요. 나는 레즈비언 시인 김보라다. 이런 말을 함으로써 저 스스로도 용기를 얻고 돌아가는 기분입니다.

김보라_ 2020년 대학원을 졸업했다. 오픈리 레즈비언으로 살아가며 레즈비언의 삶을 시로 옮긴다. 최근에는 퀴어 소설을 발표하고 있다.

다양한 사람들이 교사로
일해야 한다고 생각해요

음악 교사
김소연의 몸

생각해보면 숨쉬듯이 시대착오적인 것들을 마주한다. 언젠가는 택시를 탔는데 기사님이 어느 성추행 사건을 언급하며 "손바닥도 마주쳐야 소리가 나는 거여"라고 언성을 높였다. 그러고는 다음과 같은 말을 덧붙였다. "요즘 이런 소리 하면 큰일나지만." 자신의 시대가 저물고 있음을 인지하면서도 그 시대를 놓지 못하는, 혹은 세월의 관성에 의하여 채 멈추지 못하는 모습을 바라보며 나는 창밖만 응시했다. 시대착오적인 것과 싸워봐야 무슨 소용인가 싶어서. 어차피 시간은 내 편이라고 생각하며.

대표적인 시대착오 중 하나가 '미인대회'인데 이것을 폐지하느냐 마느냐 여부를 둘러싼 토론은 방송계의 단골 주제다. 내가 관련 주제를 다룰 시점엔 한 지자체에서 미인대회를 '왕후 간택 행사'로 재현한 것이 문제가 되기도 했다. 1등은 본부인인 왕후가 되고 2등은 빈이 되는 방식으로 행사를 기획했던 것이다. 여론의 뭇매를 맞고 취소되긴 했지만, 이 특정 행사만의 문제는 아니다. TV로 생중계를 하지 않고 수영복 심사 등이 폐지되었다고 해도, 여전히 곳곳에서 크고 작은 미인대회가 열린다. 여성을 상품처럼 도열시키고, 정해진 규격에 의하여 평가하고 순위를 매기는 일은 멈추지 않는다.

그러나 삶은 늘 진열되거나 진열하거나 하는 방향으로 흘러간다. 그 본질에서 피해갈 수가 없다. 나를 선보이지 않으면 보이지 않고, 잊히고, 사라진다. 그래서 나는 오늘도 어금니를 꽉 물고 눈을 부릅뜬 채 하루 일과의 컨베이어벨트에 뛰어드는 것이다. 일련의 하루치 행사 같은 과정이 미인대회와 크게 다르지 않다고 느낀다. '일 잘하는 사람 대회'나 '행복대회'처럼 내가 전시하는 나의 모든 것을 대회로 치환할 수 있을 것 같다.

음악 교사인 김소연은 '2015 미스 강원 선' 당선자이기도 하다. 김소연에게 미인대회란 그저 우리 각자가 마주하는 인생의 대회 중 하나였다. 단조로운 일상이 다채롭게 확장되는 경험이었고, 나를 보다 멋지게 보여주고 싶은 욕망을 충족시키는 장이었으며, 타인으로부터 인지되고 인정받는 효능감을 느낄 수 있었던 기회였다. 물론 그 안에서는 높은 하이힐을 신고 걸어야 한다거나 수영복을 입고 각종 포즈를 취해야 하는 창피함이 있다.

그러나 그런 고충이 미인대회에만 있는 것은 아니다. 상품 진열대의 상품이 되기 위해 자신을 던져본 사람이라면 알 것이다. 온몸으로 나를 전시할 수밖에 없는 절박함, 순간의 기쁨과 좌절, 그리고 오랜 시간이 지나고 난 뒤에 그 일의 무의미함을 깨닫게 될수도 있지만, 한편으론 그렇지 않다는 것도. 이런 점에서 그 모든 경험치를 가진 김소연이 훗날 교사가 된 것은 멋진 일이다. 학생들의 헤맴과 답을 찾는 과정을 그만큼 잘 이해할 수 있으니까.

가끔은 너무나 시대에 뒤떨어진 것들을, 우물 안 개구리처럼 변하지 않는 내 주변을 포기하고 싶어질 때가 있다. 마치 내가 택시 안에서 먼 창밖만 바라봤던 것처럼. 아무리 달려도 낙오자가 될 위기는 수시로 찾아오고, 나는 자꾸만 더 세게 더 아프게 달린다. 이 대회에서 내가 답을 찾을 수 있을까. 나의 존재만으로 의미 있고 충분하다는 그런 답을 과연 얻을 수 있을까.

’

제가 대학에서 음악을 전공했거든요. 그러다보니까 무대에서 드레스를 입거나 화장하는 일이 많았어요. 그게 너무 좋은 거예요. 남들이 예쁘다고 해주고, 시선받는 것이 너무 좋았고. 다른 사람이 된 것 같은 기분이 들었어요. 어떻게 하면 연주는 안 하고 무대에서 드레스 입고 화장하고 남들에게 나를 선보일 수 있을까 하고 생각하다가 미인대회를 알게 된 거죠.

처음엔 미인대회에 대한 배경지식이 하나도 없었어요. 드레스숍 언니가 "미인대회 나가볼래?" 물어서 생각하게 된 거죠. 당시에 또 제가 15킬로그램을 한 번에 뺐을 때였어요. 남들에게 저를 보여주는 것에 대해서 자신감이 많이 생겼죠. 어떻게 준비해야 할지 몰라서 미용실에 가서 상담을 했어요. 그런데 수백만 원, 많게는 수천만 원까지 요구하는 거예요. 이건 좀 아니다 싶어 혼자 발품 팔면서 준비를 시작했어요. 스피치 학원 다니면서 자기소개나 면접을 준비했고, 워킹 선생님에게 워킹도 배웠죠.

수상하려면 외적인 요소가 가장 많이 필요하겠죠. 그런데 저희 지역 같은 경우엔 면접을 중요시해서 시사 이슈를 공부하는 데 시간을 많이 들였던 것 같아요. 나는 누구고, 예전에 이런 일들을 했고, 앞으로 이런 일을 하겠다는 계획까지 심사위원들에게 보여주려 했고, 당당한 모습을 보여주는 걸 가장 중요하게 생각했어요. '당신이 고용주가 되면 여성과 남성의 비율을 어떻게 뽑을 거냐' 이런 질문도 있었어요. 보통 미인대회에선 그런 질문을 안 할 것 같잖아요. 그래서 인상적이었죠.

당선되리라고는 상상을 못 했어요. 워낙 예쁘고 빛나는 친구들이 많아서. 이런 경험을 했다는 것만으로도 좋다고 생각했고, 당선자 발표할 때도 하이힐 벗고 앉아 있었거든요. 그런데 갑자기 제 이름이 불리는 거예요. 하이힐을 허겁지겁 신고 무대에 올라가서 수상소감을 해야 하는데, 정말 백지처럼 아무 생각도 안 나더라고요. 아버지가 대회에 나가는 걸 굉장히 반대하셨거든요. 대회 날 오지도 않으셨어요. 그런데도 부모님에게 감사하다고 하고, 끝나면 떡볶이가 제일 먹고 싶다는 얘길 했던 기억이 나요. 부모님도 막상 당선되고 나니까 굉장히 좋아하셨어요.

미인대회를 다시 나가라고 하면…… 전 못 할 것 같아요. 저는 평소에 하이힐을 잘 안 신었어요. 그런데 무대에 올라가면 하이힐을 신어야 하잖아요. 그 구두굽이 12센티미터예요. 하이힐을 신고 계단을 내려가서 워킹해야 하는데, 그게 너무 힘들었어요. 거의 몇 달 동안 하이힐 신고 워킹 연습만 했던 것 같아요. 그리고 대회 때 제일 힘든 게, 친구들이 앞에서 자기소개하는 동안에 저는 그 하이힐을 신고 서서 치아가 다 보이게 웃고 있어야 해요. 거의 한 시간 동안 계속 웃고 서 있는 거예요. 또 진짜 힘들었던 건…… 제가 먹는 걸 되게 좋아하거든요. 그런데 드레스에 맞추려면 다이어트해서 몸을 만들어야 하잖아요. 대회 일주일 전부터 거의 아무것도 안 먹고 물만 먹었어요. 아무 생각도 없고 삶의 즐거움이 사라졌어요. 대회 끝나면 맛있는 것 많이 먹어야지 하면서 그냥 버텼던 것 같아요.

제가 지역대회에선 상을 받았는데 본선에서는 떨어졌어요. 그런데 그 이유로 '내가 저 친구보다 키가 작아서 그런가' '내가 저 친구보다 비율이 안 좋은가' 이런 생각을 하다보니 자존감이 많이 떨어졌던 것 같아요. 제가 노력한다고 고쳐질 수 있는 부분이 아니니까 더 슬픈 거예요. 그땐 미인대회에 나갔으니까 외모에 대한 평가를 받는다는 게 당연하다고 생각했어요. 예전에 만들어진 '미스코리아 평균 사이즈' 표 같은 게 있거든요. 35-24-36 이런 것들 있잖아요. 그런 게 당연하다고 생각했어요. 최근에는 사람마다 미의 기준이 다르고 심사위원들도 각자 미의 기준이 다를 텐데 내가 어느 기준에 맞춰서 평가받아야 하는가, 여기에 옳고 그름이 있는 것인가 생각을 많이 하죠.

미인대회 당선 후에도 살찔까봐 신경을 많이 써야 했어요. 사람들이 "너 미인대회 나갔다면서?" 물으며 저를 볼 텐데 제가 살쪄 있으면 '미인대회까지 나갔던 애가 왜 저렇게 살이 쪘어?' 이런 생각을 할까봐 너무 겁이 나는 거예요. 그래서 살찌면 굶어서 빼고 그랬죠. 미인대회에서 만난 친구들은 승무원이나 모델 쪽으로 취업 준비를 하니까 계속 외모 관리를 했거든요. 그런데 저는 노량진에서 공부를 하게 됐고, 살이 계속 찌니까 자꾸 친구들이랑 비교되고. 그 시절 참 힘들었어요.

그래도 미인대회는 계속 바뀌고 있는 추세이긴 해요. 예전엔 키에 대한 기준치도 높았는데 제한도 많이 사라지고, 개개인의 특기를 더 반영하고, 미스아메리카 대회는 수영복 심사를 폐지하기도 했고요. (미스코리아 선발대회도 2019년부터 수영복 심사를 폐지했다.) 특히 수영복 심사는 똑같은 수영복을 입혀서 쫙 서 있는 게, 상품을 진열하는 것처럼 보이잖아요. 저도 심사위원 앞에서 수영복 입고 워킹하고 여러 가지 포즈를 했거든요. 그때 많이 창피했던 것 같아요. '제 몸은 이렇게 생겼습니다' 하고 보여주는 거잖아요. 또 대회 끝나면 지역의 교육청이나 경찰청 같은 곳들을 다 돌아요. 대회에서 입상했으니까 그분들에게 인사하는 거라고 생각했는데, 지금 돌아보면 왜 거기에 인사를 가야 했던가 싶어요. 저는 안 갔지만 다른 친구들은 군부대 방문 행사도 갔고요. 왜 미인대회 입상자들이 군부대에 가서 봉사해야 하는가, 의문이 들어요. 또 미스코리아는 결혼과 출산 경험이 없어야 하는데, 그런 조건도 많이 바뀌어야 한다고 생각하고요.

저는 이제 3년 차 중학교 음악 교사예요. 어렸을 때부터 쭉 음악만 해왔고 대학교도 사범대로 가서 다른 분야에 대해서 생각해본 적이 없었거든요. 부모님도 제가 음악 교사가 되는 걸 원하셨죠. 그런데 미인대회에 나간 다음에는 승무원이나 기상 캐스터, 여러 분야로 진출할 수 있다는 걸 알게 됐어요. 진로에 대해 많이 생각했죠. 노력한 만큼 결과가 나오지 않아 임용고시 공부를 시작해서 교사가 된 거고요. 저는 그래도 이 대회에 나가면서 새로운 친구들도 만났고 새로운 경험들을 하게 됐어요. 인생의 터닝 포인트였다고 생각해요.

학교에서 한 번도 미인대회 출신이라는 걸 먼저 얘기한 적은 없거든요. 그런데 다 알고 계시더라고요. 학생들도 그렇고. 그러다보니까 제가 실수하는 일이 있을 때 동료 선생님들이나 다른 학교 선생님들까지도 '걔가 그런 실수를 했대? 그 미인대회 나왔던 애?' 이런 이야기를 뒤에서 하시더라고요. 미인대회 출전에 후회는 없는데 워낙 교사의 세계가 보수적인 측면이 있다보니까 안 좋은 시선으로 보는 분들도 있어요. 저에 대해서 잘 알지도 못할 텐데 미인대회 출신이 교사를 한다는 이유만으로 안 좋은 시선으로 보니까, 그게 힘들었죠. 1년차 때 조금 보수적인 선생님들은 저를 따로 부르셔서 화장하지 말라, 빨간 립스틱은 바르지 말라, 원피스는 이렇게 짧은 걸 입으면 안 된다, 그런 얘길 하셨어요. 그렇게 짧지 않았고 무릎 정도 길이였거든요. 그런 것까지도 자중하라고 말씀하시는 거죠. 그다음부터는 화장을 안 하거나 연하게 하고, 옷도 무채색으로 안 튀게 입고 다녔던 것 같아요.

그런데 저는 오히려 다양한 사람들이 교사로 일해야 한다고 생각하거든요. 저는 제 경험을 학생들에게 말해줄 수 있어서 좋아요. 학생들도 좋아하고, 더 많이 소통할 수도 있고요. 학교에 가면 아이들이 진지하게 물어보는 거예요. "선생님, 옷 협찬받으세요?" "선생님, 옷이 대체 몇 벌이에요?" 옷이 매일매일 바뀌니까 신기한가봐요. 제가 특이한 옷을 입고 오면 "선생님, 오늘 콘셉트는 뭐예요?" 물어봐요. 보라색 옷 입고 오면 "오늘 콘셉트는 가지야"라고 말하고 초록색 옷이면 "파프리카야"라고 해요. 생활한복도 여러 벌 갖고 있는데, 그런 거 입으면 학생들이 신기해하고 좋아해요.

교사로 일하면서 보니까 학생들이 저보다 화장을 더 잘하더라고요. 교복도 꽉 조이게 입고. 아무래도 미디어 영향으로 획일화된 미의 기준에 아이들이 벌써부터 끼워맞춰 사는 거죠. 안타까운 마음도 있지만, 최근 몇몇 친구들은 페미니즘에 관심을 가지게 된 경우도 있어요. 학생들이 아름다움에 대해서 고민을 많이 하는데, 저도 상담해줄 기회가 생기거든요. 그때마다 "넌 지금도 예쁜데 왜 그렇게 살을 빼고 싶어하니? 왜 그렇게 외모에 대해서 고민하니?" 물어요. 조금 더 너를 사랑해주라고 상담하는데, 뭔가 저 자신에게 얘기하는 것 같아요. 그 친구들에게 상담해줄 때 스스로 생각했어요.

살 좀 찌면 어때, 획일적인 미의 기준에 나를 맞출 필요는 없어.

김소연_ 2015 미스 강원 선 당선자. 지금은 중학교 음악 교사로 일하고 있다. 세계 곳곳을 누비며 다양한 아름다움에 대해 보고 느끼는 여행가가 되는 게 꿈이다.

슬픔을 드러내면
약한 사람이 되는 것 같았어요

작가
이현의 몸

어느 점심시간이었다. 생방송을 서둘러 마무리하고 팀원들과 점심을 먹기 위해 나섰는데 회사 출입 게이트에 손이 끼어버렸다. 황급히 손을 빼고 점심 장소로 달려갔는데 자리에 앉고 보니 손등에서부터 팔꿈치까지 피가 흐르고 있었다.

"화장실 좀 다녀올게요" 하고 피를 닦고 편의점에서 반창고나 사서 붙였으면 그만이었을 일이다. 그런데 그러지 않았다. 테이블 아래로 손을 숨긴 채 흐르는 피를 휴지로 닦아가며 자리를 지켰다. 휴지와 피가 엉기며 고통이 점점 날카로워졌다. 자리를 지킨 이유는 여러 가지다. 갑자기 벌떡 일어나서 주목받고 싶지 않았다. "괜찮아? 무슨 일이야" 하는 걱정 섞인 말과 눈빛을 절대로 받아 안고 싶지 않았다.

나에게 아픔이란 개인적인 것이다. 사회인의 정체성으로 둔갑한 상태에서 '아프다'는 말을 해본 적이 없다. 위장이 꼬이면 양배추환을 먹고, 머리가 아플 땐 커피를 마신다. 몸살이 나면 "부장님, 저 아파요"라고 하는 게 아니라 "몸이 안 좋아서 일찍 퇴근하겠습니다"라고 한다. 물론 몸이 아플 때 회사로부터 나의 휴식권과 건강권을 보장받는 것은 당연한 일이지만, 지금 내가 이야기하는 것은 나의 아픔에 대한 감정적 호소, 공감어린 언어와 다정한 대우를 구하는 일에 관한 것이다. 그런 점에서 나는 아픔을 느끼는 인간으로서의 나와 휴가를 써야 할 사회인으로서의 나를 뒤섞고 싶지 않다.

사회에 포섭되어 힐레벌떡 살다보면 개인적인 아픔을 느끼는 나를 쉽게 잊는다. 피가 흐르는 상처를 못 본 척하며 지낼 수도 있게 되는 것이다. 이현의 이야기를 들으며 나는 오랜만에 지금의 나를 형성한 개인적 아픔, 원초적인 아픔들에 대해 떠올렸다. 다들 그렇지 않았을까. 나를 추동하는 것은 긍정이 아닌 부정이었다. 뭔가에 눈을 반짝이며 걸어왔다기보다는 아파하고 회피하다가 어느덧 이곳에 이르게 된 것이다.

이현의 원초적 아픔은 그를 남들보다 더 위축되게 만들 정도로 강한 외부의 충격에서 비롯됐다. 그때 느낀 여러 감정을 종합하면 '아프다'는 말로 표현할 수밖에 없겠지만, 그는 각각의 감정을 세밀하게 감지하고 견뎌왔다. 성폭력을 겪은 직후 감정의 변화, 살을 찌우겠다는 선택, 자퇴, 성적 정체성에 대한 확인. 이현은 이 모든 일을 거치면서도 자신이 아프다는 사실을 쉽사리 말할 수 없었다고 한다. 말한다는 것은 약하다는 것 같았고, 약해지는 것을 두려워했기 때문이다.

한편으로 아픔은 나만의 것이다. 손등의 상처에 대해 친구에게 '아프다'고 말했는데 친구가 언제, 어디에서 다쳤는지 정확히 설명하라고 하기에 그게 서운해서 지하철에서 엉엉 울어버렸다. 그 별 것 아닌 '아프다'는 말은 그런 것이다. 아무에게나 쉽사리 꺼낼 수 없는 것. 그럼에도 인간으로서의 무게나 체면은 벗어던지고 무작정 호소하고픈 원초적인 감정. 그럼에도, 그러므로 생각한다. 우리는 '아프다고 말하는 몸'들이라고.

네이버 도전만화에 〈네, 아직 아파요〉라는 만화를 올리고 있어요. 그냥 제 이야기를 하는 만화예요. 만화 형식을 빌려서 말로 하기 힘들 었던 이야기를 풀어놓는 거죠. 제가 힘든 이야기를 잘 털어놓지 못하 는데, 오히려 만화로 표현할 때 조금은 해소가 된다는 느낌이 들더라 고요. 제 이야기를 하고 싶어서 꾸준히 올리고 있어요.

초등학교 3학년 때였어요. 비가 굉장히 많이 내리고 천둥이 치는 밤이었어요. 그날 하필 엘리베이터가 고장이 났는데, 저희 집이 아파 트 고층이었거든요. 혼자 어두컴컴한 계단을 올라갈 때마다 전등이 깜빡하고 자동으로 켜지는 게 너무 무서웠어요. 올라가지도 내려가 지도 못하고 서성이니까 경비 아저씨가 저를 부르더라고요. 평소에 도 친밀하다고 생각한 사람이고 제 뚱딴지같은 이야기도 잘 들어주는 유일한 어른이어서 아무런 의심 없이 그냥 따라갔죠. 그랬다가, 그걸 성추행이라 해야 할지 유사 강간이라 해야 할지 모르겠지만, 좋지 않 은 일을 당했어요.

처음에는 기분도 나쁘고 무섭고 그런 감정이었던 것 같아요. 그러 고 나서 그 경비 아저씨가 저를 집까지 데려다줬어요. 근데 초등학교 3학년인 제가 다 알아챌 정도로 아저씨가 손을 벌벌벌벌 떠는 거예 요. 그 아저씨가 제발 부모님에게 말하지 말아달라고 사정사정을 하 면서 빌었거든요. 그걸 듣는 순간 '이 사람은 왜 자기가 나쁜 짓을 해놓고 이렇게 무서워하지?' 하는 생각이 들더라고요. 이 사람은 사회적인 약자다. 우리 아빠보다 힘도 없고 돈도 없고, 이 사실이 알려지면 경찰서에 갈 수도 있고, 사회적인 명예가 실추될 수도 있다. 그런데 저는 이 사람보다도 더 약하기 때문에 이런 일을 당한 거잖아요. 그게 절망적이었던 것 같아요. 슬프고 힘들고 무서운 감정이 순식간에 수치심이 되어버렸어요. 그 어른을 아무렇지도 않게 믿어버린 나 자신이 너무 한심했고요. 약하고 어린 여자아이 몸을 가진 제가 너무 싫었어요. 그다음부터는 일부러 머리도 짧게 자르고, 치마도 안 입고, 표정도 사나워 보이게끔 저를 바꾸어나갔어요.

저는 '여성적인 몸'에 대해 스스로 부정을 많이 해왔어요. 사회가 말하는 '매력적인 몸'에 대해 어떤 강박을 갖고 있었거든요. 중학생이 되면서는 가슴이 계속 커지니까 일부러 어깨를 구부정하게 굽혀서 가슴이 도드라져 보이지 않게 하고 다녔어요. 나중엔 그렇게 해도 가슴이 부푼 게 티가 나는 거예요. 그래서 압박붕대를 하고 다녔죠. 굉장히 불편하고 소화도 안 됐어요. 어릴 때부터 속옷을 안 입고 붕대를 하고 다녀서 가슴이 처져 있어요. 그게 또 콤플렉스이기도 했지만 나쁜 건 아니었다고 생각해요. 그렇게 하지 않으면 죽을 것 같은 심정이 들었기 때문에 어쩔 수 없이 그렇게 한 거니까요. 나중에는 체중을 굉장히 많이 늘리기도 했거든요. 뚱뚱한 사람 취급을 받긴 해도 뭔가 안전한 기분이 들더라고요. 아무도 나를 매력적으로 보지 않고 성적인 대상으로 보지 않겠다는 생각이 들어서 편하고 좋았어요.

중학교 때는 그래도 좋은 친구들 만나서 적응도 잘하고 지냈어요.

그런데 고등학교에 가서는 적응을 잘 못하고 자퇴했거든요. 성격도 많이 바뀌었죠. 여고였는데 아이들이 '나는 이런 남자가 좋고, 저런 남자가 좋아'라고 이야기하는 게 적응이 안 됐어요. 한 친구는 "나 어제 바바리맨을 봤는데 너무 무서웠어"라고 얘기하는 거예요. 전 그게 놀랍더라고요. 저는 그동안 힘들고 무서웠던 사실을 드러내는 것을 곧바로 누군가에게 잡아먹히거나 약점 잡힐 수 있는 일이라 생각했어요. 그래서 한 번도 그 약함을 드러낸 적이 없었거든요. 그런데 다들 그런 사실을 너무 아무렇지도 않게 이야기하고, 다른 친구들도 "너무 무서웠겠다"라고 반응해주는 거예요. 그때 '이 집단에 속하면 나도 똑같이 바바리맨이나 남자를 무서워하는 약한 사람으로 인식되겠구나' 하는 생각이 들었죠.

학교에 갈 때마다 공황장애가 왔어요. 1교시만 듣고 숨을 못 쉬겠다고 말하고 조퇴했어요. 이런 생활을 반복하다가 자퇴했는데요. 저는 그때 분명히 친구도 있고 가족도 있었거든요. 그런데 자퇴하고 보니까 다들 낮 시간에는 일을 하거나 학교에 있는 거예요. 나만 혼자 덩그러니 있는 것 같고, 그러면서 인간관계에 집착하게 된 것 같아요. 내가 잘해서 사람들이 내 곁에 있어주는 게 아니라는 생각, 그게 엄청 고마운 일이고 그래서 그 사람들에게 엄청 잘해야 한다는 강박이 그때 생겼어요. 모든 가치판단을 남한테 맡겨버리고 무조건 친구의 일정에 맞춘다거나 친구의 눈치를 본다거나 하는 식으로 변해버렸죠.

그런데 사람이 쓸 수 있는 에너지가 한정되어 있잖아요. 내가 아끼는 소수의 사람들에게 적당히 그 에너지를 쓰면 나도 고갈되지 않을 텐데, 여러 사람에게 많은 에너지를 다 쏟으려고 하니까 점점 지쳐갔죠. 그 와중에 또 더 많은 사람에게 호감을 얻기 위해서 사회적으로 말하는 '예쁜 몸'을 가져야겠다는 강박에 거식증, 폭식증이 생기고. 구토하는 나를 보면서 '나 진짜 왜 이렇게까지 하지?'라며 자기비하를 하고, 또 우울해지고. 연쇄적인 과정이 계속 있었어요. 굉장히 극단적이죠? 어릴 땐 힘들고 지치고 슬픈 감정을 드러내면 약한 사람이 되는 것 같았어요. 그래서 단단한 대나무 같은 모습을 지키려고 했는데, 그게 꺾여버린 거예요. 꺾여버린 이후에는 너무 흔들렸어요.

몸은 그냥 몸일 뿐이라고 생각해요. 내 몸이 매력적으로 보이지 않겠다는 생각을 가끔 해요. 제가 여성적이라고 할 수 있는 몸과 거리가 멀거든요. 어깨가 굉장히 넓고 뼈대가 굵고 그 와중에 가슴은 커서 덩치가 굉장히 커 보이고. 배도 많이 나왔고 종아리도 튼튼해요. 가슴만 아니라면 완전히 남자로 보일 수 있는 체형이거든요. 그런데 그건 남들과 다른 저만의 특성인 거죠. 지금의 제 몸이 싫지는 않아요. 그냥 있는 그대로의 나를 좋아하는 지금 이 태도가 좋아요.

결국 제가 어떤 강박에서 시작해 점차 지금의 태도를 갖게 된 거잖아요. 그 과정을 돌아보니 이런 생각이 들어요. 제가 어떤 강박에 의해 음식 섭취를 그만둬서 엄청 말랐던 적도 있었거든요. 그땐 살고 싶지 않아서 섭취를 그만둔 거였어요. 그런데 사람들이 '너 살 좀 쪄야겠다' '뼈밖에 안 남았다'고 말하면서도 저를 매력적으로 보기 시작하는 거예요. 살기 싫어서, 먹고 싶은 욕구가 없어서 먹지 않은 건데 사람들은 나를 더 매력적으로 보기 시작한다? 그 상황이 모순적으로 보였고 기분이 좋지 않았어요. 내가 나를 사랑하지 않는데, 지금 이 모습을 스스로가 딱히 좋아하지도 않는데, 이제야 사람들이 나를 좋아해주네. 내가 그토록 사랑받고 싶을 땐 그렇지 않았는데, 이게 다 뭐라고. 이런 생각이 들더라고요. 그렇게 조금씩 그냥 내가 나를 좋아하는 게 제일 중요하구나, 생각하게 됐어요. 의식적으로 나를 좋아하려는 노력도 하고요.

결국 나의 몸에 대한 이야기는 삶에 대한 이야기이기도 하잖아요. 그전에는 나를 좋아하거나 아니면 나를 사회에 맞추거나 둘 중 하나를 택해야 한다는 극단적인 생각으로 치우쳤는데, 이젠 어느 쪽이든 좀 더 다양한 관점으로 세상을 바라봐야겠다는 생각이 들어요. 그래야 나도 그렇고 다른 사람도 그렇고 서로를 더 이해할 수 있지 않을까요. 다양성의 관점으로 개개인이 이해받을 수 있는 사회가 됐으면 좋겠어요.

이현_ 누군가에게는 당연한 일을 버겁게 해내며 조금씩 당연한 일로 만들고 있는 사람. 다양한 소수자성이 나만의 정체성을 이룬다고 믿고 그런 자신을 사랑하는 사람.

이건 자기위로도,
자격지심도 아니야

자영업자
이성희의 몸

팟캐스트 <말하는 몸>은 사실 만듦새가 단순하다. 오프닝 음악과 함께 출연자의 고유한 목소리로 타이틀이 나간다. 음악이 서서히 잦아들면서부터는 출연자의 시간이다. 15분 남짓한 시간 동안 출연자의 목소리만 그곳에 있다. 이해를 돕는 시청각 자료도, 왜 갑자기 다른 주제로 넘어가는지에 대한 연결고리도 없다. 오직 출연자만이 하나의 목소리로 존재한다.

이런 오디오 다큐멘터리 형식에 대해 여러 고민을 했다. 어차피 독백처럼 들릴 것이라면 처음부터 독백을 요청하면 되지 않을까 싶기도 했다. 몇몇 분들은 그러한 방식으로 참여했고 그것도 좋았지만, 나는 유지영 기자가 질문하고 출연자가 답변하는 방식을 선호했다. 아마 그건 편집을 하며 느끼는 묘 때문이었던 것 같다. 분명히 형식은 독백인데 꼭 누군가가 말을 걸어온 것 같기도 하고, 반대로 출연자가 누군가에게 말을 거는 것 같기도 하고. 때로는 생각지 못했던 것을 퍼뜩 떠올린 듯 들리기도 하고, 멋쩍게 웃음을 터뜨리기도 한다. 이 모든 게 홀로였다면 어려웠을 것이다.

이성희는 유지영 기자의 오랜 친구다. 유지영 기자가 친구들에게 <말하는 몸>을 만들고 있다는 것을 알리자 그가 '나도 하고 싶은 이야기가 있다'며 출연을 자청했다. 그동안 고수해왔던 독백 형식에서 벗어나 대화체로 구성하기로 한 건 현장에서 결정되었는데, 출연자가 조금 긴장했기 때문이기도 했지만 더 큰 이유는 한 번쯤 조력자의 역할을 드러내도 좋지 않을까 하는 마음이 있었기 때문이다.

모든 출연자들은 녹음실의 온에어 불이 켜질 때면 다 조금씩은 긴장했다. 말문을 열기 전 심호흡을 하지 않은 이는 단 한 명도 없었다. 그럴 때면 유지영 기자가 자신의 이야기를 쏟아내면서 출연자들의 긴장을 풀어주기도 했고, 내가 녹음실로 뛰쳐들어가 "이야기부터 해보면 어떨까요?"라고 물으며 맥을 다시 잡기도 했다. 때로는 출연자의 이야기가 매끄럽고 능숙하게 들리는 것은 포기한 채 아무렴 어때, 하는 마음으로 진행할 때도 있었다. 어찌됐건 〈말하는 몸〉에서 가장 중요한 요소는 출연자의 이야기지만, 그 이야기가 쌓아올려지기까지 사소하고도 큰 도움들이 필요했다.

이곳에서의 모든 독백은 결국 대화인 것이다. 화자가 용기를 낸 만큼 청자에게도 그 이야기에 귀기울이기 위한 노력이 필요하다. 판단은 유보하고 투명하게 듣는 태도. 생각의 굴레를 파고들어가 그 마음을 들여다보려는 집요함. 보이지 않지만 어디선가 귀기울이고 있을 청자들의 도움으로 〈말하는 몸〉의 화자들은 세상에 말을 걸 용기를 낼 수 있었다. 처음으로 친구 유지영에게 자신의 이야기를 건넨 이성희처럼.

지영 : 하고 싶은 이야기가 있어서 여기에 왔다고 했지?

성희 : 내가 나를 아무리 좋아해도 한계가 있다는 느낌이 들 때가 있

잖아. 그럴 때마다 사람들에게 사랑받으려 노력한다거나, 외모에 마음을 쓴다거나 하는데 그런 노력을 더이상 하지 않아도 된다는 것을 내가 잊지 않았으면 좋겠어서 나왔어.

지영 : 어떤 생각의 굴레가 있었던 거야?

성희 : 내 외모가 사람들이 좋아할 만한 외모는 아니야. 더 날씬하지 않아서, 더 예쁘지 않아서, 더 하얗지 않아서, 더 가녀리고 여리지 않아서. 그런 얘기를 가장 가까운 가족들로부터 가장 많이 들었던 것 같아. 자기관리 좀 하라는 명목하에 외모를 가꿔야 한다고 강요를 많이 받았고 그래야 사랑받는 사람, 더 가치 있는 사람이 된다는 생각을 많이 하고 살았어. 지금 생각하면 그게 내 인생에서 가장 큰 굴레가 아니었을까.

지영 : 지금도 그렇게 생각하고 있어?

성희 : 어려운 상황에 직면하거나 마음의 상처를 받는 일이 생길 때마다 그런 생각을 빈번히 하게 되지. 내 외모가 이렇지 않았다면 좀더 다른 결과가 나오지 않았을까. 내가 이런 모습이기 때문에 이런 결과가 나온 것은 아닐까. 최근에 이런 생각을 했던 일은…… 좋아하는 사람이랑 헤어져야 했을 때였어. 물론 그 사람의 결정에는 다양한 이유가 있었겠지만, 결국엔 내가 이런 모습이기 때문에 사랑받

지 못하는 건 아닐까 하는 생각이 들었지. 그게 다 내 의지대로 되는 것도 아닌데 마치 나의 큰 잘못처럼 느껴졌어. 그런 생각이 쉽게 사라지진 않는 것 같아.

지영 : 언제부터 그런 생각의 굴레가 시작된 것 같아?

성희 : 외모에 대해 스트레스를 받은 건 진짜 어렸을 때부터지. 일단 형제들 중에서도 나는 까맣고 통통한 편이었어. 상대적으로 내 여동생은 엄청 하얗고, 마르고, 눈도 크고 예뻐서 우리 가족들뿐 아니라 친척들도 내가 옆에 있는데도 동생보고 '너무 예쁘다, 엄마가 부럽다' 이런 얘길 할 정도였어. 그 외에도 친구를 사귀거나 연애할 때 나의 외모를 떠올리면서 '내가 이 관계에서 유리한 입장은 아니겠구나'라는 생각을 자주 했지. 남들보다 더 노력해야 하고, 더 잘 보여야 하고, 이 외모라는 단점을 상쇄시키는 무언가가 있어야 한다고 느꼈어.

지영 : 그럼 상쇄시키는 그 무언가를 위해서 노력했던 거야?

성희 : 난 내가 그냥 욕심이 많은 사람인 줄만 알았어. 더 잘하고 싶고, 더 완벽하고 싶고, 더 착한 사람이 되고 싶고, 아름다운 것을 추구하고. 그런데 페미니즘을 접하면서 이런 노력에 대해 많이 생각했던 것 같아. 내가 정말 원해서 그런 삶을 살아왔던 걸까. 그저 내 단

점을 가림으로써 다른 이들의 관심과 사랑을 받고 싶었던 건 아니었을까 하는 생각이 들더라고.

지영 : 어떤 노력을 했었어?

성희 : 일단 거절을 안 했지. 그리고 재밌는 사람이 되려고 노력했어. 아예 없는 것을 만들어낸 건 아니지만, 나는 사실 엄청나게 외향적이고 밝은 사람은 아냐. 그런데 사람들이 나를 처음 만났을 때 외향적인 사람인 줄 알거든. 막상 친해지고 나면 그렇지 않다는 걸 알지만. 그러니까 내 외모가 그렇게까지 호감을 주지 못한다면, 차라리 더 밝고 명랑하고 재밌는 사람이 되어야 한다는 생각을 많이 했던 것 같아. 그 사람들과 잘 지내기 위해 시간도 많이 투여하고. 친구들이 들었을 때 재미있어할 만한 이야기를 많이 모으려고 노력하기도 했어.

지영 : 그런데 네가 생각보다 외향적이지 않다는 것을 알게 됐을 때 사람들이 힘들어했어?

성희 : 많은 사람들이 나의 그런 모습을 보고 기대를 하지. 밝고 늘 즐거워 보이는 내가 곁에 있으면 자기가 굉장히 즐겁고 행복할 거라고 생각하는 사람들도 있었어. 그래서 처음에는 나한테 잘해주고, 내가 자기 곁에 있어주기를 바라지. 그런데 관계가 깊어지면 내가 생각보다 밝은 사람이 아니라는 걸 알게 돼. 기대했던 사람이 아

니기 때문에 금방 그 사이가 멀어지기도 하더라고. 이런 모습 또한 나인데.

지영 : 그럴 때 너의 감정은 어때?

성희 : 나를 부정당한 느낌이야. 사실 그런 밝은 모습도 내가 아닌 건 아니지. 그치만 그 모습만 받아들여지고 나의 더 다양한 모습들은 부정당하는 느낌이었어. 밝지 않은 내 모습은 별로 매력적이지 않고, 사랑스럽지 않다는 얘기니까.

지영 : 그러면 너의 몸에 대한 기억 중 떠오르는 이야기가 있을까?

성희 : 몸에 대한 기억이라…… 대학교 1학년 때 정말 좋아하던 선배가 있었어. 그 선배도 알 만큼, 아니 동아리 사람들이 다 알 만큼 좋아하는 걸 많이 티를 냈어. 그런데 내가 없는 자리에서 내 친구가 "성희 어때요?" 하고 그 선배한테 물어보니까 "성희? 긁지 않은 복권이지"라고 대답했다는 거야. 나에게 그 말을 전한 친구는 '긁지 않은 복권'이라는 말이 나에게 그렇게까지 상처가 될 거라고 생각하지 못했겠지. 어쨌든 긍정적인 뜻을 내포한 것이다, 라고 생각했나봐. 그리고 나는 분명히 그 선배와 적지 않은 시간을 함께 보냈고, 즐거웠고, 그 선배가 나를 좋은 사람이라 평가하는 것도 알고 있었어. 그런데 나에 대해 물었을 때 '긁지 않은 복권'이라 평가했을 때의 기분

이란. 내 몸도 난데, 그 몸에 가려져서 내가 사람들에게 안 보이는 것 같다는 생각을 했어. 내 외모에 내가 가려져서 안 보이는 건 아닐까?

지영 : 너를 고통스럽게 하는 게 너 자신일까, 아니면 다른 사람일까?

성희 : 예전 같았다면 나 자신이라고 했겠지. 하지만 이제 나를 고통스럽게 하는 게 나 자신이라고 생각하고 싶지 않아. 왜냐면 그 말 또한 모든 게 내 탓이라고 하는 것 같아서. 내 외모가 이렇고 내 삶이 이렇게 된 게, 내가 이런 대우를 받는 게 내 탓이라는 것 같아서. 나는 나에게 고통을 주는 게 나라고 생각하고 싶지 않아. 타인에게 호감을 주는 사람이 되려 노력하고, 계속해서 긴장하고 걱정하고 있거든. 나 자신을 몰아가는 삶. 나는 그게 내 탓이라고 생각하지 않아.

지영 : 아까 페미니즘 얘길 잠깐 했잖아. 페미니즘을 접하고 나서 생각이 달라진 게 있어?

성희 : 외모가 전부가 아니라는 건 당연히 알아. 외모라는 단점을 극복하기 위해 다른 노력을 할 필요가 없다는 것도 알아. 하지만 아무리 말을 해도 자기위로 같은 느낌이 들었어. 예쁘지 않은 내가 하는 말이라 의미 없는 말이라 느꼈거든. 페미니즘을 접하고 나서는 이런 내 생각이 틀렸다고 말해주는 개념을 만난 거지. 내가 어떠한 외면

을 가졌건 상대는 나를 존중해야 한다는 것도 알게 되고. 또 속으로만 생각할 게 아니라 실제로도 그렇게 행동해야 한다는 것을 조금씩 알게 된 거야. 그러면서 나 자신을 더욱 너그럽게 대할 수 있게 된 것 같아. 이건 자기위로도 아니고, 자격지심도 아니야. 진짜로 내가 존중받을 만한 사람이기 때문에 존중받아야 한다고 목소리를 내게 된 거지. 페미니즘을 통해서.

이성희_ 매일매일 빵을 먹는 건 좋지만 빵가게는 그만하고 싶은 빵집 사장님. 사먹는 빵이 최고라고 생각한다.

말하는 몸 1
몸의 기억과 마주하는 여성들

ⓒ 박선영 유지영 2021

1판 1쇄 2021년 1월 20일
1판 3쇄 2021년 6월 28일

지은이 박선영 유지영
기획·책임편집 정현경 | 편집 안강휘 이연실
디자인 최윤미 이주영 | 마케팅 정민호 양서연 박지영 안남영
홍보 김희숙 김상만 함유지 김현지 이소정 이미희 박지원
제작 강신은 김동욱 임현식 | 제작처 영신사

펴낸곳 (주)문학동네 | 펴낸이 염현숙
출판등록 1993년 10월 22일 제406-2003-000045호
주소 10881 경기도 파주시 회동길 210
전자우편 editor@munhak.com | 대표전화 031)955-8888 | 팩스 031)955-8855
문의전화 031)955-2655(마케팅), 031)955-1910(편집)
문학동네카페 http://cafe.naver.com/mhdn
문학동네트위터 @munhakdongne
북클럽문학동네 http://bookclubmunhak.com

ISBN 978-89-546-7673-1 04810
　　　 978-89-546-7670-0 (세트)

www.munhak.com